Carsten Freytag wurde in Essen geboren. Bereits als Schüler fuhr er, schon früh ruhelos geworden, als Teil eines Praktikums zwei Monate lang zur See. Er studierte Anglistik, Germanistik und Pädagogik und verbrachte mit verschiedenen Studien- und Arbeitsaufenthalten mehrere Jahre in England und den USA. Dann lebte er in Kanada und zwei Jahre lang als Lehrer in Gravesend, England, bevor er nach Deutschland zurückkehrte, um an einem katholischen Gymnasium in Koblenz zu unterrichten. Doch die Veröffentlichung seines ersten Romans ›Nutten küssen nicht‹ führte zur fristlosen Kündigung durch den Trierer Bischof. Der 38jährige Autor lebt heute wieder in Essen.

My California Girl Michael Pichalski aus Dortmund fliegt zu einem vierwöchigen Sprachferienkurs mit einer Schülergruppe nach Kalifornien, an die heißesten Beaches der westlichen Hemisphäre – denkt er. Der flippige, leicht chaotische Zwanzigjährige hegt hochgespannte Erwartungen: endlich weg von zu Hause, vom Schulmief, von der problematischen Freundin. Endlich Urlaub im Land der unbegrenzten Möglichkeiten. Doch die Wirklichkeit dort ist anders als in Hollywood-Filmen, High-School-Fernsehserien und MTV-Videos: Der Sprachunterricht ist nervig, die Sightseeing-Ausflüge sind desorganisiert, die Schülergruppe besteht aus einem Haufen von Langweilern oder überdrehten Weibern. Statt an palmengesäumten Ozeanstränden landet die Gruppe in einem staubigen Wüstenkaff. Unangenehme Überraschungen auch in der Gastfamilie, in der Pichalski untergebracht ist: der Vater arbeitslos, Alkoholiker und gewalttätig, die Mutter eine sexbesessene Schlampe, die Söhne dumpfe Stubenhocker. Außerdem ist da noch Melissa, die Stieftochter, und die hat echte Probleme, wie Pichalski nach einiger Zeit mitbekommt. Im Strudel der Ereignisse, in die Pichalski mit hineingerissen wird, verbessert sich nicht nur so ganz nebenbei sein Englisch; der Große Chaot lernt auch, sozusagen im Crash-Kurs, was es heißt, Verantwortung für einen anderen Menschen zu übernehmen.

Carsten Freytag

My California Girl

Roman

Fischer Taschenbuch Verlag

Originalausgabe
Veröffentlicht im Fischer Taschenbuch Verlag GmbH
Frankfurt am Main 1998

Fischer Taschenbuch Verlag GmbH, Januar 1998
Die Überschriften sind gesetzt aus der MadZineWhip von xplicit, Ffm
Druck und Bindung: Clausen & Bosse, Leck
Printed in Germany
ISBN 3-596-13869-8

Erstes Kapitel

Endlich hebt die Boeing 747 mit vollem Schub vom Runway des Frankfurter Flughafens ab; die Maschine steigt steil nach oben, meine vierundachtzig Kilo werden dabei brutal in den Sitz gepreßt, und sie dringt in die naßgraue Wolkensuppe ein, die schwer und dunkel über dem im strömenden Regen liegenden Flughafen hängt, um nach einigen Minuten des Steigfluges endlich die langersehnte Sonne in der Kabine des Jumbos von *American Airlines* zu empfangen, als wollten die wohltuenden Sonnenstrahlen der Maschine die Richtung nach Los Angeles in Southern California anzeigen. Langsam löst sich die Anspannung der letzten Stunden, und ich versuche, so gut es geht, fest angeschnallt wie ich bin, es mir in dem auf Startposition ausgerichteten Sitz bequem zu machen. Das ohrenbetäubende Klingeln des Weckers zu ungewohnt früher Zeit, die nächtliche Anreise in einem überfüllten Zug mit Palma-de-Mallorca-Touristen, die schon um fünf Uhr morgens an der Bierkanne hängen, mit nichts Besserem beschäftigt, als einen dämlichen Heino-Schlager zu jaulen und zu grölen, die Hektik beim Check-in-Schalter und das ewige Warten in der langen Schlange der Flugzeuge vor uns auf dem Runway haben doch meine Nerven ziemlich strapaziert. Während wir uns noch im Steigflug auf die vorgeschriebene Flughöhe befinden, betrachte ich mir erst einmal voller Schadenfreude meine beiden Nachbarn rechts von mir, die nicht das Glück gehabt haben, einen der begehrten Fensterplätze zu erwischen. Direkt rechts neben mir in der Mitte sitzt eine Schülerin aus Stuttgart, soviel habe ich schon erfahren, die auch in die Dreizehnte kommen soll. Sie sieht aber aus, als hätte sie einen Tag vorher einen verdammt schweren Autounfall gehabt. Ihre Nase ist so krumm und hakelig wie die einer Hexe, nur die Warze fehlt ihr noch. Eine echte Brillennase. Ihre altmodische Brille ist überdimensional groß und bedeckt fast ihr ganzes Gesicht. Ihr Parfüm riecht so penetrant und beizend wie der Geruch eines WC-Reinigers, und ich kann nur hoffen, daß sie während des elfstündigen Fluges nicht auf die Idee kommt, ihr Billigparfüm zur Erfrischung neu aufzutragen. Was hätte wohl Lt. Colonel Frank Slade in

Duft der Frauen gesagt, hätte er diesen Gestank ertragen müssen? Natürlich habe ich ihren Namen vergessen. Es ist schon komisch. Ich behalte nur die Namen von Leuten, die mir auf Anhieb gefallen. Und diese Namen vergesse ich dann nie. Rechts davon, neben der Schreckschraube, die vielleicht das Geld eher für eine kosmetische Operation hätte ausgeben sollen, anstatt mit Gap-Sprachreisen in die USA zu fahren, sitzt noch einer aus unserer Gruppe. Der gefällt mir auch nicht. Er wirkt irgendwie steif. Ich weiß nicht, was es ist, das in mir diesen Eindruck erweckt, aber sein Gesicht wirkt auf mich wie das eines verknöcherten alten kleinstädtischen Verwaltungsbeamten, der nur seine Paragraphen im Schädel hat und jeden Abend, bevor er schlafen geht, vorsorglich seine Unterwäsche und seine Kleidung für den nächsten Tag heraushängt. Marke Spießbürger. Ich wundere mich zugleich, was dieser Steifkopf in Kalifornien zu suchen hat. Aber egal. Ich will mich nicht aufregen. In meiner Phantasie lasse ich mir die warme Sonne auf den Pelz brennen, und nebenbei halte ich nach den supergeilen amerikanischen Stewardessen Ausschau, die aber immer noch auf ihren Notsitzen auf das Zeichen der Entwarnung vom Stecher warten. Die Piloten haben es doch wohl einfach Sahne: Die besten Frauen um sich herum und einen Job, mit dem sie bei den Frauen Eindruck schinden können. Und daß die Stecher nicht mal ab und zu so ein schnuckeliges Häschen im Hotel vernaschen, während sie auf den Rückflug warten, das kann mir doch keiner erzählen. Und das Gute daran ist … Konkurrenz brauchen die doch nicht zu fürchten. Die Stewards sind doch eh alle schwul. Wie der eine am vorderen Ausgang der Maschine, der uns mit seinem süßen holden Lächeln und zarter Stimme empfangen hat, und dabei mit seiner rechten Hand, seinen Kopf leicht zur Seite geneigt, durch sein frisch gewaschenes, luftig nach vorne fallendes Haar strich. Das aus seinen schmalen Lippen süß gehauchte *»Good morning, sir, good morning, madam, welcome aboard«* hat mich schon leicht angewidert. *Pretty disgusting.* Aber solange ich mit denen nicht zusammen unter einer Dusche stehen muß und mir dabei die Seife aus der Hand rutscht, sind sie mir egal. *Nope!* Konkurrenz brauchen die Stecher nicht zu fürchten. Auch unser Pilot nicht, der mit seinem dicken Bauch und Pilotenkoffer eher wie ein Straßenbahnschaffner auf dem Weg zur Arbeit aussieht und nach gelungenem Start erst einmal sein Butterbrot und seine Thermoskanne aus der Aktentasche mit einem befriedigenden Stöhnen hervorholt. Irgendwie desillusionierend. Keine Spur von Tom Cruise. Egal. Die blonde Stewardeß da, die zwanzig Meter

vor mir, links neben dem Notausgang sitzt, wäre ganz klar Zielobjekt meiner Begierde. Ich werde sie mal heute ein bißchen laufen lassen. Einen guten Service kann man ja wohl erwarten, auch wenn es nicht *Singapore Airlines* ist.
Drei Reihen vor mir sitzt unser Reiseleiter von Gap-Sprachreisen. Der scheint cool zu sein. Lehrer ist er irgendwo an einem bepißten Gymnasium, hat er uns gesagt, aber er sieht eigentlich nicht aus wie ein Scheißpauker. Cowboystiefel tragend, Kaugummi kauend und mit einer echt supercoolen Ray-Ban-Sonnenbrille hat er uns am Flughafen begrüßt. Sein verwaschenes Jeanshemd hängt locker über der Jeans. Ich schätze ihn auf zweiunddreißig oder vierunddreißig, aber so, wie er sich kleidet, sieht er aus wie fünfundzwanzig oder achtundzwanzig. »Mein Name ist Thomas Wolf, aber ihr könnt Tom zu mir sagen«, hat er beim Einchecken gesagt. Ob ich das tun werde? Ich weiß es nicht. Ich mag keine Lehrer und schon gar keine Vertraulichkeiten. Okay, ich bin ehrlich. Ich habe eine Lehrerallergie, und das einzige Mittel, das mir helfen könnte, wäre die Abschaffung der allgemeinen Schulpflicht. Lehrer sind eine Pest. Nein, ich habe keinen Respekt vor ihnen, mit Ausnahme einer Lehrerin, die ich früher echt geil fand, bis ich merkte, daß sie genauso ist wie die anderen.
Ich war schon heiß auf sie, als ich vierzehn war. Damals hatten wir sie bereits in Biologie – Thema: Aufklärung. Wie sie da so in ihrem hautengen Wollpullover, in dem man ihre vollen Brüste gut erahnen konnte, und in ihren hautengen Jeans, in denen sich ihr Hintern prall abzeichnete, über Sex sprach ... uns allen in der Klasse war klar, daß sie wußte, worüber sie redete. Ja, ich war verknallt in sie, und während sie so über die Technik des Überstülpens eines Kondoms über das steife Glied redete, hätte sie bei mir die Theorie gleich praktisch anwenden können. In meiner feuchten Vorstellung sah ich sie nackt auf dem Pult sitzen, ich sah sie nackt unter der Dusche, ich stellte mir vor, wie sie mich nach dem Unterricht nach Hause fuhr und mich dann im Auto vernaschte. Jetzt sehe ich sie nur noch selten. Ich habe Bio abgewählt, Physik auch, Chemie ebenfalls, und quäle mich mit Mathe herum. Aber mehr als zwei Punkte erreiche ich nie. Man muß es nur positiv sehen. Früher habe ich seitenlange Bioklausuren mit den gleichen Ergebnissen geschrieben. Meine geile Lehrerin sagt: »Ich verteile jetzt die Klausuren. Pichalski! Ich bin überrascht. Sie haben eine Zwei!!« Mein Herz rast. DAS KANN DOCH GAR NICHT WAHR SEIN!! EINE ZWEI!! WOW!

Die Lehrerin sagt: »Ja, Pichalski. Eine Zwei. Zwei Punkte! Und das ist eine hundertprozentige Steigerung im Vergleich zur letzten Klausur!« Da wußte ich, daß ich einen Fehler gemacht hatte. Ich hätte sie zur Strafe im Korridor abfangen und dann im Bio-Raum vergewaltigen sollen. Physische Gewalt gegen ihre sadistische psychische Gewalt. Spätestens hier war der Rest an positiven Glauben bezüglich der Nützlichkeit der Lehrer zunichte gemacht worden. Ich habe jetzt Mathe als drittes Abi-Fach und weiß, daß ich die Fünf mit Sport als viertem Fach locker ausgleichen kann.

Die Mathelehrerin sagt: »Pichalski, wie wollen Sie nur Ihr Abi schaffen?«

Ich sage cool: »Frau Jendrowiak, locker vom Hocker. Mathe einen Punkt. Sport vierzehn Punkte.«

Rudern ist nun einmal mein Lieblingssport, und wie der Zufall es so will, ist es ein Prüfungsfach neben Affentennis – gemeint ist Volleyball. Was gibt es Schöneres, als mit einem Skiff am frühen Sonntag morgen einsam in der Stille des anbrechenden Tages auf einem See zu rudern oder mit einem Achter bei harten Kommandos des Steuermanns das Wasser zu durchpflügen. Eine echte Show. Na ja, die Eins in Sport ist vorprogrammiert.

Vorbildfunktion der Lehrer? *Don't make me laugh.* Noch vorige Woche, kurz vor den Sommerferien, macht mich noch meine Deutschlehrerin voll an. Sie definiert mich als eine Flasche. Ich kann mir vorstellen, wie sie im Lehrerzimmer über mich herfällt. Michael Pichalski?

Ein Chaot, eine Niete, untauglich für's Gymnasium. Okay, sie meint, ich bin ein Chaot? Kann sie haben. Ich mache den Chaoten für sie.

Sie sagt: »Sie haben mal wieder Ihre Hausaufgaben nicht gemacht. Typisch Pichalski. Ich habe es gewußt.«

Ich kann das Gesülze nicht ertragen. Ich stehe auf und will auf's Klo.

Sie sagt: »Wohin gehen Sie, Pichalski?«

Ich sage: »Aufs Klo, Mann. Laß mich in Ruhe!«

Sie sagt: »Ihr Ton ist eine Frechheit! Ich werde Sie ins Klassenbuch eintragen!«

Ich hole cool meinen Kuli aus der Brusttasche und sage, dabei theatralisch applaudierend: »Darauf kannste einen lassen! Hier, mach! Ist mir egal! Trag mich ein!« und gehe, gestärkt durch das Gelächter meiner Mitschüler im Rücken, aus der Klasse. Eine Eintragung ins Klassenbuch! Lächerlich. Ich bin zwanzig Jahre alt und werde mit einundzwanzig mein Abitur machen. Ist eben alles dumm gelaufen. Die Schweine wollen mich fertig machen, aber sie merken, daß sie es nicht schaffen. Die Neunte und die Zwölfte wiederholt, habe ich jetzt doch meine Punkte zur Zulassung zum Abi am ehrwürdigen Albert-Einstein-Gymnasium in Dortmund fast in der Tasche. Eine Stunde später bin ich beim Chef. Zum wievielten Male? Keine Ahnung. Und wieder muß ich mir eine Standpauke anhören mitsamt der wiederholten Drohung eines Schulverweises, der bisher ausgeblieben ist.

Vielleicht habe ich aber auch nicht die besten Noten, weil ich bisweilen erst ziemlich spät nachts nach Hause komme und dann morgens wie gerädert zur Schule fahre, wo mich alles, aber auch wirklich alles total ankotzt. Ich arbeite dreimal in der Woche, meistens samstags, aber eben auch wochentags, in einer Disco, wo ich mir als Aushilfskellner meine Kohle verdiene. In einer Disco zu arbeiten, hat schon einige Vorteile. Ich lerne eine Menge bekloppter Typen kennen, Typen, die ich sonst in meinem geordneten, bürgerlichen Leben wohl nie kennenlernen würde. Außerdem kommt man leichter an Frauen ran, weil der Kellner nach dem Besitzer und dem DJ der nächste in der Hierarchie ist. Ferner läuft in der Disco eine Menge ab. Ich weiß genau, wann die Huren, abgefüllt wie sie sind, nach der Arbeit für einen Absacker in die Disco kommen. Ich weiß, wann und wo die Drogendeals stattfinden, und ich weiß, wann es gilt, abzuhauen. Na ja, und wenn dann das Serviceteam danach noch in eine Kneipe geht, dann kann es sein, daß ich erst um vier oder fünf Uhr nachts nach Hause komme und für die bescheuerte Acht-Uhr-Bimmel um halb acht aufstehe. Was dazu mein Vater sagt? Nichts. Einfach gar nichts. Er sagt, ich sei mit meinen zwanzig Jahren für mein Leben selbst verantwortlich. Recht hat er. Und so macht er eben keinen Streß. Und meine Mutter…? Meine Mutter ist …ach … lassen wir das.

Aber der Lehrer, drei Reihen vor mir, scheint in Ordnung zu sein, obwohl, so genau kann man das noch nicht sagen. Englisch und Sport gibt er. Sagt er. Er sieht durchtrainiert aus. Nicht so wie manche dickbäuchige Sportlehrer, die nur noch den Fußball in die Halle werfen und zum Spiel anpfeifen. Der hier scheint noch alle Übungen vorzuturnen. Schon beim letzten Info-Abend von Gap-Sprachreisen habe ich neidisch seine Sonnenbräune registriert. Mann, was haben wir da für eine gequirlte Scheiße gehört! Herr Liegner, so hieß der Typ von Gap-Sprachreisen, laberte einen herum von wegen »beste Familien«, »Beverly-Hills-Niveau«, »nur Steaks«, »Essen vom Feinsten«, »alle Familien haben einen Swimmingpool«, »alle wohnen in Strandnähe«, und

das Stärkste, was dieser Typ Liegner brachte, war, daß wir vielleicht Pamela Anderson bei den Proben zu *Baywatch* sehen könnten, da wir nicht weit vom Drehort wohnen würden. Mein Gott, das fehlt noch. Seine Storys stinken doch zum Himmel. *It sucks.* Damals kam mir in den Sinn, daß Liegner doch beinah wie Lügner klingt. Ich bin vorsichtig geworden, denn allein ein Blick auf die Landkarte hätte doch gereicht, um die Lügengeschichten des Herrn Liegner zu entlarven. Palmdale in der Mojave-Wüste ist verdammt weit weg von irgendeinem Strand und gehört sicherlich nicht zum Großraum von Los Angeles, wie dieser Liegner uns glauben machen wollte. Mein Vater, recht erfolgreicher Rechtsanwalt in Essen, und meine Mutter, die Besitzerin einer florierenden Boutique in Düsseldorf war, hatten ihm damals geglaubt. Die, die sonst immer so kritisch waren, hatten sich Honig ums Maul schmieren lassen. Einfach unglaublich. Egal. Die Kohle für meine Ferien legte mein Vater sowieso locker auf den Tisch, auch wenn die ganze Sache ein Flop zu werden droht. Dann muß mein Dad eben mal wieder nur kurz irgendeinen Promi aus der Schicki-Micki-Szene verteidigen, der mal wieder ein paar Millionen unterschlagen hat. Herr Pichalski wird ihn schon rausholen. Kohle holten meine Eltern rein ohne Ende, doch manchmal fühlte ich mich wie Todd Anderson in *Club der toten Dichter,* der zu seinem Geburtstag ständig ein Büroset für seinen Schreibtisch bekommt, weil die Eltern sich so gut wie gar nichts aus ihrem Sohn machen. Das soll nicht heißen, daß meine Eltern lieblos, ja herzlos waren. Doch manchmal konnte ich das Gefühl nicht loswerden, daß da gewisse Parallelen sind. Geld statt Liebe und so.
Egal. Endlich kommt das Signal. Wir können den Sicherheitsgurt ablegen. Meine hübsche blonde Stewardeß ist bereits verschwunden. Vermutlich bereitet sie gerade die ersten Drinks vor. Enttäuscht stelle ich die Rücklehne des Sitzes schräg und schaue entspannt aus dem Fenster. Unter uns liegt der Ärmelkanal. Auf dem Wasser wirken die Schiffe wie winzig kleine Spermien. Wieso ich assoziativ an Sperma denke? Keine Ahnung. Vielleicht bin ich doch ein *sex maniac.* Egal. Ich verfolge mit zugekniffenen Augen einen breiten weißen Streifen, der schnell den Kanal diagonal durchquert. Es muß ein Hovercraft sein, das vermutlich von Ramsgate nach Dover düst.
»Hallo, du bist doch auch in unserer Reisegruppe, stimmt's?«
Ich schaue nach rechts. Die Schreckschraube mit der Adlernase will mit mir ein Gespräch anfangen. Das Leben erfordert laufend Entscheidun-

gen. Auch jetzt muß ich mich entscheiden. Mit ihr einen quatschen, um dann die nächsten elf Stunden von ihr vollgelabert zu werden oder auf taub stellen, den »Leck-mich« raushängen lassen. Ich entscheide mich fürs erstere. Warum? Keine Ahnung.

»Ja, ich bin in der gleichen Gruppe. Ich fahre, wie der Zufall es so will, auch nach *sunny California.*«

»Bist du schon mal in den USA gewesen?«

O Mann, das kann ja ein interessanter Flug werden.

»Ja, ich war schon mal mit meinen Eltern in New York, eine echt coole Stadt, kann ich dir sagen.«

Wenn ich einmal ins Quatschen gerate, labere ich unwahrscheinlich viel Scheiß. Nur so aus Spaß. Wie Holden Caulfield in *Catcher in the Rye.* Das Leben ist ernst genug. Ich erzähle ihr einen von den Gefahren in New York. Überhaupt sind die USA ein verdammt gefährliches Pflaster. Ich erzähle ihr, wie meine Mutter von einem schwarzen Junkie mitten auf der Fifth Avenue beinahe vergewaltigt wurde. Warum ich einen Schwarzen für meine Story nehme? Keine Ahnung. Ich erzähle ihr einen vom Überfall auf meinen Vater, der sich mit einer blankpolierten Neun-Millimeter-Parabellum, die ihm in eindeutiger Absicht ins Gesicht gehalten wurde, anfreunden mußte. Ich erzähle ihr, wie ich beide rettete, indem ich dem Schwarzen ein Loch in den Bauch schoß und dem Weißen ein drittes Auge verpaßte. Cool. Sie schaut mich an, mit ihrem Gesicht zum Eier-abschrecken – ich weiß nicht, was sie denkt – und sie beendet für's erste das Gespräch mit dem rettenden Engel aus der Fifth Avenue in New York City. Egal. Ich setze den Kopfhörer auf und renne mit meinem Indexfinger über das kleine schwarze Rad, rechts in der Armlehne, durch die *American Airlines*-Musikkanäle. Ich kann es nicht glauben. Bei Kanal zehn halte ich ein. »Sie ist weg, und ich bin wieder allein, allein. Sie ist weg.« Die *Fantastischen Vier* im *American Airlines*-Programm. Die einzig wahre deutsche Rap-Gruppe. Ich höre selten deutsche Musik, aber die sind echt gut drauf.

Entspannt schaue ich durch das Kabinenfenster in die Fülle von Licht draußen und betrachte die bis zum weiten Horizont reichenden weißen Wolkenflächen, die wie mächtige Gletscher unter uns liegen und das Durchdringen der strahlenden Sonne zu den Menschen auf der Erde, wo nun alles düster und grau sein muß, verhindern. Ein unerklärliches Gefühl der Einsamkeit steigt beim Anblick der Schneelandschaft plötzlich in mir hoch, und ich wünschte, Maria säße neben mir.

Warum muß ich jetzt auf einmal an Maria denken? Wo ist sie jetzt? Ich bin mit ihr seit zwei Jahren zusammen. Neben kleineren Episoden ist sie die erste große Liebe. Sie sieht super aus, dunkelblondes Haar, eine tolle Figur, vielleicht ist ihr Busen ein wenig zu klein, aber ich bin auch kein Tit-Man, der nur auf pralle Möpse steht, und sie ist verdammt intelligent. Mathe und Physik Leistungskurs. Und Latein. Und Gewinnerin des ersten Preises in der Regionalausschreibung in »Jugend forscht«. Sie ist zu intelligent für mich. Ich gebe es zu. Um so mehr verwundert es mich, warum sie sich ausgerechnet in mich verguckt hat, den Chaoten in der Jahrgangsstufe Zwölf. Ich habe keine Ahnung. Gefunkt hat's auf einer Fete unseres Englisch-Leistungskurses. Irgendwie kamen wir auf das Thema küssen.

Ich sage: »So 'n guter Zungenkuß ist schon was Feines.«

Sie sagt: »Mit *den* Fischlippen?«

Ich verblüfft, doch noch recht cool: »Bist du schon mal von Fischlippen geküßt worden?«

Sie sagt, auch nicht uncool: »Ein Kuß wie von einem Saugnapf, was?«

Eine Stunde später fahre ich sie trotz meines leichten Alkoholpegels nach Hause. Ihre Eltern sind im Urlaub. Sturmfreie Bude und so.

Ich sage: »Darf ich noch mit reinkommen?«

Sie sagt: »Um mich dann mit deinen Fischlippen anzusaugen, was?«

Ich, cool: »Willst du's nicht ausprobieren?«

Eine halbe Stunde ist seit dem Betreten der Wohnung vergangen. Ich habe sie angesaugt. Doch sie saugt zurück. Ohne Fischlippen.

Ich sage: »Soll'n wir's tun?«

Sie sagt nichts.

Ich sage: »Soll'n wir's tun?«

Sie sagt: »Jaaaaah«.

Ich stecke mein Ding in sie, und sie ist glücklich. *I'm happy, too.*

Eigentlich hatte alles viel früher angefangen. Es war im Juni vor zwei Jahren. Ich war in der elften und hatte schon damals die Schnauze voll von der Schule. Maria war in der zehnten. Ich gebe es zu, ich hatte schon damals ein Auge auf sie geworfen. Doch irgendwie hatte ich nicht den Mut gehabt, sie anzumachen. Vielleicht, weil ich schon damals erkannt hatte, daß sie etwas Besonderes war, etwas Wertvolles, das Zeit brauchte, erworben zu werden. Wie jeden Freitag um halb zwei traf sich unsere Ruder-AG unten am Rhein-Herne-Kana,l und wie immer im Juni, wenn das Wasser sich erwärmt hatte und die Sonne ihre ersten heißen

Strahlen auf die glitzernde Wasseroberfläche warf, war es Zeit, die Technik des Ruderns in einem wackeligen Skiff zu vertiefen. Und die Chance, beim ersten Versuch im Renn-Einer baden zu gehen, lag mit ziemlicher Sicherheit bei neunzig zu zehn. Mit der Souveränität eines erfahrenen Ruderers war es für mich schlichtweg eine Zeit des größten Vergnügens, der genüßlichen Schadenfreude, zu beobachten, wie die Anfänger im Skiff mit bangem Herzklopfen, nachdem sie mit zittrigen Knien umständlich in das verdammt schmale Boot gestiegen waren, langsam auf das Wasser hinausgeschoben wurden. Und schon begann der Kampf mit dem Element, nachdem die Pletten den Kontakt mit dem Halt gebenden Bootssteg verloren hatten. Mit jedem Ruderschlag, die Pletten weich über das ruhige, gar nicht bedrohlich wirkende Wasser titschend, schwankte das Skiff bedrohlich nach backbord oder steuerbord. Und immer wieder erschallten im Frühjahr die gleichen Kommandos unseres Sportlehrers.

»Halt die Pletten fest! Niemals loslassen! Ruhig nach vorne rollen. Laß die Pletten nicht ... laß die Pletten ... nicht ... nein!« Und schon sah man, doch schon einige Meter vom rettenden Ufer entfernt, wie der Anfänger langsam, aber sicher, nachdem die Plette aus der Hand und hinter den Rücken gerutscht war, den Halt verlor und im lauten Gelächter der Zuschauer auf dem Bootssteg trotz verzweifelter letzter Bemühungen im Wasser landete und den Spott der belustigten Zuschauer – »keine Panik auf der Titanic« – über sich ergehen lassen mußte. Göttlich. Einfach göttlich. Und in jenem Sommer war es nun Maria, die für die Unterhaltung der Schüler geopfert werden sollte. Und zum ersten Mal empfand ich keine Vorfreude, als sie auf das Wasser hinausgeschoben wurde, und ich hoffte insgeheim, sie würde trocken bleiben. Alles fing gut an. Ja, sie wirkte beinahe sicher im Skiff, als sie sich mehr und mehr vom Ufer entfernte. Warum ruderte die dumme Kuh so weit raus? Wenn sie jetzt kenterte, konnte sie verdammt lange schwimmen. »Komm zurück, Maria!« hörte ich mich plötzlich ihr nachrufen und erntete die verblüfften Blicke der sensationsgierigen Meute. Ich sah sie noch im Skiff wenden, als sie im Wasser landete. Das Juhu-Gebrüll der anderen schmerzte in meinen Ohren, und ich tat das, was ich tun mußte. Ich zog meine Sportschuhe aus und sprang ins Wasser, um Maria entgegenzuschwimmen.

»He, schaut euch Pichalski an! Total bekloppt!«

Ungeachtet ihrer Kommentare schwamm ich mit kräftigen Kraulzügen, den Kopf im Wasser eingetaucht, auf Maria zu, die hundert Meter vor mir mit dem Skiff kämpfte. Mein Armzug wurde länger, die Paddelbewegungen meiner Beine durchpflügten das Wasser. Ich glaubte, das Aufschäumen des Wassers sehen zu können. Noch fünfzig Meter. Ich sah Maria bäuchlings auf dem Skiff liegen. Sie versuchte, in das Boot zurückzusteigen. Gleich war ich bei ihr. Meine Lungen schmerzten. Ich hatte alles gegeben.

»He, Pichalski, laß mal stecken.«

»Aua!«

Ich konnte es nicht glauben. Ihre Backbordplette hatte meinen Hinterkopf getroffen, während ich mich ihrem Boot auf Armlänge genähert hatte. Sie grinste mich von oben herab an, als sie mit leichten Ruderschlägen, durchnäßt wie sie war, zum Bootsteg zurückruderte. Ihr war es tatsächlich gelungen, ohne meine ritterliche Hilfe ins Boot zu klettern und die Kontrolle zurückzugewinnen.

»Nichts für ungut, Pichalski. War 'ne gute Aktion. Ehrlich. Nur zu spät. Macht ja nichts.«

Und schon entfernte sie sich von der Unglücksstelle, eine kleine, dünne Linie des Kielwassers hinter sich herziehend. Müßig zu erwähnen, daß ich diesmal Gegenstand des Gelächters war. Ja, so begann es. Aber es sollte noch ein Jahr dauern, bis die Sache wirklich ernst wurde, denn ich mußte die Zwölf wiederholen und landete prompt in Marias Leistungskurs Englisch. Von da an war es nur noch eine Sache der Zeit, bis es funkte.

Sie ist jetzt in der Türkei. Mit ihren Eltern. Ich hätte mitfahren können, aber keine zehn Pferde bringen mich in die Türkei. Null Bock auf das Land. Da kann ich doch gleich in den Iran fahren. Außerdem ist es vielleicht mal gut, vier Wochen getrennt zu sein. Um so verlangender, um so besser, um so heißer wird der Sex nach der Rückkehr sein.

Ich habe Durst und entscheide mich, bevor wir in Kalifornien landen, mich noch einmal auf Kosten von *American Airlines* zu besaufen. Ich habe mich fest entschlossen, drei »Obwohl-Regeln« in den USA einzuhalten. Obwohl ich mit zwanzig Jahren in Kalifornien noch keinen Alkohol trinken darf, werde ich mir Bier reinschütten soviel ich will. Obwohl ich mit zwanzig noch in keine Bar gehen darf, werde ich Bars ohne Ende besuchen. Und obwohl ich es nicht darf, habe ich bereits meinen bepißten Albert-Einstein-Gymnasium-Schülerausweis gefälscht, als ob die Amis, wenn ich denen meinen blauen Ausweis vorzeige, darauf

achten werden, daß aus dem ’75 ein ’74 wurde. *I don’t give a fuck.* Überhaupt. Da erkläre mir einer mal die Logik. Im Alter von neunzehn oder zwanzig dürfen die Amerikaner keine Discos besuchen, aber ihren jungen Arsch in Vietnam oder in Grenada oder in Bosnien oder sonstwo zu opfern ist offiziell angesagt. Eine verrückte Welt.
Mein Englisch ist nicht schlecht, ich mag Englisch, auch wenn es einen Kotzbrocken von Lehrer gab, der mir vor zwei Jahren das Gegenteil beweisen wollte. Ich konnte machen, was ich wollte.
Er sagt: »Pichalski! Fünf! Pichalski – knappe Fünf minus in der Somino!«
Ich sage nichts. Zucke vor purer Machtlosigkeit bei der Verteilung der Sonstigen Mitarbeitsnoten nur die Schultern. Ich habe mündlich mehr gebracht als die Tochter vom Finanzminister, die alte blöde Schlampe, die immer ihre Eins kriegt, weil der Vater vielleicht mal wieder einen Schulbarren für die Sporthalle spendiert hat. Aber nachweisen kann man es ja denen da oben nie.
»Pichalski, Sie haben wohl von der englischen Grammatik keine Ahnung, was? Das heißt nicht ›he got ill‹, es heißt grammatikalisch korrekt ›he became ill‹. »
Ich stehe auf, denke, den Wichser kannste in der Pfeife rauchen, packe mein Köfferchen und gehe aus der Klasse. Null Chance. Trotzdem, schriftlich habe ich ihm immer eins ausgewischt. Da traute die Sau sich nicht, mir eine Fünf zu verpassen, weil ich eben in Englisch nicht schlecht bin. Ich weiß es, er weiß es. Trotz der Negativerfahrung ist Englisch mein Lieblingsfach. Das, was wir lesen, verschlinge ich ohne Ende. Sogar Shakespeare finde ich cool. Von den Intrigen Macbeths könnte J.R. Ewing in Dallas noch eine Menge lernen. Und die Fechtszenen, das Blut, der rollende Kopf Macbeths am Ende seiner Karriere … Polanskis Verfilmung ist auch nicht schlecht. Nur *Lord of the Flies* von Goldring oder Golding …den Roman finde ich zum Kotzen. Irgendwie blöd, die Jungen auf der einsamen Insel, die sich ihre eigene bestialische Gesellschaft aufbauen. Wenn ich schon vom Kotzen rede, muß ich im gleichen Atemzug Gedichte erwähnen. Wenn ich schon die erste Zeile lese und nichts verstehe, habe ich schon keinen Bock mehr. Diese hochstilisierte, gekünstelte Sprache! Nichts für mich. Null Moti, mich da hineinzusteigern. Gib mir Bret Easton Ellis, und ich lasse Maria Samstag abend allein in der Disco zurück. *American Psycho* ist ein krankes Buch. Ich lese wirklich gerne. Nur glaubt mir das kein Lehrer. Irgendwann muß ich noch *Hamlet* lesen. Da soll es um eine ödipale Beziehung gehen, und da ich mir bis

vor kurzem im Leistungskurs Pädagogik Freud reingezogen habe, muß ich doch direkt einmal meine psychoanalytischen Kenntnisse anwenden. Okay, ich habe Pädagogik gewählt, nicht, weil ich auf das Fach so heiß war, sondern eher auf die Weiber. Pädagogik ist ein Frauenlaberfach. Siebzehn von unseren einundzwanzig im Kurs sind Schülerinnen. In Pädagogik kannst du manchmal bei einigen Themen ungelesen deinen Senf im Unterricht beitragen. Beispiel: Rollenverteilung zwischen Mann und Frau. Ein Buch haben wir dazu gelesen. Ich glaube, es war ein Buch von Alice Schwarzer. Ach ja, die arme Frau. Vom Mann unterdrückt und ausgebeutet, wird Sex von den Frauen nur noch als lustlose, eheliche Pflicht angesehen. O Scheiße. Kaum zu glauben. Und da kann man rumlabern ohne Ende und Beiträge liefern, ohne das Buch gelesen zu haben. Und am Ende der Unterrichtsreihe fragt doch glatt unsere Pädagogiklehrerin, vom Typ Alice Schwarzer, was wir denn so gelernt hätten in den zwei Monaten. Ich hätte mich kringeln können. Alle, so schrecklich angepaßt wie meine hochgeschätzten Klassenkameraden sind, labern sie genau das, was die Lehrerin hören will. Die Frau muß weiterkämpfen für ihre Rechte und so. Dann komme ich dran. Klaus neben mir grinst sich schon einen.

Ich sage: »Was habe ich gelernt? Eigentlich gar nichts, denn es bleibt so wie es ist. Das steht ja auch schon in der Bibel. Die Frau ist dem Manne untertan. Und so soll es sein, und so wird es für immer sein, weil es die Natur so will. Wenn ich also von der Arbeit nach Hause komme, müssen die Pantoffeln bereitstehen, muß das Essen auf dem Tisch sein, und danach geht es ab in die Kiste.«

Ich grinse mir einen. Klaus lacht sich einen, aber sonst absolute Stille. Die Lehrerin schaut mich ungläubig an, als käme ich direkt vom Mars. Die Emanzen in dem Kurs – ich hasse sie! – schauen mich an, als wollten sie mir an die Eier.

Die Lehrerin: »Ist das Ihre Meinung? Ist das wirklich Ihre Meinung?«

Und ich, cool, locker-flockig: »Aber Frau Schmidt, das war doch voll ironisch.«

Sie sagt: »Das habe ich aber nicht so herausgehört.«

Dumme Kuh. Ich sage:»Das ist dann aber Ihr Problem.«

Na ja, nicht ganz richtig. Denn die Fünf in Somino war mein Problem. Aber als ich Freud gelesen habe, die psychosexuelle Entwicklung und so, habe ich echt einen gewissen Bock auf das Fach bekommen. Jetzt weiß ich auch, daß der Sohn unseres Nachbarn, der mit achtzehn Jahren wie bekloppt Briefmarken sammelt, ein analer Charakter ist, der etwas Bestimmtes anhäufen und nicht hergeben will. Ursache: Übertriebene, überstrenge Reinlichkeitserziehung seitens der Eltern und so. Soll er mal zu den Sioux-Indianern gehen, da sieht das alles ganz anders aus. Nachzulesen bei Erikson.

Jetzt sitzen wir schon fast drei Stunden in der Maschine. Das erste warme Essen ist serviert worden. Fünf Bier sind schon vernichtet, und mein Müllschlucker schreit nach mehr. Das von der Natur so geizig ausgestattete Sparmodel neben mir zersägt mit ihrem Schnarchen einen riesigen Baum, der einfach nicht fallen will. Trotzdem muß ich sie jetzt stören. Meine Blase ruft nach Erleichterung. Ich stoße sie an. Ein *Chrrr Chrrr* kommt aus ihrem häßlichen Mund, dann wacht sie auf.

»Sind wir schon da?«

O Mann, das gibt mir den Rest. Blöd ist sie auch noch. Dabei ist sie nicht einmal blond.

»Mann, ich muß auf'n Pott. Sorry.«

Verärgert, aufgeweckt worden zu sein, schiebt sie ihre kurzen Stummelbeine nach rechts, so daß ich über sie steigen kann. Bei dem Gedanken muß ich grinsen, und während ich so grinse, grinse ich auch noch bewußt den Steifkopf an, der in irgendeinem Magazin für Flugzeug- und Schiffsmodelle herumblättert und nun in seinem Studium empfindlich gestört wird. Mit einem provozierenden, alkoholangereicherten Rülpser kommentiere ich seinen mißbilligenden Blick und bewege mich schwerfällig zu den Toiletten, dabei umherschauend, was die anderen Kursteilnehmer denn so treiben. Insgesamt sind wir vierunddreißig USA-Freaks. Doch im Augenblick hängen sie eher apathisch in ihren Sitzen, lesen irgendwelche langweiligen Bücher oder lassen sich gerade von ihrem Walkman eine Volldröhnung verpassen. Alles ruhig an der Front. Das einzig Auffällige sind die drei kleinen leeren Wodkaflaschen, die sich jetzt, tot wie sie sind, einsam bei unserem Leader angesammelt haben. Tom Wolf scheint eine Vorliebe für harte Sachen zu haben, denke ich so amüsiert, als ich gerade in diesem Moment einen Blick in die Kochnische des Jumbos werfe. Na toll, ich erwische meine Lieblingsstewardeß, die Blonde, die attraktive Blonde mit der super Figur, die mir nun schon seit drei Stunden mit einem superfreundlichen Lächeln das Bier serviert hat, wie sie gerade ihre Hand aus dem Rock einer anderen Stewardeß nimmt, die wiederum ihre Hände aus der offenen Bluse der Blondinen nimmt. *Great. Just great.* Die Stewards sind schwul und die Stewardessen lesbisch.

Das zieht mich vollkommen runter. Vielleicht sind die Stecher im Cockpit doch arme Schweine? Auf dem Rückweg zu meinem Sitz – frustriert, irritiert, deprimiert – höre ich plötzlich ein lautes: »He, Pichalski, schon stramm?«

Ich schaue verwundert umher und sehe Tom Wolf, mir grinsend ein neues Glas Wodka zum Gruß entgegenstreckend.

»Ich beobachte schon seit einiger Zeit, daß du dich auf deine Abstinenz in Kalifornien vorbereitest«, grinst er mir immer noch entgegen.

Ich grinse zurück.

»Wenne denkst, ich mach einen auf Abstinenzler in Kalifornien, dann biste schief gewickelt.«

Den Satz kurz ausgesprochen, fahre ich vor lauter Verblüffung über die neue Beziehungsdefinition zu einem Lehrer erschreckt zusammen. Noch nie habe ich einen Scheißpauker geduzt, aber der kümmert sich nicht darum.

»Komm, setz dich zu uns auf die Armlehne und bestell dir einen echten Drink. Dieses dünne Gesöff bringt doch nichts.«

Ich setze mich zu ihnen und trinke Wodka-Lemon. Jetzt erst fällt mir auf, daß die ganze vordere und hintere Reihe sich die Kante gibt. Überall liegen die kleinen Wodka-, Rum- und Whiskyflaschen verstreut herum.

»Hi, mei-ein-n Na-a-ame is Bea-ate«, lallt mir eine, die neben dem Pauker sitzt, entgegen; die Haare hängen ihr wirr im Gesicht. »Wo-o komm-mst 'n her? E'wa aus'm Nor'n?«

Ich, noch zu nüchtern, komme mir ein wenig blöd vor und frage blöd zurück:

»Wieso denkst du, ich komme aus dem Norden?«

»Weilll du mi' so Steifköpn zusa-a-mm sitzt.«

Beate gefällt mir. Und ich antworte ihr gerne.

»Nee, ich komme aus 'm Ruhrpott. Aus Dortmund.«

Das ist das Signal für Tom. Betont übertrieben, läßt er seinen Ruhrpottakzent raushängen.

»Mann, voll geil äi, man hördet nich wie bei mir, datte ausm Ruhrpott komms, aber bisse doch Borussia-Fan, woll?«

Meine Bejahung bringt ihn aus dem Häuschen. Er kommt aus dem versmogten Castrop-Rauxel und ist seit zwanzig Jahren Jahreskarteninhaber. Er bestellt mir drei kleine Fläschchen Wodka und Tomatensaft.

»Damit die Lesbe nicht so viel laufen muuß. Schließlich hatse ja noch wat anderet zu tun. Ja, ich hab deinen Gesichtsausdruck gesehen, alsse

anne Kochecke vorbei wolltest. Dabei hättste nur die beiden mal beobachten solln. Also, echt. Voll verknallt die beiden. Und soll ich dir wat sagen? Sonne gute Lesbenszene seh ich mir gerne an. Wennet nicht grade meine eigene Alte iss. Komm, zieh dir einen rein, noch acht Stunden Flug. Borussia-Fan, dat muuuß begossen wern.«
Meine erste Verwunderung ist verflogen. Unser Reiseleiter, verantwortlich für vierunddreißig sonnenhungrige Träumer, säuft. Ich sehe zum ersten Mal einen Pauker, der säuft. Er ist menschlich. Meine Verwunderung verwandelt sich nach dem fünften Bloody Mary in Bewunderung. Die anderen Kursteilnehmer um ihn herum scheinen auch okay zu sein. Nacheinander werden sie mir vorgestellt. Da ich mir die neun Namen nicht auf einmal merken kann, strenge ich mich auch nicht an, die Namen alle zu behalten. Den Namen Beate behalte ich aber. Ich habe Schwierigkeiten, meinen geilen Blick von ihr loszureißen. Beate trägt keinen BH. Unter ihrem weißen T-Shirt bebt der Karton. Sie grinst mich lüstern an, wohlwissend, was ich denke – bei meinem lüsternen Blick ist das auch keine Schwierigkeit – und gibt mir zu verstehen, daß sie nachher mal zu mir rüberkommt, um mit mir einen zu heben.
Doch plötzlich steht der Typ neben ihr auf, auch ein Kursteilnehmer, Marke dicker Bierbauch, und bietet mir seinen Platz an. Vielleicht geht ihm die Laberei auf den Sack, oder aber er will seine Wampe, stolz wie eine schwangere Mutti kurz vor der Entbindung, ein wenig durch die Gegend schieben. Jedenfalls rutsche ich in den Sitz hinein und bin glücklich. »Prost!«
Beate will mit mir anstoßen, doch mit einer unkontrollierten Handbewegung fegt sie meinen durchsichtigen Plastikbecher von dem kleinen Tisch, den ich gerade aus der Verankerung herausgeschoben habe. »Scheiße.«
Noch bevor ich reagieren kann, ergießt sich der rotfarbene Inhalt des Bechers über meine Jeans, und ich fühle die kühle Wirkung der Eiswürfel auf meinem Schoß, als Beate mich entsetzt anschaut.
»Tschu- tschuldigung … is … mir echt … pein- … peinlich«, stammelt sie verlegen und reibt mit einer Papierserviette verzweifelt über meinen Schoß, bis sie merkt, was sie damit anrichtet. Sie schaut mich an. Ich schaue sie an. Ihr roter runder Kußmund zieht mich magisch an. Beide prusten wir im selben Atemzug los.
»Tschul-tschuldigung … ich hab … ich hab su … su … viel getrunken«,
»Ist in Ordnung. Mach ruhig weiter.«

Ich will ihren roten runden Mund küssen, doch überraschend schnell reißt sie ihre Hand hoch und legt sie auf meinen Mund.
Verschmitzt schaut sie mich an. »Du…du weiß…, daß man ei …eine be …betrunkene Frau nich…nich ausnuzzen darf. Das is nich…nich fair.«
»Tschuldigung.«
»Nee … ich muß mich en … ennschuldigen.«
»Das ist schon in Ordnung. Kotzt dich die Schule auch so an wie mich?«
»Merkt man das?«
»Hmh.«
»Ich kann…kann…dir sagen, das war so…so ein Scheißjahr, daß ich mich ent…schlossen habe, jetzt…voll…voll die Sau rauszulassen. Prost.«
Eine Wodkarunde folgt der anderen. Ich spüre plötzlich, wie Beates Körper langsam zur Seite rutscht. Ihren Kopf in meinen Schoß gebettet, ist sie glatt eingeschlafen. Nach einer Weile des unbequemen Sitzens befreie ich mich aus dieser Position, schiebe sie noch in eine für sie komfortablere Lage und torkle, nicht ohne noch einen Blick auf ihren Superbusen zu werfen, schwer und müde von den Anstrengungen der letzten Stunden zu meinem Platz zurück. Verschwommen nehme ich das Modellflugzeugmagazin wahr, als ich über die Füße des Analsadisten stolpere und in meinen Sitz versinke. Der Sitz in der Mitte ist frei. Vielleicht ist Adlernase beim Pinkeln aus dem Flugzeug gefallen. Die Ankündigung des Films nehme ich nur noch in Trance wahr, bevor ich in einen tiefen Schlaf falle, der nicht allzu lange dauert. Ich werde plötzlich von schweren Hebungen und Senkungen der Maschine aufgeweckt. *Woop!* Ein Luftloch. *Woop!* Wieder ein Luftloch. Diesmal nur intensiver. Kaum vorstellbar. Der Riesenjumbo, den Gewalten der Natur ausgesetzt, sackt mehrere Meter in den Keller. Kalter Schweiß liegt auf meiner Stirn. Mein Magen wird wie ein Möbelwagen nach einem Überschlag durcheinandergeworfen. Ich kämpfe gegen die Übelkeit an, wische mir kalten Schweiß von der Stirn und frage mich … wie lange noch? Eine Kotztüte liegt vorausschauenderweise auf meinem Schoß. Ich schaue nach rechts und sehe Adlernase wieder neben mir. Sie grinst. Ich gebe auf. *Woop!* Wie auf Kommando schießen die Magensäfte nach oben und – *Woop!* – landen nur zur Hälfte in der Tüte. Ich wende meinen Kopf mit verschmiertem Mund Richtung Beauty Queen. Ich grinse, während ich mit einem Taschentuch meine kostbaren Körperflüssigkeiten von den Oberschenkeln meiner Jeans wische. Baby Doll grinst nicht mehr.

Zweites Kapitel

Endlich. Endlich setzt die Maschine zur Landung in L.A. an. Nachdem wir die Eisberge Grönlands überflogen und ich Kanada, Montana und Las Vegas von oben einen Gruß nach unten geschickt habe – eine mittelschwere Diarrhö hat mich erwischt, vermutlich der Tomatensaft –, kreist unser Jumbo nun schon seit über fünfundzwanzig Minuten über Los Angeles. Schon wieder sehe ich Downtown L.A. im bräunlichen Smog unter mir inmitten der quadratisch angelegten Wohngebiete, die sich meilenweit um das Stadtzentrum von Los Angeles herum erstrecken, das mit seiner, gemessen an New York, vergleichsweise kleinen Skyline wie ein Pilz aus dem Moos der flächendeckenden Wohnviertel herausragt. Und wieder steigt die Maschine nach oben und reiht sich in die Kreisbahn der anderen Flugzeuge ein, die ebenfalls auf die Landeanflugerlaubnis warten. Die alternierenden Sink- und Steigflüge geben mir den Rest. Vom Alkohol und von einem gepflegten Durchfall gezeichnet – ich muß drei Kilo abgenommen haben – sitze ich ermattet und blaß in meinem Sessel und bete zu Gott, diesem Martyrium ein Ende zu bereiten. Neben mir sitzt nun Susanne, eine aus der Gruppe um Beate, die ihren Platz mit Adlernase nach meiner bühnenreifen Show getauscht hat, und quatscht mich mit ihren Problemen voll – ihr Freund ist weg und ihr Yorkshireterrier Kiki hat Asthma –, doch ich höre nur noch mit halben Ohr hin, zumal ihre Stimme wie in Watte gepackt zu mir herüberwabert. Seit den vergeblichen Versuchen einer Landung bin ich auf beiden Ohren taub. Das Kaugummi, das ich verzweifelt kaue, bringt nicht den gewünschten Knack in den Ohren. Susanne, die aus Heidelberg kommt, scheint dies nicht im geringsten zu stören, und ich frage mich, was wohl ihr größtes Problem ist? Ihr verlorener Freund, ihr asthmatischer Terrier mit chronischem Hustenreiz oder ihre Laberei, die ihren Freund in die Flucht geschlagen hat? Soll sie ihren Yorkshireterrier doch mir überlassen. Dieses Problem kann gelöst werden, denke ich so, als ich trotz Übelkeit voller Vorfreude aus dem Kabinenfenster schaue. Voller Genuß stelle ich mir vor, wie sie den dummen Köter bei mir abgibt, den ich wenige Minuten später nach ihrem Verlassen unserer Villa langsam, ganz langsam an dem Schwanz packe und dann mit schnellem Schwung gegen die Wand klatsche. Nun ist das kläffende Vieh zwar tot, aber es hat auch kein Asthma mehr. Okay, ich gebe es zu. Drei Dinge machen mich aggressiv. Kläffende Yorkshireterrier, die mir beim Joggen an die Beine wollen, die nickenden Bewegungen von Tauben, diese Dreckschleudern, diese fliegenden Ratten … und Katzen. Katzen insbesondere. Wenn ich Katzen sehe, sehe ich rot.

Jetzt! Jetzt endlich ist der bogenförmige Tower des Flughafens zu sehen. Tiefer und tiefer sinkt der Jumbo der sicheren Erde entgegen und setzt nach qualvollen Minuten endlich mit einem kurzen dumpfen *Rumms* auf dem Runway auf, wobei sich der durch den bremsenden Umkehrschub verursachte Lärm mit dem Applaus der Passagiere vermischt, die wohl alle, so wie ich, erleichtert sind, nach elf langen Stunden wieder festen, diesmal amerikanischen Boden unter den Füßen zu haben. Es wird so unentwegt feurig in die Hände geklatscht, als hätten wir die beste Hollywood-Vorstellung seit Jahren gesehen. Demi Moore, Madonna, Michelle Pfeiffer und Pamela Anderson nackt in den Hauptrollen. Allen Warnungen zum Trotz, bis zum Stopp der Maschine angeschnallt zu bleiben, die langsam zu dem vorgesehenen Gate rollt, stürzen sich die Passagiere wie wild auf die über ihren Köpfen befindlichen Kabinenfächer, um ihr Handgepäck wie eine Meute hungriger Wölfe herauszureißen. Nur raus! Raus aus der Enge der Kabine und hinein in die kalifornische Sonne.

In engen Zweierreihen, links und rechts von den mittleren Vierer-Sitzgruppen, verlassen wir ungeduldig die Maschine und streben den Schaltern der amerikanischen Einwanderungsbehörde zu. Nach der langen Frageprozedur des Immigration Officers, der mich durch seine reflektierenden Sonnenbrillengläser kaugummikauend kritisch anschaut, bekomme ich endlich meinen Paß zurück und eile Richtung Baggage Claim, wo Beate und einige andere unserer Reisegruppe schon auf ihre Koffer warten. Hoffentlich ist mein Koffer nicht verlorengegangen auf dem langen Weg in die USA, denke ich so vor mich hin, als mich ein Typ von der Seite anquatscht, der wie ein amerikanischer Tourist aussieht, mit Donald Duck-T-Shirt und einer Baseball Cap.

»Woher kommen Sie?«

Ich gebe keine Antwort. Was will der Typ von mir, denke ich, als er seine Frage, diesmal etwas forcierter, wiederholt. »Ich habe Sie gefragt, woher Sie kommen?«

»Ich komme gerade aus Frankfurt. Das ist in Deutschland. Deutschland ist in Europa, genauer gesagt, Westeuropa. Aber ich weiß nicht, was Sie das angeht?«

Ich bereue es, dem Typ überhaupt eine Antwort gegeben zu haben, doch er läßt nicht locker.

»Sind sie direkt geflogen oder sind Sie mit einem Anschlußflug hierher gekommen?«

»Ich bin gerade hier angekommen aus Frankfurt mit *American Airlines*, und jetzt lassen Sie mich endlich in Ruhe.«

In der Hoffnung, ihn damit abgewimmelt zu haben, konzentriere ich mich wieder auf das Gepäckband, wo ich noch immer nicht meinen Koffer aus der Tiefe des Flughafenkellers ans Tageslicht hervorschießen sehe.

»Nehmen Sie Drogen ab und zu?«

Ich kann es nicht glauben. Ich kann es einfach nicht glauben. Der Typ ist penetrant. Ich entschließe mich, ihn mit Bullshit vollzulabern.

»Okay, ich weiß nicht, wer Sie sind, aber wollen Sie wirklich wissen, ob ich Drogen nehme? Ich komme aus einer drogengefährdeten Familie. Meine Schwester ist ein Junkie und geht für ihren Stoff anschaffen. Wenn Sie billig bumsen wollen, dann gebe ich Ihnen ihre Telefonnummer. Mein Vater und meine Mutter sind alkoholabhängig, weil sie sich die Schuld für das Versagen ihrer Tochter geben, und beide liegen im Krankenhaus, von Delirium tremens geschüttelt. Und ich habe den ganzen Koffer voller Koks, Mann, weil ich ohne Koks nicht leben kann, und weil ich mir hier einen Camaro kaufen will. Also, wenn Sie Stoff brauchen, dann haben Sie den Richtigen gefunden. Beantwortet das Ihre Frage?«

Den Typ bin ich los. Ohne eine Antwort zu geben, ist er in der Menschenmenge verschwunden. *Fucking weirdo.* Ich habe aber keine Zeit, mich noch länger über den seltsamen Vogel zu wundern, da ich endlich meinen Koffer sichte, den ich mit einem heftigen Ruck vom Band herunterhebe und zum Zoll rolle.

»Da, das ist er! Durchsuchen Sie seinen Koffer!«

Der Zollbeamte tritt auf mich zu und verlangt, daß ich meinen Koffer öffne. Neben ihm steht schon wieder Donald Duck, der mich die ganze Zeit mit seinen Fragen vollgelabert hat, und erst jetzt schnalle ich, daß ich einen Zollbeamten vor mir habe.

»Bitte packen Sie ihren Koffer aus. Drogenfahndung.«

Beim Öffnen des Reißverschlusses bemerke ich aus meinen Augen-

winkeln, wie die anderen unserer Reisegruppe beim Passieren des Zollbereichs mit vor Staunen offenen Mündern zu mir herübergaffen.
»Alles? Soll ich etwa alles auspacken?«
Ohne zu antworten, durchstöbert der Zollbeamte mit seinen flinken Händen meinen Koffer.
Meine Schuhe, besonders die Absätze interessieren ihn, meine Unterhosen – zum Glück noch makellos sauber–, die Hemden, die Jeans, ja sogar die Zahnpastatube wird gewissenhaft überprüft. Ein langer weißer Zahnpastastreifen landet im Papierkorb, genauso wie der Rasierschaum aus der Dose. Ein entsetzlicher Gedanke fährt mir durch den Sinn. Ich klemme meine Arschbacken zusammen, doch bleibt mir eine Körperkontrolle seltsamerweise erspart.
»Okay, alles in Ordnung. Sorry, Sir, aberIhre Angaben erforderten diese Maßnahme. *Have a nice day.*«
Fuck you clown, denke ich, als ich meinen Berg Wäsche achtlos in den Koffer werfe. Nur weg hier, bevor der Typ noch auf andere Gedanken kommt. Umringt von dreiunddreißig Schülern, die danach lechzen, den Grund dieses Mißgeschicks zu erfahren, stehe ich für kurze Zeit im Mittelpunkt ihres Interesses. Ich kann es nicht lassen und sülze ihnen einen vor, wie dumm doch die Zollbehörden sind. Da checken sie meinen Koffer, aber die zwanzig mit Koks gefüllten Kondome, die ich vorher in der Toilette des Frankfurter Flughafens heruntergewürgt habe, haben sie nicht entdeckt. Ungläubig starren mich die Doofen an. Nur Beate kichert genüßlich im Hintergrund. Tom Wolf grinst sich einen. Sie scheinen mich durchschaut zu haben.
Beate steht plötzlich neben mir. »Das Gefühl kenne ich«, flüstert sie mir zu.
Ich schaue sie irritiert an.
»Na, die Angst vor der Zollkontrolle. Immer wenn ich mit meiner Ente aus Holland zurückkomme, den Wagen so vollgeladen mit Shit, daß sie auseinanderzuplatzen droht, und ich dann langsam in Richtung des mir freundlich zuwinkenden Zollbeamten fahre, die geladene Maschinenpistole schußbereit unter dem Beifahrersitz, habe ich das gleiche Gefühl. Das prickelnde Gefühl der Gefahr. Werden sie dich erwischen oder nicht? Mußt du töten oder nicht? Landest du direkt im Knast, oder kannst du dir auf Wochen, ja auf Monate hinaus einen guten, billigen Joint leisten und die Freiheit genießen? *No risk, no fun, baby.* Du verstehst?«

Sie läßt mich verblüfft stehen und marschiert lachend zu ihren Freunden hinüber.

Es ist heiß und schwül in Los Angeles. Nach elf Stunden Flug sind wir in einer anderen Welt. Amerikanisches, chinesisches, spanisches Stimmengewirr dringt auf mich ein. Für einen Augenblick denke ich, in Korea oder sonstwo im asiatischen Raum gelandet zu sein.

Höre ich hier nur Chinesisch oder Polynesisch oder was? Es klingt auf jeden Fall völlig unamerikanisch in meinen Ohren. Schlitzaugen überall. Ich suche in meiner Verwirrung verzweifelt einen Hinweis, daß wir tatsächlich in L.A. und nicht in Seoul gelandet sind. Aber erst draußen vor der Ankunftshalle erkenne ich mit endgültiger Gewißheit, daß wir in Kalifornien gelandet sind. Ein wolkenloser, herrlich blauer Himmel strahlt über uns im Sonnenschein. Unzählige Palmen zieren die breite Straße, die am Flughafen vorbeiführt. Schwere amerikanische Straßenkreuzer rauschen majestätisch an uns vorbei, und aus dem Le Baron Cabrio, von einer braungebrannten Blondine gesteuert, erklingt Bon Jovi's *Keep the Faith.* Eine angenehm warme Brise läßt mein Hemd flattern.

Ich fühle mich so befreit von allen Zwängen. *I'm back in the USA. This is for real, man.* Und da kommt unser Leader, der seit einiger Zeit nervös herumgerannt ist, um die amerikanischen Repräsentanten von Gap-Sprachreisen aufzutreiben. Und da kommen sie. Zwei dicke Tussis in grellen T-Shirts und ausgebleichten Jeans haben Tom Wolf in ihrer Mitte wie einen Gefangenen eingekeilt und watscheln schwerfällig zu uns herüber, Cola aus riesigen Pappbechern schlürfend, die randvoll mit Eis gepackt sind.

»*Hi, everybody, finally we've found you. My name is Sue. Man, I can tell you, we've checked the whole goddam airport before we realized that you'd arrive an hour later. Welcome to California!*« begrüßt uns Sue in ihrem breiten amerikanischen Akzent und führt uns zu dem Parkplatz, wo unser Bus, ein echter Schrotthaufen, der wohl noch nie so etwas wie den TÜV gesehen hat, für die Fahrt nach Palmdale wartet. Die Türen sind verbeult, die Fensterscheiben zerkratzt, und der Rost nagt an der Unterseite des Seelenverkäufers, obwohl wir uns in einem rostfreien Klima befinden. Autos leben in Kalifornien länger, denke ich, und denke an das Lied von … von … auch egal. *It never rains in Southern California.* Unser Leader quatscht mit den Tussis ohne Ende und sein freudestrahlendes Gesicht läßt erkennen, daß er überglücklich ist, wieder in den USA zu sein.

Der Coach Driver kommt mir sehr verdächtig vor. Er sieht so heruntergekommen aus wie der Bus. Seine schulterlangen Haare sind zu einem Pferdeschwanz zusammengebunden und hängen vor Fett triefend schwer an seinem schweißnassen Rücken herunter. Ein Bandana in den Farben der amerikanischen Flagge, das seine Augen vor dem brennenden Schweiß schützen soll, ist um seine Stirn gebunden. Sein unrasiertes Gesicht ist voller Furchen und weist auf ein Leben im Suff hin. Ein anscheinend von Motten zerfressenes löcheriges Muscle-Shirt klebt an seinem Körper, aber das Stärkste sind seine Jeans, wenn man noch von Jeans sprechen kann, sehen sie doch eher aus wie zwei Röhren aus zusammengeflickten Stoffetzen. Was er in seinem Mundwinkel hängen hat, sieht aus wie ein Joint, der zu wippen anfängt, als er seine Lippen zum Sprechen bewegt. *»Hey, guys, don't you wanna give me a hand? It's goddam hot today. Over hundred degrees.«*
Auch das noch. Jetzt schafft es der Penner nicht einmal alleine, das Gepäck unserer Gruppe in dem Laderaum des Busses zu verstauen. Oder ist er vielleicht bloß zu faul dazu? Ich stelle mich taub und schaue in die Luft, als hätte ich nichts gehört. Ich bin zur Erholung hier und nicht zum Arbeiten. Unser Leader ist voll gut drauf und schuftet wie ein Ackergaul. Koffer nach Koffer schleudert er in die dunkle Tiefe des Laderaums. Die beiden dicken Cola schlürfenden Tussis haben es sich schon im Bus bequem gemacht und wischen sich andauernd den Schweiß vom Nacken. Endlich können wir einsteigen. Ich sitze neben Beate im vorderen Teil des Busses und schaue gierig-unauffällig auf ihre Brüste, die in ihrem T-Shirt zu wackeln anfangen, als sich der Bus ächzend in Bewegung setzt.
»Das sind Möpse, was?« kommentiert sie meinen Blick, der ihr nicht entgangen ist, und ich wechsle das Thema. »Wieder nüchtern?«
»Na klar, bei der Hitze schwitz' de doch den ganzen Alkohol wieder aus.«
»Und du?«
»Nie besoffen gewesen.«
Sie lächelt mich an, und wir quatschen über Gott und die Welt, das heißt weniger über Gott als über die Welt, denn sie ist, wie sie sagt, aus der Kirche ausgetreten, als ihre Mutter ihre Stelle als Kindergärtnerin an einem katholischen Kindergarten verloren hat. Kündigungsgrund: Die Scheidung von ihrem ersten Mann, der sie ständig verprügelt hat. Wut steigt in ihr auf. »Was hätte meine Mutter denn machen sollen?«
»Ich verstehe. *Catch 22.*«

»Was?«
»Sie hatte keine Chance. Wie auch immer sie sich entschied, sie mußte verlieren. Sie verliert den Job, oder sie wird weiter von ihrem Mann verprügelt.«
»Genau. Und ich scheiße auf die verlogene Bande. Diese Heuchler.«
Ich erfahre eine Menge über sie. Sie haßt ihren Vater für das, was er ihrer Mutter angetan hat. Sie hat ihren Vater seit sieben Jahren nicht mehr gesehen und verspürt auch keinen Wunsch mehr danach. Doch die Erfahrungen mit ihrem Vater haben sie nicht, wie sie ausdrücklich betont, beziehungsmäßig oder sexuell beeinträchtigt, denn mit vierzehn hat sie schon die Pille von ihrer Mutter verlangt. Ich staune. Ich schaue sie mir noch einmal genau an. Mit vierzehn habe ich noch an den Klapperstorch geglaubt.
»Und du?«
»Mit zehn habe ich der Lehrerin unter den Rock geguckt, mit elf habe ich mir beim Busengrapschen eine Ohrfeige eingefangen, mit zwölf habe ich mein Ding zu meiner Erleichterung wiederentdeckt, und mit dreizehn habe ich es dann gemacht.«
»Ein Jahr früher als ich!«
Für den Bruchteil einer Sekunde schaut sie mich erstaunt an, bevor sie mir verspielt in die Rippen stößt. »*Come on*, du verarschst mich doch, oder?«
Ich lehne mich zurück, sehe sie vielsagend an und schweige. Wir sind auf der gleichen Wellenlänge. Auch musikmäßig. Sie ist unsterblich in Kurt Cobain verliebt. *Red Hot Chilli Peppers* turnt sie voll an, aber auch Phil Collins' *love ballads* zieht sie sich bei passender Stimmung rein. Sie träumt von einer Karriere als Sängerin einer Popband. Vielleicht so etwas in der Art der *Bangles*. Aber bisher habe sie keine ernsthaften Anstalten unternommen, an der Verwirklichung dieses Traums zu arbeiten. »Glaubst du an den amerikanischen Traum?«
Ich bin, ich muß es zugeben, überrascht, eine Frage wie diese aus ihrem Mund zu hören.
»Ich weiß es nicht. Michael Jordan hat einmal in einem Interview gesagt, daß er nur an sich selbst geglaubt hat. Das sei sein Geheimnis des Erfolgs. Es ist leicht, so etwas zu sagen, wenn du oben angekommen bist, wenn du es wirklich geschafft hast. Doch welch ungeheurer Druck lastet auf all den Arbeitslosen, auf den Sozialhilfeempfängern und all denen, die es nicht geschafft haben, wenn sie die ganze Zeit zu hören bekom-

men, daß sie für das, was sie geworden – oder nicht geworden – sind, selbst verantwortlich sind. Darauf hätte ich keinen Bock, mir das ständig anhören zu müssen.«

»Vielleicht hast du recht. Manche Dinge sind im Leben nicht beeinflußbar, und es zählt nur das Glück, das einem beschert wird.«

»Oder auch nicht.«

Ich schaue sie an und lehne mich entspannt zurück. Nach soviel Ernsthaftigkeit klinke ich mich aus, als wir wieder beim Thema Schule landen. Ich komme schlecht drauf, als sie mir ihre Probleme in ihren Leistungskursen Geschichte und Bio mitteilen will, da sie seit dem Wechsel von der Realschule aufs Gymnasium um ihre Qualifikation für das Abitur kämpfen muß. Nee, jetzt reicht es mir. Schließlich habe ich Ferien und muß mir die Laberei nicht weiter anhören.

Obwohl Beate aus Düsseldorf kommt, kennt sie die Boutique, die meiner Mutter mal gehört hat, nicht. Aber wenn Beate mal wieder in Düsseldorf shoppen will, dann soll sie mich vorher anrufen. Mein Vater, so zwinkere ich ihr vielsagend zu, kennt die neue Inhaberin sehr gut. Connections sind immer wichtig. Überhaupt, denke ich, als sich unsere Schrottkarre auf dem San Diego Freeway Richtung San Fernando befindet, ist Düsseldorf nicht weit weg von Dortmund und fange an zu träumen. Aus dem Radio schallt zu uns Bruce Springsteen herüber. *Born in the USA*, yeah. *Born in the USA*, yeah.

»Did you see this fucking asshole, man, almost bumping into my bus? This fucker. I gonna get this fucker!«

Ich werde aus meinen Träumen herausgerissen und merke, wie der Bus an Fahrt zunimmt. Der Busfahrer, der wie Abfall aussieht, gibt Gas. Irgendein Autofahrer muß ihn geschnitten haben. Er fühlt sich provoziert. Er flucht ohne Ende und zieht hektisch an seinem Joint, während er mit straff nach vorne gebeugten Rücken, das Lenkrad wie einen Schraubstock festhaltend, den Fahrer vor ihm zu verfolgen versucht. Süßlicher Geruch dringt in meine Nase.

Ich bin erstaunt über die Geschwindigkeit, die der Schrotthaufen noch bringt, und sehe, wie der Bus an langsameren Autos vorbeirumpelt.

»Cool it, man«, versucht unsere Leader den Fahrer zu beruhigen.

»Go and get him«, kreischen die dicken Tussis, die Spaß an der Wettfahrt haben.

Jeder von uns ist nun wach, hält sich an den Sitzen der jeweiligen Vordermänner fest und schaut angespannt zu.

»I gonna get this bastard!« schreit der Fahrer.
»Slow down, man, do you wanna kill us?«
Tom Wolf ist gar nicht mehr so cool, denke ich, und ich denke an den Tod. Eine Urlaubsfahrt wird zur Todesfahrt. Todesursache: ein bekiffter Busfahrer. Begraben in *sunny California.* Ich muß grinsen bei dem Gedanken und schaue wieder auf das haßverzerrte Gesicht des Kiffers, der nun endlich den Lincoln Continental kurz vor Mission Hill eingeholt hat, nervös an seinem Marihuana-Stengel kauend.
»Gotcha!«
Mit voller Wucht rammt der Bus das Heck des Lincolns, der durch den Aufprall nach rechts geschleudert wird und mit offener Heckklappe auf der unbefestigten Straßennarbe, eine Staubfahne hinter sich herziehend, ausrollt.
»Ha, that serves him right!« brüllt unser Freak triumphierend, dem Lincoln Continental ein FUCK-YOU-Zeichen entgegenwerfend, als wir den Wagen überholen. Nur langsam beruhigt sich der Fahrer wieder. Doch zum Entspannen bleibt keine Zeit.
»Excuse me, sir«, rufe ich dem Fahrer zu, »bin ich hier in einem schlechten Film, oder was?«
Der Busfahrer dreht sich zu mir herum. »Was willst du?«
»In welchem Film bin ich hier?«
Unser Leader schaut mich verständnislos an.
Ich deute mit einer kurzen Kopfbewegung cool nach rechts.
»O-Oh, we're in trouble now.«
Auch der Busfahrer hat nun endlich den Helikopter gesehen, der schon seit geraumer Zeit unseren Bus verfolgt. Wieder haut er auf das Gaspedal. Von irgenwoher ist eine blecherne, von einem Megaphon verstärkte Stimme zu hören, doch ich kann die Worte nicht verstehen.
»Halten Sie an! Halten Sie doch endlich an! Was soll denn der Scheiß?« schreit unser Leader den Busfahrer an, der sich nicht umstimmen läßt. Beate sitzt verkrampft neben mir. Leichenblaß. Sie hat Angst. Von hinten tauchen zwei Polizeiwagen auf. *Highway Patrol.* Das schrille *Huiuiui* der Sirenen erfüllt die heiße kalifornische Luft. Inzwischen fahren sie in gleicher Höhe parallel mit dem Bus und signalisieren unserem Typen anzuhalten. Keine Reaktion. Mit unverminderter Geschwindigkeit biegen wir auf den Highway 14 ein, der, so Gott will, nach Palmdale führt. Die Streifenwagen geben auf, beschleunigen, überholen den Bus und entschwinden nach einiger Zeit aus unserem Blickfeld. Nur der Helikopter kreist

weiter über uns. Was haben sie vor? Bei Solemint weiß ich die Antwort.
»Fucking bastards! A barricade!«
Erst jetzt wird mir klar, daß uns schon seit langer Zeit kein Fahrzeug mehr überholt hat. Wir sind allein auf dem Highway. Vor uns, fünfhundert Meter vor der Ausfahrt in Richtung Solemint, versperren vier Polizeiwagen den Weg. Erleichtert blicke ich mich im Bus um. Nun muß er anhalten. Ich sehe die Anspannung in den Gesichtern der Leute aus unserer Gruppe. Auch die dicken amerikanischen Repräsentantinnen von GAP sind endlich still geworden und kauen an ihren Fingernägeln.
»Well, I ain't finished yet!«
Zum Staunen aller beschleunigt der Kamikazefahrer den Bus aufs neue. Tom springt auf und versucht, den Fahrer vom Lenkrad wegzuziehen, doch ohne Erfolg. In dem Gerangel befreit sich der Psycho aus dem Würgegriff Toms und hält voll auf die Polizeiwagen zu. Ich ergreife voller Panik die Sitzlehne des Vordermannes und versuche, mit meinen Armen meinen Kopf zu schützen. Beate hat sich auf meinen Schoß fallen lassen und weint, ihre Hände an meine Beine gekrallt. Jetzt. Jetzt. Jetzt muß der Aufprall kommen. Ich höre einen ohrenbetäubenden Knall. Die Reifen sind geplatzt. Ein Nagelteppich? Und *Wuumms.* Ein furchtbarer Ruck geht durch den klapprigen Bus. Wir werden nach vorne geschleudert. Meine Stirn platzt auf. Mein Blut spritzt auf das weiße T-Shirt von Beate, die vom Sitz gefallen ist und unten auf dem Fußboden liegt. Schreie überall. Fensterscheiben splittern. Glasscherben fliegen durch die Luft. Blut. Stöhnen. Wimmern. Aber der Bus steht. Stille. Absolute Stille. Lange Zeit geschieht nichts.

»Mutter? Mutter? Lebst du noch?«
Sie liegt reglos im Bett. Blaß, ihr Gesicht ausgemergelt, liegt sie auf der rechten Seite, die Augen sind geschlossen. Ihr rotes Kopftuch hebt sich deutlich ab von dem Weiß der Bettdecke, die bis zu ihrem Hals hochgezogen ist. Hat sie mich nicht gehört?
»Mutter?«
Von irgendwoher erklingt eine nasale Stimme über das Intercom. »Doktor Schneider! Bitte zur Rezeption. Doktor Schneider! Bitte zur Rezeption.«
»Mutter!«

Erst langsam erkenne ich die Konturen der Polizisten und die weißen Kittel der Ärzte, die sich bereits im Bus befinden und den Verletzten helfen. Der Freak liegt über seinem Lenkrad gebeugt. Glassplitter stekken in seinen Schultern, doch er scheint den Schmerz nicht zu spüren. Ich höre ihn im Marihuanarausch leise vor sich hin reden: »*That was brilliant, man. Real cool, real cool, real cool, wow man, that was cool.*« Er ist total stoned. Er merkt kaum, wie die Cops ihm Handschellen anlegen. Willenlos streckt er seine Handgelenke aus.

Nach zwei Stunden Aufenthalt in Solemint geht die Fahrt weiter. Wie durch ein Wunder ist keiner von uns schwer verletzt. Schnittwunden, Verstauchungen und kleinere Prellungen sind die einzigen Auswirkungen dieser Wahnsinnsfahrt. Wie die Polizei herausgefunden hat, gehörte der Freak einer religiösen Sekte in Waco, Texas, an. Was er hier suchte? Hier in Los Angeles? Keine Ahnung. Wieso er durchdrehte? Keinen Plan. Egal. Die Fahrt geht weiter. Ein neuer Busfahrer, ein neuer Bus, und wir alle, einer Armee von verwundeten Soldaten gleich, die von einer verlorenen Schlacht müde zurückkehren, sind frisch bandagiert.

Es ist still im Bus. Jeder hängt, betäubt von den Ereignissen, in Gedanken versunken in den Sitzen. Ich schaue mich um und entdecke Adlernase. Ich grinse bei ihrem Anblick und stöhne vor Schmerz auf. Sehen wir jetzt nicht alle aus wie sie? Ein Haufen Müll? Eine Busladung Elend? Auch unser Leader, der noch vor kurzem so heldenhaft mit dem Psycho gekämpft hat, liegt erschöpft auf einem Zweiersitz des Busses, seine Beine auf dem freien Sitz ausgestreckt.

»He, Pichalski, alles klar?« fragt er mich, als er merkt, daß ich ihn beobachte. Ich grinse ihn nur an, zu müde, um eine Antwort zu geben. Beate schläft, ihre Schulter an meine angelehnt. Ich schaue nach draußen. Die Dämmerung hat eingesetzt. In ein paar Minuten werden wir in die Dunkelheit hineinfahren. Die leise, weiche Stimme Gloria Estefans ertönt aus dem Radio. *Cuts both ways. My love is like a knife it cuts both ways.* Ich lehne mich zurück, kontrolliere den Sitz meines Verbandes und entspanne mich.

Mit zweistündiger Verspätung kommen wir in Palmdale an. Die Müdigkeit nach dem Schock ist einem neuen Gefühl von Aufregung gewichen. Wie würden wohl die Gastfamilien aussehen? Nervös schauen wir aus den Fenstern, um die Rolls Royce, Mercedes und Cadillacs auszumachen, die wir bei den Familien erwarten, schließlich hat uns Liegner das versprochen. Beverly-Hills-Niveau. Doch nicht ein Luxusschlitten ist zu sehen, als wir langsam auf den Busparkplatz fahren.

»Okay, *boys and girls*, wir werden jetzt draußen checken, welche Gastfamilien bereits da sind, und dann jeden einzelnen von euch aufrufen, okay?« Sues Stimme klingt plötzlich nach Autorität. Nervös rutschen wir auf den Sitzen hin und her. Alle denken wohl das gleiche – nur ja nicht die Arschkarte ziehen! Die Nervosität ist sogar bei Tom Wolf zu spüren. Ein zischendes Geräusch kündigt uns das Öffnen der Tür des Busses an, und schon ist Sue mit einem Clipboard in der Hand aus dem Bus gesprungen, um nach wenigen Sekunden wieder in den Bus zu steigen. Mit einem Mikrofon in der Hand ruft sie die ersten Namen auf, die alle aufgrund ihrer amerikanischen Aussprache ungewohnt schräg und schrill klingen.

»*Reiner Bräääändt! Your family is here!*«

Ich schaue aus dem Fenster und beobachte die Begrüßungszeremonie. Reich sehen sie nicht aus, denke ich so, als sie auch schon mit einem verbeulten Pick-up-Truck davonfahren.

»*Karin Lukktenbööörg. Mrs. Baker is waiting for you. Hurry up.*«

Und so geht es der Reihe nach weiter.

Beate ist bereits versorgt. »Ruf mich morgen mal an«, sagt sie noch beim Hinausgehen zu mir, und ich nicke entschlossen. Ich werde sie auf jeden Fall morgen anrufen. *Most definitely.*

Unseren Leader ebenfalls, der wie bei der Ankunft in L.A. diesmal die Gastfamilie euphorisch begrüßt. Langsam leert sich der Bus. Meine Erregung ist zum Zerreißen gespannt. Wenn ich eine Arschkarte ziehe, dann…

»*Pichalski. Come on. Welcome Mr. Buchanan!*«

Nur zögernd verlasse ich meinen Sitzplatz. Meine Beine fühlen sich schwer und bleiern an, als ich die drei Stufen der Eingangstür des Busses schwerfällig hinuntersteige und den Gastvater erblicke.

»*Got any luggage?*« begrüßt er mich kurz angebunden und spritzt mindestens einen Liter Kautabak auf den staubigen Boden.

Ich hole meinen Koffer, der bereits aus der Ladeluke hervorgeholt worden ist.

»*You carry it. Car is over there.*«

Ohne ein weiteres Wort zu sagen, kehrt er mir den Rücken zu und läuft zu seinem Wagen, einem verrosteten, mindestens zwölf Jahre alten Ford Pinto. Ich schlurfe mit dem Koffer in der Hand, von den Strapazen der Reise gezeichnet, müde hinter ihm her und verstaue den Koffer im Heck des Autos. Während der Fahrt beobachte ich ihn aus meinen Augenwinkeln. Sein Alter schätze ich so um die Sechzig. Ein paar Haare hängen

noch an seinem Schädel wild herum, aber einen Kamm braucht er wohl nicht mehr für seinen Filz. Genausowenig braucht er eine Zahnbürste. Wohl eher eine Munddusche. Von den wenigen Zähnen, die er noch hat, geht ein übler, fauliger Geruch aus. Überhaupt riecht der ganze Innenraum des Wagens verfault und modrig. Auffallend ist an dem Mann außerdem seine ungesunde blaß-grüne Gesichtsfarbe. Die ganze Zeit kaut der Zombie Kautabak und spukt ihm in regelmäßgen Intervallen aus dem halb geöffneten Seitenfenster. Er trägt zerschlissene Jeans und ein beflecktes Jeanshemd, als käme er gerade vom Ausmisten eines stinkenden Schweinestalls zurück. Konversation ist auch nicht seine Sache. Das Entertainment Business hat der verfaulte Sack nicht erfunden. Kein Wunder, daß ich von denen keinen Brief in Deutschland erhalten habe. Schweigsam hält sich der Zombie am Lenkrad fest. Unter mir die Fahrbahn. Das Fußbodenblech des Fords ist vom Rost zerfressen. Ich kann den Asphalt der Fahrbahn sehen und achte verzweifelt darauf, nicht mit einem meiner Füße in das vor mir liegende mindestens vierzig Zentimeter große Loch zu geraten. Ich schaue aus dem Fenster, in dem sich die grünen Lichter des Armaturenbretts widerspiegeln. Nichts ist draußen in der Dunkelheit zu erkennen. Ich komme plötzlich megaschlecht drauf.
Nach einer dreißigminütigen Fahrt bin ich froh, als wir endlich am Ziel angekommen sind. Was ich in der Dunkelheit erkennen kann, reißt mich nicht vom Hocker. Das Gatter zur Einfahrt in den Vorhof hängt schief an den Scharnieren, beim Öffnen und Schließen quietscht es qualvoll in den verrosteten Angeln. Die Veranda des einstöckigen Holzhauses, dessen ehemals weiße Farbe beinah gänzlich, bis auf wenige Stellen, abgeblättert ist, gleicht einer Baustelle. Die Treppe zur Veranda sieht brüchig aus, und überall sind Holzplanken herausgebrochen. Die Treppe ächzt bedrohlich unter meinem Gewicht, als ich die Stufen mit meinem Koffer hochsteige, um Mrs. Buchanan zu begrüßen, die mich in Lockenwicklern und halboffenem Bademantel begrüßt, der ihre dicken Brüste nur teilweise bedeckt. Sie scheint mindestens zehn oder sogar fünfzehn Jahre jünger zu sein als der zahnlose Zombie. Bei der Begrüßung schiebt sie ihre Zigarette in den Mund, um mir ihre vom Nikotin gelb gefärbten Finger der rechten Hand entgegenzustrecken. In ihren Pantoffeln kommt sie mir einen Schritt entgegen und bläst mir ihre Alkoholfahne ins Gesicht. Ich schaue auf die Kerbe ihrer dicken Brüste, als sie mich, mir ungeniert den Rauch ihrer Zigarette ins Gesicht blasend, begrüßt. »*Come on in. Lemme just introduce you to our family.*«

Ich habe schon genug Elend gesehen, denke ich, und muß mir jetzt noch ihre Blagen anschauen, denke ich so, als ich das Wohnzimmer betrete. Der Eingang vom Haus, einem Flachbau, führt direkt in das Wohnzimmer, das nur spärlich möbliert ist. Eindeutig das Zentrum des Raumes ist der große Fernseher, der sich in einem mächtigen Fernsehschrank befindet, vor dem eine Couch, ein flacher Holztisch und zwei Sessel mit abgeschabten Stoffbezügen stehen. Auffallend sind neben dem Ventilator an der Decke zwei Regale hinter dem Sitzbereich, in denen sich allerdings keine Bücher befinden, sondern ausschließlich Fotos von einem Footballspieler und alle möglichen Dekorationsartikel, die total kitschig wirken. Insgesamt macht das Wohnzimmer einen furchtbar unaufgeräumten Eindruck und läßt zudem die dringende Notwendigkeit eines Hausputzes erkennen. Vom Wohnzimmer aus ermöglicht ein offener Durchgang einen Blick in die Küche. Wie in allen amerikanischen Küchen befindet sich ein Fenster mit einem Fliegengitter oberhalb des Spülbeckens, in dem sich das Geschirr meterhoch stapelt. Die Kücheneinrichtung ist, bis auf einen gewaltigen Kühlschrank, der selbst meinen Kopf überragt, sehr spartanisch und gehört definitv nicht gerade zum neuesten Standard. Zahllose Notizzettel sind mit kleinen Magneten auf die Metalltür des Kühlschranks geheftet. Auch hier summt ein Ventilator ein Schlummerlied. Neben der Küche, das kann ich gerade noch sehen, beginnt ein dunkler, langer Flur, von dem, so vermute ich, die Schlafzimmer abgehen.
Doch ich habe keine Zeit mehr umherzuspähen, denn schon nahen die Blagen heran. Wie bei der Vorstellung einer Fußballmannschaft kurz nach dem Einlauf ins Stadion werden mir ihre Kinder vorgestellt. Melissa, achtzehn Jahre alt, nicht unattraktiv – ich staune: bei dem Vater? –, Puppengesicht mit Make-up ohne Ende, brünettes Haar und knackige Figur in Hot pants und Baseball-T-Shirt, scheint mein Besuch wenig zu erfreuen. Mit einem Bein über die Armlehne des Fernsehsessels gehängt, ihre Fußnägel lackierend – schrilles Blau! –, nickt sie nur kurz bei der Erwähnung meines Namens und vertieft sich wieder kaugummikauend in die Seifenoper, die über den Bildschirm flimmert. Sie stammt aus der ersten Ehe, wie mir die Schlampe zu erklären versucht. Warum Mrs. Buchanan darauf besteht, diesen für sie so wichtigen Sachverhalt zu erläutern? Keine Ahnung. Vermutlich erklärt dies die Frage, warum Melissa noch relativ attraktiv im Vergleich zu ihren Brüdern aussieht. Frank, sechzehn, und Steve, fünfzehn, so werden sie mir vorgestellt,

stammen aus der Ehe mit dem Zombie. Beide Kinder sind weit entfernt von dem, was man üblicherweise als hübsch bezeichnen würde, und ich kann mir schon vorstellen, wie sie in zwanzig oder dreißig Jahren aussehen werden. Beide sind mit Akne gebrandmarkt. Sie tun mir leid. Ihre Gesichter sehen aus wie Streuselkuchen, aus denen ihre dunklen Augen gefährlich funkelnd hervorlugen. Es sind keine ehrlichen, offenen Gesichter, die eine gewisse Gutmütigkeit widerspiegeln. In dem Funkeln ihrer verkniffenen Augen sehe ich Durchtriebenheit und Tücke. Warum gibt es noch kein Gesetz, das es Vogelscheuchen wie Mr. Buchanan verbietet, Kinder zu zeugen, wundere ich mich, doch mein Grinsen wird starr, als ich das Zimmer sehe, in dem ich in den nächsten vier Wochen wohnen soll. Höchstens zehn Quadratmeter groß, ist es vollgestopft mit Skateboards, ungebügelter Wäsche und anderen Utensilien, unter denen irgendwo ein Bett stehen muß. Mir wird schlagartig klar … ich wohne in einer Garage. Zu müde, Essen zu mir zu nehmen, zu lustlos, das Essen überhaupt zu probieren, werfe ich mich auf das Bett, nachdem ich es unter dem Berg von Unrat gefunden habe, und schaue aus dem Fenster in die sternklare Nacht und mir wird klar … ich habe die Arschkarte gezogen.

Drittes Kapitel

Nach einer unruhigen Nacht in einer muffigen Garage bin ich froh, endlich am frühen Montag morgen aufstehen zu können, trotz des Jet-lag, der mir immer noch in den Knochen steckt, um mich für den ersten Schultag vorzubereiten. Doch was ich nun im hellen Tageslicht erblicke, zieht mich vollends runter. Ich schaue aus dem Fenster und sehe nichts. Meilenweit nichts außer staubiger Wüste und ein paar Yoshua Trees. Nicht ein Haus ist irgendwo am Horizont zu erkennen. Nur eine kleine öde, in eine Richtung schnurgerade verlaufende Landstraße ist in der Ferne zu erkennen, die anscheinend an einer Bergkette endet. Die Erkenntnis kommt wie ein Hammerschlag auf mich nieder. Ich bin gefangen in diesem Loch. Und daß hier in der Mojave-Wüste regelmäßige Busse verkehren, so alle zwanzig Minuten bis spät in die Nacht, das ist so unwahrscheinlich wie ein Mantafahrer an der Uni. Das kann ich mir von der Backe streichen. Unverzüglich denke ich an die Worte Liegners. Sollten wir nicht alle in Strandnähe wohnen? Ich setze mich wieder aufs Bett, prüfe zum x-ten Male den Sitz meines Verbandes, der sich während der Nacht ein wenig gelockert zu haben scheint, und merke, wie ich bei dem Gedanken an Liegner langsam in Wallung gerate. Langsam, ganz, ganz langsam spüre ich die aus der Tiefe meiner Seele hervorkriechende Aggression, die sich – *fucking asshole* – in einem Faustschlag gegen den Schrank in Bettnähe entlädt. Die geballte Wucht des Faustschlags gegen die dünne Tür läßt den billigen Schrank in seinen Grundfesten erbeben. Die Tür springt auf. Gestapelte Pornomagazine, zerkratzte CDs, ausgelatschte Turnschuhe, Socken, Ölkannen, Putzzeug, einfach alles, was in einen Schrank hineingestopft werden kann, kommt daraus hervorgeschossen und landet auf dem bereits mit Müll verzierten Boden meiner Garage. Ich flippe aus. Ich drehe durch. Wütend trete ich auf die CDs, verteile die billigen Onaniervorlagen mit einem wuchtigen Tritt im Raum und trommele mit beiden Händen auf den nun leeren Schrank ein, bis meine Wallung abebbt. Erschöpft von dem Tobsuchtsanfall trotte ich zum Badezimmer. Noch ist alles ruhig im Haus. Das Bad ist frei. Ich betrete das Badezimmer und ... mir wird schlecht. Was ich sehe, verdirbt mir den Appetit auf ein gutes amerikanisches Frühstück. Der Duschvorhang hängt halb zerissen von der Stange herunter, das Waschbecken ist übersät mit allerlei undefinierbaren Flecken. Zahnpasta klebt verkrustet auf dem Wasserhahn, der Spiegel, von Schlieren überzogen, läßt einen Blick hinein nicht mehr zu, der Fußboden ist mit kringeligen Schamhaaren bedeckt, das gleiche gilt für die Duschwanne, wo das Abflußrohr von einer dunkel klebrignassen Haarmasse verstopft wird. Der Deckel der Toilette ist offen und gibt den Blick auf eine mit Exkrementen befleckte Toilettenschüssel frei. Eins ist sicher. Die Siffbude ist seit Jahren nicht mehr gereinigt worden. Zwei Küchenschaben krabbeln flink über den Fußboden. Ich muß würgen, doch der Magen gibt seit gestern nichts mehr her. Froh, Badelatschen an meinen Füßen zu haben, betrete ich die Dusche mit Ekelgefühlen, nachdem ich eine halbe Stunde versucht habe, für meinen frisch gewaschenen, herrlich duftenden Schlafanzug eine zumindest geringfügig saubere Stelle im Bad zu finden, wo ich ihn mit ruhigem Gewissen ablegen kann. Vorsichtig bemüht, nicht den Dreck zu berühren, vollziehe ich meine Körperpflege in ungewohnt schneller Zeit, als mich der Schock trifft. Kaum habe ich das Badezimmer verlassen, trete ich ahnungslos auf etwas Weiches, Dunkles, das mit einem gequälten, schrillen, durchdringenden

Aufschrei an mir vorbeihuscht. KATZEN! ICH HASSE KATZEN! Erst jetzt erkenne ich zu meinem Entsetzen, als ich die Küche betrete, die sich im gleichen Zustand wie das Badezimmer befindet, daß nicht nur eine, sondern zwei Katzen auf dem Küchenschrank herumturnen. Sofort verspüre ich den Wunsch, mich auf die Katzen zu stürzen, um sie mit einem großen Küchenmesser abzustechen, doch bevor ich den Gedanken in die Tat umsetzen kann, betritt die Dame des Hauses mit strähnig zerzausten Haaren, eine Dose Budweiser in der zittrigen Hand, die Küche. Ihr Unterrock lugt aus dem vorne nur lässig geschlossenen Bademantel hervor, ihre prallen Brüste sind deutlich zu sehen. Ich wundere mich gerade über so viel Schamlosigkeit, als die Lady mir lüstern, heiß-verlangend in die Augen schaut, als wolle sie mir in wenigen Augenblicken die Kleider vom Leib reißen, um mich genüßlich zu vergewaltigen. Ich bin schon zum Kampf bereit, als mich ihre Frage erleichtert aufatmen läßt. »*You want breakfast? Help yourself.*«

Sie setzt sich, nachdem sie eine zweite Dose Bud aus dem Kühlschrank geholt hat, breitbeinig auf den Küchenstuhl, ihr Unterrock – absichtlich? – hochgerutscht, der mir den Blick bis rauf zu ihrem Innenfutter freigibt, denn einen Slip trägt die Schlampe nicht. Ich denke an eine Filmszene mit Sharon Stone und wünschte mir, sie säße mir in diesem Augenblick gegenüber. Mein Gott, wo bin ich hier gelandet, denke ich so, und ich merke, wie sie mich bei der Zubereitung des Frühstücks – eine Schüssel Cornflakes – mit ihren Blicken verfolgt.

»Oh, hast du bereits unsere beiden Katzen kennengelernt? Ich hoffe, du magst Katzen. Komm Miezmiezmiez. Sie heißen Tom und Jerry. Nach dem Cartoon im Fernsehen. Kennst du die?«

O Mann, jetzt unterhalte ich mich schon über Tom und Jerry, denke ich, als ich voller Ekel wahrnehme, wie eines der beiden Viecher auf den Küchentisch springt, um etwas von der Milch zu ergattern, die ich mir gerade über die Cornflakes schütte.

»*Get down you fucking animal!*« Mit einem Handschlag scheucht sie die Katze vom Tisch. Bevor ich hier gehe, wird es zwei Kadaver geben, die in der heißen Wüstensonne verrotten können, und ich schiebe mir voller grimmiger Entschlossenheit einen Löffel Cornflakes in den Mund.

Noch immer sitze ich mit meiner lieben Gastmutter an einem Tisch, die wohl sonst nichts zu tun hat, außer mich mit ihren Fragen zu bombardieren.

»Woher hast du den Verband?«
Ich erzähle ihr von dem verrückten Busfahrer und frage mich gleichzeitig, wer in diesem Haus nicht verrückt ist.
»Was machst du in Deutschland?«
Ich erzähle ihr einen von der Schule, aber nur kurz. Das Thema langweilt mich.
»Ich bin sicher, so wie du aussiehst, hast du eine Freundin in Deutschland?«
Oh, oh! Here we go again. Aber die Frage kommt gut, da ich nun die Gelegenheit bekomme, ihre Absichten, die ich hinter der Fragerei vermute, wie ein Kartenhaus einstürzen zu lassen. Nachdem ich ihr die Situation ausführlich erklärt habe, wie sehr ich Maria liebe und wie treu ich bin, fühle ich mich ein wenig sicherer vor ihr.
Langsam füllt sich die Küche. Das Puppengesicht kommt gähnend, nur mit einem T-Shirt bekleidet, das ihr bis zu den Oberschenkeln reicht – sie hat wirklich tolle Beine – in die gute Stube hineingeschlurft, um sich einen Kaffee aus der Kaffeekanne einzugießen, und kurz darauf folgen Frank und Steve, noch ungekämmt und ungewaschen, und setzen sich vor den Fernseher in der Küche, den Frank mit einem Tritt seines rechten Cowboystiefels in flimmernde Funktion versetzt. Der Fernseher wird wohl nun zur Hauptattraktion des Tages für die Kinder. Ich muß plötzlich grinsen, als ich im Fernsehen genau das Gegenteil von dem sehe, was ich hier erlebe. Die Waltons, Inbegriff einer idyllischen Familie in den sorgengeplagten dreißiger Jahren, erscheinen als Wiederholung auf dem Bildschirm, doch es dauert nicht lange, bevor Frank mit den Worten: *»Fuck the Waltons«* und mit dem dazugehörigen Fußtritt den Kanal wechselt, wo jetzt Popeye, der Seemann, gerade eine Dose Spinat in sich hineinschüttet.
»I told you not to kick the damn TV set with your goddam boots, asshole«, fährt Mrs. Buchanan ihren Sohn an, doch der, zu sehr in Popeye vertieft, reagiert nicht auf die Schelte seiner Mutter.
»Kennst du Popeye? *Popeye is cool, man!*«
Ich nicke nur gelangweilt und wundere mich, wo der stinkende Sack bleibt, der mich gestern abgeholt hat. Ich schaue auf die Uhr und werde an mein Versprechen erinnert, Beate anzurufen, die in Lancaster wohnt. Während ich die Nummer wähle, sehe ich aus dem dreckigen Fenster und entdecke den Scheintoten mit der leuchtenden Halbglatze beim Rumhantieren an einem draußen vor der Veranda geparkten Schrott-

haufen von einem GM-Truck, dessen Motorhaube wie ein hungriges Löwenmaul weit geöffnet ist, in den der Dompteur Buchanan mutig seinen Kopf hineinsteckt. Alles ist hier Schrott, denke ich so vor mich hin, als eine Männerstimme mich von dem traurigen Anblick ablenkt.

»Hi, my name is Pichalski, may I talk to Beate please?«

»Hold on a second. B-e-a-t-e it's for you.«

»Hi Pichalski, ich dachte, daß du es bist. Wie geht's?«

Diese Frage hätte sie nicht stellen sollen. Nun muß sie eine Wortlawine über sich ergehen lassen, doch ich kann nicht anders, ich muß meinem Frust Luft machen.

»Oh, das tut mir echt leid«, ist ihr lapidarer Kommentar, als ich endlich, schwer ausatmend, zum Ende meiner Litanei komme, und ich kann mich nicht des Eindrucks erwehren, daß das Gesicht am anderen Ende der Leitung grinst.

»Das tut mir wirklich leid, Michael. Ehrlich. Ich habe total Schwein gehabt. Die Familie ist einfach super. Die haben ein riesiges Haus mit einem supergroßen Swimmingpool, wo du echt drin schwimmen kannst. Du weißt, nicht nur so zum Rumplanschen. Mein Zimmer ist auch echt geil. Ich hab's ganz für mich alleine. Die Tochter ist in Berkeley an der Uni und kommt nur selten nach Hause. Ach ja, mein Gastvater wird dich nachher zur Schule abholen, okay? So gegen zehn. Ich werde jetzt noch ein paar Bahnen schwimmen. Also bis dann. Ciao.«

Ein Klick in der Leitung. Sie hat aufgelegt.

Ich schaue auf die Uhr und entscheide mich, noch kurz meinen Vater in Deutschland anzurufen, wo es jetzt Abend sein muß.

Er muß auf meinen Anruf gewartet haben, denn er ist sofort am Telefon und freut sich über den Anruf.

»Michael! Wie geht es dir? Bist du gut angekommen?« Seine Stimme überschlägt sich beinahe vor Freude, mich am anderen Ende der Leitung, bei einer erstaunlich klaren Verbindung trotz der Entfernung von einigen tausend Kilometern, zu hören. Seine Stimme hörend, kämpfe ich plötzlich gegen Tränen an, doch ich bemühe mich, mein Schluchzen zu unterdrücken, als ich bereit bin, meinem Vater zu antworten.

»Hier ist alles okay, Papa. Der Flug war anstrengend, aber wir sind sicher angekommen. Und wie geht es dir? Schaffst du es alleine? Papa, vielleicht hätte ich doch zu Hause bleiben sollen?«

»Unsinn, mein Junge. Ich schaffe das schon. Mache dir bitte über mich keine Gedanken. Du bist jung und mußt raus in die Welt. Versuch in

Kalifornien, einfach mal abzuschalten. Und denke daran, das Leben geht weiter. Sei tapfer.«

»Na ja, ich bin ja auch in vier Wochen wieder zurück, Papa.«

»Jetzt denke nicht schon an die Rückkehr, sondern genieße die Tage in *sunny California*. Weißt du was? Wir sollten im Winter für ein paar Tage nach New York fahren, in die Catskill Mountains zum Skifahren. Ich habe dort noch einen guten Geschäftspartner.«

»Eine gute Idee. Also, ich rufe bald wieder an. Tschüs.«

»Tschüs, Michael.«

Ich lege nach zwei, drei Minuten den Hörer auf die Gabel zurück und trotte nachdenklich, mit hängendem Kopf in meine Rumpelkammer, wo ich Frank, auf meinem Bett sitzend, über einem verklebten Hustler-Magazin beim Mastubieren erwische. Sein armseliger Anblick zieht mich vollends runter. *Just great.* Er schaut mich an und läßt sein Ding fallen. Ich schaue in sein Streuselkuchengesicht und sage: »*Masturbation is an act of isolation*« und gehe wieder aus dem Zimmer, nicht ohne dem Scheißkater Tom – oder Jerry? – , der gerade an mir so leise vorbeischleichen will, einen Tritt in den Hintern zu geben. Mit einem langezogenen Miaauu, das wie Musik in meinen Ohren klingt, landet das blöde Vieh im hohen Bogen zehn Meter weiter auf dem klebrigversifften Teppich, ohne sich das Genick gebrochen zu haben.

Damn! School sucks!!

Seit einer Stunde sitzen wir nun in dem Backofen, auf den die Sonne erbarmungslos draufknallt. Die »Schule« hat sich als ein aus Holz bestehender Anbau, der zu einem heruntergekommenen Hotel gehört, entpuppt. Das Hotel liegt irgendwo zwischen Littlerock und Pearblossom und beherbergt nur wenige Gäste. Immer wieder dringen Geräusche aus der Hotelküche – »Schieb den Braten endlich in den Ofen!« – und aus den anliegenden Gästezimmern – »Ohh, ahh, uuh, geil« – zu uns herüber, doch es stört uns schon lange nicht mehr. Unsere Gruppe ist in zwei Klassen aufgeteilt worden. Tom Wolf ist für Grammatik und Textanalyse eingeteilt und arbeitet draußen im schattenlosen Hinterhof neben den Müllcontainern. Die Lehrerin, eine dicke, voluminöse Farbige mit tiefer Mississippi-Stimme, die einen gemütlichen Eindruck macht, ist für die kommunikativen Sprechanlässe verantwortlich. Aber ehrlich gesagt, bei dem Thema, das wir gerade in dem Bau diskutieren, geht mir keiner ab. *What is creativity? Are people more creative today, or were they more creative in the past?* Das Thema interessiert keinen Schwanz, und so sitzt nun die Negermutti vorne auf dem Stuhl und redet unentwegt, und wir dösen schwitzend, vornübergebeugt, die Köpfe auf unsere verschränkten Armen gelegt, vor uns hin und träumen von Palmen, Wasser, Sand und Strand. Ich schaue auf die Eieruhr, die Mrs. Jones als Ersatz für eine richtige, ordentliche Schuluhr auf ihrem Schreibtisch stehen hat. Noch fünfzehn qualvolle Minuten, die wie eine Ewigkeit vergehen.

SSSSSSSSSSS. Eine dicke Fliege zieht leise brummend in der totenstillen Mittagshitze an mir vorbei und landet auf meinem Tisch. Ich hebe meinen Kopf, nehme, plötzlich wach geworden, mein GAP-Schulbuch, ziele auf ihre Augen und ...Klatsch...zermatsche sie mit dem Buchrücken, den ich jetzt mit der blutig breiigen toten Fliegenmasse an Adlernases *I-love-California*-T-Shirt genüßlich abwische.

Doch bevor ich reagieren kann ...»Du Arsch.« ... *Klatsch*...habe ich einen hängen. Obwohl der Schlag mit ihrem Handrücken nicht sehr hart gewesen ist, falle ich demonstrativ vom Stuhl, stehe auf und ziehe eine Show ab – endlich ist was los in der Bude! – und brülle: »Ich bring dich um, du blöde, alte Kuh, du« und will ihr an die Gurgel, doch Mrs. Jones ist schon herangenaht, packt mich am Hemdkragen und schleudert mich mit ihren gewaltigen Armen gegen die provisorisch errichtete Tafel, die unter meinem Gewicht mit einem lauten WUMMS zusammenfällt.

»You ain't fooling around no mo'! Get 'te hell outta here!«

Das braucht sie mir nicht zweimal zu sagen.

Ich setze mich auf den Rasen hinter dem Anbau und höre Tom Wolf schmutzige Witze erzählen.

»Hey, Pichalski, wat is?«

Ich gehe auf die Unterrichtsgruppe zu.

»Rausschmiß, dat is«, sage ich cool.

»Pichalski, hasse wieder Scheiße gebaut, wa? Na, setz dich hin. Wir machen gerade so wat wien Witzseminar. Unterricht kannse doch bei der Hitze eh nich machen. Hasse ein auf Lager?«

Ich schüttel nur den Kopf. Die Hitze wirkt lähmend auf meine Gehirnzellen.

»Okay, der lezze kommt dann von mir, da gleich die Eieruhr am Bimmeln is. Wat is der Unterschied zwischenner Blondine unnem Suppenteller? Weiße nich? Nen Suppenteller kannse trockenlecken.«

Die Stimmung in unserer Gruppe ist verdammt schlecht. Da können auch die versauten Witze unseres Chefs nicht helfen. Zwei Autostunden

vom Meer entfernt, in die öde Einsamkeit verbannt, sehen wir keine Möglichkeit, aus dem Staub herauszukommen. Die Ernüchterung ist groß. Kein Beverly Hills, kein Swimmingpool, keine Palmenstrände. Von *FREEDOM* im Augenblick keine Spur. Trotz der grenzenlosen Weite des Landes fühlt man sich beengt. Ohne Auto keine Chance. Liegner hat eine Briefbombe verdient, denke ich so düster beim Hinausschauen auf die kahle Wüstenlandschaft, als wir im Buick von Mr. Insua, Beates Gastvater, auf dem Weg zurück nach Palmdale sind. Es ist empfindlich kühl im Innenraum des Buicks trotz der Außentemperatur von 38°C. Die Klimaanlage arbeitet in der Wüstenhitze auf vollen Touren. Seit fünfunddreißig Minuten fahren wir, wie es scheint, immer geradeaus, biegen dann und wann nach zehn oder fünfzehn Minuten mal rechts oder links ab, um dann wieder meilenweit geradeaus zu fahren, eine meterlange Staubfahne hinter uns her ziehend. Orientierungspunkte scheint es so gut wie keine zu geben. Keine Gebäude, keine Straßenzeichen, dafür aber unzählige Telefonmasten und höchstens mal ein Yoshua Tree oder ein verrostetes Gatter, das im Wüstenwind hin und her klappert und als Orientierungspunkt für eine Kreuzung dienen kann, die vielleicht irgendwann einmal, nach einer oder zwei Meilen, endlich vor uns liegt. Die plärrende Stimme des Sprechers aus dem Autoradio lenkt mich von meinen düsteren Gedanken ab. »*We're back here again on dabbeljuu siee ou siee Lancaster with the hottest music in town. Temperatures are onehundred and five degrees right now, and it's getting hotter every day!*«
Zum Rhythmus von Robin S. bewege ich meine Hände im Takt. Ich merke, wie ich besser draufkomme. *Ooouuh aaahhuu yeah yeah you got to show me love, so baby, if you want me, you got to show me love.*
Ich spüre wieder die Weite der Landschaft unter dem blauen Himmel.
»*It's all wide open here*«, kommentiert Mr. Insua meinen Blick in die Weite der Wüste, ohne nicht noch einen Blick auf die geöffnete Bluse von Beate zu werfen, die mal wieder keinen BH trägt. Dünne Ballen Gestrüpps, die im warmen Wind hin und her fliegen, haben sich im Kühlergrill des Buicks verfangen. Mr. Insua ist ganz das Gegenteil von Buchanan. Er trägt einen vornehmen Anzug mit passender Weste; eine Krawattennadel verhindert das Verrutschen seiner geschmackvoll gewählten Krawatte, und goldene Manschettenknöpfe funkeln glitzernd in der grellen Sonne.
»Mr. Insua arbeitet in der Werbebranche«, klärt Beate mich in Englisch auf, worauf Mr. Insua bestätigend mit dem Kopf nickt.

»Ja, ich schreibe Werbetexte fürs Fernsehen. Aber die richtige Kohle verdiene nicht ich, sondern mein fünfjähriger Sohn.«
Ich brauche nicht lange auf die Lösung des Rätsels zu warten. Stolz erzählt er von dem Werbevertrag seines Sohns mit der Firma Fisher Price, die seinem Sohn pro gesendeten TV-Werbespot für irgendein dummes Spielzeug tausendfünfhundert Dollar zahlt. Ich werde das Gefühl nicht los, daß ich seinen beknackten Sohn noch dutzendmal im Fernsehen sehen werde.
»Wenn unser Sohn so weitermacht, landet er noch in Hollywood«, verkündet der Vater des zukünftigen Filmstars zuversichtlich und fügt erklärend hinzu: »Alle, die hier in der Umgebung von L.A. leben, träumen von Hollywood.« Ich höre es und denke an die Heerscharen von arbeitslosen Schauspielern, die draußen vor der Tür stehen, wenn Bruce Willis, Richard Gere, Robert DeNiro, Jody Foster, Kim Basinger, Michelle Pfeiffer und alle anderen an der dünnen Spitze der Pyramide, die es bis dorthin geschafft haben und im Zweitausend-Dollar-Smoking oder in glitzernden Dior-Abendkleidern, mit kostbaren Schmuck behangen, die Eingangshalle zur Oscar-Verleihung im taghellen Blitzgewitter der sensationslüsternen Fotografen mit dem berühmten Cheese-Smile, das ihre teuren, im Blitzlicht funkel nden Jacketkronen zeigt, stolz emporsteigen. Und doch landen alle millionenschweren Superstars trotz Face-Lifting irgendwann in der Betty-Ford-Klinik, denke ich verträumt vor mich hin, als der schwere Wagen vor meiner hölzernen Bruchbude hält.
»Hey, Pichalski, do you really live here? Wow, man, what a hovel!«
»Sie können mir gratulieren. Ich hab's geschafft.«
Dumpf fällt die schwere Wagentür ins Schloß, als ich aus der Kühle des Buicks in die gleißende Nachmittagshitze aussteige. Noch bevor ich mich von Beate verabschieden kann, stehe ich im Staub der durchdrehenden Reifen. Ich wundere mich, was die beiden noch so eilig vorhaben, doch komme ich nicht mehr zu irgendwelchen befriedigenden Vermutungen, denn ein ohrenbetäubender Knall schreckt mich von meinen schmutzigen Gedanken auf. Kleine Staubfontänen spritzen ganz in meiner Nähe auf, und es dauert Jahrhunderte, bis ich schnalle, daß hier scharf geschossen wird.
»Hey, Pichalski, get the hell away from the fucking fence, man!«
Wie ein Fernsehreporter im feindlichen Kugelhagel, die man täglich im Fernsehen sehen kann, renne ich geduckt zum Haus, in der Erwartung, jeden Augenblick von einer Kugel getroffen zu werden.

BOOM.
»Yeah! Gotcha you little fucker!«
BOOM.
»Whooa!«
BOOM
»Missed it, you damn asshole!«
»Hey, Pichalski, come on over here! You wanna try?«
Irgend etwas stimmt hier nicht?! Dann weiß ich es. Buchanan hat tatsächlich sein Maul aufgemacht, um mit mir zu reden. Er wirkt-irgendwie verändert. Er steht mit einer großkalibrigen Smith & Wesson breitbeinig auf der Veranda, zusammen mit Frank und Steve, und versucht die auf dem Zaun in einer Reihe aufgestellten leeren Bierbüchsen zu treffen. Sein Stetson, das Wichtigste, was er wohl besitzt – neben seiner Frau und seiner Smith & Wesson –, schützt ihn vor der brennenden Wüstensonne. Er nimmt einen kräftigen Schluck Bier aus der Dose und wischt sich mit dem Handrücken den überlaufenden Bierschaum vom Mund.
»Willste mal versuchen? Vielleicht biste ja besser als Frank und Steve? Fast jeder Schuß ein Treffer.«
Herausfordernd schaut er mich mit seinem Stoppelbart an. Ich nehme die .357er Smith & Wesson in die Hand. Ihr blanker rostfreier Stahl-funkelt glitzernd in der Sonne. Sie liegt überraschend schwer in der Hand, und zum ersten Mal verspüre ich die todbringende Macht, die von der Waffe ausgeht. Buchanan erklärt mir ihre Handhabung,und ich nehme eine leere Bierdose aufs Korn, das linke Auge geschlossen.
BOOM.
Ein ungeheurer Rückschlag reißt mir die Waffe beinah aus der Hand. Funken schießen links und rechts aus der Trommel heraus.
»You missed it. Try again!»
Noch einmal, diesmal entschlossen, die Bierdose mit meiner Kugel zu zerfetzen, fasse ich das Ziel über Kimme und Korn ins Auge, diesmal die Waffe, langsam auf das Ziel fokussierend, mit beiden Händen und steif ausgetreckten Armen haltend. Ich atme langsam aus und denke an Tom und Jerry. Kimme und Korn bilden eine glatte Ebene.
BOOM.
»You hit this son of a bitch! Not bad man, not bad! Now you try it again singlehanded.«
Der plötzlich zum Leben erwachte Zombie schlägt mir anerkennend auf

die Schulter. Fauler Mundgeruch kommt mir entgegen. Auch Steve und Frank, der gänzlich zu vergessen haben scheint, daß ich ihn beim Onanieren erwischt habe, klatschen anerkennend in die Hände.

»*Grab a beer, son. We got plenty*«, ruft Buchanan mir aus dem Haus zu. Eine kalte Flasche Michelob wird mir von Steve überreicht. Froh, endlich wieder einen Schluck Bier zu bekommen, setze ich sie mir an meinen Hals und leere sie mit einem Zug.

»Du kennst ja das Gesetz«, grinst Buchanan mich an, als er durch das Fliegengatter der Eingangstür wieder auf die Veranda tritt, »aber hier in der Wüste? Wen kümmert das schon. *Cheers.*«

Das gemeinsame Trinken mit dem Zombie als eine Art Verbrüderungsritual ist das Zeichen für alle drei, mir mit unverkennbarem Stolz ihre Waffensammlung vorzustellen.

»*We've got here a fucking arsenal, man*«, kommentiert Frank die Sammlung von abgesägten Schrotflinten, Pump-Guns, Colts und Luftgewehren.

»*You come outside. We gonna show you somethin'.*«

Draußen im staubigen, verwilderten Garten hat Steve bereits die Abwurfanlage für Tontauben funktionsbereit aufgebaut, neben der zwei Pump-Guns auf dem Boden liegen.

»*Ever used a pump-gun, Mike?*«

Steve zeigt mir die Funktionsweise der Waffe und drückt mir eines der beiden Gewehre in die Hand.

»*You go first.*«

Die Waffe liegt schwer in meinen Armen, als ich das Kommando gebe.

»*Pull.*«

Steve zieht an der Leine. Eine orangegefärbte Tontaube kommt aus der Klemmvorrichtung herauskatapultiert und saust in zwanzig Meter Höhe in Richtung der Kakteen, fünfzig Meter entfernt.

BOOM.

Ein Schmerz durchzieht meine Schulter, als ob sie vom Rückschlag der Waffe gebrochen worden ist.

»*Now it's my turn.*« Frank, vom Alkoholkonsum in der Mittagssonne schwer gezeichnet, reißt mir die Pump-Gun mit einem heftigen Ruck aus der Hand und legt die Waffe, die unruhig in seinen Händen hin und her schwankt, an seine Schulter. Ich entferne mich schnell aus der Gefahrenzone, als auch schon Franks Kommando erschallt. »*Pull.*«

Allgemeine Heiterkeit setzt ein, denn das, was Frank unabsichtlich getroffen hat, ist nicht die Tontaube, die unversehrt im Staub landet,

sondern ein Vogel, der trotz des Lärms seine Kreise über dem Haus gezogen hat.
»*Hey, Tom and Jerry! Food for ya!*« ruft Steve ins Haus hinein, doch bevor die trägen Katzen sich in Bewegung setzen, ist Frank bereits bei dem verletzten Vogel, der, verzweifelt mit den Flügeln schlagend, hilflos über den Boden hoppelt. Frank packt ihn mit seinen groben Händen. »*This sonuvabitch is still alive!*« brüllt Frank unnötigerweise zu uns herüber und kommt mit dem heftig um sich schlagenden Vogel auf uns zugerannt. Eine plötzliche Panik ergreift mich. Ich will das blutende Tier nicht sehen, auf das Frank wie gebannt starrt.
»*Let's call a vet!*« rufe ich unbedacht aus und ernte von Frank nur Spott. An seiner Miene kann ich ablesen, daß es weit außerhalb seiner Vorstellungskraft liegt, wegen des kleinen Vogels einen Tierarzt aufzusuchen.
»*Are you fucking out of your mind?*«
Erst schaut er mich an, dann blickt er zu Steve und Buchanan hinüber. Ein teuflisches Grinsen breitet sich auf seinem Gesicht aus. »*Let's waste it.*«
Mit der Linken den zitternden Körper des Vogels fester packend, reißt er mit einem brutalen Ruck den Kopf des Vogels ab. Blut spritzt in sein Gesicht, das er nicht wegwischt. Noch immer zappelt der kopflose Körper, den er nun, zusammen mit dem Kopf, den Katzen zum Fraß vorwirft, die sich gierig auf die Beute stürzen.
Angeekelt wende ich mich ab, will ins Haus zurück, als Buchanan, schon leicht torkelnd, mir eine Flasche Budweiser entgegenhält.
»*Grab another can, son!*«
Aus den Augenwinkeln beobachte ich Frank und Steve, die mich grinsend anschauen.
»*You go next!*« sagt Frank und reicht mir mit seinen blutigen Händen und mit unverkennbarem Hohn die Waffe entgegen. Ich weiß nicht warum, aber ich will mir keine Blöße geben und mache gute Miene zum bösen Spiel, obwohl Frank mich voll ankotzt.
Abwechselnd wird nun mit der Pump-Gun geschossen. Meine Schulter ist trotz meines zunehmenden Erfolgs, was die Trefferquote betrifft, blau angelaufen. Immer seltener trifft Buchanan die Tontauben. Die Schrotkugeln fliegen irgendwohin, nur nicht mehr ins Ziel.
»*F-fuck i-t*«, lallt er enttäuscht über das verpaßte Ziel. Der abgefuckte Zaun ist nun völlig durchlöchert. Auch ich merke, wie der Alkohol in der nachmittäglichen Hitze Einfluß auf meine Zielgenauigkeit nimmt.

Irgend etwas undefinierbar Schwarzes liegt auf dem Zaun. Ich lege an. Das Gewehr schwenkt im leichten Suff von links nach rechts. Ich kann es kaum noch halten. Ich drücke ab.
BOOM.
Jerry is dead.

Viertes Kapitel

Jerry war eine alte Katze, die eh bald abgekratzt wäre«, versucht Mrs. Buchanan mich beim Abendessen zu beruhigen, mir dabei tief in die Augen schauend, »kein Problem. Wir kaufen einfach eine neue.« Kein Problem? Ich dachte, ich hätte ein Problem erledigt, und nun will sie eine neue Katze kaufen. *Great. Just great.* Als die Katze da so zerfetzt dalag und den Geiern mit ihren nackten Hälsen und blutigen Schnäbeln zum Fraß vorgeworfen wurde, ich hätte vor Freude schreien können. *YES.* Kurz davor, die Boris-Becker-Faust triumphierend hochzureißen, verlangte es eine enorme schauspielerische Leistung, in der Freude den Geschockten zu spielen. Und nun diese Ankündigung! Der Vogel, der so hilflos gefangen in Franks grobschlächtigen Händen hin und her flatterte, erregt mein Mitleid. Aber bei Katzen kenne ich keine Gnade. Seltsam.
Lustlos rühre ich mit der Gabel durch das Essen, das Mrs. Buchanan noch irgendwie zusammengekocht hat. Nudeln, eine undefinierbare Soße und einen anscheinend ungewaschenen Salat, der zwischen den Zähnen knirscht. Dafür, daß sie die ganze Zeit an der Flasche hängt und nicht einmal Zeit hat, aus ihrem Bademantel herauszukommen, ist das bloße Zustandebringen einer Mahlzeit, ungeachtet des Ergebnisses ihrer Kochkunst, schon eine reife Leistung. Ihre Brüste hängen immer noch halb heraus und schwimmen fast in der Tomatensoße. Immer wieder sucht sie meinen Blick, dem ich, indem ich plötzlich Interesse für den Ventilator zeige, gekonnt, so glaube ich wenigstens, ausweiche. Vielleicht schmeckt mir ihr Essen aber auch deshalb nicht, weil ich nach der lustigen Tragödie meinen Rausch in der Garage ausgeschlafen habe und mangels Bewegung keinen Kohldampf habe. Vielleicht ist aber auch die

ungewohnte Hitze der Grund für meine Appetitlosigkeit. Der Ventilator an der Küchendecke arbeitet auf vollen Touren. Der Luftstrom wirbelt die Zipfel der Papierservietten auf dem Küchentisch hin und her. Das Summen des Ventilators verursacht in mir ein bleiernde Müdigkeit. Der Fernseher in der Küche läuft schon den ganzen Tag; Steve und Frank haben sich davor hingehockt, ihre Teller im Schoß, und starren gebannt auf die Mattscheibe, wo gerade Robocop aus seinem Ford Mustang aussteigt, um einen Gangster zu verfolgen. Melissa nuckelt wie ein Kaninchen an einer Karotte. Sie ist auf Diät und hat schon zwei Kilo abgenommen. Der Alte von Mrs. Buchanan schläft seinen Rausch aus und verpestet so wenigstens nicht die Luft in der Küche. Als ehemaliger Metzger in einer Großschlachterei in der Nähe von Burbank ist er nun schon seit vier Jahren arbeitslos, wie auch Melissa, die sich mit Gelegenheitsarbeiten über Wasser hält. Ich stelle mir vor, wie Buchanan mit seinem Mundgeruch und seinen Stummelzähnen durch das tiefe Blut der geschlachteten Schweine und Kühe watet, sein Kittel voller Blut, das lange, scharfe Schlachtermesser in der Rechten, um die neue Ladung getöteter Rinder in Empfang zu nehmen, denen die Eingeweide noch herausgeschnitten werden müssen. Ich sehe, wie er das Geschlechtsteil des Bullen mit einem gekonnten Schnitt abtrennt und es triumphierend seinen Kollegen vors Gesicht hält. Der Gedanke läßt mich erschauern. Ich lasse die Gabel fallen und zwinge mich, an etwas anderes zu denken. Melissa. Warum sie auf Diät ist, weiß ich nicht. In ihren Hot pants zeichnet sich deutlich ihr wohlgerundeter Hintern ab. Sie weiß, daß sie Hot pants tragen kann. Ihre Beine sind nicht von schlechten Eltern. Doch was mich sonderbarerweise erregt, ist die Tatsache, daß sie immer barfuß durchs Haus läuft, und ihre Füße sind wohlgeformt und schließen ihre langen Beine irgenwie elegant ab. Wenn sie kein Make-up trägt, so wie heute abend, verliert sich der Eindruck des Puppengesichts, und zum Vorschein kommt ein reifes, beinahe ernstes Gesicht mit sympathischen Zügen.

»Mußt du morgen arbeiten, Melissa?« fragt Mrs. Buchanan, die gerade damit beschäftigt ist, den Stapel dreckiges Geschirr, der schon seit gestern auf der Geschirrablage neben dem Spülbecken lagert, noch höher zu stapeln. Sie schaut aus dem Fenster neben dem Spülbecken und betrachtet die dunkelrot gefärbte Sonne, die langsam in der beginnenden Dämmerung hinter der Gebirgskette am Horizont verschwindet.

»Yeah, um zehn fange ich an bei Colletti's Car Wash. Der Sack wollte mir nur fünf Bucks geben, aber dann haben wir uns auf sechs Dollar geeinigt.«
»Du weißt, daß du ein Drittel Dad geben mußt.«
»Ja, ja, aber wann sucht er sich wieder einen Job? Ich sehe nicht ein, warum ich immer meine Kohle, die ich verdiene, bei ihm abdrücken muß.«
»Nun werde nicht unverschämt, du weißt genau, daß Dad in seinem Alter keinen Job mehr bekommt. Und solange du hier im Haus wohnst, mußt du eben deinen Teil dazu beitragen. Pech. Oder such dir einen Job in L.A. oder in San Diego!«
Das Gespräch mithörend, frage ich mich, warum Melissa aus diesem Dreckstall nicht schon längst abgehauen ist, doch ich werde aus den Gedanken plötzlich herausgerissen.
»Hey, German boy, you wanna play?«
Melissa schaut mich an. Ich werde leicht nervös und ergreife die Gabel, um mich an etwas festzuhalten. Spielen? Mit mir?
»What?«
»You wanna play Monopoly?«
Enttäuscht, aber auch zugleich beruhigt, verwirrt mich die Frage total.
»Monopoly?«
»Don't cha know the game?«
»Yeah I know.«
»God, are you dumb or somethin'? Do you or don't you wanna play?«
Die Frage hat mich überrascht. Die Aufforderung, in dieser Gemeinschaft ein Gesellschaftsspiel zu spielen, wirkt auf mich, als ob ein Sexualstraftäter Beratungsgespräche bei Pro Familia führt. Es paßt irgendwie nicht zusammen.
Doch bevor ich meine Entscheidung bezüglich der Beteiligung an dem Gesellschaftsspiel kundtun kann, hat mir Melissa bereits unaufgefordert das notwendige Anfangskapital der Monopolybank, die sie verwaltet, ausgehändigt, und schon schleudert Frank mit überaus erstaunlichem Eifer den Würfel aus seiner klobigen Hand in die Mitte des Tisches. Während des Spiels schaut Melissa wiederholt verstohlen in meine Richtung, wenn sie mir Geld von der Bank oder eine erworbene Immobilie übergibt, und ich frage mich, welches durchtriebene Spiel sie während des Spiels spielt. Obwohl ich konzentriert die Akkumulation meiner Immobilien anstrebe und ihnen allen am Tisch zeigen will, wer

hier der Clevere ist, entgehen mir ihre Blicke nicht, und ab und zu, wenn ich auf ihre wohlgeformten nackten Beine schaue, durchzieht ein heißer Schauer meinen Körper, und Schweißperlen treten mir auf die Stirn. Irritiert sehe ich zu ihr hinüber. Sie lächelt mich an. Ein Lächeln, das sonst niemand am Tisch wahrzunehmen scheint. Zu sehr sind Frank und Steve, der, wie es der Zufall will, im Spiel des öfteren im Gefängnis landet, in das Geschehen rund um das Brett vertieft.

Während der eineinhalb Stunden, die das Monopoly bisher schon dauert, werde ich von Mrs. Buchanan auffallend königlich bewirtet, die aber aufgrund des überaus sorgfältigen Studiums der Stellenanzeigen in der *Lancaster Gazette* – will sie sich etwa beruflich verbessern? … Als was? … Als Edelschlampe etwa? – nur zum Zuschauen bereit ist.

»N-n-o-o-chn Bi-i-er, Mike? N-n-o-o-chn paar Cra-Crackers oder v-v-iel-vielleicht nochn paar Chips?« lallt sie mir betrunken ins Ohr und streift dabei mit ihren Brüsten an meiner Schulter vorbei.

Ich schaue auf, doch Frank, Steve und Melissa scheinen keine Notiz zu nehmen. Sie ist im Laufe des Abends von Bier auf Whisky umgestiegen und kippt sich das Zeug rein ohne Ende.

Sie wird von mir abgelenkt, als Frank plötzlich zu erkennen gibt, daß er das Spiel irgendwie nicht verstanden hat.

»O Mann, da haste aber viel Kohle vor dir auf'm Tisch liegen, was? Wieviel issn das?«

Ich zähle mein Geld.

»Fast eine Million Dollar! Geil was?«

Frank schaut mich an.

»Eine Million Dollar! Hey, kommen wir ins Geschäft?«

Ich schaue ihn an.

»Ich verkaufe dir meine Straßen.«

Ich sofort: »Na klar, laß rüberwachsen.«

Eine gute Investition. Er verkauft mir die teuersten Straßen, auf denen ich jetzt Hotels stehen habe, und er muß jetzt blechen ohne Ende. Ich werde reicher und reicher.

Seine Mutter röchelt im Suff. »Hey, Frank, w-w-wie ko-kommt es, daß du-u nichts hass un du immer blechen muuß?«

»Ich verstehe es auch nicht. Ich habe über eine Million Dollar gehabt, da ich doch meine Straßen verkauft habe.«

»Y-you are a f-fucking stu-stupid a-ass-ho-hole, you kn-n-now that?«

Frank rafft nichts. Sein Mund ist vor Verblüffung weit geöffnet, als wollte

er die Worte seiner Mutter über den Mund aufnehmen, schaut er sie stumm an. Melissa kichert.
»Wie kann man nur so s-selten dä-dämlich sein und s-seine Straßen verk-k-kaufen! Isoch klar, wa-warum du jetzt kei-keine Kohle mehrhas und Mike al-alles einsackt, du du V-V-Vollidiot! Und dasis mein S-S-Sohn.« Sie will aufstehen, torkelt, fängt ihren schwankenden Körper mit den Händen ab, und reißt dabei mit einem Ruck das Monopolyspiel vom Tisch. Das Spiel ist zu Ende. Der Abend auch.

»Mutter!«
Eine panische Angst überfällt mich. Ich beuge mich tief nach vorne und bin erleichtert. Ich spüre ihren leichten Atem. Vornübergebeugt, nimmt sie unbewußt meine Nähe wahr. Mit zittrigen Lidbewegungen öffnet sie langsam ihre Augen und bewegt ihren Kopf zur Mitte des eingedrückten Kopfkissens, um mir tief in die Augen zu schauen.
»Du bist gekommen?« flüstert sie mit zittriger Stimme.
»Ich habe doch gestern gesagt, ich komme nach der blöden Matheklausur sofort zu dir. Und Papa kommt heute abend, wenn er aus Köln zurück ist, auch noch zu dir.«
Schwerfällig holt sie ihren rechten Arm unter der Bettdecke hervor. Ihre warme Hand ergreift mein Handgelenk, als sie zu sprechen beginnt.
»Michael, versprich mir, dich ein wenig um Vater zu kümmern. Für ihn ist es auch nicht leicht, daß ich nicht bei ihm sein kann.«
»Mache dir keine Gedanken, Mutter. Ich habe eine Annonce in die Zeitung gesetzt ›Rechtsanwalt sucht nette, fähige Haushaltsgehilfin, die auch lecker kochen kann‹. Bisher haben sich vier Frauen auf die Anzeige gemeldet, doch sie dachten, es sei eine versteckte Heiratsanzeige. Lustig, nicht wahr?«
»Hoffen wir nur, daß ihr nicht eine findet, die besser kochen kann als ich. Dann wollt ihr mich vielleicht gar nicht mehr zurückhaben.«
Ihr Lächeln verrät das Scherzhafte ihrer Aussage, aber ich kann darüber nicht schmunzeln. Mit ihrer Rechten greift sie plötzlich an ihr Kopftuch, das zu verrutschen droht, und zuckt es wieder zurecht.
»Es wächst wieder. Ist es nicht erstaunlich, wie sehr der Stolz eines Menschen von seinem Haar abhängt?«
Gott, hilf ihr. Hilf mir. Hilf uns allen.

Ich kann nicht schlafen. Unruhig wälze ich mich im Bett. Es ist heiß und stickig in der Rumpelkammer. Mein Körper ist in Schweiß gebadet. Im

Halbschlaf fahre ich mit meiner Hand über meinen schweißnassen Rücken. Ich zwinge mich aufzustehen. Ich wage es nicht, das Licht der Nachttischlampe anzuknipsen, und laufe langsam in der Rumpelkammer auf und ab, die Schritte wie ein Gefangener in seiner Gefängniszelle zählend. Irgendwann lege ich mich wieder hin, in der Hoffnung, Ruhe und Schlaf zu gewinnen. Doch es gelingt mir nicht. Im Halbschlaf träume ich plötzlich von Melissa und ihren Hot pants. Ich träume von Frank, der sich nachts in mein Zimmer schleicht und sich neben meinem Bett, in dem ich schlafe, in die Hose greift und von Melissa erwischt wird, die ihn mit erhobenem Zeigefinger aus dem Zimmer jagt, um selber neben meinem Bett zu mastubieren. Wieder wache ich schweißgebadet auf. Scheiß Traum. Ich atme tief aus. Ich wünschte mir, Maria wäre hier. Hätte ich doch mit ihr in die Türkei fahren sollen? Dummer Fehler. Letztes Jahr waren wir zusammen in Spanien. Auf Mallorca. Doch obwohl wir auch eine Menge Spaß hatten, hatten wir auch Zoff. Meistens waren es nur kleine Anlässe, die den Streit auslösten. Komisch. Wieso kann mein Bedürfnis, Ballermann Sechs einen kurzen Besuch abzustatten, Maria so auf die Palme bringen? »Geh zu deinen Proleten, deinen grölenden Saufkumpanen und laß dich vollaufen«, hatte sie mir wütend ins Gesicht gebrüllt, bevor sie wutschnaubend ins Badezimmer rannte und die Tür mit einem derart lauten Knall zuschlug, daß das Hotelzimmer in seinen Grundfesten erbebte. Viel Lärm um nichts. Okay, okay, ich gebe es ja zu, sicherlich ist es nicht Marias Stil, sich in der glühenden Mittagshitze bei heißer Musik im Ballermann Sechs Kante zu geben, aber ein kurzer Besuch, ein halbes Stündchen, nur um einmal zu sehen, was da so los ist, dürfte doch wohl noch angesagt sein. Und das Schlimme ist, je wütender sie wird, desto breiter und unverschämter grinse ich sie provozierend an, obwohl es in mir kocht, und dies treibt sie endgültig zur Raserei.

Ein anderes Mal waren meine achtlos auf den Fußboden geworfenen Jeans und schmutzigen Socken Auslöser eines Streits. Ich wußte vorher nicht, wie übertrieben ordentlich sie war, und stellte sie mir bereits als Kittel und Kopftuch tragende, Besen schwingende Putzhexe vor, die ihrem krankhaften Reinlichkeitsfimmel irreversibel erlegen ist und von ihrem Ehemann ermordet wird, der dafür allerdings mildernde Umstände bekommt.

Dann störte sie plötzlich meine »tonangebende Art« bei der Wahl des Tisches im Hotelrestaurant, wo ich mir die beste Aussicht auf die herrliche, im Abendrot gelegene Bucht sichern wollte. Ich, cool wie ich bin, hole langsam einen Zigarillo aus der silbernen Schatulle und stecke ihn mir genüßlich ins Gesicht, um ihr den feinen Duft ins Gesicht zu blasen, weiß ich doch, wie sehr sie diesen »Gestank« haßt. Ich meine, was soll das? Ich habe keine Probleme mit ihr. Gibt es nichts Wichtigeres auf der Welt? Und dann ihre Eifersucht. Ich hatte vorher nie geahnt, wie eifersüchtig sie sein kann. Okay. Wir liegen am Strand, links und rechts die weiblichen Körper, meistens oben ohne, und eingeölt und so knusprig gebräunt wie saftige Wienerwaldhendl. Nur ein Blick und … Peng … geht der Zoff von vorne los. Aber besser mal einen Streit, so heftig, daß die Fetzen fliegen, als absolutes, mit bösen Blicken untermauertes Schweigen.

Ich höre in die Stille der Nacht hinein. Alles ruhig. Ich lege mich auf die Seite und zwinge mich zum Einschlafen. Plötzlich leise Stimmen. Eine gequälte, gepreßte Stimme, die auf eine keuchende einredet.

»Nein! Laß das! Laß mich los. Du tust mir weh.«

»Stell dich nicht so an. Komm, du willst es doch.«

Ich zwinge mich um so intensiver, endlich einzuschlafen. Ich will es nicht hören. Doch das unheimliche Geflüster raubt mir den Schlaf. Nach einer Weile stehe ich vorsichtig auf und taste mich im Dunkeln, jeden Schritt kontrollierend, zur Tür, die sich zum Glück ohne verräterisches Quietschen, den Türknopf behutsam, Millimeter für Millimeter nach rechts drehend, öffnen läßt. Ich schleiche durch den Flur an der Wand entlang. Das Stöhnen wird lauter. Mein Gott, die Stimmen kommen aus Melissas Zimmer. Die Tür ist nur angelehnt. Mein Herz pocht heftig. Durch den schmalen Türspalt sehe ich einen dunklen Schatten auf Melissa liegen; die Gestalt stützt sich rechts und links neben Melissas Körper mit den Armen auf, und immer wieder dringt der Peiniger unter Melissas Wehklagen brutal in sie ein. Ich will wissen, wer es ist, will ihr helfen, doch ich verharre ängstlich und stumm im Korridor. Soll ich, darf ich mich einmischen? Verdammt, ich bin hier zu Gast! Kläglich lasse ich von meinem ursprünglichen Vorhaben ab, die Tür aufzustoßen, um den Peiniger im dunklen Zimmer genau auszumachen oder gar Melissa aus ihren Qualen zu befreien. Wie gebannt schaue ich auf seine rhythmischen Bewegungen, als Melissa mir in die Augen sieht.

Erschrocken renne ich leise in mein Zimmer zurück und sehe Mrs. Buchanan nackt auf meinem Bett liegen. O nein, nein, nein, nein, o mein Gott! O Scheiße.

»Na, gef-f-alle ich d-dir?« flüstert sie mir zu, und indem sie ihre Schenkel weit von sich streckt, entblößt sie auch noch ihr Innenfutter, »bi-bin ich n-noch be-begehrensw-wert?«
Wie ein Wasserstrudel, der mir die Füße unter dem Boden wegreißt und mich hilflos unter Wasser zieht, rasen wirre Gedanken unkontrolliert durch meinen Kopf, und ich weiß erst recht nicht, was ich tun soll.
Ich muß reagieren. Soll ich ihr sagen, was nebenan abläuft? Weiß sie es vielleicht sogar? Was passiert, wenn ich es ihr sage? Die Waffen im Haus! Ein Blutbad! Wo sind die Kinder? Schlafen sie? Was soll ich sagen? Wie kann ich sie aus meinen Bett locken? Ihre prallen Brüste! Wie sie so daliegt, die Schlampe! Sie ist besoffen! Soll ich? *No way!*
»Mrs. Buchanan, Mrs. Buchanan, hören Sie mich?«
Sie liegt plötzlich regungslos in meinem Bett.
»Mrs. Buchanan.«
Ich gehe näher an das Bett heran. Ihr leises, leicht röchelndes Atmen beruhigt mich. Sie ist eingeschlafen.
Auch aus Melissas Zimmer ist kein Ton mehr zu hören. Eine panische Angst überfällt mich. Was ist, wenn Buchanan aufwacht und seine Frau nicht vorfindet?
Soll ich sie wecken? Scheiße. Scheiße. Scheiße. Ich taste mich wieder aus meinem Zimmer. Sollte er mich beim Herumschleichen erwischen, was würde ich sagen? Ich schaue durch den Spalt der angelehnten Tür, doch das, was ich nicht sehe, erfüllt mich mit einer panischen Angst. Die unheimliche Gestalt ist verschwunden. Die Vorstellung, daß der Peiniger jetzt im Augenblick irgendwo hinter mir in der Dunkelheit lauert, während ich die friedlich schlafende Melissa allein in ihrem Bett erblicke, erfüllt mich mit Grauen. Mein Herz klopft bis zum Hals. Langsam drehe ich mich um, bin bereit, dem Peiniger ins Gesicht zu schauen. Ist es Frank … – Steve konnte es doch nicht sein! – oder gar Mr. Buchanan? … oder ist es ein Nachbar, der sich heimlich ins Haus geschlichen hat? Doch außer der leise im Wind wehenden Gardine vor dem geöffneten Fenster im dunklen Korridor nehme ich keine Bewegung wahr.
Erleichtert husche ich schnell in mein Zimmer, um mich plötzlich Mrs. Buchanan gegenüberzusehen, die mich mit ihren Armen, Tentakeln gleich, unentrinnbar ergreift. Wild verlangend drückt sie ihren stinkenden Mund auf meine Lippen. Der Schrei ertönt gedämpft, doch nichts regt sich im Haus. Ich glaube, einen Aschenbecher zu küssen, und reiße

meinen Kopf nach rechts weg, um ihren fordernden Küssen zu entgehen.

»Mrs. Buchanan.«

Schmatz.

»Mrs. Buchanan!«

Schmatz.

»Mein Gott, jetzt reißen Sie sich zusammen! »

Schmatz.

»Wenn Ihr Mann nun kommt! Wollen Sie erschossen werden! Also ich nicht.«

Ihre rechte Hand wird fordernder und gleitet an meinen Oberschenkeln hoch, während ihre linke immer noch versucht, meinen Kopf an ihren Mund zu führen. Jetzt nur keine Erektion.

»Komm, ich will dich. Ich habe schon lange keinen Mann mehr gehabt.«

»Then fuck your husband«, brülle ich ihr halblaut ins Ohr und reiße mich endlich von ihr los, als Steves Stimme im Haus zu hören ist.

»Mum, where are you?«

»Ich komme zurück, mein Kleiner«, haucht mir Mrs. Buchanan ins Ohr und huscht, nachdem sie ihren Bademantel wieder übergezogen hat, aus meinem Zimmer.

Oh my God!

Fünftes Kapitel

Es ist Freitag, und ich kann es noch gar nicht glauben, aber wir sind auf dem Weg nach Malibu Beach bei herrlichem Sonnenschein, und wir haben endlich die staubige Wüste verlassen. Ich lehne mich zurück, das Gesicht der warmen Sonne entgegengestreckt, eine supercoole Ray Ban-Sonnenbrille auf meiner Nase, und lasse meinen rechten Arm lässig aus dem heruntergekurbelten Seitenfenster heraushängen, den Fahrtwind, der mein Haar wild zerzaust, und die Musik genießend, die aus der Stereoanlage des Ford Cabrios, den unser Leader sich für drei Wochen geliehen hat, laut nach draußen auf den vierspurigen Freeway schallt. Das Gefühl absoluter Freiheit durchdringt meine Sinne hier in Southern California. Alles ist perfekt. Sogar die Musik paßt zu der befreienden Stimmung, die sich bei mir nach den Erlebnissen der letzten Tage breitmacht. *Flow. Flow. Flow on. Flow on.* Cedric Ceballos mit Warren G. rappen gerade durch den Äther. Seit einer dreiviertel Stunde kommt Soul vom Feinsten zu uns herüber. Randy Crawford, James Ingram, Chaka Khan, Alexander O'Neal – *you name it.* Oleta Adams wird vom Radiosprecher der L.A. Soul Station angekündigt, und ich denke für einen Augenblick an Maria, die jetzt in der Türkei von irgendwelchen Türken angemacht wird, weil sie blond ist. *Too bad*, grinse ich mir einen und lausche der Musik.

I don't care how you get here, get here if you can.

Ein unbeschreibliches Glücksgefühl erwärmt mein Herz, als wir, durchs San Fernando Valley fahrend, endlich auf den Highway 101, der uns nach Malibu bringen soll, Richtung Ventura abbiegen. *This is it, man.* Im Wagen sind noch Beate, Adlernase und Susanne, die ausnahmsweise mal nicht von ihrem Köter labert. Zusammen sind wir fünf in der Gruppe und alle gut drauf. Sogar Adlernase. Und das trotz meiner Anwesenheit. Unser genialer Leader hatte die Idee des Monats. Wenn wir schon nicht alle gemeinsam zum Strand fahren können, dann sollten wir wenigstens der Reihe nach die Gelegenheit haben, wenigstens ein- oder zweimal ein Sonnenbad an den berühmten Stränden Südkaliforniens nehmen zu können. Deshalb hat er sich auf Kosten der Firma, das wurde ihm mündlich von Liegner persönlich am Telefon versprochen, einen Mietwagen geliehen und kutscht uns jetzt endlich dahin, wo wir hin wollen. Okay, denke ich so im warmen Fahrtwind, Streß ist es schon für ihn. Die vier Stunden Fahrt, zwei Stunden Fahrt zum Strand und zwei Stunden zurück, wenn nicht gar länger – bei Rush-hour durch L.A. kann man das nie wissen –, sind bestimmt anstrengend. Aber dafür bekommt er ja auch Kohle, denke ich mir, und wende mich wieder der Musik zu und denke an Melissa, wie sie mich mit ihren großen Augen stumm ansah, als sie – von wem auch immer – bestiegen wurde.

Ich habe meinen Mund gehalten. Wem sollte ich auch etwas über die Vergewaltigung mitteilen? Mrs. Buchanan, die es vielleicht sogar toleriert? Den übrigen Familienmitgliedern etwa? Unmöglich. Der Gedanke, daß sich Frank oder Buchanan in inzestuöser Weise an Melissa vergehen, ist unerträglich, doch solange ich niemanden eindeutig benennen kann, wäre das bloße Aussprechen eines möglicherweise nicht gerechtfertigten Verdachts genauso unerträglich. Also, was soll ich machen?

Ich weiß es nicht. Eine verflixte Situation.

Am Frühstückstisch am nächsten Morgen schien alles beim alten zu sein, als wäre nichts geschehen. Der Fernseher plärrte die ganze Zeit, vor dem die Hohlköpfe nichts ahnend ihre angebrannten Toasts verzehrten. Buchanan war wie immer im Bett geblieben. Und Mrs. Buchanan, wie immer im Bademantel, hatte noch immer keine Zeit gefunden, den Stapel dreckiges Geschirr wenigstens ein wenig zu reduzieren, und versuchte noch immer, Blickkontakt mit mir aufzunehmen. Ich schäme mich, weil ich Melissas Blick ebenfalls ausgewichen bin. War es nicht ein hilfesuchender Blick, der mich anflehte: Hilf mir, bitte, hilf mir? Doch vor wem sollte ich sie schützen? Ich schäme mich, weil ich so egoistisch bin, nur Spaß in den Ferien suche, ohne in irgendwelche innerfamiliären Beziehungskrisen hineingezogen werden zu wollen. Aber kann man mir das verübeln? Ich habe genug Probleme in Deutschland. Ist es zuviel verlangt, wenn ich einfach mal abschalten will. *Damn it, I wanna have fun in the sun.*

Trotzdem. Ich werde mit Melissa reden, wenn sie es will. Ich werde ihr helfen, sobald sie sich mir anvertraut. Dies ist meine Entscheidung, zu der ich im Unterricht gekommen bin, der mich mal wieder nicht die Bohne interessiert hat. Zu sehr bin ich mit den schockierenden Erlebnissen beschäftigt gewesen. Mehr und mehr Schüler, das ist mir aufgefallen, haben ihre Verbände abgelegt, so daß man nicht mehr den Eindruck hat, in einem Krankenhaus unterrichtet zu werden. Aber das soll nicht heißen, daß nun eine gepflegte Schulatmosphäre aufkommt unter den Schülern. Die Eieruhr auf dem Pult von Mrs. Jones wird das schon verhindern. Am Dienstag habe ich die Schule geschwänzt. Keinen Bock. Schließlich habe ich Ferien. Und da man in der Wüste ohne Auto einfach nichts machen kann, und da ich von den Buchanans nicht erwarten kann, daß sie mich ein wenig in der Gegend herumkutschieren, zum Beispiel eine Fahrt zu den Insuas, um mal so richtig cool am Pool zu relaxen, war MTV angesagt. Ich habe das gemacht, was ich am besten kann … nix. Den ganzen Vormittag und den ganzen Nachmittag hing ich mit Frank und Steve vor der Glotze und zog mir Videoclips von Soundgarden, Pearl Jam, Nirvana, Stone Temple Pilots und tausend andere rein. Nicht zu vergessen – das unnachahmlich dumme, nervende, aber dennoch geniale Höhöhöhö-hö-Gelächter Buttheads und die monotonen »*Cool-it-sucks*«-Kommentare von Beavis. Lieber Beavis & Butthead, lieber die Gesellschaft der abgefuckten Buchanan-Söhne ertragen, als Mrs. Jones und ihre *discussions.* Melissa hatte ihren Job bei Colletti's Car Wash angefangen und war somit nicht zu Hause, um vielleicht mit mir zu reden. Ich kann mir Melissa gut bei ihrem Job vorstellen, wie sie mit ausgefransten Jeans und nassem T-Shirt die vom Wüstensand verstaubten Autos im Vorwaschgang mit einem dicken Schwamm einseift, der unter dem Druck ihrer Hand zu schäumen beginnt. Mr. Buchanan und Mrs. Buchanan, das amerikanische Traumpaar, war auch nicht – zum Glück! – zu Hause, so daß Frank mir nach einer halben Stunde den ersten Joint anbot. Was sollte ich machen? Meine Abneigung Frank gegenüber voll kundtun, indem ich sein Angebot ablehne? Außerdem, so ein Joint ab und zu kommt gut, obwohl Rauchen nicht so sehr mein Ding ist.

»In der Schule raucht jeder Gras«, rechtfertigte Frank seinen ersten Zug an dem Glimmstengel, bevor er ihn mir überreichte, »das ist so harmlos wie Alkohol. Noch ein Bier?«

Bevor ich antworten konnte, hatte mir Steve eine neue Flasche Bier auf den Tisch gestellt, bevor er plötzlich, einer Eingebung folgend, das Telefonbuch, das neben der Couch auf dem Boden lag, ergriff.

»He, Frank, hast du Lust auf *Don't call us we'll call you?*«

Verwundert schaute ich zu Frank hinüber, hinter dessen breitem Grinsen ich nur unverhohlene Schadenfreude vermuten konnte.

»Gute Idee, Steve. Du zuerst.«

Ich mußte nicht sehr lange auf die Entschlüsselung des Rätsels warten, denn schon schlug Steve wahllos eine Seite im Telefonbuch auf und fuhr mit dem Zeigefinger über die Namenslisten. Irgendwie kam mir das Spiel bekannt vor.

»Pamela ist gut. Pamela ist ein guter Name.«

»Ja, mach schon. Ruf sie an!« forderte Frank seinen Bruder auf, der bereits die Nummer wählte.

»Hallo, ist dort Pamela Barouti?«

Er wartete kurz die Bestätigung ab.

»Sie haben den dritten Preis im Erotikpreisausschreiben gewonnen. Herzlichen Glückwunsch! … Wie bitte, das soll ein Scherz sein?«

Nur mit Mühe konnte Steve sein einsetzendes Lachen zurückhalten.

»Sie sind doch Mrs. Barouti, nicht wahr? Mrs. Pamela Barouti? … Ja also, sie haben fünf Vibratoren unterschiedlicher Größe gewonnen, die sie *hihihi* bei *hahaha* passender Gelegenheit ganz langsam in ihre *hahaha* feuchte Muschi einschieben können.«

Ohne auf eine Antwort zu warten, beendete Steve das Gespräch und

schnappte vor lauter Lachen nach Luft, wobei er auf seinen Bruder hinunterschaute, der sich aus gleichem Anlaß auf dem Teppich abrollte.
»Das war cool. Das war supercool«, rief Steve prustend aus und forderte im gleichen Atemzug seinen Bruder auf, eine Steigerung des, wie er glaubte, gelungenen Gags zu produzieren, der daraufhin, nach einigen weiteren telefonischen sexuellen Belästigungen, einer teuflischen Eingebung folgend, seinem verhaßten Mathelehrer die gesamte Palette der Speisekarte einer Pizzeria aus Palmdale ins Haus bestellte. Und, um seiner Genialität die Krone aufzusetzen, schickte er dann noch einen Leichenwagen zum Haus seiner Englischlehrerin, an der er sich bei dieser Gelegenheit wegen ihrer permanenten Nörgelei bezüglich seiner mangelhaften Rechtschreibkenntnisse rächte.
Beavis & Butthead sind doch *role models*, dachte ich so, denn erst am Tag zuvor hatten die beiden kleinen Monster diese neue Art von Freizeitgestaltung, die von Frank und Steve natürlich begeistert aufgegriffen worden war, im Fernsehen vorgeführt. Ihre Aufforderung, auch etwas zu diesem Spiel beizutragen, lehnte ich, meine noch mangelhaften Englischkenntnisse vorschützend, dankend ab. Frank bedachte mich zur Strafe mit einem äußerst mißbilligenden Blick, und plötzlich verdufteten die beiden mit abfälligen Kommentaren in ihre Zimmer. Mich kümmerte es nicht, ob ich in ihren Augen ein Scheißspielverderber war oder ein langweiliges Arschloch.
Um drei Uhr war ich jedenfalls voll und stoned, und ich wußte nicht mehr, ob das dumm lachende *Höhöhö* eine Reaktion Buttheads oder das Produkt meiner eigenen Lachanfälle war.

Einige Tage zuvor hatten wir schon einmal einen Ausflug gemacht, sozusagen der erste Höhepunkt unseres Aufenthaltes hier in der staubigen Einöde. Der Besuch der Edwards Air Force Base im Norden von Lancaster am Mittwoch vor zwei Tagen war eine willkommene Abwechslung von dem absolut schwachsinnigen Unterricht bei unserer schwarzen Mississippi-Lady, die mich irgendwie, ich kann es mir auch nicht erklären, nicht mehr mag. Auch egal. Die NASA, Amerikas stolze Raumfahrtgesellschaft, die 1969 den ersten Menschen zum Mond beförderte und damit das prestigeträchtige Wettrennen zum Mond vor den Kommunisten in der Sowjetunion gewonnen hatte, betreibt hier auf der Edwards Air Force Base eines ihrer Zentren. Doch im Vergleich zu dem Raumfahrtkontrollzentrum in Houston, Texas, und den Startrampen in

Cape Canaveral, Florida, ist dieses Zentrum im Norden von Los Angeles wirklich nur für außerplanmäßige Landungen des Raumgleiters vorgesehen, wenn diese in Florida wegen des Wetters nicht möglich sind. Schließlich muß das Teil dann wieder Huckepack auf einen Jumbo-Jet gepackt werden, um es zur Startrampe nach Florida zurückzutransportieren. Immerhin bietet dieses Zentrum den mit Baseball-Caps und Kameras herumlaufenden dickbäuchigen Touristen in Shorts und Turnschuhen einen Einblick in die Arbeit der NASA. Sogar ein originalgetreues Modell der Raumfähre kann hier besichtigt werden, und die Vorstellung, daß so ein Ding während der Steigphase, wie es 1986 geschah, explodierte, sich in tausend Teile auflöste und die Astronauten in den Tod riß, treibt einem schon einen kalten, gruseligen Schauer über den Rücken. Seit dieser Katastrophe ist die NASA mit allen Mitteln an dem Ausgleich ihres Imageverlustes und an der Wiedergewinnung des Vertrauens der Menschen allgemein und der amerikanischen Politiker insbesondere interessiert, die letztendlich über die Finanzierung der Raumfahrtprojekte entscheiden.
Und das kann man auch hier auf der Edwards Air Force Base erkennen. Ich bin ja nicht blöd. Mit einem Unterton des Stolzes erklärt uns der *Tour Guide* anhand des Modells die Räumlichkeiten in der Raumfähre. Für einen Augenblick sitze ich am Steuer der Fähre und tauche ein in die schwerelose Welt der Astronauten. Ich, Commander Pichalski, durch den stillen, dunklen, unendlichen Weltraum gleitend, unter mir unser herrlich blauer Planet, über mir die funkelnden Sterne, bewahre das Raumschiff mit einem gekonnten Ausweichmanöver vor einem Zusammenstoß mit einem außer Kontrolle geratenen und auf Kollisionskurs befindlichen UFO.
Ein anderes Mal rette ich das Leben der Mannschaft, indem ich mich als einziger dem hochgefährlichen Unterfangen aussetze, eine Reparatur an der Außenhaut der Raumfähre durchzuführen.
»Captain! Es ist zu gefährlich! Bleiben Sie an Bord. Wir wollen Sie nicht verlieren.«
»Lieutenant Mura, Ihre Sorge um mich in Ehren, aber ohne Reparatur ist die Rückkehr zur Erde nicht zu schaffen. Der einzige, der auf diesen Ernstfall vorbereitet wurde, Lieutenant O'Hara, leidet an der Raumkrankheit. Ich muß es alleine schaffen.«
Tränen kullern an Lieutenant Muras Wangen herunter. »Seien Sie vorsichtig, Commander.«

Ich schaue ihr fest in die Augen. Ohne ein Wort zu sagen, streife ich mir den Raumanzug über, schließe den Helm und überprüfe noch einmal die Sauerstoffzufuhr. Alles ist okay. Und während ich das Zeichen zum Öffnen der Schleuse gebe, sehe ich, wie Lieutenant Mura mir drei wohlgeformte Worte zuhaucht. Und mit der Gewißheit, daß sie mich liebt, gleite ich schwerelos in den Weltraum hinaus.

»He, Pichalski, mach voran, du blockierst die Kommandozentrale.« Beate rüttelt an meiner Schulter und holt mich ziemlich unsanft aus diesem wohligen Traum heraus. Ich bin sicher, ich hätte Lieutenant Mura noch im schwerelosen Weltraum, nach meiner heldenhaften Reparatur, gepoppt. Was das wohl für ein Gefühl sein muß, wundere ich mich, als wir aus dem Filmvorführraum kommen, wo das Kontrollzentrum in Houston und die Ausbildung der Astronauten gezeigt wurde. Daß die Astronauten in riesige Wasserbassins eintauchen, um unter Wasser, das die Schwerelosigkeit im All simulieren soll, auf ihre Missionen vorbereitet zu werden, ist schon verdammt interessant. Aber irgendwie beschäftigt mich schon seit geraumer Zeit nur noch eine Frage.

»*Ladies and gentlemen*, haben Sie nach dem Film, den Sie gerade gesehen haben und bevor die Führung beendet ist, noch Fragen?«

Endlich. *Yes, yes, yes.* Ich strecke meinen Zeigefinger interessiert in die Höhe und sehe, wie sich die dicken Hälse der Touristen in meine Richtung drehen. Ich freue mich auf die Frage und grinse dreckig.

»*Yes, sir.*«

»Ehm, also ... meine Frage ist die, ... also, ich meine ... ehm ... wenn da ... wie Sie ja sagten ... weibliche und männliche Astronauten mitfliegen ... also, die Frage ist ... ist Geschlechtsverkehr in der Schwerelosigkeit möglich, ist er schwierig, oder geht es überhaupt nicht? Ich meine, der Samenfluß und so ... der dann so rumfliegt und so ... und müssen die sich vorher im Bett anschnallen und so, damit sie Halt finden ... Sie verstehen, was ich meine?«

Wie versteinert schaut mich der *Tour Guide* an, bevor er sich wieder der Gruppe zuwendet, meine lebenswichtige Frage bewußt ignorierend.

»Noch andere Fragen? Nein? Dann bedanke ich mich für Ihren Besuch bei der NASA und wünsche Ihnen noch einen angenehmen Aufenthalt.«

Na ja, eine NASA-Baseball-Cap habe ich mir dann auch noch gekauft.

»Wir sind gleich da«, kündigt Tom das Ziel unserer Fahrt an. Der Verkehr auf der nun einspurigen Landstraße, die entlang einer grün bewaldeten Bergkette verläuft, wird nun zunehmend dichter und beweist, daß nicht nur wir die Sehnsucht nach Sonne und Meer hegen.

»Oh, ich bin schon so aufgeregt«, verkündet Adlernase laut im Geräusch des Fahrtwindes, und ich schaue in den Schminkspiegel, der an die Sonnenblende montiert ist. Adlernase hat sich bereits das T-Shirt ausgezogen und sitzt nun mit ihrem Bikini-Oberteil in der prallen Sonne. Ich staune über ihre gute Figur, wenn da nur nicht der Kopf wäre, doch mein Blick in den Spiegel wird plötzlich durch die herrliche Szenerie vor uns abgelenkt. Da ist er! Der Pazifische Ozean! Bläulich leuchtet er in der hellen Sonne. Das Blau endet in einem weißen Brandungsstreifen, der vom goldgelben Sand des Strandes aufgelöst wird. Wir biegen links auf die zweispurige Küstenstraße ab, die links von den Felsen der Bergkette und rechts von einer Reihe zweistöckiger Bungalows begrenzt wird, die wiederum den Strand vor dem Lärm der Straße abschirmt. Überall sind Palmen, am Strand, am Straßenrand und zwischen den Häuserreihen. Charakteristisches Merkmal der Palmen sind die langen Stämme, die erst im letzten Viertel am oberen Endes des Palmenstammes ihre Blätter entfalten. Keine Ahnung, wie die Palmen heißen. Adlernase will es unbedingt wissen. Ich bin schließlich kein Botaniker. Eine kribbelnde Atmosphäre ist zu verspüren. Von überall klingen lebhafte Geräusche zu uns herüber. Aufgeregte Stimmen aus weit geöffneten Seitenfenstern vorbeifahrender Autos, Musik aus den Radios und Cassettenrecordern der Cabrios und Pick-ups, wo braungebrannte Kalifornier lässig ihre Beine von den Ladeflächen der Pick-ups baumeln lassen, und das dumpfe Aufbrummen der 8-, 12- und 16-Zylinder-Motoren der dickbereiften Trans Ams, Corvettes, Camaros und der Wrangler Jeeps, wenn sie sich schwerfällig an den auf Grün umgeschalteten Ampeln an den Straßenkreuzungen in Gang setzen. Überhaupt ist der Eindruck von Frische, Buntheit und Luftigkeit zu verspüren. Braungebrannte Kalifornierinnen joggen in rotleuchtenden Bikinis und mit grellbunten Sonnenbrillen die Straße entlang, glitzernde Schweißperlen auf ihrer Haut. Passanten in grünen Shorts und mit braungebrannten nackten Oberkörpern überqueren die Straße, das Haar auffallend gebleicht von der Sonne ... und dann die *hot shots*! Die Surfer. Stolz tragen die athletisch gebauten, von der Sonne gebräunten Adonisse, nur in grell bunte Shorts gekleidet, barfuß ihre Surfbretter auf den Schultern zum Strand, um sich dort mit den Wellen der Brandung zu messen. Es ist die pure Inkarnation von Reinheit und Schönheit. Nichts Häßliches, nichts Abstoßendes stört in diesem Augenblick dieses Bild. Ich denke unwillkürlich an Keanu Reeves und Patrick Swayze im Film *Gefährliche Brandung*, und ich erlebe nun tatsächlich die im Film dargestellte Strandatmosphäre als reale Möglichkeit, frei von den Zwängen der Gesellschaft leben zu können. Ja, ich verspüre ein plötzliches Verlangen, aus der tristen und deprimierenden Konformität des Alltagslebens auszubrechen. Hier zu leben! Im sonnigen Kalifornien! Auf den Wellen zu reiten! Keine dunklen, naßkalten Wintermonate. Nur *sun, sex, drugs and rock & roll! YES!!*

»Wow, Mann, das sind Männer!« stöhnt Beate hinter mir, die sich beim Anblick der Surfer, die nun rechts zum Strand abbiegen, nicht sattsehen kann.

»Hat der einen knackigen Arsch«, fängt nun Susanne auch noch an, den Mittleren der drei Surfer zu beschreiben, »wie die Typen von Chippendale. Echte geile Männer.«

Und was ist mit mir? Ich ziehe mein T-Shirt ein wenig weiter nach unten, um den kleinen, aber doch sichtbaren Schwimmreifen zu verbergen, der sich vom vielen Biersaufen so nach und nach entwickelt hat. Angesichts der perfekten Schönheit braungebrannter, durchtrainierter, vor Gesundheit strotzender Kalifornier schwöre ich mir schuldbewußt und mit einem plötzlich einsetzenden Gefühl der Minderwertigkeit, den kleinen Schwimmreifen nach unserer Rückkehr brutal wegzutrainieren oder herausschneiden zu lassen.

»Hier, hier, hier ist ein Parkplatz«, brüllt mir Beate aufgeregt ins Ohr, als ob ich voll taub wäre, »laßt uns hier parken und zum Strand gehen.«

Tom reagiert sofort auf Beates Wunsch und schießt mit quietschenden Reifen auf den Parkplatz. Erstaunlicherweise ist unser Leader ganz cool. Er zeigt keine Gefühle, ist nicht aufgekratzt wie wir, nur ab und zu wandert sein Blick hinüber zu den weiblichen Schönheiten.

Egal. Ich kriege das Herzflimmern, wenn ich die halbnackten Weiber sehe. Beate und Susanne sind schon mit ihren Badeutensilien zum Strand gelaufen und suchen eine geeignete Stelle zum Sonnenbaden. Der Strand ist nicht so überfüllt, wie ich zuerst angenommen habe. Heiß brennt der Sand unter unseren Füßen, und ich bereue es, meine Badelatschen nicht mitgenommen zu haben. Nach einigem Hin und Her sind Beate und Susanne mit dem von unserem Leader gewählten Platz – nicht zu weit entfernt vom Wasser und ganz in der Nähe der im Wind wehenden amerikanischen Flagge – zufrieden. Nachdem wir unsere Strandmatten ausgebreitet haben, rennen wir zum Wasser, um den

Surfern beim Wellenreiten zuzuschauen. Und da sind sie! Die göttlichen Surfer. Auf dem Bauch liegend, paddeln sie auf das Meer hinaus, um auf eine Welle zu warten, die groß genug ist, um sie, auf der Welle gleitend, zum Strand zurückzuführen. Die paddelnden Bewegungen ihrer kurzen Arme wirken beinah so unbeholfen wie die watscheligen Bewegungen von Pinguinen an Land. Beinah so trügerisch träge wirkend wie auf fette Beute lauernde Krokodile an einem Flußufer, warten die Surfer wachsam auf ihre Wellenbeute. Da! Eine riesige Woge rollt heran. Die ungelenke Unbeholfenheit ist in Sekundenbruchteile verflogen und weicht einer einzigartigen Eleganz der Bewegungen. Die Welle wahrnehmend, katapultieren sich die Bewegungskünstler von der liegenden, lauernden in eine aufrecht stehende, aber leicht hockende Position auf dem Surfbrett, ihren Körper mit ebenso leicht ausgestreckten Armen ausbalancierend, und gleiten majestätisch auf dem gigantischen Wellenkamm dem Strand entgegen, Schreie der Ekstase ausstoßend, bevor die Welle in eine weiße Gischt zusammenfällt und die Surfer vom Brett reißt. WOW. Allein das Zuschauen fasziniert mich, und ich beneide die Beach Bums, die jeden Tag am Strand herumhängen können und einfach nur gut leben.

»Cremst du mich ein, Pichalski?« fragt mich Beate, nachdem wir uns an dem einzigartigen Schauspiel sattgesehen haben, die sich jetzt ihrer Jeans und ihrer Bluse entledigt hat und sich bereits, auf dem Rücken liegend, im heißen rosafarbenen Tanga genüßlich in der Sonne räkelt. Tom grinst zu mir herüber. Ich schaue auf meine Hose und frage mich, ob die leichte Schwellung, die die Frage ausgelöst hat, zu sehen ist. Ich meine, wer bei Beates rosafarbenem Tanga, bei den festen, prallen Brüsten und den knackigen Nippeln, die sich unter dem Stoff des BHs abzeichnen, und bei dem Superhintern keine Schwellung kriegt, der ist für mich schwul. Ob wohl die Moccastecher auch ihren Spaß haben werden, denke ich mir so, als ich mich der heißen Gefahrenzone nähere.

»Zuerst vorne und dann hinten«, gibt sie die Anweisungen. O Mann. Meine Reise beginnt an ihren Schultern, die sofort zu glänzen beginnen, und meine sonnenölverschmierte Hand wandert langsam zu dem oberen Teil ihres Busens, der nicht vor der Sonne geschützt wird, und weiter zu ihrem Bauchnabel und weiter zu ihren Oberschenkeln und … und ich höre sie leicht stöhnen. Und ich habe eine Erektion. Und ich schaue zu den anderen hinüber, die so tun, als hätten sie nichts gehört. Und ich beeile mich, sie einzureiben. Ich will mich gerade von ihr entfernen…

»Der Rücken. Der Rücken muß noch eingerieben werden. Du machst das wirklich gut.« Ich schaue wieder zu den anderen. Ich weiß nicht. Ich habe das Gefühl, daß sie mich irgendwie verarscht. Ich schaue zu Tom hinüber. Er grinst sich einen. Aber voll. Vielleicht wünscht sie sich insgeheim, von einem der attraktiven Surfer eingeölt zu werden – oder von Tom? – und läßt jetzt ihren Frust genüßlich an mir aus. Dennoch reibe ich ihren Rücken mit einer dicken Schicht Sonnenöl ein.
»So, fertig, und jetzt laß mich endlich in Ruhe«, versuche ich cool die Situation zu retten, bestrebt, mein Gesicht zu wahren, bevor ich mich meiner Sachen entledige, dabei vorsichtig umherschauend, ob sich nicht einige der *hot shots* in unserer Nähe angesiedelt haben. Bei mangelnden Vergleichsmöglichkeiten habe ich vielleicht bei den Damen noch eine Chance. Ich haue mich auf die Matte, strecke alle fünfe von mir, und döse – natürlich auf dem Bauch liegend – sofort ein. Das gleichmäßige Rauschen der Brandung, die Stimmen am Strand, die wohltuende Wärme der Sonnenstrahlen in Verbindung mit dem leisen, warmen Wind, der über mich hinweghaucht, wirkt wie eine Zehner-Packung Valium.
»He!«
Ich werde aus meinem Schlaf herausgerissen. Irgend jemand berührt meine Taille.
»He!«
Schon wieder.
Langsam, die Handfläche zum Schutz vor der Sonne gegen meine Stirn haltend, öffne ich blinzelnd meine Augen. O, Scheiße. Adlernase! Sie steht in ihrer ganzen Größe beinahe drohend über mir.
»Soll ich dich einreiben?«
Ich bin wach. Als hätte mich die Turmuhr Big Bens aus dem Tiefschlaf gerissen, springe ich vor Schreck auf und reiße ihr die Sonnenmilchflasche aus der Hand.
»Laß mal stecken, das mach ich lieber selber.«
»Du liegst seit einer halben Stunde ungeschützt in der Sonne. Du bist schon ganz rot«, erwidert sie enttäuscht, »ich hab's nur gut gemeint.« Sie wendet sich ab. O mein Gott, was haben wir denn hier? Eine treue Seele. Ich weiß nicht wieso, aber für einen kurzen Augenblick tut sie mir leid, zumal sie recht hat. Eine halbe Stunde in der kalifornischen Sonne, und ich sehe aus wie ein in heißem Wasser gekochter Hummer. Sie ist sehr besorgt um mich. Aber das liegt wohl in ihrer Natur begründet. Kran-

kenschwester, hat sie einmal gesagt, sei ihr Traumberuf. Sie will Menschen helfen. Und das mit Abitur. Verstehe sie, wer will, aber das geht mir nicht in die Birne rein. Wieso sich dann noch zum Abitur quälen, wenn die mittlere Reife schon für diesen Job ausreicht. Und dann auch noch die geringe Bezahlung. Die schuften ohne Ende, und was ist der Lohn? Patient Meier ist gestern gestorben. Wie geht es dem Patienten von Zimmer acht, dem wir gestern beide Beine amputieren mußten? Und die junge Frau Schulz? Motorradunfall. Querschnittsgelähmt. Sie ist doch erst neunzehn Jahre. Wo ist denn da die *job satisfaction*? Doch obwohl ich Adlernase absolut blöd finde, bedanke ich mich bei ihr.

»Danke, Adler… äh Brigitte, nett von dir, dich so um mich zu kümmern. Ich werde dir dafür mal einen ausgeben, okay?« rufe ich entschuldigend hinter ihr her, weiß ich doch, daß ich ihr nie einen ausgeben werde, und sehe ein spöttisches Grinsen auf Beates Lippen, die sich weigert, meinen Rücken einzureiben. »Laß mal stecken«, sagt sie spöttisch und dreht sich auf die Seite, mir den Rücken zuwendend. Blöde Kuh.

»He, auf geht's. Wir fahren weiter.«

Nach eineinhalb Stunden hat unser Leader die Nase voll vom Sonnenbaden. Er will *action.*

»Wenn ihr wollt, zeige ich euch noch Venice, den berühmtesten Strand in Kalifornien überhaupt.«

Seine Ankündigung ist wie ein Signal. Venice! Wir fahren nach Venice! Voll geil. Wir packen unsere Sachen und sind in Null Komma nichts auf der Route 1, die uns an Santa Monica vorbei nach Venice bringt. Die Stereoanlage voll aufgedreht, wo Bryan Adams gerade einen vom Besten gibt, singen wir alle im Rausch unseres Glücksgefühls den Refrain. Unsere Haare flattern wild im warmen Fahrtwind hin und her.

Do I have to say the words?
Do I have to tell the truth?
Do I have to shout it out?

Wenn die Fahrt entlang der kalifornischen Küste schon geil war, dann ist Venice das Geilste überhaupt!! Ehrlich. Ungelogen. Nachdem wir heiser in Venice angekommen sind und nach einigem Suchen einen Parkplatz gefunden haben, empfängt uns auf dem Venice Boardwalk ein Strom von Menschen, die auf der Strandpromenade entlangflanieren. Hunderte von Sinneseindrücken stürzen auf uns zu. Fünfzig Meter vor uns auf der Strandpromenade plärren die gewaltigen Ghetto-Blasters der Roller Skater, die sich wie wild, ja tranceartig zum Rhythmus der Musik bewegen. Farbige Frauen in Bikinis, farbige Männer mit Bandanas um ihre Stirn gebunden mit coolen Sonnenbrillen, Weiße in Khakis, Mexikaner in grellen Muscleshirts, sie alle tanzen auf ihren Roller Skates wie aufgedreht zum Sound von R. Kelly & Public Announcement. *She's got that vibe.* Von überallher dringt Musik auf uns ein. Soul ist in der Luft. Der Himmel ist von einem herrlichen Blau. Die Sonnenstrahlen werden zunehmend länger. Dort, etwas mehr links, ist eine Gruppe von Roller Skatern, die zum Sound von der C&C Music Factory mit der lauten Stimme Zelma Davis' tanzen. *I found love.* Alle rauchen sie Gras ohne Ende. Die Luft ist erfüllt von dem Duft. Wir laufen ruhelos weiter. Wir sind aufgedreht auch ohne den Stoff. Zu Hunderten kommen uns die Inline Skater entgegen. Supergirls in aufreizend knappen Short, mit langen Mähnen und duftendem Parfüm, Familien mit Kindern, den Hund an der Leine neben sich her führend, rollen an uns vorbei. Stimmen von überall her. *You wanna know your future?* Wahrsager bieten ihre Dienste an. Braungebrannte, im Schweiß glänzende Bodybuilder trainieren an ihren Hanteln unter der heißen kalifornischen Sonne am Rande der von Palmen umgebenen Promenade neben dem Gold's Gym. Beate kriegt Stielaugen. Eine Gruppe von Basketballspielern feuern sich gegenseitig an. *»Go! Go! Dunk this fucking ball in, man.«* Auf der anderen Seite des Venice Boardwalk kopieren vier kleine Farbige Michael Jackson und break-dancen in der Hoffnung, vielleicht einmal so berühmt wie ihr großes Vorbild zu werden. Überall stehen Menschen um die Gruppen herum und klatschen anerkennend nach jeder Break-Dance-Nummer. Ein Feuerschlucker weiter hinten fordert die Zuschauer zum Mitmachen auf. Wir gehen zurück zu den Roller Skatern, vorbei an Geschäften, die Souvenirs und coole Klamotten verkaufen. Geschmeidig tanzen die Farbigen, die Latinos, die Weißen zum Rhythmus von Shaquille O' Neals Hit *I'm Outstanding. – I'm so alive baby. I'm so alive baby.* Von Rassenhaß keine Spur. Ein Paradies für Menschen aller Hautfarben, denke ich so, als plötzlich zwei L.A. Cops in ihren dunkelblauen Uniformen auftauchen. Zwei bedrohlich wirkende dunkle Schatten im türkisfarbenden Meer der farbenfrohen und pulsierenden Menschenmenge. Ich sehe ihre schweren Waffen am Gürtel hängen, nehme die Polizeiknüppel wahr, die sie bewußt locker, wenn nicht gar provokativ an der Schlaufe um ihre Handgelenke hin und her pendeln lassen, um sie mit der Linken abzufangen. Ich komme plötzlich schlecht drauf und denke an Rodney King. Ich denke an die Rassenunruhen, an die Plünderungen und an das

Elend, das ich hier nicht wahrnehme. Aber die Cops ziehen weiter. Wir können uns kaum der Anziehungskraft des Venice Boardwalks entziehen, doch nach einiger Zeit drängt es uns zu ruhigeren Gefilden. Wir laufen zum Strand und werfen uns erschöpft von den überwältigenden Eindrücken in den warmen Sand.

»Ist doch geil hier, was?« fragt Tom und zieht sich die Klamotten aus. »Wer kommt mit schwimmen?«

Beate ist die erste, die auf sein Angebot reagiert, und rennt ihm wie ein Wirbelwind hinterher. Beim schnellen Laufen wippen ihre schweren Brüste auf und ab. Ich sehe, wie Tom, unser Leader, Beate mit Wasser vollspritzt. Ich höre Beate vor Schreck – oder vor Lust? – kreischen, bevor sie sich mit Tom in die Fluten stürzt. Ich sehe, wie sie zusammen ins offene Meer hinausschwimmen. Ich komme megaschlecht drauf.

»Kommst du auch?« ruft Adlernase mir zu, die sich mit Susanne auf den Weg zum Wasser begibt.

»Nee, null Bock«, ist meine präzise Antwort und sehe, wie sich die Köpfe Beates und Toms immer weiter vom Ufer entfernen, die jetzt wie zwei Bojen im Meer treiben. Ich entschließe mich, am Strand entlangzulaufen.

»Kannst du meinen Rücken trockenreiben«, höre ich Beate Tom fragen, als ich mich nach einer halben Stunde wieder zu den anderen geselle, die jetzt erschöpft vom Baden auf ihren Handtüchern liegen und ihre Wasserperlen von der Nachmittagssonne trocknen lassen. Ich blicke neidisch zu Tom hinüber, der jetzt mit seiner durchtrainierten Sportlerfigur, neben Beate kniend, ihren Rücken trockenreibt. Ihr Kopf auf den nassen verschränkten Armen seitlich ruhend, scheint sie es zu genießen.

»He, Pichalski, wollse nich schwimmen?« fragt er und legt sich jetzt neben Beate auf sein Handtuch. Ich zwinge mich zu einer Antwort, um ja meinen Frust nicht durchblicken zu lassen.

»Nee, keine Lust. Ist auch schon ziemlich spät.«

»Da hasse recht. Wir machen auch gleich ’nen Abgang.«

»Aber vorher muß ich noch ein Halsband kaufen – für Kiki«, protestiert Susanne.

Susanne und ihr schwachsinniger Yorkshireterrier. Ich bin schlecht drauf und suche Stunk.

Ich sage: »Sag mal, Susi-Baby, läßt du dich von deinem beknackten asthmatischen Terrier bumsen oder was?«

Sie schaut mich entgeistert an.

Ich sage: »Ja, du hast richtig gehört. Bumst er dich? Du laberst nur von deinem Scheißköter. Aber eigentlich ist das ja schade. Bei 'ner Bulldogge, nehme ich mal an, hätteste mehr Spaß – zentimetermäßig meine ich.«
Wow. Der saß. Volltreffer.
Susanne springt wie von einer Tarantel gestochen auf und schreit mich an.
Sie schreit: »Du perverses Schwein, du.«
Ich grinse und sage: »Schick Kiki mal zu mir.«
Jetzt flippt sie aus. Sie stürzt auf mich zu und trommelt mit ihren Fäusten auf mich ein, doch verpuffen sie wirkungslos auf meinem Rücken, da ich gerade dabei bin, ihr meinen breiten Rücken zugewandt, den Sand aus dem Badehandtuch zu schütteln. Ich grinse sie nur an, und sie brüllt ohne Ende, aber ich habe meine Ohren auf Durchzug gestellt, bis Toms Machtwort – »Haltet jetzt endlich eure Fressen!« – das Gebrüll beendet.
Beate schaut zu mir herüber und zeigt mir den Finger.
»Was sollte die Anmache?« fragt Adlernase, ihren Kopf verständnislos schüttelnd, »los, packen wir ein!« Das ist das Zeichen zum Aufbruch. Ich habe mein Ziel erreicht. Wir packen ein.

Sechstes Kapitel

Es ist Viertel nach sechs am Abend, als wir das Ford Cabrio verlassen, um uns zur Stärkung für unsere zweistündige Rückfahrt nach Palmdale einen saftigen Whopper bei Burger King reinzuschieben. Vom vielen Herumlaufen und Sonnenbaden knurrt mir der Magen. Eine Werbesäule mit integrierter Zeit- und Temperaturanzeige, die vor der Einfahrt zu dem Parkplatz von Burger King errichtet worden ist, zeigt immer noch 98 Grad Fahrenheit, was 35 Celsiusgraden entspricht. Wir verlassen den heißen Asphalt der Straße und die von der Sonne aufgeheizte, schweißtreibende Luft und betreten das Fast-Food-Restaurant. Dort sorgt die Air-condition für angenehme Kühle, und voll ist es auch nicht. Nur fünf Tische sind besetzt, eine kleine Gruppe von Hungrigen steht am Counter, sechs oder sieben Personen, die darauf warten, von den Angestellten, die mit Krawatten und roten Baseball-Caps ausstaffiert sind, bedient zu werden. Fünf Minuten später schiebe ich mir bereits einen Double Whopper ins Gesicht. Die Ketchupsoße läuft mir in einem dünnen Faden am Kinn herunter, als ich mal wieder den Mund weit, sehr weit aufsperren muß, um mit dem Riesenteil fertig zu werden. Ich sehe Adlernase, wie sie mich angewidert anschaut. Warum muß sie auch immer neben mir sitzen?! Wir haben uns alle am Fenster plaziert, nicht weit weg vom Eingang. Endlich unseren Hunger stillen zu können, hebt im Handumdrehen wieder die Laune. Auch Susanne plappert pausenlos. Aber sie hält Abstand zu mir. Meine Eifersucht ist verschwunden. Im Augenblick jedenfalls, auch wenn Beate Tom von ihrem Burger beißen läßt. Dabei berührt er ihre Hand.

Du mußt es ignorieren, denke ich, als ein bärtiger Typ in den Laden hereinstolziert kommt. Er trägt eine schwarze Brille aus Panzerglas, hinter der seine Glupschaugen unwirklich groß erscheinen. Beinah grotesk. Auch sein Haar wirkt so unecht wie das Kunsthaar einer billigen Perücke. Seltsam unbeholfen tastet er sich in den Vorraum hinein. Als er langsam auf unseren Tisch zusteuert, erkenne ich einen Stapel bunter Werbezettel in seiner linken Hand. Mit dem Rücken zur Tür sitzend, können Adlernase und die anderen den schrägen Vogel nicht sehen. Ich schätze ihn um die Vierzig. Bürotyp, ein Stubenhocker, denke ich, ganz das Gegenteil zu den braungebrannten Surfern. Er sieht irgendwie verklemmt aus, wie ein Spanner, der durch ein Schlüsselloch einer nackten Frau beim Duschen zuschaut und sich dabei einen runterholt. Doch irgend etwas stimmt nicht! Sein Trenchcoat! Seine nackten Waden! Nein, das wird doch nicht etwa …? Meine Pommes fallen mir aus der Hand. Susanne, Tom, Beate und Adlernase sehen mich verwundert an. Nein, unmöglich! Aber sein befleckter Trenchcoat paßt nicht zu der hochsommerlichen Jahreszeit! Nein, er wird doch nicht jetzt hier …? Zu spät. *Fuck me.* Alle folgen meinem Blick. Der Typ bleibt neben Adlernase stehen.

»Guten Abend, meine Dame, haben Sie heute schon Spaß gehabt? Wenn nicht, dann schauen Sie doch einmal bei uns vorbei.«

Adlernase, die am Gang sitzt, schaut direkt auf den nackten Schwanz des *flashers*, den der Typ ihr direkt vors Gesicht hält, den Mantel weit geöffnet. Ein Riesenteil, mindestens dreißig Zentimeter oder mehr, denke ich neidisch, als Adlernase, vom Anblick der männlichen Herrlichkeit überrascht, aus den Socken kippt und zur Seite wegfällt in Toms Arme, der ihren freien Fall gerade noch auffangen kann.

»Ja, dann eben nicht.«
Ohne auf eine Antwort zu warten, verteilt er mit dem gleichen Spruch seine Werbezettel an den Nachbartischen, bevor er, um sich blickend, ob ihn jemand verfolgt, so schnell wie der Blitz aus dem Restaurant verschwindet, wobei er seinen Mantel wieder zuknöpft.
»O Mann, was war denn das?« Beate ist verblüfft, ihr Mund ist weit geöffnet. »Habe ich da nicht gerade einen Traum von einem Schwanz gesehen?«
»Willst du diesen göttlichen Schwanz wiedersehen?« Susanne schaut Beate an. »Dann mußt du wohl hier reingehen.«
Beate reißt Susanne den Zettel gierig aus der Hand und liest uns allen, auch Adlernase, die wieder zu sich gekommen und immer noch mit der Traumabewältigung beschäftigt ist, den Inhalt der Werbeanzeige vor.

THE HORNY BOYS
Live On Stage
JFG Night Club
Wed – Sun 8pm – 1am

Ein Nightclub »Just For Girls«. Mal was Neues, denke ich, und schaue mir Adlernase an. Mich reizt es, sie zu ärgern. Warum? Ich weiß es nicht.
»Wie geht's?« Ich kann mir ein breites Grinsen nicht verkneifen.
Sie antwortet nicht. Doch ich weiß, sie hat meine mitleidsvolle, ja sorgenvolle Frage gehört. Ich lasse nicht locker. »Wie geht's dir? Hast du dich von dem Schock erholt?«
»Laß sie in Ruhe!« Tom schlägt Alarm.
Ich kann nicht davon ab.
»Eigentlich bist du ja heute total verwöhnt worden. Noch nie einen Schwanz in echt gesehen, und dann direkt so einen Apparat. Wenn das man nichts zu bedeuten hat.«
»Du bist doch nur neidisch, du Arsch«, erbost sich Susanne, die Partei für Adlernase ergreift. »Ich wette, deinen mußt du mit der Lupe suchen, wenn du onanieren willst.«
»Und ich wette, du bist so eng, da paßt nicht einmal meiner rein.«
Und wieder ist Zoff angesagt. Susanne schlägt nach mir aus, doch weil ich das schon vorhergesehen habe, kann ich ausweichen. Adlernase fängt

zu weinen an. Ein regelrechter Weinkrampf. Auch das noch. Beate tritt mir mit solch einem Schwung ins Hinterteil, daß der Tisch mit einem lauten Krachen umfällt. Es schmerzt höllisch, doch ich lasse mir nichts anmerken.

»Du blöde alte Schlampe.« Ich will mich auf Beate stürzen, doch Toms muskulöse Arme winden sich schraubstockartig um meine Hüften.

»Laß die Scheiße sein, du Idiot!« brüllt er mich an und schleudert mich zur Seite.

Schon ist der Manager mit zwei netten Kollegen herangenaht und wirft uns im hohen Bogen raus. Er faselt etwas von Lokalverbot. Auch egal.

»Ich verstehe dich nicht. Du kannst so nett sein, und plötzlich bist du das größte Schwein, das ich kenne.« Beate, die hinten sitzt und mir die Worte ins Ohr brüllt, hält mir einen Vortrag über meine psychische Befindlichkeit, als wir uns auf dem Sunset Strip befinden, der uns an Beverly Hills vorbei, ein kleiner, aber lohnenswerter Umweg, zum Hollywood Freeway bringt. Das sind die ersten Worte, die zwischen uns fallen seit einer halben Stunde düsteren Schweigens auf der gemeinsamen Fahrt. Auch Tom hat keinen Ton mehr gesagt, seit er mich von Beate losgerissen hat. Woran Susanne denkt, kann ich mir vorstellen. Ich brauche mir nur ihre Stechaugen in Erinnerung zu rufen, als der Striptease-König eine kurze, aber wirkungsvolle Einlage seines Könnens unter Beweis stellte, um zu erraten, wo sie jetzt gerne wäre. Ihr Vater ist Blumenhändler in Augsburg. Doch was sie so erzählt, müssen sie echt Kohle haben. Ihr Vater fährt angeblich den Sportwagen von Mercedes, diese Luxuskiste, die mal so locker um die 130000 kostet. »Wir gehören zur High-Society in Augsburg.« Ehrlich. Das hat die dumme Kuh gesagt. Da kann man mal wieder sehen, was die für'n Schuß hat. Läuft auch rum wie 'ne feine Dame, mit Hut und so. Manchmal wirkt sie schon wie fünfzig. Vielleicht sollte ich auch mal ins Blumengeschäft eintreten. Der Kohle wegen. Frank Mill war wohl auch mal Blumenhändler, bevor er Fußballprofi wurde. Jedenfalls habe ich das gehört. Ob wohl jeder Blumenhändler einen dicken Benz fährt?

Wir düsen in die entgegengesetzte Richtung zurück nach Palmdale. Beate ist mir egal. Mir ist egal, was sie von mir hält. *I don't give a fuck.* Ich reagiere nicht auf ihren Kommentar. Ich beobachte sie nur, wie sie Tom bedeutungsvolle Blicke zuwirft, der Beate im Rückspiegel beobachtet. Ob die beiden wohl heute noch in die Kiste steigen?

»Da vorne is ’ne Tankstelle. Da können wir kurz auftanken«, ruft Tom plötzlich aus, mich aus meinen dunklen Gedanken herausreißend, und schon ist er in die Tankstellenauffahrt eingebogen. Langsam fahren wir an die Zapfsäulen heran, die alle besetzt sind. Tom parkt hinter einem schweren Chevrolet, der gerade aufgetankt worden ist. Vom Fahrer ist weit und breit nichts zu sehen.

»He, ich spring mal kurz rein und hol mir ’ne Cola, solange der Typ vor uns am Auftanken iss.«

Und schon ist er verschwunden. Ich steige schwerfällig aus, um mir die Beine ein wenig zu vertreten, und sehe, wie der Fahrer des Chevrolet plötzlich in seinen Wagen steigt und davonfährt. Hinter uns kommt ein rostfarbener, klappriger Truck herangefahren und bleibt mit quietschenden Reifen direkt hinter uns stehen. Die Fahrertür wird aufgerissen und ein schwarzer Krauskopf mit roter Baseball-Cap und ungepflegtem Äußeren kommt zum Vorschein.

»Hey, you motherfuckers! Get your motherfucking car moving, man.«

Ich registriere mit einem gewissen Gefühl des Unbehagens, daß unser Cabrio nun nach dem Wegfahren des schwarzen Chevrolets die Zapfsäule blockiert. Wo bleibt denn nur Tom?

»Hey, you motherfuckers. Get your motherfucking car moving, man!«

Der schwarze Mann steht noch immer auf dem Trittbrett seines Trucks. Noch immer brüllt er wie wild, für alle im Umkreis von hundert Metern vernehmbar, von seinem Truck zu uns herunter. Ist der Typ auf einem Crack-Trip? Ich merke, wie ich langsam zu kochen beginne.

»Hey you goddam motherfuckers! Damn, man!«

Der Siedepunkt ist erreicht. Ich stürze auf ihn zu.

»Did you call me a fucker, sir?«

»No, man, sorry man, I’m in a hurry, man.«

Der Typ hat sich entschuldigt. Er hat sich tatsächlich entschuldigt. Kaum zu glauben. Ich habe es mit tiefster Genugtuung registriert und schaue mich nach Tom um, der bereits mit riesigen Schritten herannaht.

»I gonna kill ya, you goddam motherfucker. I gonna kill ya.«

Der Typ ist plötzlich von seinem Truck heruntergesprungen und hält ein Messer in seiner rechten Hand. Zwei farbige Frauen in grün- und gelbfarbenen Jeans, ziemlich dick, die wohl mit im Truck gesessen haben müssen, mir aber nicht aufgefallen sind, halten den Junkie an beiden Armen fest, der auf mich losstürzen will.

»I gonna kill ya, you motherfucker.«

»Komm steig' ein!«
Tom sitzt schon im Auto. Wie betäubt beobachte ich die unwirkliche Szene, schaue auf das blitzende Messer in der Hand des Verrückten, bevor Toms Gebrüll mich aus meiner Lethargie herausreißt. Mit einem Satz springe ich ins Auto, und schon haut Tom aufs Gaspedal. Das Messer fliegt zwei Meter am Wagen vorbei.
Das war knapp. Ich sitze nach einer halben Stunde der Beruhigung und nach dem gelungenen Auftanken an einer anderen, weniger gefährlichen Tankstelle wieder entspannt im Cabrio und lausche den Geräuschen des Fahrtwindes und der Musik vom L.A. Soul-Station, wo gerade ein cooler, ins Blut gehender Groove meine Sinne fesselt. Ich gebe mich der Musik von Mary J. Bilge hin. *Ohohoh boy you bring me joy. Ohohoh you've got it going.* Ich bin plötzlich total relaxed. *Soul gives comfort to my soul.* Der Typ muß aus dem Ghetto gewesen sein, vollgepumpt bis oben hin. Ich schaue aus dem Wagen und sehe in der Abendröte inmitten der vielen amerikansichen Straßenkreuzer, die uns links und rechts auf dem Freeway träge passieren, die Skyline von Los Angeles, die wir langsam hinter uns lassen. Die Love Songs passen zur romantischen Stimmung des Sonnenuntergangs.
If you love me – say it
If you trust me – do it
If you want me – show it
If you need me – prove it
Brownstone's *If You Love Me* ist ein geiler Sound. Black Music. Was gibt es Besseres? Doch gleichzeitig denke ich an die Street Gangs hier in L.A., nur ein Steinwurf von Beverly Hills entfernt. Armut und grenzenloser Reichtum so eng beisammen. Dort die *loser* und ein paar Meilen entfernt diejenigen, für die der amerikanische Traum zur greifbaren Realität wurde, die in ihren hermetisch abgeriegelten, von privaten Wachmannschaften abgeschirmten Palästen ein Leben im Luxus leben, die Cartier-Uhren wie ein Pfund Brot kaufen und am Wochenende ihre Strandhäuser entlang der Küste aufsuchen, um dem Smog L.A.'s für ein paar Tage zu entgehen. Unfaßbar, diese soziale Diskrepanz. Die Menschen leben in derselben Stadt, aber sie sind Lichtjahre voneinander entfernt. Ich hole die Straßenkarte aus dem Handschuhfach hervor und suche mit meinem Zeigefinger die Gegend um South Central, wo die Gangs der Crips und Bloods sich befehden. Die Gewalt, der Crack-Konsum, die Hoffnungslosigkeit, die unzähligen *drive-by-shootings.* Das Leben in

einer Gang – zu so was fühle ich mich irgendwie hingezogen. Warum nur? Ich weiß es nicht. Vielleicht ist es der Kitzel, etwas zu erleben, was ich wohl in meinem behüteten Leben nie erleben werde. Die tägliche Konfrontation mit der Frage, ob du nicht vielleicht der nächste bist, der aus einem vorbeifahrenden Auto erschossen wird. Mord und Totschlag. Das Gefühl der Stärke in einer Gang. Das Gangleben als Familienersatz. Was fühlt jemand, der mit fünfzehn vielleicht schon einen Menschen angeschossen oder gar getötet hat. Macht? Ohnmacht? Lust? Oder gar nichts? Die Straßenkarte flattert im Fahrtwind. Watts Area. Waren da nicht die Unruhen vor nicht allzu langer Zeit? Mein Blick wandert in die Ferne. Ich versuche am Straßenrand, an Häuserwänden oder Mauern Graffitis der Gangs zu entdecken, Symbole ihres Machtbereiches. Wäre ja cool, ein Lebenszeichen von ihnen zu erhalten. Doch ich kann keine Spuren ihrer Existenz erkennen.

»Du, Michael, ich muß dir etwas gestehen.«
Verwundert schaue ich Maria an. Ich habe sie noch nie so ernst gesehen. Sie schaut verlegen zu Boden, als sie zu sprechen beginnt. Böse Vorahnungen steigen in mir auf, als ich sie mit meinen Blicken starr fixiere. So leicht soll sie es nun doch nicht haben.
»Ich … ich habe da jemanden kennengelernt. Du … du kennst doch Sabine, nicht wahr?
Und der Bruder ihrer Freundin, Klaus Lohmann, du weißt doch – wie Willy Loman in Tod eines Handlungsreisenden *…«*
»Also einen loser *hast du kennengelernt!«*
»Klaus ist kein loser. *Ganz im Gegenteil. Du, der weiß ganz genau, was er will. Er studiert Architektur im vierten Semester in Bochum. Er … er hat große Pläne, er will Hochhäuser bauen und so … es ist seltsam, es gibt Menschen, wenn du denen in die Augen schaust, dann weißt du, daß die was aus sich machen werden.«*
»Ja, ich weiß, was du sagen willst. Aber ist es denn schlimm, ohne einen Plan durchs Leben zu laufen und einfach abzuwarten, was sich so ergibt?«
»Genau, Mike, du scheinst durch das Leben driften zu wollen wie Ben Braddock auf seiner Luftmatratze im Swimmingpool seiner Eltern. Du weißt zwar ungefähr, was du willst – studieren oder so, einen Beruf, der gut Kohle bringt und so, aber wie du deine Ziele erreichen willst, da hast du keinen Plan.«
Manchmal klingt sie wie meine Mutter. Ich fühle mich hundselend, als ich ihr die Frage stelle.

»Hast du schon mit ihm ein Date gehabt?«
»Morgen fahren wir zum Bermuda-Dreieck in Bochum. Er will mir die Kneipen-Szene zeigen. Da soll wohl gut was abgehen. Bist du mir böse?«

»Wat iss, Pichalski, bisse schlecht drauf oder wat? Du biss so still.«
Tom schaut mich von der Seite an. Noch immer trägt er seine Sonnenbrille. Er muß in sie verliebt sein. Ich antworte nicht. *Fuck him.*
»Mach mal andere Musik, Tom!« Susanne meldet sich zu Wort. Gerade läuft im Radio Guru und Chaka Kahn. *Watch what you're saying.* Ich bin hellwach. Panik! S.O.S! May day! May day!
Susanne will andere Musik.
»*No way,* Soul bleibt«, protestiere ich voller Panik, doch Susanne läßt nicht locker. Haß kommt auf. Haß auf die Alte mit ihrem Köter Kiki. Ich lege die Straßenkarte zurück ins Handschuhfach, um beide Hände frei zu haben. Ich bin bereit, ihr an die Gurgel zu gehen.
»Ich kann den Soul-Scheiß nicht mehr hören. He, Tom, dreh mal an dem Ding da!«
»*No way,* das bleibt!« Mein Protest ist vergeblich. Schon fummelt Tom am Radio. Das knisternde, knackende Geräusch der Sendersuche schmerzt in meinen Ohren. Ich balle meine Hand zu einer Faust. Ich könnte die da hinten erschlagen.
»Was willste denn hören?« Tom fummelt immer noch an dem Suchlauf.
»Vielleicht das … Country-Western?«
Ich sage nichts mehr. Ich versuche, meine unbändige Wut zu kontrollieren. Wenn Susanne jetzt Country-Western hören will, steige ich aus, springe ich aus dem fahrenden Wagen.
»Nee, such mal weiter.«
Erleichtert atme ich auf. Musik ist wichtig in meinem Leben. Schrottmusik zerstört mein Feeling.
»Oder vielleicht das?« Tom gibt nicht auf, Susannes Wünschen nachzukommen.
»Das ist geile Musik! Was ist das?« Susanne jauchzt vor Vergnügen.
»Das ist hier Barry Manilow!«
»O nein, jetzt reicht es mir! Kotz. Würg. Mach andere Musik! Das halte ich nicht aus!«
Ich komme schon wieder megaschlecht drauf, doch zu allem Übel werde ich nun endgültig überstimmt.
»Wir wollen auch Barry Manilow hören.«

Adlernase! Auch die noch! Die hätte von dem Riesenschwanz erschlagen werden sollen.
»Okay. Barry Manilow ist nun angesagt.«
Tom lehnt sich wieder in seinen Fahrersitz zurück und lauscht der Musik. Es reicht. Ich öffne bei voller Fahrt die Wagentür. Ich habe die Schnauze gestrichen voll. Der Fahrer im Wagen neben uns, der gerade im Begriff ist, unser Cabrio zu überholen, reißt erschreckt seinen Wagen rechts herum. Wütendes Hupen setzt ein. Auch hinter uns wird gehupt.
»*Assholes*! Hey, Pichalski, machse wieder Scheiß oder wat? Mach die Tür zu!« brüllt Tom mich an.
»Halt die Scheißkarre an. Ich steig aus. Barry Manilow! Das ist zuviel für mich! Warum nicht gleich Heino? Halt die Scheißkarre an!«
»Bist du bescheuert oder was, Pichalski!« Tom schaut mich an. Ich bin machtlos. Die Fahrt geht weiter. Das nächste Stück ist auch von Barry Manilow. Muß wohl ein Konzert im Radio sein. Auch das noch. Ich halte es nicht mehr aus. Ich ziehe eine Show ab. Ich bin der Barry-Manilow-Terminator. Mit einem Ruck löse ich den Sicherheitsgurt. So schnell wie ich ihn gelöst habe, mache ich Anstalten über den Rücksitz zu steigen, um Susanne ordentlich eine in die Fresse zu hauen. Ich ziehe eine brutale Fresse. Meine Haare flattern wütend wie bei einem Kriegsgott im Wind hin und her. »Ich bring dich um! Ich bring Kiki um!« brülle ich theatralisch in den Fahrtwind. Natürlich kann mir das Drübersteigen über den Rücksitz bei dem Fahrtwind – wir fahren hundertzwanzig –, kaum gelingen. Schließlich bin ich kein Stuntman, aber die erschrockene Visage von Susanne, wie ich so aufrecht im Wagen stehe und meine Arme vampirartig ausstrecke, als wolle ich ihr an die Halsschlagader – ein markerschütternder Schrei kommt aus der Tiefe meiner Kehle: »Uuuaaahhh!!« – ist göttliche Belohnung für meine malträtierten Hörnerven. Ich lache mir einen Ast und setze mich wieder entspannt auf meinen Sitz, befriedigt über meinen Erfolg als Showman und drücke auf den Suchlauf, die Zeit der Schockwirkung bei dem Damen auf den billigen hinteren Plätzen im Auto ausnutzend. Tom schüttelt nur den Kopf. Er hat die Ruhe weg.
Langsam, nur ganz, ganz langsam beruhige ich mich. Nicht mehr lange, und die Dunkelheit würde uns wie ein Trauerschleier umgeben. Ich schaue auf meine Armbanduhr. Noch rund vierzig Minuten, und wir müßten in Palmdale sein, denke ich so, als plötzlich ein Wagen am Straßenrand unser Interesse erregt. Der Verkehr auf dem einsamen

Highway Richtung Palmdale hat stark abgenommen. Immer weiter nähern wir uns dem Wagen. Erst jetzt sehen wir einen Mann regungslos vor dem Wagen liegen. Mein Herz zieht sich zusammen. Shit! Keiner von den vorbeifahrenden Wagen hat angehalten, obwohl der Mann offensichtlich Hilfe braucht.

»Halt an, Tom. Wir müssen anhalten«, ruft Beate, die besorgt auf den Mann am Straßenrand, hundert Meter vor uns, schaut.

»Und wenn es ein Trick ist?« Ich sehe Tom an. Verdammt noch mal. Er hat recht. Daran habe ich noch nicht gedacht.

»Fahr ran, Tom. Wir müssen helfen. Außerdem sind wir zu fünft. Was soll uns da passieren?« Beates Logik wirkt einleuchtend. Tom nimmt den Fuß vom Gaspedal, und vorsichtig schleichen wir uns an den Unfallwagen heran. Immer noch liegt der Typ regungslos auf der staubigen Straße. Äußere Verletzungen sind nicht zu erkennen. Tom hält an. Der Motor summt leise. Wir warten.

»Komm, Pichalski, steig aus und check den Typ. Ich laß den Motor laufen.«

»Warum ich?«

»Das ist typisch. Erst den Macho spielen und dann, wenn es gefährlich wird, den Schwanz einziehen, wenn es da überhaupt was einzuziehen gibt«, zischt Beate mir leise ins Ohr. Die Alte nervt mich.

»Ich kann keine Mund-zu-Mund-Beatmung. Hab ich verlernt.«

»Pichalski, wenne gez nich aussteigst, hasse et bei uns total verschissen, iss dat klar!«

Toms Machtwort ist unwiderruflich. Langsam öffne ich die Fahrertür. Ich fühle mich, als ob ich im Weltraum das Space-Shuttle ohne Raumanzug verlasse. Ich verlasse das Mutterschiff. Unzählig viele Insekten schwirren im Scheinwerferlicht. Langsam gehe ich auf den Verunglückten zu. Schritt für Schritt entferne ich mich von meiner Station.

»Em, excuse me, sir, are you okay?«

Was für eine schwachsinnige Frage, denke ich, als der Typ mir plötzlich einen .38er Colt vor die Nase hält, den er unter seinem Bauch versteckt gehalten hat. Ich kann es nicht glauben. Ein Überfall. Wie lange er hier wohl schon gelegen hat?

»Put your fucking hands up, man.«

Während ich meine Hände hebe, zum ersten Mal in meinem Leben ganz in echt, nicht wie früher, als ich mit zehn Cowboy und Indianer gespielt hatte, kommt ein anderer Typ aus seinem Versteck heraus.

»Was habe ich dir gesagt, Joe, der Trick funktioniert, weil es noch genügend dumme Arschlöcher gibt.«
Er lacht über seinen Witz und fuchtelt mit seiner Waffe wild umher. Joe, der jetzt von den Toten aufgestanden ist, läuft zum Wagen.
»He, ihr da drüben. Macht den Motor aus und steigt aus, wenn euch das Leben eures Kumpels was wert ist. Raus!«
Noch immer halte ich meine Pfoten wie dumm in die Höhe. Für einen Augenblick habe ich die Befürchtung, daß Tom Gas gibt und mich hier der unbändigen Wut der Revolverhelden ausgesetzt, die mich Stück für Stück, erst den Fuß und dann die Kniescheiben, durchlöchern werden. Doch zu meiner Erleichterung sehe ich, wie das Scheinwerferlicht gelöscht wird. Das Summen des Motors ist verklungen. Zu viert stehen sie jetzt neben dem Auto. Der Typ, der Joe heißt, ist bereits zum Wagen gelaufen und hat sich in den Fahrersitz geschwungen. Auf die Stelle zufahrend, wo ich immer noch von dem zweiten in Schach gehalten werde, bremst er kurz vor mir ab. Staub wedelt auf.
»Vielen Dank für eure Erste Hilfe. Sie war dringend notwendig. Ihr habt uns gerettet. Und auch noch ein Cabrio. Womit haben wir soviel Güte verdient?« kichert der zweite Typ beim Einsteigen, und schon brausen sie davon. Sind es Gangster auf der Flucht? Ich habe keine Ahnung. Aber eins weiß ich.Wir sind allein. Allein in der Wüste. Kein Ort weit und breit. Nur noch schlappe sechzig Kilometer bis nach Palmdale. Dunkelheit umgibt uns.

»Und was jetzt?« Ich bin geschockt.
»Ja, den hier …« Tom streckt seinen Daumen in die Höhe und signalisiert den Anhalter.
»Klar, kein Problem. Beim dem dichten Verkehr hier, alle dreißig Minuten ein Auto, haben wir eine reelle Chance.« Was ist mit Beate los? Sie muckt auf.
»Hasse ne bessere Idee, Beate?«
Sie zuckt nur mit den Schultern. Der Wagen, den die Typen zurückgelassen haben, startet nicht. Vom Reparieren haben wir keine Ahnung, und ohne helles Licht geht sowieso nichts.
In der Dunkelheit laufen wir los.
»Was ist denn hier mit Klapperschlangen? Ich habe keinen Bock, so 'n Teil hier zu begegnen. Aber uns kann ja nichts passieren. Die klappern ja vorher mit dem Schwanzende, so als Vorwarnung, stimmt's?«

Ich grinse bei dem Gedanken. Ich habe plötzlich Bock, einfach nur Scheiße zu reden.
»Laber nicht so ein Scheiß und lauf weiter.« Susanne gibt mir Anweisungen.
»Huhu, ich glaube, ich habe eine klappern hören«. Ich lache wie ein Verrückter, und versuche Susannes Miene in der Dunkelheit zu ergründen.
»Wir hätten dich bei den Typen lassen sollen, du blöder Sack. Steht vor dem Typ und läßt sich austricksen.«
Susanne kickt einen Stein mit ihrem rechten Fuß weit durch die Luft.
»Seit mal leise. Ich glaube, ich höre etwas.« Tom muß Indianerohren haben.
»He, Tom, als kompetenten Leader frage ich dich, gibt es hier noch Apachen und andere Rothäute, die vielleicht noch unseren Skalp haben wollen? Ich wundere mich, wie lange wir noch hier herumlatschen müssen. Ich wünschte, Kiki wäre hier.«
Sogar in der Dunkelheit kann ich Susannes verwunderten Blick erkennen.
»Ich meine, dann könnten wir den notschlachten und braten, ich meine, falls es eng wird, hungermäßig.«
»An so einem Yorkshireterrier ist aber nicht viel dran.«
Geil, Beate haut in dieselbe Kerbe. Ich kichere wie verrückt, als wäre ich wieder auf einem Marihuana-Trip.
»Hört endlich auf! Warum quält ihr mich so?« O Scheiße, keinen Humor, die Alte.
»Na, was habe ich gesagt! Da kommt ein Auto!« Tom fuchtelt wie wild mit seiner Jacke.
Iiuummm. Der Wagen fährt mit unverminderter Geschwindigkeit an uns vorbei.
»Du muß den Daumen rausstrecken, nicht die Jacke!«
»Mensch, Pichalski, wenne so schlau biss, dann machet doch selber gleich mal. So, inner halben Stunde.« Tom ist sauer auf den Fahrer und läßt es an mir aus. Die Stimmung ist gereizt. Bin ich schuld an dem Schlamassel? Seit einer Stunde latschen wir jetzt schon durch die dunkle Wüste, immer an der Straße entlang. Vielleicht nur noch lockere fünfundfünfzig Kilometer nach Palmdale. Der Himmel ist sternenklar. Die Sterne funkeln in einer noch nie erlebten Helligkeit und Klarheit. Immer wieder leuchten Sternschnuppen über unseren Köpfen auf. »Ich hab Durst!« Adlernase war lange Zeit sehr schweigsam.

»Vielleicht gibt's ja hier irgendwo 'ne Kneipe mit herrlisch frischem Holsten Bier. Holsten knallt am dollsten.« Immer noch kichere ich wie blöd. Die ganze Situation ist so absurd.
»Schnauze, ich höre ein Auto kommen.«
»Sag mal, Tom, warst du als Lauscher bei den U-Booten?« Ich höre nichts. Doch er hat recht. Von weit entfernt funkeln uns die Scheinwerfer eines Autos auf der endlos geraden Wüstenstraße entgegen. Ich bin sicher, daß ich es schaffe, den Typen zum Anhalten zu bewegen. Doch plötzlich habe ich den genialen Trick.
»Komm, Beate, du bist dran. Bei dir hält der bestimmt an. Von mir aus kannst du auch deine Brüste als Lockmittel raushängen lassen.«
»Bloß keinen Neid. Ich entscheide, wer mit meinen Dingern spielen kann, und du mit Sicherheit nicht. Komm, zieh Leine, Pichalski, oder willst du den Fahrer mit deiner Visage verscheuchen?«
Etwas abseits warten wir hinter einem Kaktus versteckt auf den herannahenden Wagen. Das Scheinwerferlicht kommt näher.
»Es ist ein Truck!« ruft uns Beate zu und schwingt schon wie wild ihren Daumen auf und ab.
Ich würde anhalten, wenn ich der Fahrer wäre, denke ich so, als der Truck auch schon mit quietschenden Reifen vor Beate hält. Die Tür öffnet sich. Noch trauen wir uns nicht hinter dem Kaktus hervor. Wir sehen, wie Beate mit dem Fahrer spricht. Dann winkt sie uns zu. Wir rennen los.
»*Hey, guys, you wanna have a ride?*« Der Truck-Driver winkt uns einladend ins Innere seiner Fahrerkabine. Wir klettern nacheinander die steilen Sprossen hinauf, froh, endlich einen barmherzigen Samariter gefunden zu haben. Auffallend sind seine mächtigen Oberarme, die mit unzähligen Motiven tätowiert sind. Schweißränder haben sich auf seinem T-Shirt unter den Achselhöhlen gebildet, obwohl es recht kühl geworden ist. Irgendwie sieht er mit seinem Vollbart wie ein typischer Truck-Driver in Spielfilmen aus, obwohl ich noch keinen in echt gesehen habe. Aber wie Burt Reynolds sieht er aber auch nicht aus. In seiner Schlafkabine hängen Poster von vollbusigen Blondinen, die sich in verschiedenen Posen namentlich vorstellen. Cindy gefällt mit am besten. Nachdem wir alle müde und kaputt vom brutalen Marsch durch die Wüste eingestiegen und wie auf einer Hühnerleiter eng auf dem vorderen Beifahrersitz, eine durchgehende Sitzbank, und auf dem hinteren Notsitz aneinandergereiht sind – Beate sitzt verdammt eng neben dem Fahrer –, entsichert er mit einem zischenden Laut die Bremsen, und langsam zieht der Truck wieder auf

den Asphalt der einsamen Straße. In der Dunkelheit spiegelt sich das grüne Licht der Armaturen in der großen Frontscheibe. Ich sitze in der Mitte, zwischen Beate und Susanne, der es gar nicht gefällt, so eng neben mir zu sitzen, doch sie hat keine andere Wahl.

»How come, you got stuck here in the middle of fucking nowhere?«

Tom, der es sich hinten auf dem Notsitz zusammen mit Adlernase so gut es geht bequem gemacht hat, ergreift als Leader das Wort und erzählt ihm die Geschichte.

Er stellt sich mit Roger vor und erzählt uns, daß er aus Austin in Texas kommt und immer diese Route fährt. Leiser Country-Western kommt aus dem Radio. Ein Radioansager kündigt Tanya Tuckers *Love Me Like You Used To* an.

»Whooa, she's my favorite. Great voice. Do you know her?« Roger erzählt uns auf der Fahrt alles über Texas, über den Texan-Two-Step, ein Country-Western-Tanz, und überhaupt sei Texas das Land der Superlative.

»You know, we got a saying – big is better in Texas – and man, this is fucking true.«

Mir entgeht nicht sein lüsterner Blick auf Beates Busen, der auch in der Dunkelheit der Nacht klare Konturen erkennen läßt. Er gerät ins Schwärmen, als ein romantisches Liebeslied von Reba McEntire die Fahrerkabine erfüllt.

»*Whoever's In New England.* Ein schönes Lied, nicht wahr?« Er schaut Beate an, die stur aus dem Fenster blickt. Ein Straßenschild kündigt noch sieben Meilen bis Palmdale an. Roger schaut sich um. Adlernase und unser Leader sind eingenickt. Ihre Köpfe hängen schräg zu Seite und wippen leicht im Rhythmus der Fahrbewegungen. Auch Susanne scheint eingeschlummert zu sein. Wahrscheinlich träumt sie von Kiki. Ich bin hellwach, aber ich lasse es mir nicht anmerken.

»Gefällt dir der Song? Oder soll ich eine Kassette einlegen?« Rogers wulstige rechte Hand streichelt Beates Knie. Ich sehe aus verkniffenen Augen, wie sie sich mit einem leichten Ruck des Knies nach rechts aus der Umklammerung befreit.

»He, wie heißt du? Ihr seid Touristen, was. Seid ihr aus Deutschland? Ich liebe Deutschland.«

Diesmal rutscht seine Hand auf Beates Oberschenkel. Zum Glück trägt sie Jeans, denke ich so, als ich den Schlafenden mime. Seine Hand rutscht langsam höher zum Reißverschluß.

Nur mit der Linken steuert er den schweren LKW.

»He, Roger, lassen Sie das lieber. Wir sind doch eh gleich da.« Beate versucht es auf die freundliche Tour. Roger hat Feuer gefangen. Seine Hand rutscht höher in Richtung ihres Busens.
»Jetzt reicht's!« Ich greife dem Typ ins Lenkrad. Der Truck schwenkt gewaltig nach links und rechts. Von den ruckartigen Bewegungen werden Adlernase und Tom vom Notsitz katapultiert.
»Halten Sie an. Wir wollen raus!«
Der Typ haut auf die Bremse. Durch die gewaltigen Fliehkräfte werden wir beinahe durch die Frontscheibe geschleudert.
»Raus, ihr Ärsche! Haut ab! Verpißt euch, ihr Scheiß-Krauts.«
Schon sind wir draußen. Wir retten uns mit einem Sprung vor dem anfahrenden Truck.
»Bist du bescheuert, Pichalski?« Beate ist sauer. Sie kocht vor Wut.
»Was denn? Der wollte dir an die Wäsche, falls du das nicht bemerkt hast.«
»Du spinnst doch. Der wollte doch nur mal antesten, wie weit er gehen kann. Ich hatte ihn voll im Griff!«
»Voll im Griff! Spinnt du! Er hatte dich voll im Griff!«
»Oh, Pichalksi, verpiß dich!« Wütend wendet sie sich ab von mir.

»Wie kann ich dir böse sein, Maria. Du weißt, ich liebe dich. Aber du tust mir weh. Na ja, jedenfalls wünsche ich dir viel Spaß am Samstag mit deinem Klaus Lohmann in Bochum.«
Ich drehe mich von ihr weg, bereit zu gehen.
»Ist das alles?«
Ich drehe mich um. Ich schaue sie noch einmal an.
»Was willst du? Willst du, daß ich mich mit ihm um dich prügle? Ciao, Baby. Have fun.«
Cool wende ich mich von ihr ab. Tief im Innern fühle ich eine unbändige Wut auf Maria aufsteigen, eine nagende Eifersucht, so stark, daß ich Angst habe, die Kontrolle zu verlieren. Wenn ich jetzt nicht gehe, passiert ein Unglück.
»Pichalski!« höre ich sie noch rufen, als ich in meine alte Rostlaube steige, und mit quietschenden Reifen davonschieße.

Noch sieben Meilen. In zwei Stunden Fußmarsch sind wir in Palmdale, im Antelope Valley. Das erste Wochenende in Kalifornien kann beginnen. Ich denke an Mrs. Buchanan. Ich fange an zu zittern. Verdammt kühl in der Wüste, nachts um halb eins.

Siebtes Kapitel

Das Taxi hält vor dem Haus der Buchanans. Erschöpft von den Ereignissen der letzten Stunden zahle ich den Taxifahrer aus, gebe ihm noch zehn Prozent *tip* mit auf die Reise und steige mit schweren, bleiernen Beinen die Treppe zum Hauseingang hinauf. Vorsichtig, ganz vorsichtig trete ich auf die morschen Planken der Holzstufen. Ein Knarren der Treppe, und ich bin verloren. Die Füße brennen wie Feuer nach dem zweistündigen Todesmarsch durch die nächtliche Wüste. *I'm dead meat.* Der Muskelkater zieht langsam von den Waden hoch zu den Oberschenkeln. Nichts mehr gewöhnt, fluche ich leise vor mich hin.

Warum mußte Tom unbedingt noch die Sheriff-Station in Palmdale informieren, mitten in der Nacht? Dies bedeutete eine weitere Stunde der Wanderung, bis wir endlich das verdammte Polizeirevier gefunden hatten. Ich glaubte ein feixendes Grinsen in den Gesichtern der beiden Police Officers gesehen zu haben. Sie amüsierten sich über unsere Dummheit. Ich habe mir beim Anblick dieser dumm grinsenden Sheriffs eines verstaubten Wüstendorfes geschworen, daß ich, Michael Pichalski aus Dortmund, beim nächsten Unfall, egal wo, egal wer dort vor, in, am oder auf dem Auto liegt, ob blutüberströmt oder nur seltsam verrenkt, oder nur um Hilfe winselt, locker vom Hocker an dem Auto, ob nun auf dem Dach liegend oder nur leicht zerbeult, vorbeifahren werde. *Have a nice day. I won't get fooled again.* Es dauerte beinahe eine ganze Stunde, den Wagendiebstahl und die kurzfristige Geiselnahme zu Protokoll zu geben. Nicht, daß die Darstellung des Tathergangs an sich Schwierigkeiten bereitet hätte, aber die Täterbeschreibung wurde zu einer Farce, und so dauerte es eben eine verdammte Ewigkeit, bis wir uns endlich bezüglich der Visagen der Geiselnehmer einigen konnten. Nimmt man jetzt noch die Zeit hinzu, die für das Tippen der Protokolle von den beiden Hinterwäldlern von Sheriffs benötigt wurde, so mußten wir weitaus länger als eine Stunde im Büro des Sheriffs die Zeit totschlagen. Ich würde mich nicht wundern, wenn die Sheriffs die ganze Stadt verhaften würden, so genau waren unsere Angaben. Ich nehme an, daß Tom keine Genugtuung bezüglich der gerechten Strafe erleben wird. Die beiden revolverschwingenden Knackis, oder wer immer sie auch waren, sind schon längst in Mexiko. Auch egal. Toms Karre ist doch eh versichert. Also! Was soll der Scheiß?

Leise stecke ich den Schlüssel ins Schloß. Nur keine Geräusche. Verdammt! Erst jetzt bemerke ich beim Drehen des Schlüssels die Überflüssigkeit dieser Aktion. Die Türen sind hier niemals verschlossen. Auch nachts nicht. Wer soll hier auch schon einbrechen? Mir gelingt es, den Schlüssel leise aus dem Schloß wieder herauszuziehen. Glück gehabt! Behutsam öffne ich die Tür und taste mich in der Dunkelheit, ohne Licht einzuschalten, durch das Wohnzimmer. Nur nicht irgendwo anstoßen! Die Katze! Wo ist das Mistvieh? Ich habe null Bock, Mrs. Buchanan jetzt zu begegnen. Mein Herz pocht. Langsam taste ich mich voran. Was war das? Ich bleibe in der Dunkelheit stehen, wage nicht zu atmen und horche in die Stille hinein. Geistesgegenwärtig drücke ich mich an die Küchenwand neben der Tür zum Flur, als ich sehe, wie sich die Schlafzimmertür der Buchanans langsam öffnet. Verflixt. Was mache ich nur? Eng an die Wand gedrückt, den Bauch eingezogen, die Augen starr geradeaus, sehe ich mich schon den unersättlichen sexuellen Trieben der alten Schlampe hilflos ausgesetzt. Wenn sie mich hier entdeckt, wird sie mich gleich auf dem Küchentisch vernaschen. Was sage ich ihr bloß? Wie soll ich ihr die verflixte Situation erklären?

Ich höre ein leises Schlurfen auf dem dicken, versifften Teppichboden, doch, wie durch ein Wunder, entfernt sich das Geräusch von mir. Nun werde ich neugierig und erliege mutig, aber vorsichtig, ganz vorsichtig, meinem Forscherdrang und lasse meine Nase langsam über den Türrahmen hinauswandern. Buchanan! Es ist nur Buchanan! Erleichtert atme ich aus. Er ist nur mit einer Schlafanzughose bekleidet, und ich sehe, wie sich sein behaarter Rücken, der sogar in der Dunkelheit gut zu erkennen ist, in Richtung Toilette am Flurende bewegt. Wie ein Luchs, der auf der Lauer liegt und sein anvisiertes Opfer nicht mehr aus den Augen läßt, verfolge ich Buchanans schlurfende Schritte durch den Flur. Doch was ich nun mitkriege, raubt mir den Atem. An Melissas Tür angelangt, dreht er sich plötzlich zur Seite und huscht, flink wie ein Wiesel, in ihr Zimmer. Ich kann es nicht glauben. Mein Herz beginnt von neuem zu pochen. Sollte er das Schwein sein, das sich über Melissa hermacht? Vergewaltigt etwa er seine Stieftochter? Langsam. Ganz langsam. Nur nicht so voreilig. Vielleicht ist Melissa krank geworden, und er kümmert sich jetzt um sie. Jetzt? Um diese Zeit? Buchanan kümmert sich um Melissa? Unwahrscheinlich. Aber vielleicht hat er Stimmen gehört. Vielleicht will

er Melissa nur helfen, sie beschützen? Mist. Verdammter Mist. Meine Deckung aufgebend, taste ich mich den dunklen Flur entlang. Und wenn er es doch ist? Was mache ich nur?
Stimmen. Ich höre gedämpfte Stimmen. Vorsichtig lege ich mein Ohr an Melissas Zimmertür. Ich kann ihre verzweifelt klingende Stimme erkennen. »Ich will nicht. Du sollst mich loslassen, du besoffenes Schwein.«
»Was ist los mit dir? Was stellst du dich so an, seit der Kraut da ist, hä?„
»Aua! Du tust mir weh.«
»Ich tu dir weh, ja? Jetzt paß mal auf.«
»Aua! Nein.«
Ich kann es nicht länger ertragen. Mit einem Ruck reiße ich die Tür auf, sehe nach kurzer Orientierung Buchanan über Melissa gebeugt, und stürze mich in der Dunkelheit auf den Peiniger, der, überrascht von meiner Gegenwart, von Melissa abläßt, um sich meiner wilden Schläge zu erwehren, die unkontrolliert auf ihn niederprasseln. Buchanan flucht zwar ärgerlich los, läßt sich aber leicht aus dem Zimmer drängen.
Für einen Augenblick bleibe ich stehen, hole erleichtert Atem und schaue, noch verwundert über Buchanans geringe Gegenwehr, kurz zu Melissa hinüber, die mich dankbar ansieht. Ohne ein weiteres Wort zu sagen, verlasse ich ihr Zimmer und schließe leise die Tür.

Der dicke, versiffte, niemals gereinigte Teppichboden im Flur dämpft meine vorsichtigen Schritte, als ich zu meiner Abstellkammer zurückschleiche. Langsam, kaum wahrnehmbar, drehe ich den runden Türknauf Millimeter um Millimeter nach rechts. Die Tür schnappt auf. Ganz sachte öffne ich die Tür nur so weit, daß ich hineinschlüpfen kann. Ich bin vorsichtig geworden. Bevor ich mich meinem Bett nähere, sondiere ich den kleinen Raum, nachdem sich meine Augen an die Dunkelheit gewöhnt haben.
Mir fällt ein Stein vom Herzen. Mrs. Buchanan ist ihrerseits nicht auf die Idee gekommen, mir einen nächtlichen Besuch abzustatten. Noch ganz benommen von der Szene eben und zumindest erleichtert darüber, Melissa vor weiteren Zudringlichkeiten Buchanans bewahrt zu haben, lasse ich mich auf dem Bett nieder, um mich meiner schweren Cowboystiefel zu entledigen, und verfluche den Tag meiner Ankunft in den USA.
Schon der erste Anblick Buchanans in Palmdale war mir nicht geheuer. Dabei soll man doch die Menschen nicht nach ihrem Äußeren beurtei-

len? Pfeif drauf! Warum mußte ausgerechnet ich die Arschkarte ziehen? Die Schlampe von Mutter, dieser pickelige Frank mit seinen schwieligen Händen, der sich anscheinend überhaupt nichts dabei denkt, mein Zimmer als gemütliche Onanierstube zu benutzen, und nun stellt sich auch noch heraus, daß der Vergewaltiger von Melissa in der eigenen Familie zu finden ist. Mann, das ist doch wohl der Hammer! Okay, Melissa ist nicht sein eigen Fleisch und Blut, dennoch nenne ich so was total abgefahren! Und wie soll ich nun darauf reagieren? Mich in Familienangelegenheiten von Leuten einmischen, die mich eigenlich nichts angehen und die ich nach den drei, vier Wochen niemals wiedersehe? Zur Polizei gehen? »Haben Sie irgendwelche Beweise für Ihre Anschuldigungen, Sir?« *Fuck.* Ich habe so was noch nie erlebt. Soll ich morgen am Frühstückstisch so tun, als sei nichts geschehen? Wie kann ich Buchanan noch in die Augen schauen – oder er mir? Wie kann Melissa nur damit leben? Warum geht sie nicht zur Polizei? Und der Rest der Familie? Wissen sie es? Und wenn sie es wissen, wieso … wieso …, ach, ich gebe es auf.

Mit dem Entschluß, eine andere Gastfamilie ausfindig zu machen, bereite ich mich auf einen unruhigen Schlaf vor, als es plötzlich an der Tür klopft. Mein Herz beginnt zu rasen. Mrs. Buchanan! Nein! Bitte nicht! Doch Mrs. Buchanan würde nicht klopfen. Nein, nein. Sie würde direkt mit der Tür ins Haus fallen. Gespannt öffne ich vorsichtig die Tür.

»Hey, German boy, did I wake you up?«

»Melissa! W-w-was machst du denn hier?«

»Ssh.«

Während sie mir den Mund zuhält, um weitere Laute der Überraschung zu unterdrücken, schiebt sie mich sanft in mein Zimmer. Ihre Hand ist herrlich warm. In der Stille der Nacht klingt ihr Flüstern geheimnisvoll und verschwörerisch. »Nicht so laut. Du mußt mir helfen. Dies ist meine Chance.«

»Wobei?«

»Bist du dümmer als Forrest Gump?«

»Wie soll ich dir dabei helfen? Und warum jetzt? Warum bist du nicht früher von dem Dreckschwein abgehauen?« Ich rede schon wieder viel zu laut und aufgeregt.

»Ssh.« Wieder legt sich die warme Innenfläche ihrer rechten Hand auf meinen Mund. Ich zittere vor Kälte. Oder ist es die nervöse Anspannung in mir, die mich zum Zittern bringt?

»Frierst du? Soll ich gehen?«
Ich höre die Sorge in ihrer Stimme, von mir weggeschickt zu werden.
»Wenn du willst, kannst du bleiben. Merkt dein Stiefvater nichts?«
Erleichtert, nicht weggeschickt worden zu sein, kuschelt sich Melissa, nur mit einem dünnen, blauen Nachthemd bekleidet, in mein Bett. Nur ihr Kopf lugt aus der Bettdecke hervor.
»Der ist blau. Hat mit den Nachbarn einen gesoffen.«
»Können wir die Tür hier abschließen? Ich meine, nur so ... so ... so vorsichtshalber?«
»*German boy, relax.* Er würde es nicht wagen, hier hereinzukommen, wo ein Gast des Hauses untergebracht ist.«
Nicht ganz überzeugt von ihren Worten – ich denke an das Schlachtermesser in Buchanans blutigen Händen –, krieche ich neben ihr, nur noch mit meinen Boxershorts bekleidet, ins Bett. Ich wünschte, ich hätte duschen können, doch die Furcht, Mrs. Buchanan aufzuwecken, ist größer als das Bedürfnis nach Sauberkeit und entspannender Frische. Ich spüre die Wärme ihres Körpers neben mir. Ich versuche, mich zu entspannen. Melissa liegt auf dem Rücken, ihr Blick auf die Zimmerdecke gerichtet. Ich weiß nicht, was ich sagen soll. Sie schaut mich an und beginnt zu flüstern.
»Ist es dir peinlich?«
»Was meinst du?«
»Daß du mich gesehen hast mit ihm.«
»Nein. Nein, das ist es nicht. Ich ... ich bin nur verwirrt. Ich ... ich hatte damit nicht gerechnet.«
»Und jetzt?«
»Was meinst du?«
»Wirst du ihn anzeigen?«
»Soll ich das?
»Nein. Dir würde keiner glauben. Es würde nur schlimmer werden.«
»Ich habe auch darüber nachgedacht.«
»Und?«
»Mir würde keiner glauben. Oder vielleicht doch? Ich meine, deine Mutter ... sie muß es doch wissen, oder?«
»Meine Mutter ist eine gottverdammte Schlampe. Sie weiß es, unternimmt aber nichts.«
»Das verstehe ich nicht.«
»Sie liebt nur ihre Söhne. Vielleicht erinnere ich sie zur sehr an meinen

Vater. Vielleicht fürchtet sie auch, von Buchanan verlassen zu werden. Ich weiß es nicht. Sie hat es stillschweigend in Kauf genommen. Wir haben nie darüber gesprochen.«

»Mein Gott, wie kann sie damit leben?«

»Das ist einfach zu erklären. Sie hat kein Gewissen. Aber ich werde bald abhauen und zurückkommen, um Rache zu nehmen. Das ist so sicher wie das Amen in der Kirche. Du mußt mir helfen.«

»Aber warum ich?«

»Weil ich es allein nicht schaffe. Und auf die Typen, die ich kenne, ist kein Verlaß. Wirst du mir helfen?«

»Ja, ich glaube schon, wenn ich es irgendwie kann.«

Beruhigt rollt sie auf die Seite.

»Die Zeit ist gekommen. Ich fühle es. Gute Nacht, *German boy.*«

»Gute Nacht, Melissa.«

Trotz meiner Müdigkeit schlafe ich unruhig. Ab und zu wache ich auf, besorgt, Melissa mit meinem unruhigen Schlaf zu stören. Doch sie schläft tief und ruhig. Ich habe Mitleid mit ihr. Ich drehe meinen Kopf zu ihr herüber. Sie ist kaum wahrzunehmen. Die Bettdecke ist bis über ihren Kopf hinaufgezogen, als wolle sie sich wie hinter einem Schutzschild verbergen. Was war das? War da nicht ein Geräusch? Meine Sinne sind plötzlich wie die einer Raubkatze aufs äußerste angespannt. Ich konzentriere mich auf jedes Geräusch. Da! Da war es wieder! Ein Schlurfen. Nein! O nein! Jemand schleicht draußen über den Flur. Sucht Buchanan Melissa? Ist es Mrs. Buchanan? Ich stehe kurz vorm Herzinfarkt. Vielleicht ist auch nur Steve, der sich ein Glas Milch mit in sein Zimmer nimmt. Ich versuche mich zu beruhigen. Da! Da ist es wieder! Das Schlurfen wird lauter. Ich schaue auf die Tür. Hat sich nicht der Türknauf bewegt? Ich fühle mich wie ein Verurteilter vor der Hinrichtung. Ich muß raus! Raus aus dem Bett! Ich springe mit einem Ruck aus dem Bett …und stehe vor dem Bademantel Mrs. Buchanans und blicke auf ihre Brüste.

»Na, mein Kleiner, hast du schon auf mich gewartet?«

Noch bevor ich reagieren kann, faßt sie mir zwischen die Beine und schiebt mich durch den Raum in Richtung Bett.

»Du kannst mir nicht entgehen. Ich will dich! Ich habe dich eine Woche lang in Ruhe gelassen, das mußt du mir zugestehen.«

Sie zerrt mit aller Kraft an meinen Boxershorts, doch bevor der Sieg

ihrer ist, lande ich durch den Schwung ihrer Annäherung unkontrolliert auf dem Bett und wecke Melissa.
»*Mum.*«
»Du! Du hier! Du verdammt Göre!« Mrs. Buchanan ist außer sich. Mit einem Satz ist sie bei Melissa und zerrt an ihren Haaren.
»Raus, du verdammt Schlampe, komm sofort aus dem Bett raus!«
»Lassen Sie Melissa in Ruhe!«
Ich stürze mich auf sie und ergreife ihre Arme, um sie von Melissa wegzuziehen. Im Gewühle berühre ich ihre Brüste. Mit aller Kraft ziehe ich sie von Melissa weg, die, an den Haaren gezogen, vor Schmerz aufschreit. Tränen des Schmerzes rollen an ihren Backen herunter.
»Du Schlampe! Na warte!«
»Mrs. Buchanan, kommen sie zu sich!« Ich brülle sie an. Ich packe sie am Kragen ihres halbgeöffneten Bademantels und zerre sie hin und her. Ihre Brüste wackeln im Rhythmus der Bewegungen.
»W-w-as is 'n hier l-l-los!«
Na wunderbar. Jetzt verpestet auch noch der behaarte, besoffene Affe, vom Lärm angelockt, die Luft in meinem Zimmer.
»W-w-as m-mach'n du hier, Martha? U-u-nd du, Melissa? Was machsn d-du hi-hier? Komm mal sofort her!« Mit einer Schnelligkeit, die ich von ihm nicht erwartet hätte, stürzt er auf Melissa zu und schlägt ihr unvermittelt ins Gesicht.
Endlich zu Bewußtsein gekommen, fährt Martha Buchanan ihren Ehemann an.
»Komm raus hier! Das geht dich nichts an. Das ist nur zwischen unserem Gast und mir. Und der da!« Sie deutet auf ihre Tochter. »Komm aus dem Zimmer raus!«
»Melissa bleibt hier!« Wütend schaut mich Mrs. Buchanan an, unschlüssig, wie sie reagieren soll.
»Dann bleib da. Aber das wird ein Nachspiel haben, darauf kannst du dich verlassen!«
Sie ist weg. Ich schaue Melissa an. Sie weint. Leise schluchzend, auf ihrem Bauch liegend, vergräbt sie ihre Tränen in der Tiefe des weichen Kopfkissens. Ich streichle ihre Schulter.
»Melissa?«
Ihr Körper zittert leicht unter der Anspannung der letzten Minuten.
»Ich helfe dir, Melissa. Sag mir nur wann.«
»Bald. Sehr bald.«

»Hey, Melissa, listen.«

Ich lege eine Kassette in den Kassettenrecorder ein. Leise erklingt Journey. *I'm forever yours – faithfully.* Sie schaut mich an. Ihr Lächeln glänzt in ihren tränennassen Augen.

Die Atmosphäre am Frühstückstisch am Samstag morgen ist frostig. Verdammt schattig in der Küche. Vom Sonnenschein draußen ist hier drinnen nichts zu verspüren. Schweigsam rühre ich mit meinem Löffel durch die Cornflakes und beobachte aus den Augenwinkeln Mrs. Buchanan, die zum Frühstück eine neue Flasche Wodka angebrochen hat. Immer wieder wirft sie vernichtende Blicke auf Melissa, die neben mir am Küchentisch sitzt. Das Schweigen ist unerträglich. Nur aus dem Wohnzimmer dringt bereits der Klang von Gewehrschüssen zu uns herüber, wo Steve und Frank die Indianer zählen, die bereits von den Cowboys erschossen worden sind. Im Fernsehen muß ein Western mit John Wayne laufen. Seine rauhe Stimme im Kommandoton dringt in die Küche. Frank und Steve gehen mir inzwischen deutlich spürbar aus dem Weg. Daß ich mich nicht mit der gleichen Freude an ihrem *Don't call us we'll call* you-Spiel beteiligt habe, haben sie mir noch nicht verziehen. Egal. Was kümmern mich die beiden Dumpfbacken? Lustlos kaut Melissa an ihrem Erdnußbutter-Marmelade-Sandwich. Ich fühle mich als Blitzableiter in der elektrisierten Atmosphäre, denn ich weiß, daß nur meine Anwesenheit eine fürchterliche Szene zwischen Mutter und Tochter bisher verhindert hat. Ich schiebe mir gerade einen Löffel Cornflakes ins Gesicht, als ich ein bereits gewohntes Schlurfen im Flur höre. Ich lasse den Löffel vor Schreck fallen. Zu allem Übel ist Buchanan bereits aus seiner Kiste gestiegen, um den herrlichen romantischen Morgen noch idyllischer zu gestalten. Daß er einen Gast im Haus hast, scheint im völlig gleichgültig zu sein. Ungekämmt und ungewaschen kommt er gähnend, sich am Kopf kratzend, in die Küche. Seine lange Unterhose ist mit gelben und braunen Flecken übersäht. Mir wird schlecht. Ich muß würgen. Steif setzt sich Buchanan langsam, ein Stöhnen ausstoßend, an den Frühstückstisch. Ich fange Mrs. Buchanans fürchterlich wütenden Blick ein, und ich weiß, es wird gleich geschehen. Die dunklen Wolken hängen bedrohlich über uns.

»Was war denn gestern los?«

Die Frage haut mich glatt vom Hocker. Verwundert schaue ich Melissa an. Die Frage kann nur zweierlei bedeuten: Entweder gibt er vor, nicht mehr zu wissen, was gestern vorgefallen ist, um die Peinlichkeit herunterzuspielen, oder er hat letzte Nacht wirklich so viel gesoffen, daß er nun tatsächlich einen Filmriß hat. Mißtrauisch betrachte ich ihn aus den Augenwinkeln.

»Nichts war los.« Mrs. Buchanans Stimme ist kaum zu vernehmen.

»Wenn nichts los war, wieso bin ich wach geworden?«

»Mann, halt endlich deine Fresse.« Sie nimmt einen großen Schluck Wodka.

»Und du, du alte Schlampe, solltest mal langsam mit dem Saufen aufhören. Nichts zu fressen im Haus, aber ständig die Pulle am Hals. Das ganze Geld geht fürs Saufen drauf.«

»Ach ja? Schau dich doch an, wie du aussiehst, du Drecksack. Dein Anblick treibt einen doch zum Saufen.«

»Aber du! In deinem Bademantel siehst du auch nicht gerade aus wie ein Top Model. Außerdem könntest du mal deine Titten in den Bademantel stecken. Was soll Pichalski nur von dir denken?«

»Und du? Meinst du, unser Gast hat von dir ein besseres Bild? Schau dich doch an. Du bist doch ein Versager. Hätten wir nicht das Geld von unserem Gast hier, wären wir doch am Ende. Wie lange hast du keinen Job mehr? Acht Monate, zwölf oder sind es nicht schon vier Jahre?«

»Laß mich endlich in Ruhe, oder es geschieht ein Unglück.«

Buchanan ist vom Tisch aufgestanden und hält ihr seinen Zeigefinger bedrohlich ins Gesicht, den sie mit der rechten Hand zur Seite schlägt.

»Du Schlappschwanz willst mir drohen? Du kriegst ja nicht mal mehr einen hoch!«

»Ich zeig' dir, was ein Schlappschwanz ist!« So überraschend schnell wie gestern nacht, als er mit einem Sprung bei Melissa war, so schnell ist er nun auf seine Frau gestürzt, die er mit einem Faustschlag ins Gesicht vom Stuhl holt. Doch sie rappelt sich auf und stürzt auf ihren Mann. Beide liegen im Clinch wie zwei Schwergewichtsboxer im Nahkampf. Der Küchentisch ist verrutscht. Zwei Kaffeetassen sind umgekippt. Die braune Suppe läuft schon am Tisch herunter und tropft auf den Küchenboden. Meine Milch ist verschüttet, die Cornflakes liegen überall herum, der verstreute Zucker verbindet sich mit den braunen Kaffeepfützen zu einer klebrigen Masse.

»Komm!« Melissa ist plötzlich aufgestanden und rennt aus der Küche. Ich folge ihr und sehe noch, wie Mrs. Buchanan mit unkontrollierten, aber heftigen Schwingungen ihrer Arme, den Flügeln einer Windmühle gleich, ihren Mann mit einer nicht geplanten Rechten schwer am Kopf trifft. Der torkelt gegen den Küchenschrank, wo die Tassen und Teller aus den Halterungen herausfallen und auf dem Fußboden zerschellen. Polterabend.

»Komm doch endlich!«

Melissa ist aus dem Haus gelaufen und sitzt schon im GM-Truck, den Motor startend.

»*Hurry up!*«

Ich renne zur Beifahrertür, klettere hinein, und bevor ich die Tür schließen kann, schießt Melissa schon mit durchdrehenden Reifen vom Hof auf die Landstraße.

»Sollen die sich doch die Köpfe einschlagen. Das geht mich nichts mehr an.«

Ihr Blick ist starr vor grimmiger Entschlossenheit.

»He, he, he, heißt das, daß du jetzt schon die Flatter machst?«

»Wie denn, ohne Geld? Die große Flatter kommt noch. Heute fahren wir einfach so rum und düsen dann, wenn du Lust hast, nach Barstow zum Rodeo. Du hast doch Lust, oder?«

»He, Melissa, mit dir fahr ich überall hin. Rodeo! Das ist 'ne supergeniale Idee. Aber heute wäre alles besser, als den ganzen Samstag mit deinen Eltern zu verbringen.«

»Und heute abend gehen wir in die Disco und pennen bei Julie, einer Freundin von mir, okay?«

»Okay.«

»*Okay, here we go.*«

Sie haut auf's Gaspedal, und die Kraft der Maschine drückt uns in die Sitze. *Yes*! Ich fühle mich wieder frei. Die Sonne strahlt herrlich hell, der Himmel ist wolkenfrei, die Luft, die durch die weit geöffneten Seitenfenster in den Innenraum dringt, ist wohlig warm. Melissas Haar flattert wild im Wind. Ich hätte sie küssen können.

»Gefällt die die Musik?«

»*Yeah, Police is cool.*«

We have to shout above the din of our rice crispies, we can't hear anything at all.

Mother chants her litany of boredom and frustration, but we all know, her suicides are fake.

Melissa schaut mich an.

»Ich wünschte, sie würde es tun.«

»Was?«

»Sich umbringen.«
»Wer?«
»Meine Mutter.«
»Warum deine Mutter? Warum nicht dein Stiefvater?«
»Weil meine Mutter es zugelassen hat. Weil sie nicht da war, als ich sie brauchte. Weil sie eine Beziehung mit dem Loser eingegangen ist. Weil sie meinen Vater betrogen hat. Weil, weil, weil … es gibt tausend Gründe, warum ich sie hasse. Hast du schon mal daran gedacht?«
Der Motorenlärm, die Musik im Radio und das heulende Rauschen des Fahrtwindes machen eine Konversation beinahe unmöglich. Ich kämpfe gegen den Geräuschpegel an und schreie meine Worte zu ihr herüber.
»Woran?«
»An Selbstmord.«
»Ich? Selbstmord? Höchst unwahrscheinlich. Und du?«
»Öfters. Ja, ich habe schon oft daran gedacht. Erst das Schwein, dann meine Mutter und dann mich. Aber es gehört mehr dazu, als nur daran zu denken.«
»Und wie?«
»Mann, ist doch klar. Erschießen. Kopfschuß. Oder die Pistole vor die Brust setzen und abdrücken. Manchmal wünschte ich mir, ich hätte es schon längst getan.«
»Melissa, mach keinen Quatsch. Du bist so hübsch und so jung. Irgendwann triffst du deinen Prinzen, der dich glücklich macht, und dann freust du dich über das Leben. Und dann wirst du froh sein, daß du es nicht getan hast.«
»Vielleicht. Vielleicht aber auch nicht.«
Am Cajon Junction, kurz vor Highway 15, der uns nach Barstow bringt, tanken wir kurz auf. Der GM-Truck hat eine Menge Durst, aber der Sprit ist billig. Nachdem wir uns mit Getränken eingedeckt haben, geht die Fahrt weiter.
»Willst du probieren?«
Melissa hält mir eine dunkelbraune Dose vors Gesicht. Root Beer. Skeptisch nehme ich einen Schluck aus ihrer Dose, an der noch ihre Speichelreste kleben, was mich aber nicht stört. Der Geschmack ist abscheulich. Ich kann es nicht runterschlucken. Eine spritzende Fontäne dieses Zeugs landet auf den Gummibelag des Fußbodens. Melissa lacht herzerfrischend. Sie ist cool.
»Don't like it, huh?«

»Nee, das Zeug kannste vergessen. Dann lieber 'ne *Seven Up.*«
Ich wische mir den klebrigen Rest vom Mund und reiche ihr die Dose wieder hinüber. Ich schaue aus dem offenen Fenster. Verdammt viel Gegend hier. Eine Hügelkette rechts vor uns, doch sonst nur Gestrüpp und Staub. Die Straße geht immer geradeaus. Meilenweit. Irgendwann erscheint ein grünes Straßenschild:

BARSTOW *85 Miles*
LAS VEGAS *218 Miles*
NEEDLES *213 Miles*

Nach eineinhalb Stunden Fahrzeit haben wir Barstow erreicht. In der Innenstadt bricht der Verkehr beinahe zusammen. Die Blechlawine kriecht langsam in Richtung des Rodeogeländes, das zum Glück nur noch drei Meilen entfernt ist. Überall hängen überdimensionale Poster, die das Rodeo in prächtigen Bildern von Cowboys auf wilden Hengsten ankündigen.
»Warst du schon einmal auf einem Rodeo?« fragt mich Melissa, als sie meinem Blick folgt, der auf einem der herrlich bunten Plakate ruht. Sie evozieren das gleiche Gefühl von einem Hauch von Abenteuer und Freiheit wie die Marlboro-Anzeigen.
»Nein, es ist das erste Mal, daß ich ein Rodeo besuche. Es müssen verdammt harte Männer sein, was?«
»Auf jeden Fall. Aber es ist auch Tierquälerei dabei. Zumindest habe ich das gehört:«
»Wieso?«
»Was ich gehört habe, ist, daß den Pferden, damit die überhaupt erst einmal so wild herumspringen, ihre Geschlechtsteile mit einem Gurt eingeklemmt werden. Und dann springen sie eben vor Schmerz wie wilde Pferde, die noch eingeritten werden müssen.«
»Ehrlich? Na ja, ich würde auch an die Decke gehen, wenn sie es mit meinem kostbaren Stück machen würden. Allein der Gedanke läßt mich erschauern.«
»Aber es ist ja zum Glück immer nur für ein paar Sekunden«, versucht mich Melissa zu beruhigen.
Endlich sind wir da. Nachdem wir den Truck geparkt, den Eintritt

bezahlt und einen guten Platz gefunden haben, geht die Show auch schon los. Eine Parade von Cowgirls im Western-Look, die hoch auf ihren Pferden reiten, ziehen mit bunten Fahnen an uns vorbei. Wie ich sie so an mir vorbeireiten sehe, schaue ich Melissa an, und ich bin stolz, mit einer so hübschen Amerikanerin an diesem Ort zu sein. Erst jetzt wird mir bewußt, daß sie sich schon am Morgen für dieses Rodeo entschieden haben mußte, denn ihre Kleidung – hautenge Jeans, passend dazu eine rot-grün-blaue Westernbluse, aus der jetzt ein Halstuch hervorlugt, und ihre Cowboystiefel – paßt zu dem bunten Ereignis hier im sonnigen, heißen Barstow. Jetzt beginnt der Wettkampf. Nacheinander kommen die modernen Gladiatoren, wenn die Klappe sich ruckartig geöffnet hat, aus ihren engen Metallkäfigen in die Arena hereingesprungen und versuchen, so lange, wie das Pferd es ihnen ermöglicht, im Sattel zu bleiben. Mit dem linken Arm, der weit vom Körper gestreckt ist, die Fliehkräfte ausbalancierend – der Cowboyhut ist schon verrutscht oder liegt im nächsten Moment verbeult unter den Hufen es Pferdes –, klammert er sich mit der Rechten fest an den Griff des Sattels, doch auch dies verhindert nicht, daß der mutige Held vom Pferd abgeworfen wird und es seinem Hut gleichtut, indem er unsaft im Staub der Arena landet. Nach diesem Teil des Rodeos, irgendeiner der Cowboys hat die erste Aufgabe gewonnen, kommt eine kleine Einlage – ein Wettrennen zwischen vier Planwagen –, bevor die Cowboys die zweite Aufgabe bewältigen müssen. Bull-Riding ist angesagt. Und das sieht echt gefährlicher aus als die ganze Pferdehopserei der ersten halben Stunde. Der Sinn ist mir nicht ganz klar – warum sollten jemals Cowboys im Wilden Westen auf Stieren geritten sein? –, dennoch entdecke ich mich dabei, den Atem anzuhalten, wenn die wilden Bullen wutschnaubend an uns vorbeistürmen, schließlich den Reiter abwerfen, der manchmal das Pech hat, unter den Hufen der Ungetüme zu landen, um dann humpelnd, nachdem die Clowns den Bullen von dem Opfer abgelenkt haben, unter dem Applaus der tausendköpfigen Menge die Arena winkend zu verlassen. Nach dieser Show folgt wieder eine kurze Einlage. Cowboys und Cowgirls demonstrieren ihre Lassokünste. Und dann geht es weiter mit der dritten Aufgabe. Ziel ist es, in kürzester Zeit ein Kalb, das in die Arena hereingeschossen kommt, einzufangen. Und schon geht es los. Ein Kalb, verfolgt von einem lassoschwingenden Reiter, gibt Vollgas und saust um die Kurven der Arena. Doch schon nach wenigen Sekunden hat sich die Schlinge des Lassos um eines der beiden Hinterbeine gelegt. Es gibt kein Entrinnen. Das Lasso am Griff des Sattels befestigt, springt der Reiter behend vom Pferd, rennt zum Kalb, und im Nu liegt es gefesselt auf der Seite. Triumphierend reißt der Cowboy seine Hände in die Höhe, begleitet vom Applaus des Publikums. Am Ende des Rodeos wird der Gewinner der drei Disziplinen ermittelt. Zum Finale reiten noch einmal alle Cowboys in der Reihe ihrer Plazierungen, vom frenetischen Beifall der Zuschauer empfangen, in die Arena.

»Did you like it?«

Noch immer klatscht Melissa voller Begeisterung wild in ihre Hände, die schon rot angelaufen sind.

»Yeah, war nicht uncool. Hat mir gefallen.«

»Okay, laß uns gehen.«

Nachdem wir uns noch je einen Enchilada und ein paar Tacos beim Mexikaner reingezogen haben, sind wir wieder auf der Straße. Es ist 19 Uhr. *We are on the road again.* Melissa hat von Victorville ihre Freundin Julie angerufen. Es ist alles geregelt. Wir können bei ihr übernachten. Treffen werden wir sie im *Lumberyard*, einer Disco in Palmdale. Schweigsam setzen wir unsere Fahrt fort. Gesättigt von dem opulenten Mahl, noch überwältigt von den Eindrücken der Rodeo-Show, kehrt eine Zeit der Ruhe ein, die nur vom leisen Rauschen des Fahrtwindes und dem Summen des Motors begleitet wird. Ich denke plötzlich an meinen Vater. Was er jetzt wohl macht? Wenn der wüßte, was hier abläuft.

»He, Melissa, wie geht es dir? Du warst ja schon eine Ewigkeit nicht mehr hier.«

Einer der drei Türsteher vom Lumberyard nimmt Melissa herzlich in die Arme.

»Komm rein in die gute Stube. Hast dir einen guten Abend ausgesucht. Vicious Circle spielt heute. Die sind supercool, Mann. He, Clive! Laß sie durch!«

Ich folge Melissa durch die Eingangstür, doch ich werde von einem der Riesen, die irgendwo ihre Baseballschläger griffbereit versteckt haben, aufgehalten. Wie eine dicke, schwere Eisenbahnschranke versperrt sein rechter Arm mir den Zugang ins Heiligtum.

»Hey, got any ID?«

Ich bin auf die Frage vorbereitet und will ihm gerade meinen Schülerausweis vom Albert-Einstein-Gymnasium in Dortmund vorzeigen, als Melissa am Eingang erscheint.

»Jim, laß das. Er ist mit mir. Er ist in Ordnung.«
Jim hebt seine Eisenbahnschranke und grinst mich nur dämlich von oben herab an.
»He, Melissa, wo hast du denn den aufgeschnappt?«
Sollte ich dem Arsch einen Tritt in die Eier verpassen? Doch ich denke an Melissa, will den Abend nicht versauen, und grinse nur blöd zurück. Auf deutsch grüße ich Jim im Vorbeigehen: »Wichser!«
Jim, der Türsteher einer kleinen Disco in einem kleinen beschissenen, verstaubten Wüstenkaff, schaut mich dumm an und steht nun vor dem Problem, ob er dieses seinen Ohren unbekannte Wort als Beleidigung oder als freundlichen, abendlichen Gruß interpretieren soll.
Mein freundliches Grinsen im Gesicht stimmt ihn versöhnlich, er lächelt zurück, und ich weiß nun, wie er dieses Wort aufgefaßt hat. Noch einmal bedanke ich mich freundlich, bevor ich den Laden betrete. »Wichser!«
Er grinst mich freundlich an und klopft mir auf die Schulter.
»He, Melissa, woher kommt dein neuer Typ?«
»*He's my German boy*«, lächelt sie Jim an, bevor wir endlich den Laden betreten. »He, *German boy*, fallst du Techno erwartest, dann wirst du hier enttäuscht werden. Das hier ist kein Techno-Palast. Sag' mal, so ganz nebenbei, was hast du eigentlich Jim gesagt, das ihn so freundlich stimmte?« will sie am Ende ihres Kurzvortrags von mir wissen, als wir uns den Weg zur Bar freikämpfen.
»Ich habe ihm auf deutsch gesagt, er wäre ein *jerk-off*«, sie schaut mich für einen Augenblick ungläubig an und prustet plötzlich vor Lachen wild los.
»*Hey, German boy*«, brüllt sie mir im Gewühl der Menschenmassen ins Ohr, »wenn der wüßte, was du wirklich gesagt hast, o Mann, du wärst jetzt tot.«
»Ich lebe aber noch, oder?«
Sie schaut mir tief in die Augen und schüttelt lächelnd den Kopf.
»Keiner hat je gewagt, zu Jim, dem König der Türsteher, so etwas zu sagen.«
Doch bevor ich ihr antworten kann, hat sie Julie entdeckt. Julie ist legal in der Disco, da sie schon über einundzwanzig ist. Auf den ersten Blick hat sie etwas von einer Maus. Ich weiß nicht, ob es die Ohren sind, die Nase oder die Augen, die sie so mausartig erscheinen lassen. Stürmisch umarmen sich die beiden Freundinnen, und es dauert hundert Jahre, auf

jeden Fall verdächtig lang, bevor sie sich wieder aus ihrer festen Umklammerung befreien.

»Hey, Julie, darf ich dir Mike vorstellen. Ich nenne ihn immer nur *my German boy*, weil er für mich von so unendlich weit herkommt.«

»Hi, Mike.«

Julie, die Maus, aber eine freundliche Maus, begrüßt mich nicht sonderlich herzlich und schaut mich prüfend an. Julie kennt Melissa schon seit ihrer Grundschulzeit. Sie seien wirklich die besten Freundinnen, die es gibt, versichert sie mir. Nur von Melissas Problem weiß sie nichts, denke ich so, als ich mit Julie ein wenig small-talke. Melissa ist voll gut drauf und will endlich auf die Tanzfläche. Ein wenig ungewohnt, in einer Disco, eigentlich ist es eher eine Bar, Chart Music von einer Live Band zu hören, stürze ich mich mit Melissa in das Gewimmel auf der Tanzfläche, als plötzlich ein Oldie von der Band angestimmt wird. Zum Sound von den Eagles tanzen wir plötzlich eng umschlungen. Zum ersten Male fühle ich ihren Körper, doch ich bin vorsichtig. Meine Hände wandern nicht wie gewohnt zu ihrem Po herunter, sondern verweilen artig in verschränkter Position hinter ihrem Rücken.

There she stood in the doorway
I heard the mission bell
And I was thinking to myself
This could be heaven or this could be hell.

Melissa schmiegt sich eng an mich. Ihr Parfüm – ist es Charlie? – duftet verlockend. Wir wiegen uns im Takt der Musik. Unsere Wangen berühren sich. Ich beobachte die Tanzenden um uns herum. Ich zucke plötzlich zusammen. Melissa hat es gespürt und schaut mich fragend an.

»Was ist?«

»Oh, nichts, nichts.«

Beruhigt legt sie ihren Kopf wieder an meine Schulter.

Ich verfolge die Tanzenden wieder mit meinen Blicken. Sind sie es, oder ist es nur eine Macbethsche Halluzination? Da! Da sind sie wieder! Sie können uns nicht sehen. Sechs, sieben Pärchen verdecken noch den Blick auf uns. Aber ich kann sie jetzt deutlich sehen. Beate und Tom tanzen – was heißt tanzen? –, sie knutschen tanzend zum Rhythmus der Musik. Beate im Mini-Rock! O Mann. Ihr Busen im engen T-Shirt drückt sich flach an die männliche Brust unseres Sportlehrers!

O Boy.

Welcome to the Hotel California

Such a lovely place, such a lovely face
plenty of room in the Hotel California
Any time of the year you can find it here
Ich habe es gewußt. Ich habe es immer gewußt. Tom, unser Leader und Lehrer zugleich, hat was mit 'ner Schülerin. Ich habe es geahnt. Und so wie die küssen, sind die schon in der Kiste gelandet. Ich wende meinen Blick ab und schaue in Melissas Augen.
Sie sieht mich an.
Ich schaue sie immer noch an.
Soll ich?
Ich weiß es nicht.
Sie schaut mich immer noch an.
Sie wartet.
Verdammt, sie wartet doch, oder etwa nicht?
Soll ich?
Egal.
Mein Mund sucht ihren Mund.
Ihr Mund sucht meinen Mund.
Yes! Unsere Lippen begegnen sich. Wir küssen uns. Ich spüre ihr heißes Verlangen. Eng umschlungen tanzen wir weiter. Ich vergesse Beate. Sie sehen uns nicht in dem Gedränge auf der Tanzfläche.

»Wie lange kennt ihr euch schon?« fragt Julie, irgendwie düster dreinblickend, als wir nach ein paar Songs wieder zu unserem Tisch zurückkehren, um Julie Gesellschaft zu leisten. Sie muß uns beobachtet haben.
»Eine gute Woche«, antwortet Melissa und schaut Julie vielversprechend an.
»Mhm. Liebe auf den ersten Blick, was?« erwidert Julie – ist nicht ein Hauch Eifersucht in ihrer Stimme? – und kaut an ihrem Strohhalm, das mich an etwas erinnert.
»*Hey, girls*, ich gebe einen aus. Wie wär's mit einem Cocktail?«
Melissa ist sofort hellauf begeistert.
»Das wäre obercool, aber du wirst Schwierigkeiten an der Bar kriegen.«
»Laß mich nur machen.«
Ich gehe selbstbewußt zur Bar und weiche dem prüfenden Blick des Barkeepers nicht aus. »Eine Pina Colada, einen Tequila Sunrise und einen Daiquiri.«
»*Got any ID?*«

Cool greife ich in die linke Brusttasche und halte dem Deppen meinen Dortmunder Schülerausweis stolz vor die Nase und deute mit meinem Zeigefinger auf das gefälschte Geburtsdatum.
Nach kurzem Zögern und prüfendem Blick, der Trottel rafft den Ausweis sowieso nicht, macht er sich endlich dran, die Drinks zu mixen.
»Mmh. Geht in Ordnung. Was ist denn das für eine Sprache?«
»Das ist Deutsch. Ich bin Deutscher. Und der Ausweis ist ein deutscher Detektivausweis.«
»Wow, cool, Mann. Kämpfst gegen die Kommis, was?«
»Welche Kommunisten?«
»Die hinter der Mauer?«
»Welche Mauer?«
»Ja, die Mauer, die euch teilt. Die, die euch vor dem Kommunistenpack schützt«
»Sag mal, du hast keinen Fernseher und liest keine Zeitung oder so, was?«
»Wieso?«
»Und Gorbatschow oder Jelzin kennste auch nicht, was?«
»Hör mal, willst du mich verarschen. Ich als Barmixer kenne all Wodkasorten.«
»Ja, okay, alles klar. Hoffentlich schmecken die Cocktails so gut wie in der Bar in England, die ich vor einem Jahr zufällig kennengelernt habe.«
»England. Ist das nicht irgendwo in Florida?«
»Ich meine England in Europa.«
»Europa? Ja, meine ich doch.«
Irritiert stellt er mir endlich die gemixten Drinks auf den Tresen und wischt sich nachdenklich die nassen Hände an seiner Schürze ab.
Arme Sau, denke ich, als ich kopfschüttelnd zum Tisch zurückkehre, wo die beiden schon sehnsüchtig auf die Drinks gewartet haben. Sie schmecken herrlich erfrischend, und schon nach wenigen Minuten bringt Julie die zweite Runde, und ich zahle die dritte. Schließlich habe ich etwas zu feiern. Ich bin gut drauf und laber voll einen ab. Julie scheint echt in Ordnung zu sein, aber immer wieder schaut sie Melissa irgendwie seltsam an. Ihre verstohlenen Seitenblicke nehme ich deutlich wahr, doch ich denke mir nichts dabei. Muß man denn immer bei irgend etwas denken?
»*Hey, German boy*, tanz doch mal mit Julie.«
»Von mir aus.«

Mir ist alles egal. Ich bin gut drauf. Nichts kann mich aus der Fassung bringen.
Ich tanze mit der Maus.
Sie tanzt mit dem Kater.
Sie schaut mich nicht an.
Ich schaue sie an. Ich verfolge ihren Blick.
Julie schaut während des Tanzens Melissa an. Ihre Blicke finden sich.
Ich grinse mir einen. Das kann nicht sein. Ich denke nicht weiter.
Die Wirkung der Cocktails ist brutal. Plötzlich, völlig überraschend, setzt die Wirkung der drei Cocktails ein. Alles beginnt sich zu drehen. Das süße Lächeln der Maus verzerrt sich zu einem häßlichen Grinsen einer ekelerregenden Ratte mit überdimensionalen Ohren. Die Musik klingt so atonal wie die aus verschiedenen Jahrmarktsbuden zu einer herüberdringenden Kakophonie einer Kirmesmusik. Ich verliere Julie aus den Augen. Beim Tanzen merke ich, wie ich die Kontrolle über meine Beine langsam verliere und immer häufiger die neben mir Tanzenden anremple, die mich dann wieder in eine andere Richtung schleudern.
Ich gebe es auf. Langsam und schwerfällig torkle ich zum Tisch zurück.
Melissa geht es nicht besser. Mit ihrem Schoß nach vorne gerutscht, das Kinn auf ihrer Brust ruhend, ihre Schultern angelehnt, sitzt sie auf dem dünnen Rand des Stuhls, die langen Beine von sich gestreckt, und droht beim nächsten Ausatmen vom Stuhl zu sacken.
»L-l-laß uns a-abhauen. D-d-die Din-n-ger ziehn a-a-ber scheiße v-v-voll rein, Mann.«
»Gu-u-te Idee«.
Stammelnd gibt Melissa mir recht. Auch sie lallt sich einen ab.
»W-w-wo iss Julie?«
Ich schaue mich suchend um. Ich wanke fürchterlich. Sie liegt auf dem klebrigen Fußboden neben unserem Nachbartisch und pennt. Wir packen sie an den Schultern und schleifen sie so gut es geht, sie ist schwer wie eine vollgelaufene Wasserleiche, an den Besuchern der Bar vorbei ins Freie.
»Jim, ho-o-ol unss maln Taxi.«
»O, Scheiße, habt ihr gesoffen, Melissa? Wenn die Bullen jetzt kommen, landest du und dein Typ im Bau.«
Mit seiner Hilfe schleifen wir Julie in den Lichtschatten des Nachbargebäudes, wo sie wie ein Kartoffelsack willenlos zusammensackt.
»He, Julie, wach auf.«

Melissa bearbeitet Julies Gesicht ein wenig mit der flachen Hand und treibt ein wenig frische Farbe ins blaßgraue Mausgesicht. Nur langsam kommt wieder ein wenig Leben in ihren erschlafften Körper. Ihr Körper zuckt krampfartig zusammen. Sie wird doch nicht…!?
Wüürrgh. Schon geschehen. Eine rotgelbbraune Flüssigkeit mit Stücken von herrlich leuchtendroten Maraschinokirschen verteilt sich auf dem Bürgersteig in eine breite Lache. Sie stöhnt auf. Es klingt irgendwie erleichtert.
Jims gellender Pfiff ertönt, und schon nahen die Lichter des ersten Taxis heran. Effizient ist er ja, denke ich so, als wir Julie auf die hintere Sitzbank bugsieren. Ich schwitze ohne Ende, als ich mit Melissa vorne einsteige.
Wie früh die alle hier schon Häuser haben, denke ich so halb im Suff, als ich dem Taxifahrer ein üppiges Trinkgeld gebe, nachdem wir Julies Haus erreicht haben. Immerhin ist sie erst zweiundzwanzig und schon stolze Hausbesitzerin. Nicht schlecht. Es ist nicht groß, aber es macht einen gepflegten Eindruck. Die Veranda, wo ein gemütlicher Schaukelstuhl steht, ist frisch gestrichen, genauso wie die in weißer Farbe gestrichene Holzfassade des Hauses. Ein gepflegter Rasen ziert den recht großen Vorgarten, wo zwei herrlich große Palmenbäume, deren Palmenblätter hoch über das Dach des Hauses hinausragen, sicherlich eine Menge Schatten spenden. All das nehme ich noch war, als wir Julie unter keuchenden Anstrengungen zum Hauseingang transportieren, wo Melissa verdächtig lange in Julies Hosentasche herumfummelt, um den Hausschlüssel herauszufischen.
»Hi hi ha ha n-n-nich jess, Melissa. I-i-ich hab jess keinen B-bock. Hör a-a-auf su kitzeln hi hi«, kichert Julie unter den Berührungen, mich nicht mehr wahrnehmend, und küßt plötzlich hart Melissas Mund.
»Du biss s-s-o gut zu mir, M'lissa, ich l-l-liebe dich, dass weiss du, aber jess hab i-ich k-kein-n-n Bock«, lallt Julie und stolpert endlich in das Haus hinein.
»Ich bin i-i-m Arsch, vol-l-l i-m-m Arsch, scheiß Cockt-t-tails.«
Ohne uns zu beachten, kämpft sich Julie Schritt für Schritt die Treppe hoch, sich dabei am Treppengeländer festklammernd. Oben angekommen, dreht sie sich noch einmal um. Sie schwankt gefährlich und droht, ihre Balance zu verlieren und die Treppe hinunterzufallen. Sie grinst.
»M'lissa, h-h-hilfst du-u mir b-beim Ausziehn.«
Ich schaue Melissa an.

Sie schaut weg.
Ich schaue sie immer noch verwundert an.
Ich bin wieder nüchtern – fast.
Sie eilt die Treppe hoch, um Julie vor dem Treppensturz zu bewahren.
Nachdem ich ausgiebig geduscht habe, höre ich sie immer noch im Nebenzimmer leise tuscheln. Plock. Die Zimmertür nebenan ist ins Schloß gefallen. Ich höre Melissas Schritte. Die Zimmertür geht auf. Ich sage nichts. Liege nur so da auf dem Bett, die Arme hinter dem Kopf verschränkt und starre die weiße Decke an. Ich schaue Melissa beim Ausziehen zu. Ihr Körper ist makellos. Schüchtern dreht sie mir den Rücken zu, als sie ihren BH ablegt, um einen Bademantel überzustreifen, den sie vorher aus dem Kleiderschrank geholt hat. Sie kennt sich hier bestens aus. Verlegen dreinblickend, kommt sie nach dem Duschen wieder ins Zimmer und klettert neben mir ins Bett. Ich habe meine Position nicht verändert und schaue sie immer noch wortlos an. Sie ist so hübsch – meine Kalifornierin. Sie duftet so herrlich frisch.
»Sollen wir darüber reden?«
Melissa schaut mich an.
»Nur wenn du willst. Du mußt dich nicht rechtfertigen, Melissa.«
»Sie ist meine beste Freundin. Sie ist mehr als eine Freundin. Du hast es ja gesehen. Zuerst war es nur Freundschaft. Aber irgendwie wurde irgendwann mehr daraus. Ich suchte Liebe, Geborgenheit, ja Zärtlichkeit. Sie gab sie mir. Kannst du das verstehen?«
»Mmh.«
»Aber auch sie weiß es nicht. Ich habe es ihr nie gesagt. Immer wenn ich zu ihr komme und Schutz bei ihr suche, schaut sie mich verwundert an. Zoff zwischen meinen Eltern ist meine Ausrede. Als ich meine Mutter brauchte, war sie nicht da. Niemand war da. Nur die Jungen sind für sie wichtig. Nur sie. Bei Julie kann ich vergessen. Und ihre Zärtlichkeiten … ja, sie haben mir wohlgetan.«
»Und was heute zwischen uns vorgefallen ist, wie siehst du das?«
»Du bist der erste Junge, der zärtlich zu mir ist.«
Ich schaue sie an.
Sie schaut mich an.
Ich lehne mich zu ihr herüber und küsse ihre warmen Lippen.
»Bist du mir böse, *German boy*?«
»Warum soll ich dir böse sein, Melissa? Was du erlebt hast, muß du erst einmal verarbeiten. Das braucht seine Zeit.«

Ich streichle ihre Wange.
Sie lächelt.
»*Hey, German boy.*«
»Mmh.«
»Wie ist dein Vater? Ist er so scheußlich wie meiner?«
»Mein Vater? Mein Vater ist voll in Ordnung. Ich kann mich nicht erinnern, daß er mich je gehauen hat. Er ist gütig und verständnisvoll. Natürlich gibt es auch schon einmal Streit, aber es dauert nie lange, bis wir uns wieder vertragen. Mein Vater kommt tatsächlich zu mir und entschuldigt sich, wenn er nach einiger Zeit des Überlegens erkennt, daß er irgend etwas vielleicht zu eng gesehen hat. Und, was ich viel wichtiger finde, er drängt mich nicht, Rechtsanwalt zu werden. Er würde es sicherlich gerne sehen, wenn ich Jura studieren und seine Anwaltspraxis übernehmen würde, aber er hat mir auch immer gesagt, daß ich meinen eigenen Weg gehen muß. Ich bin für mich selbst verantwortlich. Ich glaube, wenn ich ihm sagen würde: ›He, Dad, ich habe mich an einer Schauspielschule beworben‹, ihm wäre es recht. Kennst du den Film *Club der toten Dichter*?«
»Nein, ist der Film gut?«
»Der Film ist einfach Sahne. In dem Film geschieht genau das Gegenteil. Die Schüler einer *Prep School* werden dermaßen in die gleiche berufliche Laufbahn wie ihre Väter gedrängt oder in Berufe, die die Väter nie erreicht haben, aber durch ihre Söhne verwirklicht sehen wollen, daß es für einen Schüler, der Schauspieler werden will, nur den Selbstmord als Ausweg gibt. Der Vater hat durch seine unerbittliche Härte seinen eigenen Sohn in den Tod getrieben. Nein, mein Vater ist da ganz anders. Ich habe einfach Glück gehabt.«
»Meinen richtigen Vater kenne ich nicht. Er ist irgendwann, ich muß ein oder zwei Jahre alt gewesen sein, mit einer anderen durchgebrannt. Zumindest ist das die Geschichte, die ich immer von meiner Mutter zu hören bekomme. Das Besondere an ihm war, daß er ein guter Footballspieler war. Ich glaube, er war sogar ein Pro. Du kannst verstehen, wie sauer meine Mutter manchmal ist, von so einem tollen Typ verlassen worden zu sein. Aber ich glaube ihre Geschichte nicht. Sie mußte schon lange vorher ein Verhältnis mit Jack gehabt haben, zur Zeit, als mein richtiger Vater noch zu Hause war, denn noch im selben Jahr wurde Frank geboren. Die Heirat fand kurz vor der Geburt statt. Echt peinlich, wie du dir vorstellen kannst. Bist du noch wach?«

»Mhm.«

»Ich mochte meinen Stiefvater von Anfang an nicht. Ich hasse seinen behaarten Körper, seine fleischigen Arme und seinen ekeligen Mundgeruch. Er versuchte, immer nett zu mir zu sein. Schon von früher Kindheit an tätschelte er mich in auffälliger Weise. Er streichelte nicht nur mein Haar, meistens war es der Po, den er vorzugsweise berührte. Ich habe mir zuerst nichts dabei gedacht. Erst später, ich war dreizehn, streichelte er nicht mehr mein Haar, sondern glitt immer häufiger mit seinen häßlichen Schlachterpranken über meine Brüste, die immer größer wurden. Ich ekelte mich vor seinen Berührungen. Ich betete zu Gott, gib mir keine großen Brüste. Laß mich ein Junge sein. Doch je mehr ich mich entwickelte, desto forscher wurden seine Berührungen, bis... bis ... bis es geschah. Ich werde es nie vergessen. Es war an einem heißen Sommertag, kurz...kurz vor den Schulferien. Mama war nicht da. Ich ... ich saß vor meinen Schulaufgaben, nur leicht bekleidet, es war doch so heiß, als er in mein Zimmer trat. Er sagte, ich wäre doch so eine gute Schülerin, und fragte, ob ich nicht etwas Wichtigeres für's Leben lernen wollte als so ein dummes Gedicht auswendig zu lernen, das ich am nächsten Tag vortragen sollte. Er hob mich hoch und trug mich zum Bett. Ich ... ich wollte schreien, ich ... ich ... trommelte mit meinen Fäusten gegen seine fleischigen, wabbeligen Arme, ich...ich schrie...ich ...ich ...schrie...Mama!...Mama!...aber sie...sie war nicht da...er...er hielt mir den Mund zu...wie ein furchtbar großes Plaster klebte seine Hand über meinem Mund...ich...«

»O mein Gott.«

»Zuerst war es grauenhaft. Er war so brutal, so roh. Jetzt fühle ich nichts mehr. Nur noch Leere. Ich ... ich fühle nichts, wenn er auf mich draufsteigt. Aber ich weiß, irgendwann wird er dafür bezahlen müssen.«

»Und deine Mutter? Hast du es ihr nicht erzählt?«

»Meine Mutter? Ich wäre ein ungezogenes Kind, mit einer schmutzigen Phantasie, denn Jack würde niemals im Leben so etwas tun. Das waren ihre Worte.«

»Und die Polizei?«

»Die Polizei? Mann, das ist hier eine kleine Wüstengemeinde. So etwas geschieht hier nicht. Die hätten mich für verrückt erklärt, wäre ich zu ihnen gegangen. Sexuelle Phantasien einer frühreifen Göre. Hier herrschen andere Gesetze. Glaube mir, hier wird eine Menge unter den Teppich gekehrt.«

»Warum bist du nicht abgehauen?«
»O, Mann, so ganz einfach abhauen, ja? So mal kurz die Tür hinter mir zuschlagen und verduften, ja? Ohne Geld, ohne irgendeine Adresse, wo ich untertauchen könnte, ohne Ausbildung, ohne Job. Keiner weiß etwas davon. Nicht einmal meine besten Freunde. Aber ich habe etwas Geld gespart. Es ist gut versteckt. Bald haue ich ab, darauf kannst du wetten. Vielleicht brauche ich deine Hilfe.«
»O Mann, das ist hart. Aber warum ich? Obwohl du mich doch erst seit ein paar Tagen kennst, erzählst du mir bereits deine intimsten Gefühle. Ich verstehe das nicht.«
»Du kommst von so weit her, um hier bei uns zu wohnen, und plötzlich ist hier jemand, der weiß, was hier abläuft. Manchmal glaube ich, du bist ein Engel von da oben, der mir geschickt worden ist, um mich zu retten.«
»Soll ich dir was sagen, Melissa?«
»Mhm.«
»Du bist aber auch echt in Ordnung. Zuerst dachte ich – mit deinem Make-up und so – du wärst so ein hohles Püppchen. Ich habe mich getäuscht. Ich weiß zwar nicht, wie ich dir helfen kann, aber wenn es soweit ist, gib mir ein Zeichen.«
»Mike?«
»Mmh?«
»Du bist so süß.«
Sie streichelt sanft meine behaarte Brust und küßt mich.
»Versprichst du mir etwas?«
»Mmh?«
»Ich möchte nicht mehr in meinem Zimmer allein schlafen. Darf ich ab morgen bei dir schlafen?«
»Definitiv.«
Ich höre ein erleichtertes Ausatmen.
»Komm, *German boy*, laß uns schlafen. Das war ein aufregender Tag, und morgen werde ich dir ein amerikanisches Frühstück servieren, mit allem, was dazu gehört.«
»Good night, Melissa.«
»Good night, German boy.«
Ich drehe mich auf die Seite und schließe meine Augen. Nur langsam setzt der Schlaf ein. Ich denke an Maria. Hätte sie mir gesagt, daß ich nach einer Woche mit einer hübschen Kalifornierin ins Bett steigen würde, auch wenn wir noch nicht miteinander geschlafen haben, ich

hätte Maria amüsiert ausgelacht und für verrückt erklärt. Was Maria jetzt wohl macht, zehntausend Kilometer von mir entfernt?

»Hast du dich in ihn verliebt?«
»Ich weiß es nicht. Er ist nett. Er sieht gut aus. Hat 'ne gute Figur, und er ist beliebt. Du hättest sehen sollen, wie ihn alle umringt haben, als wir letzte Woche durchs Bermuda-Dreieck gezogen sind.«
»Und das macht dich an, ja? Im Mittelpunkt zu stehen mit dem Typ.«
»O Mann, sei doch nicht so eifersüchtig. Du weißt doch, ich liebe dich«, haucht sie mir zu, als die Penisnase von einem Englischlehrer die korrigierten Klausurenhefte zurückgibt und sie uns im hohen Bogen einzeln zuwirft.
»Maria, wenn du willst, hau ich dem Typ die Fresse ein. Ist es das, was du willst?«
»Da würdest du den kürzeren ziehen, mein Lieber. Laß es lieber bleiben. Nebenbei, wie geht es deiner Mutter?«
»Pichalski!«
Der Fickfrosch wandert durch die Klasse, erspäht mich mit seinen Glupschaugen und pfeffert mir die Englischklausur verächtlich vor die Nase.
»Was hast du?« fragt Maria, sich nach vorne beugend. Übertrieben langsam öffne ich das Heft. Blättere an den letzten Klausuren vorbei zu der vierten und letzten Klausur des Schuljahres, und ich sehe nur … sehe nur … ich sehe nur rot. Rot. Rot. Rot. Überall Rot. Ein Meer von Rot. Das rote Meer. Warum nicht ein blaues Meer ohne Rot. Verdammt. Er hat mich geschafft. Mangelhaft plus. Drei Punkte. Noch vier Wochen bis zu den Ferien. Ich muß was tun. Mündlich. Sonst wird's eng. Ich schaue Maria an. Sie hat sich verändert. Oder habe ich mich verändert?
»Heute abend, acht Uhr? Im Dreams? Hab mal wieder Bock, die Sau rauszulassen.«
»Tut mir leid, ich treffe Klaus. Ich habe es ihm versprochen. Sei mir nicht böse.«
Das ist zuviel für mich. Ich komme megaschlecht drauf, stehe auf, will das Klassenzimmer verlassen.
»Pichalski, es hat noch nicht geschellt!«
»Leck mich.«

Achtes Kapitel

Ich habe mein Versprechen eingehalten. Melissa schläft nun jeden Abend in meinem Bett, sehr zum Unbehagen des ehrenwerten Mr. Buchanan, der nun, sollten Gelüste fleischlicher Art in ihm keimen, auf seine Frau zurückgreifen muß, die dieser Entwicklung möglicherweise wenig erfreut entgegensieht. Für drei Wochen wird Melissa nun Ruhe haben, doch ich wage nicht, an den Tag meiner Abreise zu denken. Ich weiß, daß die Buchanans nichts gegen diese Entwicklung unternehmen werden, und sie wissen, daß ich nur bei dem geringsten Anzeichen einer Wiederholung der schockierenden nächtlichen Szene die Polizei informieren werde. Wenn sie Melissa auch nicht glauben werden, so bin ich entschlossen, alle Hebel in Bewegung zu setzen, Buchanan hinter Gitter zu bringen. Eine Luftmatratze habe ich mir zugelegt, da das Bett in meiner Rumpelkammer nicht unbedingt für zwei Personen geeignet ist. Wir schlafen nachts nebeneinander, ohne jedoch miteinander zu schlafen.

Tagsüber arbeitet Melissa bei Coletti, und dadurch besteht kein Risiko, daß ihr Stiefvater ihr im eigenen Haus auflauert. Die beiden Jungen scheint die Veränderungen nicht zu stören. Sie schauen den ganzen Tag fern oder ballern mit ihren Revolvern in der Gegend herum.

Nur ab und zu, bevor ich abends die Tür hinter uns schließe, fange ich einen wütenden Blick von Frank auf. Seitdem ich die beiden Früchtchen des Diebstahls bezichtigt habe, versuchen sie mir mit ihren stechenden bösen Blicken Angst einzujagen. Ja, es stimmt. Ich habe den Eltern meinen begründeten Verdacht mitgeteilt. Mir fehlen fünfzig Dollar aus meinem Brustbeutel, den ich, um ihn nicht ständig mitzuführen, in meinem Koffer aufbewahrt habe. Jeden Abend kontolliere ich das mir zur Verfügung stehende Taschengeld. Ich weiß nicht, wo ich die verdammten fünfzig Dollar verloren oder ausgegeben haben soll, so daß ich mir den Verlust letztendlich, nach viel Kopfzerbrechen, nur durch Diebstahl erklären kann. Doch ich bin vorsichtig und versuche, die peinliche Situation ohne Gesichtsverlust für beide Seiten zu retten.

»Mrs. Buchanan«, habe ich vorsichtig am Frühstückstisch in Anwesenheit von Frank und Steve begonnen, »ich habe fünfzig Dollar hier im

Haus verloren. Falls Sie das Geld finden, wäre ich Ihnen echt zu Dank verpflichtet.«

Meine Hoffnung war, daß sie sich die beiden mal vorknöpft.

Zwei Tage vergingen. Ich gebe ihr einen dritten Tag, um die Situation zu bereinigen, doch ohne Erfolg.

»Mrs. Buchanan«, beginne ich am vierten Tag von neuem, »ich habe den begründeten Verdacht, daß einer Ihrer Söhne fünfzig Dollar aus meinem Koffer geklaut hat.«

Spöttisch schaut mich die alte Schlampe an. Von Frank und Steve ist nichts zu sehen, doch ich spüre, sie hängen hier irgendwo herum und haben ihre Lauscher aufgesperrt. »Du redest doch gequirlte Scheiße, Mann.«

Diesmal lasse ich nicht locker. »Mrs. Buchanan, »ich habe, nachdem ich den Verlust entdeckt habe, das Geld selbstverständlich herausgenommen. Meine Kleidung und andere Dinge habe ich aber in einer bestimmten Reihenfolge so geordnet hineingelegt, daß ich bei der Kontrolle erkennen kann, ob jemand an meinen Sachen war. Und ich kann Ihnen ehrlich sagen, daß der Koffer durchstöbert worden ist. Was sagen Sie dazu?«

»Meine Jungs sind Engel. Sie brauchen dein Scheißgeld nicht, weil sie von uns genug bekommen. Verstanden?«

»Okay, dann kann ich ja zum Sheriff gehen.«

»Ach ja, und was willst du dem denn sagen, he?«

Plötzlich steht Buchanan drohend vor mir. Sein Mundgeruch ist unerträglich. »Hast du irgenwelche Beweise?«

Triumphiernd schaut er mich an und wendet sich, mit der Gewißheit, keine Antwort von mir zu erhalten, höhnisch lachend von mir ab.

Okay, ich war nicht beim Sheriff. Aber meine fünfzig Dollar habe ich auch nicht wiedergesehen. Mein ganzes Taschengeld habe ich jetzt immer bei mir. Mein Flugticket und meinen Reisepaß habe ich Tom zur Aufbewahrung gegeben. Ohne mein Flugticket bin ich tot.

Seit Melissa in meinem Zimmer schläft, fühle ich mich sicherer. Dann hören wir nachts, wenn Melissa in mein Zimmer hineingehuscht ist, des öfteren die wütende Stimme ihrer Mutter gedämpft zu uns herüberdringen, die sich nun der Liebkosungen des geliebten Ehemanns, für den sie die erste Ehe mit einem Fußballprofi aufgegeben hat, erwehren muß.

»Hau ab. Faß mich nicht an!«

»Komm, sei doch nicht so. Nur einmal.«

»Laß mich in Ruhe. Du widerst mich an! Mach es dir selber.«
»Scheiße.«
Ein verärgertes Stöhnen ist zu vernehmen. Dann ist Ruhe. Melissa lächelt mich an.
»Danke«, flüstert sie mir ins Ohr, »danke.«
»Ja, ja, ist ja schon gut, aber, Melissa, du weißt, daß das nicht die Lösung des Problems ist. Du mußt das Schwein anzeigen.«
»Und dann? Wenn du weg bist, schlägt er mich tot.«
»O Mann, was hast du vor?«
»Warte ab. Hilfst du mir, wenn es soweit ist?«
»Ja.«
»Am Donnerstag, wenn du in San Francisco bist, holt mich Julie ab. Wenn du am Sonntag zurückkommst, bin ich wieder da, okay?«
»Okay.«
Ich bin erleichtert. Am Donnerstag fahre ich mit Tom und der Gruppe für drei Tage nach San Francisco. Die Sorge um Melissa dämpft die Vorfreude, eine der schönsten Städte der USA sehen zu dürfen, gewaltig. Jetzt, da ich weiß, daß sie vor Buchanan geschützt ist, schließe ich beruhigt die Augen und träume von dem Cable Car, das langsam die Hügel San Franciscos erklimmt.

»He, Pichalski, warst du auch im Lumberyard?« ruft Tom mir von weitem zu, bevor er mich mit seinen schnellen Schritten auf dem Weg zur »Schule« einholt, »zuerst wollte ich wat sagen, aber dann dachte ich, ach lassen mal alleine mit der Puppe. Die sah nicht schlecht aus. Wo hasse denn die aufgerissen?«
Wenn ich Tom sehe, komme ich schlecht drauf. Ich weiß auch nicht genau warum. Nur mürrisch zwinge ich mich zu einer Antwort.
»Ist die Tochter meiner Gastfamilie.«
»Nicht schlecht. Herzlichen Glückwunsch. Sonss alles in Ordnung inner Familie?«
»Ja, ja.«
»Hi, Pichalski, ich habe dich im Lumberyard gesehen.«
Auch das noch. Ob nun in Kalifornien oder in Dortmund, der Montag bleibt der unangenehmste Tag in der Woche. Hat man einmal für zwei Tage die Gesichter vergessen, trifft man sie an jedem Montag wieder in der Klasse. Beate sieht mal wieder super aus. Doch mir ist heute alles egal.

»Ja und?«
»Wie, ja und? Wer war denn die Kleine, die du dabeigehabt hast?«
»Mann, das kann dir doch scheißegal sein.«
»He, biste schlecht drauf oder was? Schlecht drauf, weil du schlecht drunter warst, was?«
»Ach, Beate, weißt du was? Steck deinen Daumen in den Arsch!«
Beate verstummt.
Sie schaut mich an.
Ich schaue sie an, grinse und rülpse ihr ins Gesicht.
»Mein Gott, Pichalski, was bist du für ein Prolet.«
Die bin ich endlich los. Erleichtert suche ich meinen Platz und setze mich mit einem schweren Stöhnen neben Adlernase.
Ich schaue sie an.
Sie schaut mich nicht an.
Gut so.
Adlernase wird jeden Tag häßlicher.
Und wenn ich schon Mrs. Jones sehe, die jetzt in das Klassenzimmer mit dem grünen Buch unter dem Arm hereingewatschelt kommt, ist der letzte Funken Bock für den heutigen Tag erloschen.
»Hi everybody. Today we're gonna talk about couch potatoes.«
O Mann, o Mann. Jetzt geht es los. Wir reden über Typen, die nur noch vor der Kiste sitzen und ihren Hintern nicht mehr aus dem Sofa kriegen. Der Einfluß des Fernsehens auf das soziale Verhalten der Menschen. Nichts für mich. Ich schaue auf die Eieruhr und drifte ab in eine andere Welt. Ich denke an Melissa, die jetzt vielleicht schon den zwanzigsten Wagen gewaschen haben muß. Und die Tätigkeit erscheint mir plötzlich sinnvoller als die ganze Laberei.
»Pichalski!«
Sie hat mich aufgerufen. Ich denke an die *Boomtown Rats; Tell me why I don't like Mondays.*
»Pichalski!«
»Yes, ma'm.«
»Hast du die Frage verstanden?«
»No, ma'm.«
»Ich habe gefragt, was ist die beste Art zu entspannen?«
Ich glaube, nicht richtig gehört zu haben. Was soll der Scheiß?
»Können Sie die Frage noch einmal wiederholen, Ma'm?«
Mrs. Jones wird ungeduldig.

»Ich habe dich gefragt, was für dich die beste Art zu entspannen ist.«
»Na, ist doch klar. Sex.«
Die Klasse grölt. Nur Beate, Adlernase und Susanne schütteln den Kopf.
»Was ist denn das für eine dumme Antwort«, empört sich Mrs. Jones.
»Die Antwort ist gar nicht dumm. Aber anscheinend wissen Sie nicht mehr, was wirklich Spaß macht, vielleicht machen Sie auch etwas falsch, ich meine, ich komme also von der Arbeit verschwitzt nach Hause, ja? Und dann ist da die Superfrau. Sharon-Stone-Typ. Blond, tolle Brüste, tolle Beine, Reizwäsche. Und wenn ich dann mein frisch gewaschenes Ding nach einer wohltuenden Dusche bei ihr reinstecke … also das soll keine Entspannung sein?«
Das Gegröle ist auf dem Höhepunkt. Die Schüler haben Tränen in den Augen. Adlernase, Beate und Susanne sind aufgestanden und haben den Raum verlassen. Mrs. Jones weiß nicht, was sie sagen soll.
Wenn ich schlecht dauf bin, liebe ich es zu provozieren. Aber Mrs. Jones tut mir plötzlich leid, denn sie ist wehrlos.
»Pichalski! Raus!«
Tom ist in der Eingangstür erschienen und winkt mir mit einer eindeutigen Geste zu, nach draußen zu kommen.
Ich stehe auf und verlasse das Klassenzimmer. Nur langsam verebbt das Gelächter der Schüler. Ich trete in das gleißende Sonnenlicht.
»Pichalski, gez hab ich langsam die Schnauze voll. Ehrlich. Letzte Woche hab ich schon 'ne Beschwerde von Mrs. Jones über dein rüpelhaftes Benehmen erhalten, und jetzt kommen Beate, Claudia und Susanne an und beschweren sich über dich. Ich will nicht nomma wiederholen, watte Beate gesacht hass. Soll ich dir wat sagen, Pichalski? Wenn ich gez nicht dein Lehrer wäre, ne, ich würd dir so ein inne Fresse haun.«
Der sitzt. Ich liebe Ehrlichkeit.
»Und wenn ich jetzt nicht hier wäre, hier in Kalifornien in diesem bepisten Hotel, das Gap-Sprachreisen als Schule führt, mit einer Eieruhr als Schuluhr, mit einer blöden Kuh von Lehrerin und mit einem Lehrer, der in der Disco seine Schülerin voll am Abknutschen ist, ich würde einen Brief an die Schulbehörde schreiben.«
»Mensch, Pichalski, jezz isset endlich raus. Du biss eifersüchtig.«
Ich schaue ihn verblüfft an. Scheiße. Er hat recht.
»Jezz paß mal auf, Pichalski. Ich will hier meinen Spaß haben. Beate will hier ihren Spaß haben. Du willst doch auch hier deinen Spaß haben,

nicht wahr? Ich denke da nur mal an deine Begleitung vorigen Samstag im Lumberyard. Und sage mir nicht, du hättest keine Freundin in Deutschland, die nicht sehnsüchtig an dich denkt. Und noch wat – Beate iss neunzehn, ich unterrichte se nicht, sie ist nicht an meiner Schule, wohnt nicht in meiner Stadt, und wir werden uns nach der Rückkehr nie wiedersehen.«

Ich nicke nur. Seine Rechtfertigungen sind mir irgendwie peinlich.

»Also, alles wieder okay?

»Ja, ich glaube schon.«

»Dann entschuldige dich bei Mrs. Jones und die Sache ist erledigt, okay? Ich bin nicht nachtragend. Und entschuldige dich auch bei Beate.«

Ich komme mir vor wie ein kleiner Schuljunge und strecke Tom, nachdem er mir seinen Rücken zugewandt hat, den coolen Effenberg-Finger entgegen, bevor ich grinsend ins Klassenzimmer zurückgehe. Wieder setzt ein leichtes Kichern ein, als ich mich neben Adlernase setze. »Wenn du mich noch einmal anscheißt, drehe ich dir den Hals um, oder ich knall dich ab«, zische ich ihr noch ins linke Ohr, doch unbeeindruckt von meiner knallharten Warnung springt sie auf und wendet sich an die Mississippi-Lady.

»Mrs. Jones, Pichalski läßt mich nicht in Ruhe.«

»Jetzt reicht's.«

Entschlossen, ihr ein für alle Mal die Luft abzudrehen, springe ich, wie von einer Tarantel gestochen, auf, stoße meinen Tisch mit einem brutalen Ruck meiner Hände nach vorn, so daß er in den Rücken der vor mir sitzenden Schüler katapultiert wird, die die Aktion mit einem »Äi, du Arsch« quittieren, kippe mit dem rechten Fuß meinen Stuhl um und stürze mich theatralisch – ich hätte Schauspieler werden sollen! – auf Adlernase. Die rennt wie ein vom Fuchs aufgescheuchtes Huhn durch die Klasse, ihre Arme wie zwei Flügel schwingend, als wolle sie der tödlichen Gefahr davonfliegen, und gackert blöd um Hilfe, während ich, unter dem Gegröle der Klasse, hinter ihr herjage. Als ich kurz davor bin, meine Hände um ihren Hals zu legen, fängt mich plötzlich Mrs. Jones ab, legt ihren rechten Arm, so dick wie ein Baumstamm, um meinen Kopf, drückt mich mit ihren hundertzwanzig Kilo nach unten und nimmt mich in den Schwitzkasten.

»Ich ... ich ... kriege keine ... Luft ... keine Luft ... mehr«, röchle ich, doch Mrs. Jones kennt keine Gnade. Der Druck ihres Armes nimmt zu,

als wolle sie den ganzen Saft aus meinem Kopf, der rot angeschwollen ist wie eine Tomate, herauspressen. »*You gotta stay cool, man.*«
Ihre Stimme dröhnt laut in meinem Schädel. Mein Kopf droht zu platzen wie eine Melone, die auf Beton landet, und zu allem Überfluß sehe ich auch noch das fiese Grinsen von Adlernase, die auf mich herunterschaut. Obwohl ich japse und zapple, kann ich Mrs. Jones' Mitleid nicht erregen.
»*I won't take it no more*«, sagt sie sehr gelassen, aber auch sehr bestimmt. »*I tole ya agin and agin you ain't foolin' around no more. Do you understand?*«
»*Yes.*«
»*What? I can't hear ya.*«
»*Yes.*«
»*Say it again.*«
»*Yes. Damn it. Yes.*«
»*Will you do it again?*«
»*No.*«
»*A little louder. So ev'rybody can hear it.*«
»*NO.*«
Endlich läßt die Dampfwalze von mir ab. Ich schnappe wie ein Fisch verzweifelt nach Luft, reibe mir den rot angelaufenen Hals und wanke erschöpft zu meinem Platz und kneife, auf dem Weg dorthin, Adlernase, die mich plötzlich verstohlen anschaut, brutal in den Hintern.

»Wenn das wieder so ein abgefuckter Busfahrer ist, dann fahre ich nicht mit.« Susanne spricht das aus, woran wir alle in der Gruppe denken, die jetzt um sieben Uhr am frühen Mittwoch morgen schon seit einer halben Stunde, auf dem von der Sonne ausgebleichten Rasen vor der beknackten »Schule« sitzend, auf den Bus wartet, den Gap-Sprachreisen für unsere Sightseeingtour nach Los Angeles gebucht hat. Die letzten zwei Tage sind doch recht schnell vergangen. Entschuldigt habe ich mich bei keinen von den beiden, weder bei Mrs. Jones noch bei Beate, schließlich kann Tom das für mich erledigen.
Ich habe Melissa am Dienstag nachmittag per Anhalter einen Besuch bei Coletti abgestattet. Sie hat sich über den unerwarteten Besuch gefreut, als ob Prinz Charles persönlich bei ihr erschienen wäre. »*Wow, what a surprise!*« ruft sie aus und vergißt dabei, die Radkappen des Wagens vor der Einfahrt zur Waschanlage mit ihrer Hochdruckwasserpistole zu

reinigen. Statt dessen hält sie den Wasserstrahl zur Begrüßung voll auf meine Jeans. *»Hey, Melissa, are you fucking out of your mind?!«*
Ich spiele den Empörten, grinse sie an, und freue mich über ihr herzerfrischendes Lachen. Sie läßt die Hochdruckwasserpistole fallen, kommt wie ein kleines Kind auf mich zugerannt, und fällt mir in die Arme. Wir küssen uns. Ihr dunkelblauer Overall ist an einigen Stellen schon durchnäßt. Sie tut mir so leid. Ich drücke sie fester an mich. Zum Glück ist wenig Betrieb, so daß nur wenige Autofahrer Zeugen dieses spontanen Gefühsausbruchs sind und durch ihr freudiges Grinsen ungefragt ihr Einverständnis für die Verzögerung an der Waschanlage kundgeben.
Na endlich. Hier kommt der Bus. Erleichtert erheben wir uns vom Rasen und eilen zur Vordertür. Diesmal scheint alles okay zu sein. Die Busfahrerin wirkt adrett und professionell. Mit Clipboard und Parker-Kugelschreiber ausgestattet, notiert sie die Anzahl der Schüler und hält Tom ein geplantes Programm für den Vormittag vor die Nase, der, nachdem er es kurz überflogen hat, seine Zustimmung gibt. Und schon geht es los. Es ist ein moderner Reisebus mit allem Komfort. Videoanlage, Bar, Toilette, getönte Scheiben und eine super Stereoanlage mit wirklich guten Lautsprechern. Der Klang ist astrein. So langsam kommt Freude auf. Der Motor ist kaum zu hören. Ich sitze wie immer im vorderen Teil des Busses, da mir im hinteren Bereich seltsamerweise immer übel wird. Neben mir sitzt niemand. Zufall? Absicht? Auch egal. Ich habe somit genügend Beinfreiheit. Susanne, Adlernase und Beate, das verräterische Trio, sitzt mit gehörigem Abstand hinter mir; aufgeregt schnattern sie über alles, was sie schon von L.A. gehört und im Fernsehen gesehen haben, und beißen in ihre Sandwiches, die die Gastfamilien für sie zubereitet haben. Ich habe keine, weil ich, erstens, nicht will, daß die Buchanans ihre Dreckfinger am frischen Weißbrot abputzen, und ich, zweitens, keinen Bock habe, eine Dienstleistung von dieser Familie zu erhalten. Ich werde irgendwo in Los Angeles einen Mexikaner aufsuchen. Natürlich sitzt Tom neben der Busfahrerin, die gar nicht mal so schlecht aussieht, und labert sie schon wieder voll. Wieder düsen wir den Highway 14 runter, und ich versuche krampfhaft die Stelle zu finden, wo wir am letzten Freitag überfallen worden sind. Ich kann sie aber nicht mehr entdecken. Dafür erkenne ich die Stelle in Solemint, wo der Freak mit seinem Bus in die Polizeisperre hineingerast ist. Aber davon sind keinerlei Spuren übriggeblieben. Alle im Bus haben den gleichen Gedanken und schauen auf den Ort des Geschehens. Nach rund neunzig Minuten in unerwartet

flüssigem Verkehr biegen wir in den Hollywood Freeway ein und nähern uns den Sehenswürdigkeiten von Los Angeles.
Der Rodeo Drive ist der erste Stop. Die Weiber im Bus flippen schon vorher aus. Nervös rutschen sie auf ihren Sitzen hin und her und drücken ihre Nasen am Fenster platt. Bevor wir aussteigen, gibt Tom noch einmal über Mikrofon seine Anweisungen durch, während der Bus bereits zum Stehen gekommen ist und die Vordertür mit einem lauten Zischen geöffnet wird.
»Also noch einmal strikte Order: Lauft nicht alleine in der Stadt herum. Ist das verstanden? Ich will euch mindestens in Dreiergruppen sehen. Es ist jetzt neun Uhr fünfzehn. Wir treffen uns hier wieder um exakt zehn Uhr. Okay, Pichalski?«
»Okay, Boß.«
Und schon bin ich aus dem Bus. Wenn er denkt, ich schließe mich Susanne, Beate und Adlernase an, ist er schief gewickelt. Und schon bin ich um die Ecke verschwunden. Ich meine, ich falle weniger als dummer Tourist auf, wenn ich alleine durch die Stadt ziehe, mit einer Einkaufstüte einer bekannten Kaufhauskette getarnt, als mit einem Haufen deutsch quatschender, kamerabehangener Touristen, die meilenweit zu erkennen sind. Außerdem bin ich New-York-erfahren.
Der Rodeo Drive ist Kapitalismus pur. Gucci, Chanel, Cartier. Von überall her strahlen einen die weltbekannten Namen der Luxusfirmen in goldfarbenen Buchstaben an und locken wohlhabende Kunden zum Kauf der kostbaren Waren, die in frisch geputzten Schaufenstern, in denen es verführerisch glitzert, ausgestellt werden. Glänzende Diamanten, funkelnde Uhren, und in Perferktion gestylte Schaufensterpuppen tragen elegante Kostüme zur Schau. Hier gibt es die heißesten Geschäfte, die teuersten Läden, deren Fassaden aus glänzendem Granit oder blankpoliertem Marmor zur unverwechselbaren Vornehmheit der Straße beitragen. Gelb- und grünfarbene Markisen schützen den interessierten Käufer vor der heißen Sonne. Entlang der vom Sonnenlicht überfluteten, für Los-Angeles-Verhältnisse überraschend schmalen Straße spenden zurechtgestutzte Akazienbäume angenehmen Schatten. Nicht eine leere Coladose oder eine unachtsam auf den Boden geworfene Folie eines Schokoladeriegels stören den Eindruck von Sauberkeit. Ich denke an *Pretty Woman,* die Hure, die doch so enorme Schwierigkeiten hat, aufgrund ihres Äußeren in einem der Nobelgeschäfte überhaupt bedient zu werden. Ich denke auch an die Millionäre Richard Gere und Julia

Roberts, die sicherlich hier in diese Gegend passen. Auch meinen Eltern hätte es hier gefallen, besonders meiner Mutter mit ihrem Traum von einer Boutique auf der Kö. Und erst die Autos, die hier auf der Einkaufsstraße parken! Unter einem BMW oder Mercedes fährt hier wohl niemand herum. Es ist eine andere Welt, zu der ich nicht gehöre, auch wenn meine Eltern recht erfolgreich waren und Kohle ohne Ende hatten. Ich gebe nach kurzer Zeit das Herumlaufen auf, ich finde es relativ uncool hier, setze mich auf eine Parkbank und warte auf die Abfahrt des Busses.

Und schon geht es weiter. Die Hühner gackern aufgeregt im hinteren Teil des Busses herum. Völlig außer Atem vergleichen sie die Preisschilder der angebotenen Ware und brechen in schrilles Jubelgeschrei aus, wenn eine der dummen Puten ein noch teureres Preisschild entdeckt hat. Alle wünschen sich in diesem Augenblick, berühmte Filmstars zu sein, um sich ein Leben in grenzenlosem Luxus leisten zu können.

»Na, wie findest du den Rodeo Drive?«

Adlernase quatscht mich an.

»Rodeo Drive? Was für ein Rodeo Drive?«

Sie schaut mich an und geht kopfschüttelnd zur Busfahrerin, um sie zu bitten, eine ihrer Kassetten einlegen zu dürfen. Und weiter geht die Tour Richtung Hollywood.

Die Hühner hinter mir hauchen ihr »Hollywood« so verheißungsvoll wie die nackte Blondine auf dem Periskop des japanischen U-Boots in der amerikanischen Filmkomödie *1941*. Und wieder halten wir an, um diesmal auf dem »Walk of Fame« herumzulatschen, wo goldfarbene Sterne auf dunklen Granitplatten des Fußgängerweges des Hollywood Boulevards die Filmstars markieren. In jedem Sternchen ist in der Mitte der Name des Stars zu lesen. *Wow. Big deal.*

Aber das ist noch nicht genug der Heldenverehrung. Am *Man's Chinese Theater* flippt die ganze Gruppe vollends aus. Hier können sie ihre Alltagshände in die wahrlich echten Handabdrücke ihrer geliebten und heiß verehrten Filmstars legen und sich mit ihnen für Sekunden gedanklich und emotional verbinden, auch wenn Zement etwas recht Emotionsloses ist. Adlernase schwärmt von Clark Gable. Minutenlang kniet sie vor seinem Handabdruck nieder. Sicherlich träumt sie gerade von einer Filmrolle. Die Frage ist nur – von welcher? Vielleicht als Ehefrau von Frankenstein oder Quasimodo. Obwohl … na ja, wie Gina Lollobrigida sieht Adlernase aber nicht aus. Dann schon eher als Ehefrau von dem Typen aus *Freitag, der 13.*, einem echt geilen Horrorfilm. Nicht unbedingt vom Hocker gerissen von so viel Glamour, verlasse ich die Gruppe, um auf eigene Faust das Viertel zu erkunden. Ich überquere die Straße und biege in irgendeine Nebenstraße ab, die mir aufgrund der kleinen bunten Geschäfte, die preiswerten Schmuck oder Second-hand-Bücher und CDs in einfachen Kartons und klapprigen Regalen feilbieten, interessant vorkommt. Viele Passanten in sommerlicher Kleidung stöbern in den Kartons, in der Hoffnung, vielleicht ein Schnäppchen zu ergattern. Ein schöner großer Ring wäre nicht schlecht, denke ich so, als ich mir den Schmuck betrachte, der für ein paar Dollar zu erstehen ist. Nachdem die in ausgefransten Jeans und verwaschenem T-Shirt einfach gekleidete Verkäuferin meine Aufmerksamkeit auf einen schweren goldenen 24, 99 Dollar teuren Ring gelenkt hat, entschließe ich mich spontan zum Kauf und ziehe befriedigt weiter. Der Straßenverkehr ist dichter geworden. Die Abgase, der Smog reizen meine Schleimhäute. Ich verspüre das dringende Verlangen, etwas zu trinken zu kaufen. Eine dichte Menschenschlange windet sich links und rechts dicht an mir vorbei, als ich stehenbleibe, um meine Quarters, Dimes und Nickels zu zählen, die ich aus meiner Hosentasche hervorgeholt habe.

»Don't move! Give me your fucking money!«

»Fuck me.«

Mein Gehirn beginnt zu arbeiten. In Sekundenbruchteilen erfasse ich die Situation. Ich sehe mich drei Latino-Typen gegenüber, die es ernst zu meinen scheinen. Sie tragen verwaschene Blousons und an den Knien aufgerissene Jeans. Nicht viel älter als ich, hält der größte von ihnen mir ein Butterfly-Messer dicht vor meinen Bauch. Ich spüre die spitze Klinge durch mein Jeanshemd. Ihre Mienen zeigen eher Furcht als grimmige, brutale Entschlossenheit. Ich will schreien, doch die Angst, hier in Kalifornien unter herrlich blauem Himmel und strahlendem Sonnenschein abgestochen zu werden, ist stärker als das Gefühl der Hilflosigkeit. Noch immer strömen die Menschen an uns vorbei, doch sie nehmen keine Notiz von meiner mißlichen Lage. Verlegen schauen sie weg, fürchten sie sich doch zu sehr vor der Möglichkeit, in die Auseinandersetzung hineingezogen zu werden.

»Verdammt! Worauf wartest du?«

Nervös schauen sich die Banditos nach links und rechts um. Ich spüre die Klinge durch mein Jeanshemd und versuche, leicht vorgebeugt, dem unangenehmen Druck der Klinge auszuweichen.

»Okay, okay. Wartet.«
Ihre Reaktionen werden hektischer, als ich mit meiner Rechten mein Portemonnaie aus der hinteren Hosentasche langsam und vorsichtig hervorhole.
»Komm, mach schneller. Und keine Tricks.«
»Okay, okay, das ist alles, was ich habe.«
Ich halte dem Messerschwinger fünf grünfarbene Zehn-Dollar-Noten entgegen, die mir der in der Mitte Stehende brutal mitsamt des Portemonnaies aus den Händen reißt, um selbständig den Inhalt zu prüfen.
»Stimmt! Und das auch noch.«
Seine Kopfbewegung deutet in Richtung des Ringes, der seine Aufmerksamkeit bei der Übergabe des Geldes erregt hat. Wortlos streife ich den kurz zuvor erstandenen goldenen Ring von meinem Finger, den der Anführer sofort gierig an sich reißt. Befriedigt betrachtet er das auf etwas ungewöhnliche Art erworbene Objekt seiner Begierde.
»Okay, laßt uns verschwinden.«
»Ahh, ihr Schweine!«
Ein heißer Schmerz durchzieht meine Wange. Bevor ich reagieren kann, hat der messerschwingende Anführer der Gruppe seinen Abschiedsgruß tief in mein Gesicht geritzt. Unauffällig schwimmen sie in dem Strom der Menschen davon. Ich sehe nur noch Blut. Meine rechte Hand, mit der ich versuche, die Wunde zu ertasten, der Bürgersteig, meine Jeans, alles ist in Blut getränkt. Erst jetzt werden einige Passanten aufmerksam und kommen mir zur Hilfe. Ich höre ein Meer von Stimmen um mich herum. Wie der blutet! Er braucht einen Krankenwagen! Wie ist das passiert? Ich habe nichts gesehen! Ich auch nicht! Und das am hellichten Tage! Mein Gott, der arme Kerl! Ruft doch einer einen Krankenwagen! Mehr und mehr Menschen versammeln sich um mich herum, doch ich brauche sie nicht. Ich brauche keinen Krankenwagen. Ich durchbreche den Ring von besorgten Passanten und laufe zurück zum Bus, eine dünne Blutspur hinter mir herziehend.
»Wo bleibst du denn, Pichalski! Du bist zu spät.«
Schon von weitem höre ich den besorgen Ruf von Tom, der schon mit der ganzen Gruppe auf mich zu warten scheint. Erst jetzt, beim Näherkommen, bemerkt er die blutende Wunde in meinem Gesicht. Er kommt auf mich zugerannt.
»Mensch, Pichalski, wat is passiert?«
»Überfall. Die verdammten Schweine.«

Das Sprechen bereitet mir Schwierigkeiten. Ein scharfer, stechender Schmerz durchzieht meine Wange.
»Zeig mal her.«
Wir sind nicht mehr alleine. Die ganze Gruppe ist wieder aus dem Bus gesprungen und umringt uns, aufgeregt tuschelnd, während Tom die Wunde kritisch inspiziert. Umgeben von der staunenden Gruppe, fühle ich mich wie ein stolzer Kriegsinvalide einer heldenhaften Schlacht, der tapfer die grausamen Schmerzen wie ein richtiger Mann erträgt.
»Mensch, Pichalski. Das hasse mal wieder Glück gehabt. Ist nur 'ne Schnittwunde«.
»Ach ja?«
»Zum Glück nicht sehr tief. Trotzdem. Muß genäht werden.«
»Ich kenne ein Krankenhaus gleich hier in der Nähe.« Auch Linda, die Busfahrerin, ist mit einem Erste-Hilfe-Koffer herangenaht und betrachtet besorgt mein Gesicht, bevor sie es notdürftig verbindet.
»Wenigstens kriegt er jetzt mit seiner Mumienvisage sein vulgäres Maul nicht mehr auf.«
Ich habe es gehört. Obwohl ich meinem Leid tapfer ins Auge sehe, höre ich den Spott aus Beates Worten, doch ich kann ihr nicht antworten. Zu fest sitzt der Verband, den mir die Busfahrerin fachmännisch angelegt hat. Majestätisch und erhaben nehme ich ihren Spott gelassen zur Kenntnis, denn nur wer extremes Leid erfahren hat, kann es zu wahrer Größe im Leben bringen. Auf der Fahrt zum nahegelegenen Krankenhaus wird die neue Marschroute für den Tag geplant. Tom ergreift das Mikrofon, das wie ein Phallus in seiner Hand liegt. Er scheint es liebgewonnen zu haben. Ein kurzes Pusten ins Mikrofon. Es funktioniert.
»So, bitte alle einmal herhören. Wir fahren jetzt zum Krankenhaus, um Pichalski zu versorgen. Nachdem ich mit dem Arzt gesprochen und Pichalski dort abgesetzt habe, fahren wir weiter zum Olympiastadion, machen eine Pause zum Lunchen und fahren dann, sicherlich mit einer mindestens einstündigen Verspätung, wie vereinbart zu den Universal Filmstudios. Sollte Pichalski bis nach der Pause versorgt sein, müssen wir ihn natürlich vorher wieder abholen.«
Buh-Rufe ertönen aus allen Richtungen. Echte Kumpels. Ihr Mitgefühl, ihre Empathie-Sensibiliserung ist phänomenal. Soviel Kameradschaft habe ich nicht erwartet. Um ihnen meine herzliche Dankbarkeit zu demonstrieren, strecke ich ihnen meine plötzlich eigenartig steif gewordenen Mittelfinger meiner blutverkrusteten linken und rechten Hand

als freundlichen, aufrichtig gemeinten Doppelgruß entgegen. *Fuck you!* Dabei bin ich es doch, der hier geschädigt worden ist. Meine fünfzig Dollar sind futsch, mein Gesicht wird vielleicht für immer wie ein Reifenprofil aussehen, und die Besichtigung des Los Angeles Memorial Coliseums, das ich nur von Bildern der Olympischen Spiele '84 kenne, bleibt mir nun auch verwehrt. Pech. *Tough. Bad luck.* Dafür werde ich zum ersten Mal ein amerikanisches Krankenhaus von innen sehen. Man gönnt sich ja sonst nichts. Schließlich hat mein Vater mehr als viertausend Eier für meine Fahrt nach Kalifornien abgedrückt, und ein Krankenhausbesuch sollte schon mit im Preis enthalten sein.

»Schwester! Schwester! Mein Bein! Mein Bein!«
Seit einer Stunde sitze ich nun hier schon im Krankenhaus und warte gottergeben auf eine für einen tapferen Kriegsinvaliden würdige Behandlung. Aus den Zimmern im Gang der Notaufnahme dringen grausame Schreie zu mir herüber. Männerstimmen, Frauenstimmen, Babystimmen, die vor Schmerzen wimmern, stöhnen oder wirklich schreien. Ich komme mal wieder megaschlecht drauf. Ich schaue auf die Uhr. Die Universal Studios kann ich abhaken. So, wie ich das sehe, hänge ich noch bis morgen hier im Gang der Notaufnahme herum. Immer wieder keimt Hoffnung auf, wenn eine Schwester auf mich zukommt, die dann doch, ohne mich eines Blicks zu würdigen, an mir vorbeigeht, um sich den anderen Patienten zuzuwenden.

Ich höre ihr schmerzvolles Stöhnen im Schlafzimmer meiner Eltern. Ich wage es nicht aufzustehen. Ich habe Angst vor den von leisem Wimmern unterbrochenen Schreien meiner Mutter. Ich fühle mich hilflos, möchte mich tiefer unter meiner schweren Bettdecke vergraben, doch jeder Schrei meiner Mutter ist wie ein Dolchstoß. Ich höre die besorgte Stimme meines Vater, die durch die Zimmerwände gedämpft zu mir herüberdringt.
»Ich kann das nicht mehr mit anhören, Anna. Ich rufe jetzt den Krankenwagen.«
»Dr. Bender kommt doch gleich. Er wird gleich hier sein.«
»Wir sind doch schon zweimal bei ihm gewesen, und er hat nichts festgestellt. Es reicht jetzt.«
Die roten Kristallziffern meines Radioweckers glühen in der Dunkelheit wie die blutunterlaufenen Augen eines teuflischen Ungeheuers, das sich gleich auf mich stürzen will. Ich versuche zu schlafen, versuche vergeblich, das qualvolle Stöh-

nen meiner Mutter zu verdrängen, das immer noch zu mir herüberdringt. Ist es nicht einfach nur ein böser Traum?
»Ich halte es nicht mehr aus. Es tut so weh. Mein Rücken tut so weh.«
»Halte durch, Anna, der Krankenwagen muß gleich da sein.«
Da! Kommt da nicht endlich der Krankenwagen? Ich glaube Sirenen in weiter Ferne zu hören. Ja! Das muß er sein! Endlich! Und bevor ich dem Geräusch näher auf den Grund gehen kann, ist mein Zimmer von einem flickernden dunklen Blau durchflutet. Ich höre aufgeregte Stimmen an der Haustür, lausche ängstlich den gedämpften Schritten auf dem Teppich, die die Treppe hocheilen und im Zimmer meiner Eltern verebben. Das Licht im Flur ist eingeschaltet. Glühendweiß dringt ein dünner Lichtstrahl durch den dünnen Türspalt. Ich will aufstehen, aus dem blauen Verlies rausstürzen, um ihr beizustehen, aber ich kann es nicht. Unbeweglich liege ich, wie an Ketten gefesselt, im Bett. Jetzt gehen sie ohne Worte die Treppe hinunter, löschen das Licht und drücken die Haustür leise ins Schloß. Sie sind weg. Ich bin allein. Ganz allein.

Wieder schaue ich auf die Uhr. Zehn nach zwei. Ich werde ungeduldig. Immer öfter erhebe ich mich von meinem Stuhl vor dem Behandlungszimmer und laufe den Gang auf und ab. Krankenhäuser machen mich krank. Der traurige Anblick der Patienten in ihren neu gekauften Bademänteln, die in abgelatschten Pantoffeln schwerfällig und mit ausdruckslosem Blick die Gänge entlangschlurfen. Der seltsame Geruch in den Gängen, der sich mit dem Essensgeruch zur Mittagszeit verstärkt und mir auf den Magen schlägt. Die Krankenschwestern und Krankenhelfer, die mit Medikamenten und Spritzen beladene Tabletts vor sich her tragen oder gar einige Bettpfannen zum Reinigen bringen, all das deprimiert mich total. ICH WILL RAUS HIER. In nichts unterscheidet sich ein amerikanisches Krankenhaus von einem deutschen. Auch nicht in der Bürokratie. Wer hätte gedacht, daß im freiesten Land der Welt – *the cradle of democracy* – eine erstaunlich penible Bürokratie vorherrscht, die unserer aufgeblähten Bürokratie in nichts nachzustehen scheint. Von Freiheit keine Spur.
»Bevor wir Sie behandeln können, füllen Sie bitte diese Formulare aus.«
»Aber ich blute. Das sehen Sie doch. Kann ich die Formulare nicht erst nachher ausfüllen?«
»Tut mir leid. Vorschrift ist Vorschrift. Sind Sie versichert?«
»Natürlich.«
»Na, dann haben Sie Glück.«

Unbarmherzig hat mich die Dame am Schalter der Notaufnahme auf die bürokratischen Notwendigkeiten hingewiesen, indem sie mir den Kugelschreiber wie eine Pistole vor die Brust gehalten hat. Zwanzig kostbare Minuten, die über Leben und Tod entscheiden können, sind vergangen, zwanzig Minuten nichts als Personalien und Formalien.
»*What's your middle initial, sir?*«
»*O.*«
»*O? What does O stand for?*«
»*Otto.*«
»*What! Your name is Otto? Otto! Otto! O my god, what a cute name! Otto!*«
Sie hat sich vor Lachen nicht mehr eingekriegt, während ich, Michael Otto Pichalski, am Schalter der Notaufnahme vor ihren Augen verblute.
»*Mr. Pichalski?*«
Ich werde aus meinen Gedanken herausgerissen. Ein Arzt japanischer Abstammung, so um die Vierzig, weiß gekleidet, weiße Turnschuhe, mit Clip-Board in der Hand, auf dem mein Anmeldungsformular festgeklemmt ist, kommt auf mich zu. Dr. Koito ist auf seinem Namensschild zu lesen. Ohne mir die Hand zu geben, führt er mich direkt in das Behandlungszimmer.
»Sie sind Deutscher, nicht wahr?« fragt er mich, als er meinen rot durchtränkten Verband langsam löst, nachdem ich mich auf den Behandlungsstuhl neben dem Operationstisch gesetzt habe. »Tut mir leid, daß Ihnen das in Ihren Ferien passieren mußte. Aber L.A. ist ein unsicheres Pflaster geworden. Jeden Tag müssen wir zehn, fünfzehn Schuß- oder Stichwunden behandeln. So gesehen, haben Sie noch Glück. Es ist eine relativ harmlose Schnittwunde.«
Er schaut sich prüfend die Wunde an.
»Wann war Ihre letzte Tetanus-Impfung?«
»Vor fünf Jahren glaube ich.«
»Na ja, wir werden die Wunde nähen müssen und danach gebe ich Ihnen vorsichthalber eine Tetanusinjektion zur Auffrischung. Legen Sie sich schon einmal auf den OP-Tisch, wenn Sie Ihr Hemd abgelegt haben.«
»Wo ist denn hier die nächste Polizei-Station?«
Schon kommt er auf mich zu, die riesige Betäubungsspritze zwischen dem rechten Zeige- und Mittelfinger haltend, die er nun bedrohlich auf mich richtet. Mir wird schwindelig. Ich kann keine Spritzen sehen. Während er ein wenig von dem Betäubungssaft zur Kontrolle aus der dünnen Nadel fließen läßt, gibt er mir eine deprimierende Antwort.

»Wozu? Wollen Sie etwa eine Anzeige erstatten? Ich geben Ihnen einen guten Rat. Verschwenden Sie nicht Ihre kostbare Zeit. Ein Überfall von Hunderten pro Tag. Die Polizei ist machtlos und überfordert. Da müßten Sie schon tot oder wirklich schwer verwundet sein, bevor die Polizei aktiv wird. Und nun entspannen sie sich.«
»Kann ich nicht eine Vollnarkose haben? Ich kann das nicht mit ansehen.«
»Ein Eishockeyspieler sind Sie nicht, was?«
Bei vollem Bewußtsein schaue ich ihm bei der Arbeit zu. Ich spüre nichts. Wie ein zerrissenes Fischernetz näht der Fischer Koito Teile meiner kostbaren Haut wieder zusammen. Ich registriere den dünnen, feinen, beinahe unsichtbaren Faden, den er durch mein Gesicht jagt. Ich bin ein Held, ein Eishockeystar, der nach einer fürchterlich blutenden Platzwunde frisch genäht aufs Eis stürmt, von den Fans umjubelt, um die Torjagd für seine Mannschaft wieder aufzunehmen. Wayne Pichalski. Und wieder zieht er die Nadel durch meine Haut. Ich verliere das Bewußtsein.

Neuntes Kapitel

Und wieder hebt eine Maschine vom Runway eines Airports ab – diesmal von L.A. Meine siebenundachtzig Kilo werden in den Sitz der Boeing der *United Airlines* gepreßt, die jetzt ihre Nase steil nach oben zieht und Kurs auf San Francisco genommen hat. Zum wiederholten Male prüfe ich den korrekten Sitz meines Verbandes. Ob eine schöne Narbe mein hübsches Gesicht zieren wird, so wie es Dr. Koito mir nach meiner Rückkehr in die Welt der Lebenden prophezeit hat, bleibt abzuwarten, denke ich so mürrisch vor mich hin, während ich meinen kleinen Schwimmreifen oberhalb der Gürtellinie kritisch prüfe und zur Erkenntnis gelange, daß die verdammten Double Whopper eine verheerende Wirkung auf meine Figur haben. Ich bin hundertprozentig entschlossen, nach der Ankunft in San Francisco eine brutale Diät durchzuziehen, die meine Gewichtszunahme von drei Kilo in neun Tagen jäh stoppen wird. Und was das heißt, ist doch klar – Verzicht auf die drei B's bei gleichzeitiger Berücksichtigung der drei S's -*no burgers, no beer, no brezel,* statt dessen Salat, Salat und noch einmal Salat. Bei soviel Freude auf den zukünftigen spartanischen Eßgenuß blicke ich mal wieder grimmig umher. Neben mir – was es doch für Zufälle gibt! – sitzt wieder der Steifkopf, der diesmal einen Fensterplatz erwischt hat, was ihn aber nicht davon abhält, anstatt die Welt von oben zu genießen, in seinem Katalog für Schiffsmodelle zu blättern, der an seinen Händen angewachsen zu sein scheint. Mir fällt auf, daß ich mit ihm noch nicht ein einziges Wort gesprochen habe, obwohl er bei mir in der Englischgruppe ist. Er wirkt wie ein langweiliger Geist auf mich, den ich nur wahrnehme, wenn wir in der Luft sind. Ich entschließe mich zu einer Konversation mit dem Steifkopf.

»He, du!«

Keine Reaktion.

»He, du mit dem spannenden Magazin da?«

Keine Reaktion. *No response.* Aber ich gebe nicht auf. Ich bin entschlossen, mit ihm ein Wort zu reden. Nur ein Wort.

»He, du da mit dem Pornomagazin. Oh, ist die geil, die Frau. Gib ihr doch mal eine volle Ladung auf die großen Titten.«

Jetzt habe ich ihn.

Er blickt auf und drückt den Serviceknopf über ihm, und bevor ich noch etwas sagen kann, ist die Stewardeß bei ihm.

»Sie haben doch noch einige freie Plätze. Würde es Ihnen etwas ausmachen, wenn ich mich bei 37 B hinsetze?«

Die Stewardeß schaut mich fragend an. Ich grinse freundlich und rutsche ein wenig höher in dem Sitz, um den Steifkopf mit der gewählten Ausdrucksweise durchzulassen. Ohne mich eines Blickes zu würdigen, schlängelt sich der Typ, in der Linken seinen kostbaren Katalog, an meinem Sitzplatz vorbei. Freundlich grinsend, ramme ich ihm beim Vorbeigehen mein Knie in den Unterleib. UFF. Ich sehe, wie sich seine Gesichtsfarbe verändert, mehr ins Weiße übergehend, doch kein Wort kommt über seine Lippen. Breitbeinig, etwas humpelnd bewegt er sich zu dem Sitz drei Reihen vor mir. Dann eben nicht. Mein Vorhaben ist gescheitert, und es bleibt mir nur die Gewißheit, beim Rückflug wieder in der Nähe des stummen Geistes zu verweilen.

»Was hast du denn mit Detlef gemacht?«

Tom steht plötzlich vor mir im Gang.

»Rutsch mal rüber, Pichalski.«

Nachdem er sich neben mir gesetzt hat, fängt er an, mich ohne Ende vollzulabern. »Bisse noch sauer auf mich wegen gestern?«
»Wieso?«
»Dat ich dich alleine im Krankenhaus gelassen hab'.«
»Ich komm schon ohne dich zurecht.«
»Na, dann iss gut. Aber ehrlich. Hättste dabei sein sollen. Die Universal Studios waren voll geil.«
Ich schaue gelangweilt aus dem Kabinenfenster, während Tom mir die Ohren volllsülzt, wie toll doch die als Crockett und Tubbs verkleideten Stuntmen ihre Show beim Miami Vice Action Programm abgezogen haben, die Bootsverfolgung in dem künstlich angelegten See und so, und wie genial die simulierte Fahrt mit dem De Lorean Sportwagen des verrückt-genialen, weißhaarigen Professors aus *Back To The Future* war, nicht zu vergessen die Cowboy-Stunts im Wildwestfilmbereich, die einem doch zeigten, wie so ein Film »geschossen« wird. Es kommt mir vor, als säße ein kleines Kind mit weit aufgerissenen Augen neben mir, das aus dem Staunen nicht mehr herauskommt.
Ich höre nicht mehr hin. Ich denke an Melissa, an den sorgenvollen Blick in ihren Augen, als sie meine Wunde nach der Rückkehr aus L.A. zärtlich inspizierte, und fühle noch ihren Kuß auf meinen Lippen, der wie ein Trostpflaster wirkte. Gemeinsam im Bett liegend, nachdem die Buchanans wieder einmal nörgelnd in ihr Schlafzimmer gegangen waren, erzählte ich ihr die ganze Geschichte meines Mißgeschicks.
»*My little hero, my German boy. I've missed you, you know?*« hauchte sie mir sanft flüsternd ins Ohr und biß verspielt in mein Ohrläppchen. Sie suchte Zärtlichkeit. Auf der Seite liegend, ertastete ich in der Dunkelheit ihren Körper, während sie zärtlich mein Haar streichelte. Meine rechte Hand wanderte unter ihrem Nachthemd langsam an ihrem warmen Körper hoch und verweilte auf ihren herrlich weichen, runden Brüsten. Ihr leichtes Stöhnen erstickte sie mit einem Kuß auf meine Lippen. Ihr Stöhnen setzte in mir ein Verlangen frei. Meine Hand glitt nun schneller an ihrem Körper wieder hinunter und verweilte am Eingang der warmen, feuchten Grotte zwischen ihren Schenkeln. Ich spürte das Verlangen in ihr, doch plötzlich lag sie über mir. Ihre Hände hielten meine Handgelenke fest umschlossen, während sie mit einem kurzen Blick über ihre Schulter auf meine Erektion schaute, die nicht mehr zu verhindern war, um dann in einer Art Panikreaktion mit einem katzenhaften Sprung weich auf der Luftmatraze zu landen.

»Nicht hier. Hier kann ich es nicht. Nicht in diesem Haus und mit dem nebenan«, flüsterte sie in die Stille der Nacht hinein, mit ihrem Kopf zum Nachbarzimmer deutend. Sie wandte mir ihren Rücken zu und vergrub ihren Kopf unter der Bettdecke, als ob sie sich schämte, mir eine Enttäuschung bereitet zu haben.
»Also echt, Pichalski, da hasse wat verpaßt«, sagt Tom und geht wieder auf seinen Platz zurück, um sich auf die Landung in San Francisco vorzubereiten.
San Francisco! Ich skandiere den Namen in unterschiedlichem Rhythmus und lasse den verlockenden Klang auf meinen Lippen zergehen. Schon die Fahrt mit dem gecharterten Bus zum Westmore Hotel in der Sutter Street im Herzen von San Francisco – diesmal ohne Zwischenfall – läßt mein Herz höher schlagen. Die steilen Straßen der auf unzähligen Hügeln gebauten Stadt geben ihr einen unverwechselbaren Charakter. Downtown wirkt aufgrund der Konzentration der Skyscrapers auf eine kleinere Fläche dichter, kompakter, ja, sie wirkt auf mich, als ob die ganze Stadt zu Fuß begehbar ist. Das schmale, langgezogene und pyramidenförmige Transamerica-Hochhaus trägt wesentlich zur Einzigartigkeit der Innenstadt bei. Auch die Straßen wirken kleiner, enger, nicht so fürchterlich breit wie die in Los Angeles. Und immer wieder kann man für ein paar Sekunden durch die Häuserschluchten hindurch den Blick auf eine Brücke werfen. Hastig hole ich meinen Stadtplan aus der Seitentasche meines Blousons hervor. Hier, hier steht es! Dies ist nicht, wie ich es vermutet habe, die Golden Gate-Brücke. Diese Brücke, die Oakland Bay Bridge, sieht auch aus der Entfernung nicht weniger imposant aus. Und da! Da fährt sie! Zum ersten Male sehe ich an der Ecke Powell Street und Market Street, wie sich ein Cable Car, vollbepackt mit Fahrgästen, die auch draußen auf den Trittbrettern der an Seilen gezogenen hölzernen Wagen Halt finden, langsam den steilen Hügel aufwärts quält. Auch die anderen im Bus haben die weltbekannte Touristenattraktion für einen kurzen Moment sehen können und sind aufgeregt von ihren Sitzen hochgesprungen, bevor der Bus die Kreuzung passiert, um nach wenigen Minuten in die Sutter Street, eine belebte Straße mit vielen Fußgängern und kleinen, bunten Geschäften auf beiden Seiten der Straße einzubiegen, wo sich auf der rechten Straßenseite das Westmore Hotel befindet, ein im Vergleich zu den anderen Hotels in der Straße heruntergekommenes Gebäude, dessen bröckelnde Hausfassade ein mangelndes Interesse des Management an einer gründlichen

Renovierung zu erkennen gibt. Es ist überraschend kühl in Downtown San Francisco, als wir den Bus gegen sechzehn Uhr verlassen, um unsere Koffer in Empfang zu nehmen, die der Busfahrer gerade aus der Tiefe des Laderaums herausfischt.
Die Zimmeraufteilung an der Rezeption bereitet einige Probleme. Ein alter gebrechlicher Mann, der so alt ist und so aussieht wie der Typ von *Dinner For One*, hat deutlich Schwierigkeiten, unsere Gruppe von vierunddreißig Personen in Drei- und Vierbettzimmer aufzuteilen, und ich wundere mich zugleich, ob diese Aufgabe nicht in Toms Kompetenzbereich gefallen wäre. Langsam, sehr langsam überreicht der Greis mit zittrigen Händen, so zittrig und vibrierend wie ein summender Vibrator, die Zimmerschlüssel, die ihm ständig aus der Hand zu fallen drohen. Bevor er jedoch die Gäste auf ihre Zimmern entläßt, drückt er jedem einen Merkzettel in die Hand, die über die Gefahren in der furchtbar gefährlichen Stadt informiert:

SAN FRANCISCO SAFETY TIPS

1. *Tragen sie niemals große Summen Geld bei sich.*
2. *Verbergen Sie Armbänder und Halsketten – tragen Sie Uhren unauffällig.*
3. *Falls Sie nachts alleine unterwegs sein müssen, benützen Sie nur gut beleuchtete Straßen.*
4. *Sprechen Sie nicht mit Fremden.*
5. *Verhalten Sie sich nicht wie ein Tourist.*
6. *Versichern Sie sich beim Betreten eines Fahrstuhls, daß sich niemand in den Ecken des Fahrstuhls versteckt hält.*
7. *Verraten Sie keinem Fremden Ihre Anschrift in San Francisco.*
8. *Halten Sie Ihren Zimmerschlüssel bereit, bevor Sie sich Ihrer Hotelzimmertür nähern.*
9. *Vermeiden Sie nachts Spaziergänge durch den Park.*
10. *Gehen Sie immer selbstsicher die Straßen entlang. Verhalten Sie sich so, als ob Sie immer wissen, wo Sie sind.*

Ein kurzer Blick auf den Zettel genügt, um den Schwachsinn zu erkennen. Sicherlich sollte man nicht naiv sein und mit tausend Dollar *cash* in der Tasche durch eine fremde Stadt laufen. Wer macht das schon? Aber einen Passanten auf der Straße nicht mehr nach einer Wegbeschreibung fragen zu dürfen, ständig in den Fahrstuhl hineinschauen zu müssen, bevor man ihn ruhigen Gewissens betritt, regelmäßig fünfzig Meter vor der Zimmertür aus Furcht vor einem Überfall schon den Zimmerschlüssel parat zu haben, wirkt auf mich lächerlich. Dadurch wird eine krankhafte, beinahe paranoide Furcht vor der Gefahr eines brutalen Raubüberfalls erzeugt, die, davon bin ich fest überzeugt, unbegründet ist. Achtlos werfe ich den Zettel in den Papierkorb neben dem Fahrstuhl, vor dem bereits Susanne steht. Selbstverständlich teilen sich Beate, Adlernase und Susanne ein Dreibettzimmer, obwohl ich nicht glaube, daß Beate lange mit den beiden zusammen sein wird, schließlich wird unser Leader ein Zimmer mit einem King-size-Bett, einer bis zum Rand mit diversen alkoholischen Getränken gefüllten Minibar und einem Fernseher mit Kabelanschluß erhalten, falls dieses Luxushotel Annehmlichkeiten dieser Art überhaupt kennt.

Der Fahrstuhl kommt. Susanne, noch den Zettel in der Hand haltend, sieht mich nicht. Konzentriert studiert sie die Tips noch einmal Punkt für Punkt und bemerkt deshalb nicht, wie ich mich nahe an sie heranschleiche. Die Fahrstuhltür öffnet sich. Ihre Nackenhaare stehen vor Anspannung zu Berge. Gleich, gleich kommt der schwarze Mann mit der Keule aus der dunklen Ecke des Lifts und raubt ihren billigen Woolworth-Schmuck. Susanne, die laut Anweisung der Broschüre vorsichtig ihren dummen Schädel in den Fahrstuhl hält, blockiert dessen Eingang. Mit einem riesigen Tritt in den Hintern schubse ich Susanne in den Fahrstuhl, dabei das heisere Kläffen ihres schwachsinnigen Yorkshireterriers imitierend. ÄHH ÄHH. Sie schreit auf vor Angst, als ob es nun um sie geschehen sei. Erst jetzt erkennt sie mich und haut mit ihrer Handtasche, während wir langsam in die achte Etage gleiten, wild um sich. Wie ein Boxer unter wildem Trommelfeuer wütender Fäuste ziehe ich mit meinen Armen meine Deckung hoch, bevor ich ihre Handgelenke ergreifen kann und sie an die Wand des Fahrstuhls presse.

»Du bist so doof, Susanne.«

Bevor sie mir einen Tritt in meine Weichteile verpassen kann, öffnet sich die Fahrstuhltür, und ich entkomme ihrer wütenden Attacke.

»Vergiß deinen Koffer nicht, Baby. Ich glaube, den hast du unten vor lauter Schiß stehengelassen.«

»Du Arschloch!« entfährt es ihr, bevor sich die Tür zur Weiterfahrt schließt.

Ein dunkler Gang breitet sich vor mir aus. Zimmer 848 teile ich mit drei

Typen unserer Gruppe, die noch unten an der Rezeption warten. Ich brauche dringend eine Dusche. Der Teppich im Gang, sofern man noch von einem Teppich sprechen kann, wird nur noch von einigen Fäden zusammengehalten und rutscht bei jedem Schritt gefährlich hin und her. Zimmer 832, 834 … ein verdammt langer dunkler Flur, der nur am Ende von einem diffusen Licht, das durch ein schmutziges Fenster scheint, erhellt wird. Zimmer 844, 846 … na endlich. Zimmer 848. Noch bevor ich meinen Zimmerschlüssel, der an einem klobigen, bojenförmigen Holzklumpen hängt, aus der Hosentasche der Jeans herausziehen kann, höre ich plötzlich eine dunkle Stimme hinter mir. Vor Schreck verfängt sich der Schlüssel in der Tasche, und ich zerre wild an dem Schlüssel.

»*Can you lend me some soap, man?*«

Ich drehe mich um und stehe vor einem riesigen Farbigen, der mich mit seinen strahlenweißen Zähnen, die im Dunkeln des Ganges hell funkeln, freundlich angrinst. Will der wirklich bloß Seife?

Ich stottere mir einen ab, während ich nervös am Türschloß herumfummle.

»*Soap. Soap. Yeah. Soap. You wanna have soap. Yeah, well, ehm well ehm soap.*«

Jetzt kommt der Stich mit seinem Messer, das er mit seinem langen Arm weit von oben herab hinunterstößt, um mich zu durchlöchern. Ein Stich folgt auf den anderen. Blut spritzt an die Wand. Wie im Wahn sticht er weiter auf mich ein. Ich liege auf dem verschmutzten Teppich im dunklen, dunklen Gang, ganz allein und ohne Hilfe, und spüre, wie das Blut in pulsierenden Intervallen aus meinem Körper sickert.

»*Yeah, man, I need some soap.*«

Noch immer grinst er mich freundlich an, bevor ich ihm endlich, nachdem ich die Tür mit einem verzweifelten Ruck geöffnet habe, ein Stück Seife aus meinem Kulturbeutel gebe.

»*Take it. Take it. Just take. Keep it.*«

»*Thanks, man, mighty kind of you.*«

Und schon ist er verschwunden. Nur sein Gesang, der leise im Flur verhallt, ist noch zu vernehmen. Erschöpft und schweißgebadet lasse ich mich auf eines der Betten fallen, das beträchtlich zu quietschen anfängt. Tief atme ich aus und ein. Es dauert eine Weile, bevor ich das Zimmer genauer inspizieren kann. Ein Blick genügt, und der Eindruck, den das Hotel von außen macht, bestätigt sich. Die orangefarbene Tapete hat schon bessere Tage erlebt. Sie wirkt blaß und vergilbt. Zwei Doppelbetten befinden sich im Raum, eins am Fenster und das andere in der Nähe der Tür. Die Gardine des Fensters ist löchrig wie ein Schweizer Käse, und die weiße Farbe an den Holzrahmen des Fensters ist zum Teil abgeblättert. Ein Waschbecken ist vorhanden, was als eine luxuriöse Annehmlichkeit gewertet werden darf. Einen Fernseher gibt es selbstverständlich nicht. Doch das schlimmste ist der muffige Geruch, der das ganze Zimmer erfüllt. Ich denke an Liegner zu Hause in Deutschland und komme zu dem endgültigen Urteil, noch einmal mit dem Blick durchs Zimmer streifend, daß Gap-Sprachreisen eine einzige Verarschung ist.

Ich schaue auf die Straße hinunter, wo das pulsierende Leben vorbeiströmt. Trotz der Air-condition öffne ich das Fenster, indem ich den Hebel über dem mittleren Rahmen nach links schiebe, so daß die untere Fensterscheibe nach oben geschoben werden kann. Sofort dringt der Lärm der Straße zu mir herein. Das klagende Sirenengeheul eines Streifenwagens, die aufgeregten Stimmen von Menschen vor dem Hotel, die eine Bruchbude als Unterkunft für die Nacht suchen, das zu mir vom Wind herübergetragende leise Bimmeln eines Cable Car, das seine Weiterfahrt ankündigt, und das hektische Trappeln vorbeieilender Fußgänger verbindet sich mit dem Lärm aufheulender Motoren und mit dem zornigen Gehupe nervöser Autofahrer, die glauben, nicht schnell genug in der Rush-hour voranzukommen. Und obwohl die Stadt im Vergleich zu anderen amerikanischen Großstädten erstaunlicherweise sehr klein ist, bedenkt man einmal, wie oft San Francisco als Setting für amerikanische Spielfilme verwendet wird, so habe ich doch das unverkennbare und aufregende Gefühl, viel stärker als in Los Angeles, in einer Weltstadt zu sein.

Der Wunsch, vor der Ankunft der drei Zimmergenossen ausgiebig und ungestört zu duschen, reißt mich aus meinen Gedanken heraus. Mit einem Handtuch über der Schulter und meinem Waschbeutel in der Hand, schreite ich den dunklen Gang zum Bad entlang. Mit einem gewissen Unbehagen nähere ich mich der Tür zu den Duschen. Langsam öffne ich sie und bin bereit für eine weitere Enttäuschung, doch der Anblick der sauberen Kacheln und fleckenlosen Wasserhähne löst einen mittleren Freudenschrei aus. Der wohltuende heiße Wasserstrahl, der das Bad in wenigen Sekunden in dichten Nebel hüllt, belebt meine Sinne, und ich stimme wohlgelaunt ein Lied an, das ich immer noch vor mir her pfeife, als ich unser Zimmer wieder betrete, wo die anderen gerade eingetroffen sind, und sich ebenfalls mißmutig ein Bild von der Qualität unserer Herberge machen.

»Das Bad ist okay«, gebe ich ihnen zu verstehen, während ich meine nassen Haare mit einem Frotteetuch trockenreibe.

»Das ist doch wohl die reinste Absteige. So stelle ich mir ein Stundenhotel vor. Und das, obwohl wir so viel Geld bezahlt haben«, meckert Robert, der damit beschäftigt ist, vor dem Spiegel über dem Waschbecken einen Pickel auszudrücken, der danach schreit, genußvoll ausgequetscht zu werden.

»Mach das woanders, Rob. Nicht hier. Hörst du?« Frank verzieht sein Gesicht vor Ekel und wendet sich den Betten zu.

»Scheiße. Doppelbetten. Also, wer will mit wem heute nacht?«

»Ach, Frankie-Boy, mein Süßer, mein kleiner Schnuddelwutz, wenn du willst, steige ich mit dir heute ins Bett«, näselt Klaus verschmitzt und übertrieben mit den Augen klimpernd.

»Paß nur auf, du, du kannst mich echt am Arsch lecken.«

»Ach, Frankie, mein kleiner süßer Schatz, ich bitte darum.«

»Hör auf damit, du schwule Ratte. Mir wird übel. Außerdem, wenn du schnarchst, kommt das Kopfkissen geflogen.«

»Da ihr beiden euch ja so prächtig versteht«, unterbreche ich das Gesülze, »werde ich wohl mit Rob das Bett teilen müssen, was Rob?«

Ich schaue zu Rob hinüber, und mir wird schlecht. Der Spiegel ist übersät mit gelbroten Spritzflecken seiner Pickel, mit denen er immer noch beschäftigt ist.

»O Mann, schaut euch das an!« rufe ich angeekelt aus.

»Was soll ich denn machen?« protestiert Robert.

»Vielleicht nimmst du mal dieses Scheiß Clerasil«, versuche ich ihm zu raten, doch ich spüre Roberts Lust an der etwas anderen Art der Pickelbeseitigung.

»Na, viel Spaß, Pichalski. Da bin ich aber froh, daß ich den süßen Klausi-Mausi bei mir im Bett habe«, lacht Frank voller Schadenfreude, »hoffentlich spritzt Rob dir das Bett nicht mit seinem Pickelsaft voll.«

»Hoffentlich spritzt dir Klaus das Bett nicht mit ganz anderen Säften voll, wenn du ihm deinen hübschen Arsch entgegenstreckst«, kontere ich, woraufhin Klaus voll in die gleiche Kerbe haut. »Uhh, mein kleiner Frankie-Boy, ich bin schon ganz heiß auf dich.«

Klaus, Robert und Frank, die alle drei aus Stuttgart kommen, sind wirklich okay. Vielleicht kann ich mit ihnen auch mal was unternehmen.

Nachdem auch die anderen ihre Zimmer bezogen haben, gehen wir auf Erkundungsgang, um zu sehen, ob wir mit unserem Zimmer die Arschkarte gezogen haben. Doch wie zu erwarten ist, sind alle Zimmer auf dem gleichen Niveau, was in uns eine tiefe Befriedigung auslöst. Danach düsen wir zwei Etagen tiefer, wo Tom seine Bruchbude belegt hat. Zimmer 645. Schon auf dem Weg dorthin erscheint mir der Flur irgendwie heller und freundlicher. Die Bestätigung meines Eindrucks erfahre ich, als Tom uns die Tür zu seinem Zimmer öffnet.
»He, he, he, kommt rein. Nehmt doch Platz. Wollder wat trinken?«
Er öffnet uns die Tür. Beate ist schon in seinem Zimmer. Ohne uns zu grüßen, einen Drink in der Hand haltend, sitzt sie, die Beine weit von sich gestreckt, vor dem Fernseher und zieht sich *Home Alone I* rein, wo Kevin gerade mal wieder die beiden dummen Gangster austrickst. Das Zimmer hat ein riesiges King-size-Bett, einen Kühlschrank, der bis oben hin mit Bier, Sekt und Wein vollgestopft ist. Der Fernseher hat Kabelanschluß, und mit einer kleinen Extragebühr, so erklärt Tom mir stolz, kann man sich die neuesten Spielfilme reinziehen. *Great. Just great.* Es ist genauso, wie ich es mir vorgestellt habe. Er drückt mir eine Dose Budweiser in die Hand. Mit einem lauten Zischen öffne ich die Dose und setzte brutal zum Zug an. Ohne abzusetzen, schütte ich mir das kühle Naß in den Rachen. Es prickelt herrlich erfrischend in meiner Kehle.
»Siehse, wat son Dortmunder is, dat sach ich immer wieder, der kann saufen wien Loch. Un deshalb müssen wa zusammenhalten. Prost«, ruft Tom stolz aus und folgt meinem Beispiel.
Um achtzehn Uhr beginnt unsere erste Sightseeing-Tour mit dem gecharterten Bus, demselben, der uns bereits vom Flughafen abgeholt hat. Frisch geduscht und gut erholt von der Anreise, geht die Fahrt endlich los. Zuerst fahren wir zu den Twin Peaks, den beiden höchsten Hügeln der Stadt, um von dort einen Blick auf die ganze Stadt werfen zu können. Auf den Twin Peaks angekommen, ist deutlich Market Street zu erkennen, die sich, einer lebenswichtigen Arterie gleich, von Norden nach Süden erstreckt. Und weiter geht die Fahrt. Aus den Lautsprechern des Busses – wirklich gut getimt von Charlie, dem Busfahrer ! – erklingt Scott McKenzies Lied über San Francisco. *Be sure to wear some flowers in your hair* dringt zu uns herüber, als wir am Golden Gate Park vorbeifahren, das Haight-Ashbury-Viertel umrundend, wo die Hippie-Bewegung angeblich ihren Anfang nahm, und wir ziehen danach so langsam Richtung San Francisco Bay, um von dort einen Blick auf die Golden Gate

Bridge zu werfen. Wir können es kaum noch erwarten. Noch einmal biegt der Bus rechts, dann noch einmal links ab, und da! Da steht sie vor uns! Die Golden Gate-Brücke! Wir halten es nicht mehr auf den Sitzen aus. Alles stürmt aus dem Bus, sobald die Tür geöffnet worden ist.
»*Be back here in fifteen minutes*«, ruft uns noch der Busfahrer zu, doch wir sind schon losgestürmt, um die beste Perspektive für unsere Aufnahmen zu suchen. Majestätisch erhaben überspannt die rote Hängebrücke mit den weit in den Himmel ragenden Stützpfeilern, an denen die armdicken Stahltaue wie das Auffangnetz eines Trapezes wirken, das dunkelblaue Wasser des Pazifischen Ozeans, wo gerade in diesem Augenblick ein weißer Dampfer in die offene See hinausläuft. Golden glänzt die Brücke in der untergehenden Abendsonne. Ich verspüre eine magische Anziehungskraft, die von der Golden Gate Bridge ausgeht, verspüre das Verlangen, näher an sie heranzukommen, und glaube nun zu wissen, warum die Brücke solch eine Faszination auf Menschen ausübt, die ihrem Leben ein Ende setzen wollen. Auf ihr stehend, oben der unendlich blaue Himmel, unter einem der tiefe Blick hinunter ins dunkle Blau der kleinen Wellenbewegungen im scheinbar unendlichen Ozean, links die Landenge von Sausalito, rechts der Blick auf die glitzernde Skyline von San Francisco, ist der Mensch in den einsamsten Minuten seines Lebens eins mit dem Universum.
Und weiter geht die Fahrt. Einen Blick von Fisherman's Wharf aus auf Alcatraz werfend, zockeln wir am Broadway entlang, wo bunte Leuchtreklamen zum Besuch von Striptease-Shows einladen. LIVE! ADAM + EVE – HUNGRY FOR LOVE – HE & SHE SENSUOUS LOVE – CAROL DODA TOPLESS LOVE ACTS.
»Pretty Baby!« höre ich hinter mir meine Zimmergenossen den Namen eines Nachtklubs laut im Chor vorlesen, und ich weiß nun, wo sie am Abend herumhängen werden.
Weiter geht es, vorbei an Chinatown, um dann auf der unteren Ebene der Oakland Bay Bridge, die mir mit ihren vier mächtigen Pfeilern nicht weniger imposant erscheint, San Francisco für ein paar Minuten zu verlassen. Nach der Überfahrt der Brücke biegt der Busfahrer in eine Straße ab, um uns von dort aus einen Blick (und ein Fotomotiv) auf die Skyline von San Francisco mit der Oakland Bay Bridge im Vordergrund zu ermöglichen. Der Blick auf die bereits mit winzigen Lichterpunkten überzogene Skyline im halbdunklen Abendlicht kommt verdammt gut. Wir drücken wie die Verrückten auf unsere Auslöser. Was ist L.A. im

Vergleich zu San Francisco? Nichts, gar nichts. Eine leere, dumme, hohle Stadt ohne Charakter, ohne einen Funken von wirklicher Ausstrahlung. Wir alle geraten ins Schwärmen beim Anblick der Schönheit von San Francisco, sind total aufgedreht, und nur der wiederholte Aufruf des Busfahrers zum Aufbruch, andernfalls müsse er alleine zurückfahren, reißt uns aus dem Bann der Verzauberung. Man verliert sein Herz in San Francisco. Dieses Mal fahren wir auf der oberen Ebene der Oakland Bay Bridge zurück ins Stadtzentrum. Ich komme mir vor wie Benjamin Braddock in *Die Reifeprüfung*, ohne jedoch mit einem flotten roten italienischen Sportwagen über die Brücke fahren zu können, um einer Geliebten hinterherzujagen. Aber, so sagt der Busfahrer, zu einer Sightseeing-Tour gehört auch, nicht nur die Schokoladenseite einer Stadt zu zeigen. Und schon fährt er in ein total heruntergekommenes Viertel im Süden der Stadt, wo die Obdachlosen auf den Straßen liegen, zugedröhnt mit Alkohol. An einer Straßenecke stehen die Tramps hintereinander aufgereiht und warten auf ein warmes Mahl, das ein junger Mann vom Roten Kreuz mit einem engelhaften Lächeln eifrig verteilt. An der anderen Straßenecke prügeln sich zwei Winos um eine in einer Papiertüte eingewickelte Flasche Wein.

»So, if you don't wanna get mugged, you better stay in the northern part of the city«, kommentiert Charlie den Anblick der Obdachlosen. Als letzter Punkt der Sightseeing fährt Charlie uns in das Viertel der Homosexuellen, wo eine *Gay Bar* nach der anderen die Gäste zum Verweilen anlockt. Händchenhaltend, den Hintern des Partners streichelnd oder den Partner auf den Mund küssend, schlendern die schwulen Pärchen die Straßen entlang. Ein Paradies für Moccastecher, in dem sie offen ihre Neigungen kundtun und ungezwungen ausleben können. Wie viele von denen schon Aids haben …?

»Seht ihr das Taschentuch, das aus der Gesäßtasche herausragt?« Charlie deutet auf einen Typen, dem ein rotes Taschentuch hinten aus den Jeans heraushängt und der kurz darauf in einer *Gay Bar* verschwunden ist.

»*Well*, jeder Homosexuelle, der eine gewisse Sexualpraktik bevorzugt und auf der Suche nach einem Partner ist, zum Beispiel in einer Bar oder in bestimmten Parks, hat so ein Taschentuch hinten heraushängen. Die Farbe des Taschentuches deutet darauf hin, welche Art von Sex der Typ sucht. Jetzt fragt mich bitte nicht, welche Art von Sex ein rotes Taschentuch impliziert.«

Charlie legt das Mikrofon wieder weg, um sich auf den Verkehr zu kon-

zentrieren. Tom übersetzt vorsichtshalber noch einmal diesen höchst interessanten Hinweis. Wieder ergreift Charlie das Mikrofon, die Gunst des Augenblicks nutzend, an einer roten Ampel warten zu müssen.
»So, now you know almost everything about the city. If you are straight, that means, if you ain't gay you better stay away from this area, too. I hope you enjoyed the trip and I'll see you again tomorrow. Good night.«
Eine Welle von Applaus brandet Charlie entgegen. Er hat seinen Job verdammt gut gemacht, und ich werde seinen Rat befolgen und mich von dieser Gegend fernhalten, um so der Anmache der Schwulen zu entgehen. Ein unvergeßlicher Tag geht langsam zu Ende.

»Ist mir schlecht.« Tom hat leichte Magenprobleme. Aber ich glaube, jeder im Bus verspürt ein leichtes Übelkeitsgefühl, nachdem wir endlich den Muir Woods National Park am Freitag morgen nach einer langen kurvenreichen Fahrt erreicht haben. Das plötzliche Bremsen, das ruckartige Anfahren in der Autokolonne und die für einen Bus beinah zu engen Kurvenfahrten, links hoch, dann wieder rechts entlang und wieder links, haben zu einer gewissen Appetitlosigkeit beigetragen. Oder ist vielleicht doch die letzte Nacht für diesen allgemeinen Gefühlszustand verantwortlich?
In der vergangenen Nacht haben wir die Augen kaum zubekommen. Nach einem guten Essen in der Nähe vom Union Square hatte sich die Gruppe aufgeteilt. Plötzlich befanden wir uns, meine Zimmernachbarn, die Stuttgarter Jungs Frank, Robert und Klaus, auf einmal, wie es der Zufall so wollte, auf dem Broadway. Vom Union Square, die St. Stockton hoch, den steilen Anstieg in Kauf nehmend, ohne dummerweise zu bemerken, daß in der parallel gegenüberliegenden Powell Street uns ein Cable Car problemlos den Hügel hinaufbefördert hätte, bogen wir schweißgebadet in den Broadway ab. Irgendwie hatten uns die Leuchtreklamen angezogen. An jeder Ecke drängten sich die Bouncer auf, die Passanten zu einem Besuch der Pornoschuppen zu verführen. Doch die fürchterliche Aufdringlichkeit der schmierigen Typen veranlaßte uns, die Gegend schnell zu verlassen. Zurück im Hotel kam die Neuigkeit, die wie eine Bombe einschlug.
»Habt ihr das gelesen?« rief uns Tom entgegen, als wir es uns in der Lounge des Klapperkastens nach anstrengender Wanderung gegen dreiundzwanzig Uhr bequem gemacht hatten, wo schon die meisten unserer Gruppe herumhingen und aufgeregt die Neuigkeit diskutierten.

»Morgen … abend«, fing Tom langsam an, die Bedeutung seiner Worte langsam steigernd, »morgen … abend … spielen … Alanis Morissette, Tesla, Soundgarden und Rage Against The Machine in einem Open-air-Konzert in Palo Alto! Und das beste … es gibt noch Karten!! Ist das nicht der Hammer?«
Toms Hang zur Dramatik war mir bisher nicht bei ihm aufgefallen, doch die Neuigkeit war schon verdammt geil, obwohl mir die erste Band gänzlich unbekannt war. Die Vorstellung, hier in Kalifornien eine supergeile Gig zu sehen, haute mich, haute uns alle um, nicht so sehr, wie es Tom aus den Latschen hob, aber es haute mich wirklich um. Die ganze Nacht bekamen wir kein Auge zu, denn Toms Anruf beim Ticket Office garantierte uns Eintrittskarten, die wir aufgrund der späten Bestellung direkt am Ticketschalter E2 abholen sollten. Ein Shuttle Bus würde uns dort hin- und auch wieder zurückbringen. Wie die wilden Rodeopferde von Barstow rannten wir verrückt, als hätten sie uns und nicht den Pferden die Eier abgequetscht, in den Zimmern der Gruppen rein und raus. Tom organisierte, was er nicht durfte – *»I don't give a fuck«* – den dazugehörigen Alkohol in einem nahegelegenen Liquor Store, und ab ging die Party. Alle leeren Dosen landeten, um Beweismittel bezüglich des illegalen Alkoholkonsums zu vernichten, in Toms Zimmer, wo sich nach einigen Stunden ein stolzer Berg leerer Bierdosen angesammelt hatte. Irgendwann sackte ich in Toms Zimmer zusammen und wachte erst am nächsten Morgen wieder auf, als die Putzfrau beim Anblick des blechernen Unrats vor Schreck den Besen fallen ließ und Tom ungläubig anstarrte, der ihre wortlose Fassungslosigkeit mit achselzuckendem *»I like beer«* cool quittierte.
Aber nun haben wir eine volle Stunde Zeit, uns nicht nur von den nächtlichen Strapazen zu erholen, sondern auch Zeit genug, uns die Redwood Trees, die mächtigen, Jahrhunderte alten Bäume anzuschauen. Nicht, daß mich die Bäume wesentlich interessieren, aber ich bin froh, endlich aus dem Bus zu kommen. Die Fahrt über die Golden Gate Brücke war einsame Sahne. Noch um zehn Uhr hing ein dicker Nebelteppich über der Brücke. Nur die roten Stützpfeiler ragten geisterhaft aus dem Nebel heraus. Für die Fahrt über die Brücke mußte Abblendlicht eingeschaltet werden. Neblige Novemberstimmung im sonnigen Kalifornien. Dies sei oft so, hatte Charlie uns erklärt. Gegen elf oder zwölf Uhr verdrängt das heiße Sonnenlicht den Nebel, um dann wieder einen freien Blick auf die Skyline San Franciscos freizugeben. Auch wärmer ist es geworden, nach-

dem wir die Innenstadt, die unerwartet schattig ist, verlassen haben. Kein Wunder, daß die Detektive von der Fernsehserie *Die Straßen von San Francisco* immer Mäntel tragen, denke ich so vor mich hin, als ich mich endlich auf den Weg mache, zumindest für ein paar Minuten Interesse für die Redwoods zu mimen. Wie steinerne Pfähle aus Granit ragen die meterdicken Baumstämme in die Höhe. Schon nach fünfzehn Minuten kehre ich zum Bus zurück, setzte mich in den Schatten eines Baumes, und schreibe Melissa eine Ansichtskarte in der Hoffnung, sie unversehrt und von Buchanan unberührt am Sonntag in die Arme nehmen zu können. Für einen kurzen Augenblick erfaßt mich eine innere Unruhe, doch versuche ich mich bei dem Gedanken an ihre sichere Unterkunft bei Julie wieder zu beruhigen. Ihr wird schon nichts passieren.

In die Absteige zurückgekehrt, steigt die Anspannung und Vorfreude auf das Open-air-Konzert mächtig an. Um die drei Stunden bis zur Abfahrt des Shuttlebusses einigermaßen sinnvoll zu verbringen, habe ich mich entschlossen, den ganzen frühen Nachmittag mit dem Cable Car zu fahren. Das Geheimnis des Cable Car ist ein unterirdisch auf Rollen gelagertes Stahlseil, das der *gripman*, der Fahrer in seinem Wagen, mit einem langen Greiferhebel anklammert. Und schon geht es los. Am unteren Ende der Powell Street, Ecke Market Street, kaufe ich mir ein Ticket und warte in der Menschenschlange, nachdem ich mir, meine Vorsätze vom Vortag über Bord werfend, bei Burger King einen saftigen Double Whopper gegönnt habe, auf meine erste Fahrt mit dem neuen und ungewöhnlichen Transportmittel. Langsam kommt von oben ein Cable Car heruntergefahren, bevor es kurz vor der Drehscheibe anhält, um die Fahrgäste aussteigen zu lassen. Jetzt fährt es auf die Drehscheibe, und zwei Männer drehen mit reiner Muskelkraft das Cable Car wieder in die entgegengesetzte Richtung, bereit, den Hügel von neuem zu erklimmen. Der vordere Teil des Cable Car besteht aus mehreren überdachten, an den Seiten aber freiliegenden Sitzbänken, vor denen Trittbretter angebracht sind, so daß Fahrgäste auch im Freien stehend die Fahrt aufnehmen können. Zwischen dem vorderen Sektor und dem mittleren Teil befindet sich der Arbeitsraum des Fahrers, der mit einigen Hebeln ausgestattet ist. Der mittlere Teil des Cable Car bildet den Innenraum, wo mit Fenstern versehene Seitenwände den Raum klar abgrenzen. Daran schließt sich eine wiederum überdachte, aber an den Seiten offene Plattform an, die auch zum Ein- und Aussteigen verwendet wird. Schon beim ersten Anblick des nostalgisch wirkenden Cable Cars weiß

ich, daß ich nur auf den Trittbrettern mitfahren möchte. Den Innenraum will ich vermeiden. Jetzt geht es los. Der Wagen wird freigegeben, und ich stürme auf den vorderen Teil. Geschafft. Ich stehe auf dem vordersten Trittbrett, mich an den Haltegriffen krampfhaft festklammernd. Nachdem alle Fahrgäste ihre Plätze eingenommen haben, werde ich mit einem kurzen Ruck nach vorne gestoßen, denn die Fahrt beginnt. Ein Bimmeln. Ein Rattern. Los geht's. Unter meinen Füßen zieht der Asphalt der Straße schnell vorbei. Frischer Wind bläst mir ins Gesicht, als die Bahn überraschend schnell die Powell Street erklimmt. Ein babylonisches Stimmengewirr unzähliger buntgekleideter, kamerabewaffneter Touristen aus aller Herren Länder erfüllt den Raum, das nur ab und zu von den Ausrufen des Fahrers und seinen kurzen, aber schrillen Klingelsignalen unterbrochen wird.
»*Hold on tight.*« *Bing bing.* »*Union square.*« *Bing bing.*
Und mit ratternden Bremsen hält der Wagen an einer der Haltestationen. Menschen springen von dem Cable Car herab, während gleichzeitig, schon ist es wieder angefahren, Menschen noch schnell auf die Plattform springen, zum Ärger des Fahrers, der dies gar nicht gerne sieht. Beinahe schwindelerregend, ich schaue nicht mehr auf das hölzerne Trittbrett, unter dem der Asphalt vorbeirauscht, nimmt die Fahrt, von der Jackson Street in die Hyde Street abbiegend, an Geschwindigkeit zu. Die Spitze des Hügels ist erreicht. Das Cable Car rauscht nun den steilen Hügel hinunter. Der Blick von hier oben ist atemberaubend. Unter mir, am steilen Ende der Straße, erhebt sich Alcatraz aus dem Meer, das nun im strahlenden Sonnenschein liegt. Neben mir rauschen die parkenden Autos, nur Armlängen entfernt, an mir vorbei.
»*Hold on tight*«, erschallt der Ruf des Fahrers, und nach einer rasanten Steilfahrt hält der Wagen mit dem nun gewohnten Bimmeln und Rattern vor dem Cannery Theatre, einen Steinwurf von Fisherman's Wharf entfernt. Wow. Nicht schlecht. Eine neue Variante einer Achterbahnfahrt.

Um sechzehn Uhr haben wir das Stadion in Palo Alto, nicht weit von der Stanford University entfernt, erreicht und sind froh, noch zwei Stunden Zeit zu haben, um die Tickets am Schalter E2 zu besorgen. Alle von uns, bis auf den Steifkopf, der wohl lieber im Hotel geblieben ist, um sich beim Anblick seiner Schiffsmodelle einen runterzuholen, haben sich entschlossen, sich dieses wahnsinnige Ereignis nicht entgehen zu lassen.

Zur Feier des Tages trage ich ein Hemd in den stolzen Farben der *Stars and Stripes.* Von allen Seiten strömen die Menschenmassen zu den Eingängen. Von überall her schallt amerikanisches Stimmengewirr zu uns herüber. Ungeduldig stellen wir uns in der Schlange an. Rocker der Hell's Angels sind als Ordner überall verteilt. Es ist heiß hier draußen. Von Menschenmassen eingepfercht, läuft uns der Schweiß in Strömen an der Stirn herunter. Endlich gibt der bärtige, zwei Meter große Rocker, mit dem silbern glänzenden Wehrmachtsstahlhelm und reflektierender Sonnenbrille, den Weg für uns frei. Wir stürmen auf das Kassenhäuschen zu, und nach fünf Minuten werden unsere grellbunten Tickets ausgeteilt. Meines werde ich als kostbares Souvenir zu Hause an meine Pinnwand hängen. Das Stadion ist kein Stadion im üblichen Sinn, was Beton und Stahl anbetrifft. Vor der Bühne breitet sich eine riesige Grasfläche aus, die, nach einer langen und breiten Ebene, wo bereits Tausende, wenn nicht gar schon Zehntausende von Hardrock-Fans auf das Vorprogramm warten, langsam nach oben ansteigt und sich als ein natürliches, grasbewachsenes Amphitheater entpuppt. Nach einigen Diskussionen haben wir uns entschieden. Wie wollen nicht gemütlich am Hang sitzen, um von dort oben bequem hinunterzuschauen, nein, wir wollen mitten drin im Getümmel sein. Dort, wo die *action* ist. Rockmusik der Gruppe *Led Zeppelin* kommt zur Einstimmung aus den Lautsprechern der gewaltigen Bühnenanlage. *Stairway To Heaven* dröhnt uns entgegen, als wir uns den Weg durch die Menschenmassen Richtung Bühne erkämpfen. Mit einer Gruppe von dreiunddreißig Leuten ist es leicht, wenn sie alle in die gleiche Richtung drängen, Platz zu schaffen. Die Stimmung ist gut. Ich fühle es. Peter Framptons *Do You Feel Like We Do* kommt aus den turmhohen Boxen zu uns herübergedröhnt. Die kalifornische Sonne brennt noch immer auf uns herab. Aber eine leichte Brise, die ins Stadion hineinweht, schafft Linderung. Auf der Bühne rennen die Roadies aufgeregt hin und her. Hier ein Mikrofon überprüfend, dort ein neues Kabel legend. Es ist kurz vor sechs. Nervös schaue ich auf mein Ticket. Alanis Morissette ist als Vorgruppe angegeben. Ich kenne die Sängerin nicht. Na endlich. Ein Roadie kommt vor das erste Mikrofon und führt den letzten Soundcheck durch. *»One. One two. One. One two.«* Unter den Zuschauern bricht verhaltener Jubel aus. Gleich geht es los. Sichtlich zufrieden mit seinem Ergebnis, verläßt er die Bühne, um dem Ansager Platz zu machen, der jetzt mit schwungvollen Bewegungen ans Mikrofon tritt. Der Jubel unter den Zehntausenden steigert sich zu einem ohrenbetäubenden Geschrei. Ich schaue mich noch einmal um. Das Stadion bricht aus allen Nähten. Kein grüner Fleck ist auf den Grashängen mehr zu sehen. Es duftet nach Marihuana. Auch Beate wirkt angespannt. Sie schaut zu mir herüber. Ich wende mich wieder der Bühne zu.

»Do you feel alllright?«

Die Anmache kenne ich irgendwoher, aber die Menge reagiert wie gewohnt.

»Yeaahh.«

»Do you really feeeel allllright?«

»YEAAAHHH.«

Der Ansager hat die tobende Menschenmasse voll im Griff.

»Welcome here tonight ... Alanis Morissette.«

Das große Gejubel fällt aus, und mir wird aufgrund der abwartenden Haltung des Publikums klar, das die Sängerin auch für die Amerikaner ein noch unbekannter Name ist. Und schon ist sie auf der Bühne. Die Sängerin ist cool. Ihre Stimme ist gewaltig und klar. Ihre langen schwarzen, frisch gewaschenen Haare fliegen noch luftig in der kühlen Brise, die von Westen auf die Bühne weht. Alanis sieht nicht schlecht aus. Sie trägt eine schwarze Nappalederhose und eine weiße Bluse. Ab und zu ergreift sie die Mundharmonika und begleitet den Lead-Gitaristen, der keine schlechten Saiten spielt. Nicht von schlechten Eltern ist auch der Drummer, der alles gibt. Der Sound kommt überraschend gut. Die Sängerin bewegt sich vom linken Ende zum rechten Ende der Bühne. Selten bleibt sie stehen. Überall tanzen sie zum Rhythmus ihrer Lieder. Sie kommt an. Ein Lied handelt von den Wünschen der Sängerin. *All I really want is some peace, man. All I really want is some comfort.* Irgendwie haben ihre Lieder rockige, dann aber wieder leise, melodische, beinah mystische Elemente. Sie singt etwas über die Ironie des Lebens, und dieses gefühlvolle Lied paßt wunderbar in den anbrechenden Abend hinein. *It's a death row pardon two minutes too late. Isn't it ironic ... don't you think.* Genauso gilt dieser Eindruck für das Lied, das sie am Ende als Zugabe von sich gibt. Der Baß wummert dumpf über unsere Köpfe und treibt das Adrenalin in unsere Adern. Ich spüre die Vibrationen der Baßgitarre in meiner Magengegend. Ihre Texte verstehe ich kaum, aber ihr *»there's no love, no money, no thrill anymore«* verstehe ich verdammt gut. Ihr hinausgeschriehenes *»Get up, get up, get up, get out here«* dreht mich voll auf. Der Bassist haut in die Saiten, als würden sie gleich zerreißen.

Die Menschen grölen vor Entzücken. Ich schaue zu Beate hinüber. Auch sie tanzt hingebungsvoll zum Rhythmus der Musik. Was mit verhaltenem Applaus begann, steigert sich am Ende von Alanis' Vorstellung in ein orgiastisches Jubelgeschrei. Man kann ihr ansehen, daß sie sich über die Reaktionen der Menschenmasse freut. Sie lacht herzlich in die Menschenmenge und verabschiedet sich mit dem obligatorischen »*Good night, good night everybody, thank you, thank you so much, good night*«. Unter dem frenetischen Beifall verläßt Alanis Morissette die Bühne. Ich habe das Gefühl, daß ich sie eines Tages in Deutschland wiedersehen werde.

Nur langsam kehrt wieder Ruhe ins Stadion ein, wo jetzt der Umbau beginnt für die nächste Gruppe. *Rage Against the Machine* ist angesagt, eine Gruppe, die erst seit neuestem mit ihrem brutalen Stakkato-Sound die Massen begeistert. Ich warte ungeduldig auf die Band. *Woman In Chains* von *Tears For Fears* dröhnt aus den Lautsprechern. Der Umbau verläuft ziemlich schnell. Unsere Dosen Bier, die wir mitgenommen haben, sind beinahe verbraucht. Aber es dauert nicht lange, und neues Bier von den unzähligen Ständen ums Stadion herum ist herangeschafft. Das Bier läuft durch unsere Kehlen wie Wasser. *Fast Car* von Tracy Chapman läuft gerade über die Anlage, als mich ein Kiffer anquatscht.

»*Wanna smoke, man?*«

Ich schaue den Hippie an, sehe, was er in der Hand hält, etwas dickeres als eine Zigarette, und kaufe einen Joint, weil es gut kommt mit Bier. Leicht angetörnt, lasse ich den Joint kreisen. Auch Beate nimmt einen kräftigen Zug. Seit dem Beginn des Konzerts haben wir noch kein Wort miteinander gesprochen. Ich fühle mich auf einmal so leicht, wie auf einer Wolke schwebend, als plötzlich die Stimme des Ansagers erklingt. Die Bühne ist grellweiß erleuchtet und zeichnet sich deutlich von der einbrechenden Dunkelheit ab.

»*Ladies and gentlemen!* Wir haben ein kleines Problem. Wir… haben… ein… kleines… Problem.«

Es ist ruhig geworden im Stadion, so ruhig, daß man glaubt, die Vögel zwitschern zu hören.

»Leute! Also, das Problem ist folgendes… also…Zack De La Rocha kann heute abend nicht auftreten … der Grund ist … seine Stimme ist weg … er hat sich bei den Proben total verausgabt.«

Die ausgelassene Stimmung schlägt in Aggression um. Buh-Rufe ertönen aus alles Richtungen.

Want my bloody money back. Halbvolle Bierdosen werden vor Wut und

Enttäuschung auf die Bühne geworfen, die bei der Landung eine lange Bierfontäne, die aus den Dosen spritzt, hinter sich herziehen. Die Stimmung ist angeheizt. Wie lange wird es noch dauern, bis die ersten auf die Bühne springen, um die erlebte Frustration durch Randale abzubauen. Ich selber komme schlecht drauf. Wir alle sind plötzlich im tiefen Keller unserer Gefühle. Verdammt! Das Licht geht aus! Im ganzen Stadion herrscht Dunkelheit. Die Buh-Rufe werden wütender. Immer dichter werde ich von der nach vorne drängenden Menschenmasse in Richtung der Bühne gedrängt. Eine Panik droht auszubrechen. Und da! Ein riesiger Lichtblitz, die Bühne ist plötzlich taghell erleuchtet und der knallharte Sound bricht los. Das sind sie! Ich kann es kaum glauben. Endlich! Zack De La Rochas Stimme kommt laut und klar. Ein totales Glücksgefühl verdrängt die aggressive Stimmung, die jetzt in Hysterie umschlägt. Der Baß ist noch intensiver als bei Alanis.

Burn Burn Yes Ya Gonna Burn
Burn Burn Yes Ya Gonna Burn

Die ersten Stage Diver sind auf die Bühne geklettert und werfen sich, bevor die Ordner sie erwischen können, in die Menschenmasse hinein, die die Stage Diver auffangen und über ihre Köpfen hinwegtragen. Eine kribbelnde Unruhe übermannt mich, die im Laufe des Konzerts stetig zunimmt. Ich merke, wie ich mich, irgendwann in der Mitte des Konzerts, von unserer Gruppe löse und wie unter Hypnose nach vorne dränge. Beates Blicke verfolgen mich. Ich spüre es. Ich muß auf die Bühne. Ich muß es ausprobieren. Und ehe ich mich versehe, stehe ich in der Mitte der Bühne im grellen Rampenlicht. Zehntausende schauen mich an. Sehen mich, Michael Otto Pichalski, auf der Bühne. Zu spät nehmen mich die Ordner wahr, die noch damit beschäftigt sind, am anderen Ende der Bühne die Fans am Hinaufklettern zu hindern. Erst jetzt sehen sie mich. Ich werfe noch einen Blick auf die Menschenmassen vor mir und sehe, wie zwei Hell's Angels auf mich losstürzen. Ich muß, ich muß springen!

Fuck you, I won't do what you tell me. Fuck you, I won't do what you tell me.

Jetzt. Jetzt. Jetzt mußt du springen! Ich lasse mich in die Menschenmassen fallen. Sie fangen mich auf! Sie haben mich tatsächlich aufgefangen! Ich könnte schreien vor Glück. Auf dem Rücken liegend, in den sternenklaren Himmel schauend, werde ich wie von Geisterhand nach hinten transportiert und lande ohne Verletzung auf meinen Füßen. Ich bin vor Aufregung schweißgebadet. Mein Herz jagt wie wild. Erst jetzt kommt

mir richtig zum Bewußtsein, was ich getan habe. Ich bin ein Stage Diver in Kalifornien!
»Warst du das da oben?« brüllt mir Beate ins Ohr, als ich mich – *A bullet in ya head – A bullet in ya fucking head* – wieder zur Gruppe begeben habe.
»Wer denkst du, wer das oben war? Der heilige Geist?« Ich brülle Beate voll ins Ohr, die plötzlich dicht neben mir steht und mir ihre Dose Bier anbietet, aus der ich einen kräftigen Zug nehme…
»Das war geil, Pichalski! Das war voll geil, was du da oben gemacht hast. Wie du den Hell's Angels entwischt bist … einfach geil, Pichalski!«
Beate ist vollkommen weg. Eine Mischung aus Bewunderung und Verblüffung steht in ihrem Gesicht geschrieben. Mir ist ALLES, aber auch wirklich ALLES egal.
If we don't take action now, we settle for nothing later, we'll settle for nothing now and we'll settle for nothing later.
Sie schaut mich an.
Ich schaue sie an.
Ich drücke sie an mich und küsse sie brutal.
Sie wehrt sich nicht. Sie wehrt sich immer noch nicht. Ich habe sie.
Es liegt in der Natur der Dinge, daß das geschehen wird, was geschehen soll. Das ist meine Überzeugung, und aufgrund meiner festen Überzeugung der Determination des menschlichen Schicksals kommt es mir nicht komisch vor, daß ich plötzlich, hier in San Francisco, seit zwei Stunden mit Beate das keuchende Rein- und Rausspiel übe. Beim ersten Mal bin ich direkt zur Verwunderung Beates, die rhythmischen Rein- und Rausbewegungen beibehaltend, durchgestartet, um die zweite Runde übergangslos einzuläuten. Das ist ihr wohl noch nie passiert, denke ich so, als ich auf ihren Brüsten liege, aber ich bin jetzt, nachts um halb zwei, so aufgedreht nach dem Konzert, daß ich in Höchstform bin, dabei habe ich nicht einmal Koks genommen, was gut kommen soll beim Sex. Ich erlaube ihr nur ein paar Minuten der Erholung, und dann geht es weiter. Ihr sattes, genußvolles Stöhnen treibt mich an. Endlich erlebe ich ihre vollen Brüste live, wie sie so hin und her wackeln, wenn ich genußvoll in sie eindringe und ihre kleinen, steifen Blütenknospen zärtlich mit meinen saugenden Fischlippen liebkose. Mit heißem Verlangen habe ich ihre weißen Brüste, die sich hell gegen die sonnengebräunte Haut abzeichnen, ergriffen, und Beate hat nur gelacht, wußte sie doch, wie sehr ich mich nach ihren Brüsten gesehnt habe, die sie mir so lange vorenthalten hat. Irgendwann, ich weiß nicht mehr wann,

schlief ich erschöpft und gesättigt wie ein Baby nach einer ausgiebigen Brustfütterung, auf Beates Bauch liegend, ein.
Schon auf dem Heimweg habe ich gewußt, daß die Sache laufen würde. Tom hat nichts dazu gesagt. Keine Miene hat er während des Konzerts oder auf dem Heimweg verzogen. Entweder ist er ein guter Schauspieler oder es ist ihm wirklich egal, was da plötzlich zwischen Beate und mir zum Ausbruch gekommen ist. Adlernase und Susanne, aber auch Robert, Frank und Klaus, die drei aus meinem Zimmer, haben überrascht zu uns herübergeblickt. Vermutlich haben sie alle voller Panik gedacht, daß wir es in einem ihrer Hotelzimmer treiben würden. Aber da haben sie falsch gedacht. Not macht erfinderisch. Eine kurze Anfrage beim Portier, und schon haben wir ein Zimmer nur für uns, bezahlt mit meiner Kreditkarte, die vom Konto meines Vaters abgebucht wird. *Thank you, dad.* Das Konzert ist plötzlich zweitrangig geworden, trotz der Gruppen, die noch aufgetreten sind. Aber was können Tesla und Soundgarden schon gegen die Vorfreude auf guten Sex machen? Nichts. Schon bei dem Lied *Fell On Black Days*, immer dann, wenn Chris Cornell *»How would I know that this could be my fate«* auf der Zunge gehabt hat, habe ich Beates Hand zwischen meinen Beinen gespürt. Und ich habe sie, wissend der Dinge, die noch kommen würden, bedeutungsvoll angegrinst, als Tesla immer wieder ihr *Lazy Days, Crazy Nights* gesungen haben.
Am nächsten Morgen, nach zwei Vorfrühstücknummern, haben wir gut und ausgiebig gefrühstückt, bevor die Fahrt zum ausrangierten Zuchthaus Alcatraz geht, wo Al Capone, der berühmteste Gefangene dieses Zuchthauses, sein Dasein fristete. Auch als Museum ist das Zuchthaus von Alcatraz erschreckend deprimierend. Die engen, mit sich elektrisch öffnenden Gittern versehenen Zellen, die Dunkelkammer, aus der man froh ist, nur nach wenigen Minuten wieder herauszukommen, der rauhe, kalte Wind, der von der Bucht auf den Felsen herüberweht und, was ich besonders hart empfinde, der Blick aus dem Gefängnis in Richtung des pulsierenden, freien Lebens in San Francisco. Ein Blick, so fürchterlich wie ein Blick aus einem stillen Krankenhauszimmer auf eine belebte Straße. Während der ganzen Zeit treffen uns die verstohlenen Blicke der anderen. Besonders Adlernase und Susanne können es nicht fassen. Immer wieder schauen sie zu uns hinüber, während wir Hand in Hand hinter dem Museumsführer herlaufen.
Samstag nachmittag sind Beate und ich in den Sanddünen des Golden Gate National Recreation Area gelandet. Wir sind allein. Der Rest der

Gruppe ist im Einkaufsrausch. Schließlich ist dies die Heimat der Levis von Levi Strauss. Wir breiten unsere Badehandtücher aus, nachdem wir einen stillen Platz am Strand gefunden haben. Wie in Malibu reibe ich ihren herrlichen Körper mit weißer Sonnenmilch ein. Ich Blick sagt mir alles. Sie will mit mir … Jetzt! Hier in den Dünen!! Aber ich habe plötzlich keinen Bock. Warum? Keine Ahnung. Vielleicht Schuldgefühle gegenüber Melissa? Gegenüber Maria? Oder gar gegenüber Tom? Oder habe ich einfach nur keine Lust, während wir es treiben, von spielenden Kindern, die sich zu weit vom Strand entfernt haben, erwischt zu werden? Vielleicht bin ich aber auch einfach nur zu müde. Vielleicht will ich auch nur den herrlichen Blick auf die Golden Gate Bridge genießen, den wir vom Strand aus haben. Viele Familien und Liebespaare tummeln sich zu dieser Tageszeit am Strand. Ich beobachte die fröhlich spielenden Kinder am Strand, wie sie versuchen, ihre Wasserburgen und Deiche auszubauen, bevor die nächste größere Welle ihre mühevolle Arbeit mit einem Schlag zunichte macht. Doch unverdrossen gehen die Kinder neu ans Werk, gespannt, wie lange die Sandbauten den Wellen standhalten. Ein leichter Wind treibt den feinkörnigen Sand zu uns herüber, der sich mit dem Sonnenöl wie ein feiner Film auf unsere Haut legt und nur durch ein Bad im Meer entfernt werden kann. Nicht eine Wolke am Himmel durchbricht das Band der Sonnenstrahlen. Wir baden und sonnenbaden bis in den späten Nachmittag hinein. Immer wieder lausche ich den Geräuschen der schäumenden Meeresbrandung. Ein tiefes Gefühl der Befriedigung legt sich auf meine Seele. Und immer wieder wandert mein Blick zur Golden Gate Bridge hinüber. Wie ein roter Magnet zieht die Brücke ein Gewirr von weißen Segelboten an, die vor der Brücke ihre Kreise ziehen.

»Wie lange sind wir jetzt zusammen?«
»Fast zwei Jahre. Mensch, du nervst, du tust immer so, als wären wir schon verheiratet.«
»Wäre das so schlecht?«
»Du spinnst.«
»Na und, hast du schon mit ihm geschlafen?«
Maria antwortet nicht. Mit zugekniffenen Augen, die rechte Handfläche als Schutz gegen die brennende Sonne vor der Stirn, schaut sie den vor Vergnügen kreischenden Kindern beim wilden Planschen im Kinderbecken zu, das direkt neben dem Taucherbecken mit seinem Sprungturm liegt, wo gerade eine Dreier-

gruppe, ihre Nasen zuhaltend, gleichzeitig vom Fünf-Meter-Brett springt. Sie sieht hübsch aus, Maria, in ihrem roten Bikini und mit ihrer roten Baseball-Cap, aus der hinten, am Plastikverschluß, ihr blondes Haar hervorlugt, das sie gekonnt zu einem Pferdeschwanz gebunden hat. Ihre noch helle Haut glänzt ölig in dem grellen Licht der Sonne. Ich kann meinen Blick nicht von ihr nehmen. Ich weiß nicht wieso, aber ich suche Streit.

»Hat er dich gepoppt?«

Ihr Schweigen ist schlimmer als jedes Wort. Eine innere Unruhe keimt in mir auf. Ich muß der Ungewißheit eine Gewißheit folgen lassen, um mir selber Schmerzen zuzuführen. Mr. Sado-Maso will es so.

»Anscheinend muß ich meine Frage etwas präzisieren. Hat er, dieser tolle Typ, dieser gutaussehende, charmante, aalglatte, karrieregeile Yuppie-Typ, dich schon aufs Kreuz gelegt, gevögelt, gebumst, ge…«

»Ja, ja, ja. Du willst es wissen? Ja, ich habe mit ihm geschlafen.«

»Scheiße. Ich hab's gewußt. Verdammte Scheiße. Er hat dich rumgekriegt. Ich hab's gewußt. Wann, wann war es? Sag es mir. Ich wette, es war vor drei, vier Wochen, denn seit drei, vier Wochen – sind es nicht vielleicht schon fünf Wochen? – bin ich nicht mehr bei dir drin gewesen.«

»Du bist so ordinär! Du kotzt mich an!«

»Ich bin einfach nur ehrlich! Und? War er gut? Hat's Spaß gemacht, mich zu betrügen?«

»Deine Fragerei geht mir auf den Geist. Ich gehe jetzt schwimmen.«

Sie steht vom Badetuch auf und schaut auf mich hinunter.

»Weißt du, Pichalski, ich habe die ganze Zeit Gewissensbisse gehabt. Aber jetzt glaube ich, daß das Energieverschwendung war. Vielleicht sollten wir mal eine Time-Out nehmen. Vielleicht ist es ganz gut, daß du in drei Wochen nach Kalifornien gehst und ich in die Türkei.«

Ich grinse mir einen, obwohl es mir schwerfällt.

»Na, dann viel Spaß mit deinen Eltern inne Türkei!«

»Mit meinen Eltern? Wer sagt denn, daß ich mit meinen Eltern fahre? Ich fahre mit Klaus.«

»O Scheiße.«

Trotz des nachmittäglichen Sonnenbadens und Faulenzens am Strand sind wir total ermüdet, als wir gegen sechs Uhr abends unser Westmore Hotel erreichen. Wir sehen niemanden von unserer Gruppe und entschließen uns, schnell den feinkörnigen Sand von unserer salzverkrusteten Haut mittels einer wohltuenden Dusche zu entfernen, um danach in Fisherman's Wharf unseren Hunger an Meeresfrüchten zu stillen. Schließlich fliegen wir morgen schon zurück nach L.A., und ein gutes Mahl mit darauffolgendem Stadtbummel soll uns helfen, die aufkommende Wehmut ein wenig zu lindern. Aber es ist seltsam, denke ich leise vor mich hin, als wir in ein Cable Car einsteigen, ich bin nicht verliebt in Beate. Das weiß ich. Das weiß sie. Aber ich liebe San Francisco.

Zehntes Kapitel

Die Maschine der *United Airlines* hebt ab und durchbricht in wenigen Sekunden die dünne Wolkenschicht, die sich über San Francisco am Sonntag mittag ausgebreitet hat. Ich habe mal wieder einen Fensterplatz ergattert und sitze wieder in der selben Reihe mit dem Steifkopf, der einen Modellbaukasten, den er kurz zuvor in einem Geschäft am Flughafen gekauft hat, befriedigt anschaut, nachdem er sich schon die ganze Zeit beim Warten am Flugsteig daran aufgegeilt hat. Liebevoll und zärtlich fährt er mit seinem Zeigefinger über die Konturen des amerikanischen Flugzeugträgers Nimitz, der auf dem Deckel des Modellbaukastens aufgedruckt ist. Der Steifkopf sitzt am Gang, und dazwischen war die ganze Zeit noch ein Platz frei, wo sich in letzter Minute ein Ureinwohner Amerikas niedergelassen hat, der wohl seine Stammesbrüder besuchen will. Der Typ sieht aus wie Geronimo. Sein wettergegerbtes Gesicht, seine dunklen funkelnden Augen, sein schwarzes Haar, das an seinen Schultern lang und wild herunterhängt, und seine rauhe Haut, verleihen ihm einen Ausdruck ungebrochenen Stolzes. Obwohl er wie jeder andere moderne Amerikaner gekleidet ist, wirkt er trotz des Indianerschmucks, den er an seinen Händen trägt, wie ein tapferer Krieger aus einer vergangenen Zeit, die für sein Volk verlorenging, als die weißen Siedler in immer größeren Trecks den Weg zum Glück im amerikanischem Westen suchten und die Ureinwohner rücksichtslos verdrängten. Ein wenig verloren und unbeholfen sitzt der Apache – oder ist es ein Sioux? – neben mir und trinkt einen Schluck Feuerwasser, das ihm die Stewardeß kurz zuvor serviert hat. Plötzlich schaut er mich an. Der Blick aus seinen dunklen Augen scheint bis ins Innere meiner Seele zu dringen. Ist er vielleicht ein Medizinmann

oder gar eine Art Voodoo-Prediger, der mir, mit übersinnlichen Kräften ausgestattet, seinen Willen aufzwingen kann? Verlegen schaue ich geradeaus, tue so, also ob irgend etwas mein Interesse erregt hat, um seinem Blick auszuweichen, doch es gelingt mir nicht. Entschlossen gehe ich in die Offensive, denn Angriff ist immer noch die beste Verteidigung.
»Hi! Ich wundere mich schon die ganze Zeit, welchem Stamm Sie angehören?«
Mutig grinse ich ihn an.
Sein Indianerschmuck klirrt an seinen Handgelenken, als er seinen Whiskey auf dem ausgeklappten Tisch, der an der Rückenlehne des Sitzes vor ihm angebracht ist, abstellt.
»Du sprichst mit Bill Cloud oder, wie ich bei meinen Stammesbrüdern heiße, White Cloud, weil ich mit meinem Humor und mit meinen Späßen in meinen frühen, jungen Jahren so luftig-leicht die von Problemen schwermütig gewordenen Herzen meiner Stammesbrüder erheitern konnte und ich mit meiner Ausgelassenheit über sie hinwegschwebte wie eine weiße Sommerwolke am blauen Himmel. Aber ich glaube, ich habe noch nicht deine Frage beantwortet. Das Blut, das in meinen Adern rinnt, ist selten geworden. Ich bin einer der wenigen noch übriggebliebenen Apachen, eines einst so stolzen Volkes.«
Wir kommen ins Gespräch. Ich bin fasziniert von dem Gedanken, neben einem echten Indianer zu sitzen, der auf dem Weg nach Arizona ist, um an einem Pow-Wow teilzunehmen.
Irgendwelche familiären Gründe zwingen ihn zu einem Zwischenstop in L.A. Verantwortlich für ein Reservat in Arizona, erzählt er mir von den Problemen seines Stammes. Identifikationsprobleme, mangelnde Schulbildung und die damit einhergehende Arbeitslosigkeit unter den Stammesmitgliedern, Vorurteile der Weißen und mangelnde finanzielle Ressourcen, um wirtschaftliche und umweltbelastende Probleme des Reservats lösen zu können, behindern das Gedeihen seines Stammes. Noch immer kämpfen sie gegen die amerikanischen Behörden um die Rückeroberung verlorenen Bodens, nur eben ohne Pfeil und Bogen. Es ist schon seltsam, denke ich so, als wir hoch über den Wolken schweben, über des Rassismus der Weißen gegenüber Schwarzen wird tagtäglich berichtet. Doch wer setzt sich für die Ureinwohner ein, deren Kampf um Gleichberechtigung kaum Beachtung in den Medien findet?
Vielleicht brauchen sie einen Martin Luther King der Indianer!?
White Cloud ist in seine Gedanken versunken und trinkt bereits seinen

dritten Jack Daniel's. Ich beuge meinen Oberkörper ein wenig nach vorne, um Steifkopf zu beobachten, der seinen Baukasten immer noch auf seinem Schoß liegen hat. Er scheint zu schlafen. Auch ich merke, wie meine Augenlider immer schwerer werden. Die Aufregung der letzten Nacht, die Hektik und das ständige Aufgeputschtsein schlägt nun in bleierne Müdigkeit und Erschöpfung um.

Wie es nicht anders zu erwarten war, war die letzte Nacht in San Francisco eine riesige Party. Tom hatte alles organisiert, nachdem wir Geld zusammengelegt hatten. Chips, Bier, Wein, Rum, Wodka – einfach alles war vorhanden. Als Beate und ich gegen zwölf Uhr von Fisherman's Wharf zurückgekommen waren, war die Party schon im vollen Gange. Rund dreißig Leute in einem Hotelzimmer. Auf den Betten, unter den Betten und neben den Betten lagen Pärchen reihenweise halb besoffen und halbbekleidet und knutschten sich ab, was das Zeug hielt. Die, die nicht in diese Aktivitäten verwickelt waren, hingen zusammengekauert auf dem Fußboden herum oder klebten mit ihren Rücken an den Zimmerwänden oder schnappten auf dem Balkon nach Luft und suchten Trost im Alkohol. Das Gestöhne und Gekeuche der Pärchen vermischte sich mit dem harten Sound von *Iron Maiden*, der immer wieder mal laut oder leise gedreht wurde aus Furcht vor den Beschwerden der Zimmernachbarn im Hotel. Überall lagen die leeren Bierdosen und Weinflaschen verstreut herum. Es roch nach Parfüm, Bier und Schweiß. Beate und ich hatten Schwierigkeiten, überhaupt ins Zimmer zu gelangen. Susannes zusammengesackter Körper blockierte die Zimmertür, und es bedurfte einer gemeinsamen Anstrengung, um die Tür zu öffnen, wobei wir Susannes erschlafften Körper ins Zimmer schieben mußten. Im Vollrausch lallte sie irgend etwas von Pech in der Liebe und von Kiki, ihrem besten Freund, der sie nie im Stich lassen würde. Wo war Adlernase? Mein Blick wanderte durch das verrauchte Zimmer. Was ich sah, konnte ich nicht glauben. Ich hätte schreien können. Neben einem der Betten am Ende des Zimmers entdeckte ich Adlernase auf dem Rücken liegend, die Strumpfhose auf ihre Fußknöchel heruntergerutscht, die Beine weit gespreizt. Ihre Arme hatte sie um den pickelübersäten Rücken von Robert, meinen Zimmergenossen, geschlungen, dessen Jeans um seine Knie hingen und der mit entblößtem Hintern das Rein- und Rausspiel mit der Vogelscheuche übte. Ich konnte es nicht glauben. Adlernase wurde gepoppt. Es gab nur eine Erklärung. Robert mußte Adlernase schöngetrunken haben. Ich meine, er mußte schon verdammt viel getrunken haben, um Adlernase begehrenswert zu finden. Dann sah ich Tom. Auch er hing an der Flasche, doch war er ohne Begleitung. Er machte einen verlorenen Eindruck auf mich, als gehörte er nicht in den Film, der hier ablief. Ans Geländer des Balkons gelehnt, streifte sein Blick ins Leere. Für einen Augenblick sah ich The Great Gatsby vor mir. Er nahm uns erst wahr, als wir, uns durch's Zimmer kämpfend, über Schnapsleichen und stöhnende Pärchen steigend, ins Freie traten. Die frische Luft tat uns gut.

»Na, Pichalski, bisse schon zurück«, rief er uns entgegen, Beate bewußt ignorierend, »hasse Frank und Klaus gesehen?«

Seit einer Stunde wartete er auf die beiden anderen aus meinem Zimmer, die zu der Party nicht erschienen waren. Auch in unserem Zimmer waren sie nicht. Die Hoffnung, von mir Anhaltspunkte bezüglich ihres Aufenthaltsortes zu erhalten, konnte ich nur mit einem Achselzucken quittieren.

»Verdammt, wo können die wohl nur sein?«

Erst jetzt kam mir eine vage Idee. Broadway! Das war es! Wenn sie nicht hier waren, dann konnten sie nur auf dem Broadway herumhängen. Ich erinnerte mich plötzlich an ihr Vorhaben, das Pretty Baby aufzusuchen, eine Striptease-Bar in einer Seitenstraße des Broadway.

»Pichalski, kommse mit, die beiden suchen? Du weißt, wo der Laden iss.«

Ich konnte ihm diesen Wunsch wohl nicht abschlagen, und schon waren wir auf dem Weg dorthin. Noch immer strömten uns die Menschenmassen am Broadway entgegen, ihre Gesichter blutrot verzerrt im roten Lichtermeer des blinkenden Neonlichts. Es war schwer, im Gewühl voranzukommen. Immer noch rollte eine Blechlawine im Schrittempo auf den Straßen an uns vorüber, eine weiße und rote Lichterschlange vor sich oder hinter sich herziehend. Stimmen drangen von überall auf uns ein.

»Come on in.« – »Enjoy the show.« – »Beautiful girls.« – »Hey you, lonely tonight?« – »Come on in.« – »Just ten dollars.« – »First drink free.«

Endlich fanden wir die kleine Seitenstraße. Schon von weitem leuchtete uns die Reklame entgegen. PRETTY BABY – PRETTY BABY – PRETTY BABY – PRETTY BABY

Immer wieder blinkte das blaue Neonlicht in kurzen Intervallen wie eine Leuchtboje auf, um den Menschen den Weg zum Glück zu weisen. Deutliche Hinweise auf das, was uns drinnen erwarten würde, waren außen angebracht. 24 HOUR LIVE SHOW. Zwei hirnlose Rauswerfer, ihre body-gebuildeten muskulösen Körper in Smokings getarnt, warteten vor dem Eingang auf neue Gäste. Und wieder war es mein gefälschter Schülerausweis, der die beiden Dumpfbacken überzeugte, einen Volljährigen vor sich zu haben. Und schon kämpften wir uns durch den schweren Vorhang ins Innere der Striptease-Bar. Nur langsam gewöhnten sich unsere Augen an das Halbdunkel, das bloß von dem weißen Licht der Scheinwerfer durchbrochen wurde, die die Bühne hell erleuchteten, wo gerade eine vollbusige Frau, noch bekleidet, langsam anfing, ihre Show abzuziehen. Doch unser Interesse galt den Zuschauern. Wo waren sie – Frank und Klaus? An den Tischen vorbei tasteten wir uns näher an die Bühne heran. Mit zugekniffenen Augen, uns vor dem strahlenden Weiß der Bühne schützend, wanderte unser Blick an den Tischen entlang.

Und tatsächlich. Da saßen sie. Das erste, was ich wahrnahm, waren ihre glasigen Augen. Erst spät erkannten sie uns, als wir uns ihrem Tisch näherten.

»Ich-ch kann n-nicht meeehr. Tom und Pichal-l-lski. Hasse Be-beate im Stich gelassen?« lallte mir Frank zu, während er Klaus mit dem Ellbogen anstieß, um ihn auf unsere Anwesenheit aufmerksam zu machen, dessen Blick immer noch an der Oberweite der Tänzerin hing, die jetzt langsam ihre Bluse zu öffnen begann. Erst jetzt reagierte er auf unsere Gegenwart.

»Au, leck mich am Arsch, Pichalski und Tom kommen uns besuchen. Setzt euch nur hin. Die Show ist voll scheiße, Mann. Wir haben schon zwei Nummern gesehen. Meinste, die ziehen mal den Slip aus? Von wegen«, schimpfte Klaus und nahm einen kräftigen Schluck aus der Bierflasche. Die Stripteasetänzerin hatte nun auch ihren BH abgelegt und tanzte zu irgendeiner Musik, die ich nicht kannte. Und dann geschah alles sehr schnell. Von irgendwoher erschallte eine Stimme aus den hinteren Reihen. *»Get it off. Get it off!«* Wie auf Kommando standen zwei Typen vom Nachbartisch auf und torkelten zur Bühne, um der Forderung nach Entledigung des Slips Nachdruck zu verleihen. Schon standen sie auf der Bühne und ergriffen die Arme der Tänzerin, die nicht schnell genug der Gefahr entfliehen konnte. Sie versuchte sich loszureißen, doch die Männer waren stärker und zerrten sie auf den Holzboden der Bühne. Ein Tumult brach los. Noch bevor die beiden Männer den Slip herunterreißen konnten, waren fünf Türsteher der Tänzerin zu Hilfe geeilt und schlugen wie wild auf die beiden Männer ein. Doch der

Tumult war noch lange nicht bereinigt, denn andere Männer stürmten auf die Bühne, um an der Prügelei mit den Türstehern teilzunehmen. Von draußen erklang die heulende Sirene eines Polizeiwagens. Irgend jemand mußte die Polizei gerufen haben.

»Los, hauen wir ab!« rief uns Tom entgegen, »wenn die Polizei kommt, müßt ihr euch ausweisen, und dann merken sie verdammt schnell, daß ihr hier am falschen Ort seid. Also, los jetzt!« Schnell rannten wir zum Ausgang. Zu schnell, wie sich herausstellen sollte, denn einer der Türsteher vermutete in uns Komplizen der Typen, die sich immer noch auf der Bühne mit dem Hauspersonal prügelten, und schlug auf Klaus ein, der als erster den Ausgang erreicht hatte. Blut spritzte aus seiner Nase, als Tom mit einem kräftigen und unerwartet brutalen Tritt in den Unterleib den Türsteher, der nun zusammengekrümmt auf dem Boden lag und nach Luft schnappte, außer Gefecht setzte.

»Los, raus hier!« Im Nu waren wir auf der Straße, wo uns schon vier knüppelschwingende Polizisten entgegenkamen und hinter uns herjagten, in der Annahme, den Missetätern auf der Spur zu sein. Im Gewühl der Menschenmassen rannten wir den Broadway entlang und reihten uns in den Sog der Menschen ein, der uns schnell verschluckte.

Schwein gehabt, denke ich so, während ich meine Sitzlehne aufrecht stelle, um mich auf die Landung vorzubereiten. Nicht auszudenken, was geschehen wäre, wenn die Polizei uns erwischt hätte. Ich schaue mich um und sehe Adlernase. Sie sitzt nicht neben Robert. Der Liebhaber der letzten Nacht sitzt vier Reihen weiter hinter ihr. Ein deutliches Zeichen, finde ich, und konzentriere mich wieder auf meine Bemühung, den lästigen Druck aus meinen Ohren zu entfernen.

Ich bin enttäuscht. Bei der Ankunft in Palmdale steht wieder Buchanan, der alte Siffsack, tabakkauend an der Bushaltestelle, um mich wortkarg wie immer in seinen verrosteten Ford Pinto zu verfrachten. Was ich sehe, läßt mich Fürchterliches erahnen. Zentimeterlange Kratzspuren verlaufen in vertikaler Richtung in seinem Gesicht entlang. Wo ist Melissa? Warum hat sie mich nicht abgeholt? Immer noch Tabak kauend, landen seine Speichelreste während der Fahrt im hohen Bogen in einem Spucknapf, der vor der Handbremse befestigt ist und schon bis zur Hälfte mit einer braun-klebrigen Flüssigkeit gefüllt ist. Mir wird übel. Ich konzentriere mich auf die Wüstenlandschaft, die an uns vorüberzieht. Noch zwei Wochen, und die Heimreise steht bevor. Ein

leichtes Gefühl von Heimweh überkommt mich, als ich daran denke, noch zwei Wochen bei den Buchanans aushalten zu müssen. Eine Ladung seiner Körperflüssigkeit verpaßt knapp mein Hosenbein, als er zum Sprechen ansetzt. »Melissa kommt nicht mehr in dein Zimmer.«
Ich schaue ihn verwundert an.
»Damit das klar ist. Sie wird nicht mehr in deinem Zimmer übernachten. Wir haben es lange genug mit angesehen. Wenn ich sie noch einmal bei dir im Zimmer sehe, fliegt sie raus. Dann kann sie zusehen, wo sie bleibt.«
Ich antworte nicht. Ich schaue angestrengt aus dem Seitenfenster hinaus, um Buchanans ekligem Anblick zu entgehen. Was hätte ich auch sagen sollen? Ich frage mich nur, was in der Zwischenzeit geschehen ist. Ein unbehagliches Gefühl steigt in mir auf. Zwei Geier ziehen hoch oben in der Luft ihre Kreise, als wir endlich in die Toreinfahrt zum Haus einbiegen. Bedrohlich knarrt das Fliegengitter der Eingangstür in den Angeln, als ich es öffne, um das Wohnzimmer zu betreten.
»Na, Pichalski, wie war's in San Francisco?«
Vom Geräusch angelockt, kommt Mrs. Buchanan mir entgegen. Was ich sehe, stimmt mich skeptisch. Anstatt ihres verdreckten Bademantels trägt die Dames des Hauses zu meinem Erstaunen eine dezente rote Bluse mit einem bunten Blumenmotiv. Nur ein Knopf ihrer Bluse ist geöffnet und verhindert den Blick auf ihren voluminösen Busen. Der untere Saum der Bluse ist sorgfältig in neue Jeans hineingesteckt, die ihr überraschend gut stehen. Auch den breiten Gürtel, der mit einer silbern glänzenden Gürtelschnalle versehen ist, habe ich noch nie bei ihr gesehen. Nicht ein Lockenwickler hängt in ihrem rotbraunen Haar herum, das sorgfältig zurechtgemacht ist. Sie muß Geld für eine neue Dauerwelle ausgegeben haben, schießt es mir durch den Kopf, als ich weitere Alarmzeichen bemerke. Ihre neuen High-heels funkeln mir gefährlich entgegen, genauso wie ihre weißen Zahnreihen, von denen sie den gelben Nikotinbelag entfernt hat. Ich werde nervös und versuche, cool zu bleiben, als sie mich zum Hinsetzen auffordert. Wo, verdammt noch mal, ist Melissa? *Mr. Big* erklingt plötzlich aus den Boxen ihrer billigen Stereoanlage. *I would do anything for you anything for you if I only had you by my side.* Meine Nervosität steigt. Ich muß raus aus dem Zimmer, doch wage ich es nicht, mir eine Blöße zu geben. Cool schaue ich ihr in die Augen, als sie sich mir wieder nähert. Doch meine Motorik spricht eine andere Sprache. Unruhig fährt meine rechte Hand durch mein

Haar, um dann, während die linke an meinem Oberschenkel zittrig hin und her rutscht, an meiner Stirn entlangzustreifen, wo sich kleine Schweißperlen gebildet haben. Dann rutscht die rechte wieder hinunter zu meinen Knien, wo meine Hände, zum Gebet gefältet, endlich zwischen meinen Beinen Ruhe finden.

»Möchtest du etwas trinken?«

Cool bleiben. Nur cool bleiben. Ich nicke stumm und schaue mich im Wohnzimmer um, während sie in die Küche geht. Die seltsame Wandlung der Mrs. Buchanan von einer nikotinverpesteten, alkoholisierten Schlampe zur feinen Dames des Hauses hat sich auf den Zustand des Hauses nicht übertragen. Noch immer herrscht das reine Chaos im Wohnzimmer. Leere Bierdosen liegen noch überall verstreut auf dem Fußboden, Teller mit verkrusteten Essensresten stapeln sich auf dem Wohnzimmertisch, auf dem gerade Tom herumschleicht. Vorsichtig nehme ich eine kalte Kartoffel vom Teller und schleudere sie voll auf den Kopf des Katers, der gerade im Begriff ist, vom Tisch zu springen. Mit einem aufheulenden, in meinen Ohren wundervoll klingenden Miaauuh flitzt er aus dem Zimmer. »Dich kriege ich auch noch«, flüstere ich leise vor mich hin und überlege schon einmal, mit welcher besonders qualvollen Methode ich das Vieh langsam killen werde, als ich mich weiter im Zimmer umsehe. Unterhosen, Socken und andere Bekleidungsgegenstände liegen da und dort auf den abgeschabten Sesseln, an denen Tom seine Krallen geschärft haben muß. So beunruhigend Mrs. Buchanans Metamorphose ist, so beruhigend wirkt plötzlich die Unordnung auf mich. Viel scheint sich doch nicht verändert zu haben. Vom Fenster aus sehe ich Mr. Buchanan mit seiner Schrottkarre wegfahren. Wohin fährt er, wundere ich mich und schaue auf meine Uhr. In einer Stunde würde es Abendessen geben. Mein Magen knurrt. Ich stehe vom Sessel auf, will gerade einen Blick in den Flur werfen, um sehen zu können, ob Melissas Zimmertür offen ist, als Mrs. Buchanan plötzlich direkt neben mir steht und vor Schreck – oder ist es Absicht? – das Glas fallen läßt.

»O nein, wie dumm von mir. Warte. Hier ist ein Handtuch.«

Und im Nu reibt sie, in Hüfthöhe hockend, vorne an meinen Jeans herum, um die Colaflecken zu beseitigen, dabei immer wieder an einer Stelle reibend, die nicht von der Cola durchnäßt worden ist. Ihre heftig kreisenden Bewegungen verursachen ein Auf-und Abwippen ihrer prallen Brüste in der roten Blümchenbluse.

»Okay, okay, ist schon in Ordnung.«

Ich entkomme ihrer Nähe durch einen weiten Schritt nach hinten und lande unbeholfen im Sessel. Dies amüsiert die Dame so sehr, daß sie in ein leichtes Kichern verfällt.
»Hast du Angst vor mir, Pichalski?«
Ihr verstohlener Blick verursacht eine mittelschwere Panik in mir. Wo sind Steve und Frank? Wo ist der alte Drecksack hingefahren? Überhaupt, wo ist Meslissa? Ich versuche, cool zu bleiben.
»Wo ist Melissa? Ich habe sie noch nicht gesehen.«
»Melissa ist arbeiten, mein Kleiner. Sie kommt erst spät von der Arbeit zurück«, haucht sie mir vielsagend entgegen und nähert sich schon wieder mit dem verflixten Handtuch.
»U-u-nd Steve und Frank? W-w-o sind die beiden?«
»Draußen, spielen. Bei Nachbarn. Wir sind ganz allein, Pichalski. Die schöne Hose. Hier ist ja noch ein Colafleck.«
Ihre kreisenden Bewegungen nähern sich wieder meinem Lendenbereich. Im Sessel sitzend, gibt es für mich kein Entrinnen. Ich versuche ihrem zweideutigen Reinlichkeitsfimmel zu enkommen, will aufstehen, doch schon sitzt sie mit ihrem ganzen Gewicht auf meinem Schoß und hält ihre Brüste in mein Gesicht.
»Ich will dich, Pichalski, du machst mich an.«
Sie preßt ihre Lippen auf meinen Mund. Ich wehre mich verzweifelt, ringe nach Luft, will sie von meinem Schoß runterstoßen, doch unerbittlich drückt sie ihre Lippen in mein Gesicht. Ihre kräftigen Arme halten meine Hände gefesselt an den Armlehnen. Sie strahlt eine ungeheure Wärme aus. Kann eine Frau einen Mann vergewaltigen? Niemals. Ich sammle meinen Kräfte für einen letzten Ausbruchversuch. Eins, zwei...jetzt! Ein gewaltiger Ruck. Meine Hände sind frei. Der Sessel stürzt um. Ihre kurzfristige Verblüffung nutze ich aus, rolle Mrs. Buchanan von mir herunter, die nun auf dem Bauch liegt, und krabble schnell von ihr weg. Ich will aufstehen, in mein Zimmer rennen, als ihre rechte Hand mein Schienbein ergreift. Ich stolpere in den Flur, lande auf dem Boden, rapple mich auf und schlüpfe, Sekundenbruchteile bevor Mrs. Buchanan mich erreicht, noch ihren heißen Atem in meinem Nacken spürend, in mein Zimmer. Sie stemmt ihren Fuß zwischen Tür und Türrahmen.
Ich keuche, bin völlig außer Atem, Schweiß rinnt an meiner Stirn herunter.
»Laß mich in Ruhe, Mann.«

»Komm, mach die Tür auf. Du kannst mir nicht entkommen.«
Immer weiter bewegt sich ihr Fuß in mein Zimmer hinein. Mit schweren ruckartigen Bewegungen stemmt sie sich mit dem ganzen Gewicht ihres Körpers gegen die Tür. Ich hebe mein Bein so weit wie es geht an und trete ihr mit aller Kraft auf den Fuß. Sie schreit auf. Die Tür ist zu. Heftig atmend, lehne ich mich an die Wand. Mein Hemd ist schweißnaß. Doch Zeit zur Ruhe habe ich nicht. Immer heftiger rennt Mrs. Buchanan gegen die Tür. Sie will mich um jeden Preis. Verzweifelt stemme ich mich gegen die Tür, während ich im Raum nach einem Fluchtweg suche. Da! Da ist es geschehen. Die Tür springt unter der Wucht ihres Anrennens auf. Übermächtig groß steht Mrs. Buchanan in meinem Zimmer und vernascht mich bereits gierig mit ihren Augen. Ihre schöne, rote Bluse ist zerissen. Sie trägt keinen BH. Bedrohlich ragen mir ihre prallen Brüste entgegen. Auch sie keucht heftig. Ihr Haar ist vom Kampf zerzaust. Das Sprechen bereitet ihr große Mühe.
»Komm schon … Pichalski … warum, … warum … wehrst … du dich denn so? Bin ich … bin ich … nicht mehr … mehr … attraktiv für dich?«
»Warum ich? Warum ausgerechnet ich?«
»Du bist so jung. So frisch. So gut gebaut.«
Ich kann es nicht glauben. Sie muß krank sein. Doch Zeit zu weiteren Überlegungen habe ich nicht. Sie stürzt auf mich zu. Ich muß Zeit gewinnen.
»Okay, okay, von mir aus. Dann tun wir's eben.«
Und schon habe ich ihren Busen wie zwei schwere, dicke Kopfkissen in meinem Gesicht hängen, während sie ungestüm zwischen meine Beine greift. O mein Gott. Ich ringe nach Luft.
»Komm, Pichalski, saug an meinen Brüsten.«
Ich tue was sie sagt. Während ich ihrem Wunsch entspreche, erblicke ich aus den Augenwinkeln das halb geöffnete Fenster. Ich habe einen Plan. Schon ist sie dabei, an den Knöpfen meiner 501 herumzuspielen. Sie meint es ernst. Ich muß handeln. Ohne Hose bin ich verloren.
»Langsam, langsam, Frau Buchanan. Ich … ich … finde das ein wenig zu … ehm … zu unerotisch.«
Sie schaut mich verwundert an.
»Ich … ich finde, ehm … also ich finde … eine geile Striptease-Show von Ihnen würde mich echt anmachen. Sie verstehen, was ich meine?«

Sie lächelt mich lüstern an.
»Oh, du kleiner Schlingel. Ein richtiger Romantiker, was? Aber ich bin ein wenig außer Übung. Früher, ja früher habe ich oft Burt, meinen ersten Eheman, mit einer kleinen Showeinlage angetörnt. Nun gut, ich zeige dir, was ich noch drauf habe. Setz dich auf das Bett und schau mir zu.«
Sie läßt von mir ab, geht einen Schritt zurück und beginnt zu tanzen. Die Hände der mindestens fünfzigjährigen Stripteasetänzerin gleiten verspielt über ihre Brüste. Ihre Zunge kreist über ihre Lippen, die jetzt wieder feucht glänzen. Langsam öffnet sie die letzten Knöpfe ihrer zerrissenen Bluse, die sie langsam zu Boden fallen läßt.
»Ohne Musik ist das aber langweilig.«
»Du willst, daß ich das Zimmer verlasse, um den Kassettenrecorder zu holen? *No chance.*«
Verdammt. Ich muß höllisch aufpassen. Wenn sie meinen Plan durchschaut, wird sie mich rücksichtslos flachlegen. Und weiter streifen ihre Arme über ihre Hüften, wandern wieder rauf zu ihrem Busen, wo sie nun mit Daumen und Zeigefinger ihre Nippel massiert, um danach wild lasziv mit ihren Händen durch ihr zerzaustes Haar zu streifen. Jetzt beginnt sie langsam, ganz langsam, verdammt langsam, den Reißverschluß ihrer Jeans zu öffnen. Yeah. Komm Baby. Gleich habe ich dich. Langsam zieht sie ihre Jeans hinunter. Nur nicht auf das Fenster starren. Nur keinen Verdacht erregen. Ich lächle sie an und wische möglichst unauffällig den Schweiß von meiner Stirn.
»Das machen Sie aber gut, Frau Buchanan. Ich merke schon was.«
Ich mache mich zum Sprung bereit. Wenn sie ihr Bein anhebt, um ein Hosenbein abzustreifen, springe ich. Doch ehe ich mich versehe, hat sie die Jeans abgestreift, indem sie sie zu Boden fallen lassen hat, um sich dann mit einem kurzen Ausfallschritt von den Jeans zu befreien. Die Situation wird kritisch. Nun tanzt sie, nur noch mit dem Slip bekleidet, nahe an meinem Bauch, umrundet meine Hüften, spielt mit ihren Händen an meinem Hintern, greift von hinten unter meinen Armen durch und packt mir voll zwischen die Beine. Ich atme tief ein.
»Komm, Pichalski, es ist so weit.«
Sie legt sich neben mir auf das Bett und streichelt, auf dem Rücken liegend, ihre Schenkel.
»Willst du mein Höschen abstreifen?«
Ihre Hände sind in ihren Slip eingetaucht. Sie stöhnt vor Wollust. Das ist

meine Chance. Ich stehe auf, ergreife ihren Slip an ihren Hüften, ziehe ihn langsam runter, sehe noch, daß sie voll rasiert ist, und renne plötzlich, als ich ihren verdammten Slip bis zu den High-heels heruntergezogen habe, zum Fenster und reiße den mittleren Fensterrahmen des zweigeteilten Fensters nach oben, um durchsteigen zu können.

»Pichalski, du Ratte.«

Sie springt mir nach. Doch ihr Fuß verfängt sich im Slip. Sie stolpert. Doch die Sekunde reicht, um fliehen zu können. Ich renne zum Tor. Doch sie gibt nicht auf. Nackt, wie sie ist, jagt sie hinter mir her.

»Pichalski, du Ratte. Und ich kriege dich doch!«

Als ich mir sicher bin, genügend Abstand zu der nackten Furie erlaufen zu haben, drehe ich mich um, um ihr mit einem doppelt angesetzten Fuck-Zeichen mein Mißgefallen kundzutun.

Ihr *»Fucking jerk-off«* hallt über das Wüstental, das in abendlicher Stille liegt.

Nur langsam komme ich nach der Aufregung innerlich zur Ruhe. Ohne zu wissen, wohin, trotte ich die Landstraße entlang. Ich hasse die stechenden hellen Sonnenstrahlen.

Die Sand- und Geröllfelder, aus denen Akazien, vereinzelte Kakteen und Yoshua Trees herausragen, glühen, weißlich glänzend, in der Hitze. Meine Sonnenbrille habe ich liegenlassen und verfluche meine Vergeßlichkeit. Nach unten blinzelnd sehe ich den staubigen Boden unter meinen Füßen vorbeiziehen. Schritt für Schritt entferne ich mich von dem Haus des Schreckens. Immer geradeaus. Immer nur die Straße entlang. Ich schaue nicht zurück. Ich habe das Zeitgefühl verloren. Wie lange bin ich schon gelaufen? Ich weiß es nicht. Ich fühle mich so leer, nehme kaum die Autos wahr, die ab und zu auf dem glühenden Asphalt an mir vorbeirauschen, und laufe weiter und schaue auf meine Stiefel, die verstaubt sind von der Wanderung entlang der Wüstenstraße. Plötzlich packt mich der Wunsch, Beate zu sehen. Warum ich mich nicht zu Coletti's Car Wash aufmache, um Melissa abzufangen? Keine Ahnung. Vielleicht bin ich doch heißer auf Beate, als ich dachte. Vielleicht habe ich aber auch einfach nur von den Buchanans die Schnauze voll. Morgen werde ich Tom um eine Versetzung bitten, denn schließlich ist es seine Pflicht, mir eine neue Familie zu besorgen. Vielleicht kann ich ja auch bei Beate in Lancaster wohnen. Jeden Tag mit ihr im Swimmingpool baden gehen, und danach … na ja, mal abwarten. In freudiger Voraussicht auf die Dinge, die da kommen, erhöhe ich mein Tempo, ab und zu im Gehen über die Schulter schauend, um ja nicht einen vorbeifahrenden Wagen zu verpassen, der mich nach Lancaster mitnehmen könnte. Nach zwei Fehlversuchen habe ich endlich Glück. Ein alter Mann in einem Pick-up, so um die Sechzig, aber noch in Jeans und mit Cowboystiefeln an den Füßen, nimmt mich mit nach Lancaster. Er ist froh, für die halbstündige Fahrt einen Gesprächspartner gefunden zu haben. Aus dem Radio erklingt *Dead Or Alive* von Jon Bon Jovi, und ich wundere mich über den Alten, der noch Hard Rock hört. Er ist sogar bereit, an einer Telefonzelle neben einer Tankstelle anzuhalten, um mir die Gelegenheit zu geben, Beate anzurufen. Nervös blättere ich im Telefonbuch herum. Imalo. Immerson, Inkelhoven. Insua.

Das ist sie. Mit zittrigen Händen wähle ich die Nummer. Hoffentlich ist sie zu Hause. *Tuuut ... Tut ... Tut ... Tuuut.* Verdammt! Warum meldet sich da keiner? Ich gebe auf.

Wütend reiße ich die Seite aus dem Telefonbuch, stecke sie in meine Hosentasche, bevor ich wieder in den Wagen steige. Immerhin habe ich jetzt die Anschrift. Nachdem wir in Lancaster hineingefahren sind, ein Ort, der sich von Palmdale in nichts unterscheidet, eine Wüstenstadt, wie jede andere auch, setzt mich der alte Mann im Stadtzentrum ab, bevor er seine Fahrt wieder aufnimmt, um seine Enkelin zu besuchen. Nach einer weiteren halben Stunde Fußmarsch und etlichen Passantenbefragungen bezüglich der einzuschlagenden Richtung stehe ich endlich vor dem Haus der Insuas. Es ist ein mächtiger, solider, zweigeschossiger Steinbau, mit einer großen Veranda und einem beeindruckenden Vorgarten, wo vor kurzer Zeit der Rasensprenkler betätigt worden sein mußte. Wie bei herbstlichem Frühnebel ist der gepflegte Rasen immer noch mit kleinen, glitzernden Wasserperlen bedeckt. In dem Haus steckt Kohle drin, denke ich so, als ich aus Ermangelung einer Türklingel zaghaft an die Tür klopfe. Keine Reaktion. Noch einmal klopfe ich, diesmal etwas lauter, gegen die schwere Eingangstür. Es rührt sich nichts im Haus. Verwundert schaue ich mich um. Das Garagentor ist offen, und ich entdecke den dunkelblauen Buick, mit dem Mr. Insua mich zur »Schule« abgeholt hat. Ich werde unruhig. Irgend etwas stimmt hier nicht. Vorsichtig schleiche ich um das Haus. Das hintere Gartentor ist offen und gibt den Blick frei auf den Swimmingpool, der in der einsetzenden Dämmerung bereits beleuchtet ist. Und da sehe ich sie! Beate. Nackt auf einer Sonnenliege liegend, die Beine leicht angewinkelt, die

Arme entspannt über ihrem Kopf verschränkt, sehe ich Mr. Insuas dunklen Schopf zwischen ihren Schenkeln leicht auf- und abfahren. Die Situation ist eindeutig. Mein Magen krampft sich zusammen. So eine gottverdammte Scheiße! So eine gottverdammte! Ich will es hinausbrüllen. Will ihr zu erkennen geben, daß ich sie entdeckt habe, doch irgend etwas hält mich zurück. Ich wende mich von der Szene ab und schleiche mich zurück zur Straße, um den Heimweg anzutreten. Ich bin entschlossen, mich heute abend vollaufen zu lassen. Und dafür gibt es zwei triftige Gründe. Es hilft mir über den erlittenen Schock, Beate in einer verfänglichen Situation erwischt zu haben, hinweg. Mit wem treibt sie es eigentlich nicht? Außerdem, Grund Nummer zwei, schütze ich mich so vor Mrs. Buchanans Annäherungen. Wenn ich zu bin, kann sie auf mich draufsteigen so oft sie will – *no chance, you fucking slut.*

Die Abenddämmerung hat bereits eingesetzt, als ich in Downtown Lancaster eine Telefonzelle entdecke, die mich zu einer plötzlichen Eingebung verleitet. Hastig suche ich Julie Nichols Telefonnummer heraus. Nach dreimaligem Klingeln hebt sie ab.

»*Four-nine-seven-double five.*«

»*Hi, Julie, it's me, Mike.*«

»*Who?*«

»*Pichalski.*«

»*Oh, the German boy.* Hör zu, Melissa ist hier. Sie hat so sehr gehofft, du würdest mich anrufen. Es ist eine Menge vorgefallen, während du weg warst. Sie hat sich nicht mehr nach Hause getraut. Ich geb sie dir mal.«

Ich höre Melissas aufgeregtes Atmen.

»Mike. Oh, Mike. Wie schön, daß du mich anrufst. Ich habe so sehr auf deinen Anruf gewartet. Wo bist du?«

Ich erzähle ihr die Ereignisse der letzten Stunden zu Hause in Palmdale, verschweige ihr aber die Umstände meines Aufenthaltes in Lancaster.

»Ich hole dich ab. Ich bin in einer dreiviertel Stunde bei dir.«

Ohne auf eine Antwort zu warten, hat sie den Hörer aufgelegt. Nachdenklich verlasse ich die Telefonzelle. Erschöpft von den Strapazen der letzten Stunden setze ich mich auf den Bordsteinrand, um auf Melissa zu warten. Ich komme mal wieder megaschlecht drauf. Was jetzt wohl mein Vater macht? Und Maria? Ich fühle mich plötzlich einsam. So einsam wie die Sterne am Himmel. Noch zwei Wochen. Zwei lange Wochen in dem Kaff. Und wie soll es bei den Buchanans weitergehen? Ich muß Tom morgen unbedingt in der »Schule« sprechen. Schule!

Auch darauf habe ich keinen Bock mehr. Ich will nur noch eins … nach Hause!
Verschwitzt, verstaubt und hungrig wie ein Wolf schaue ich den vorbeifahrenden Autos nach, die immer häufiger ihr Abblendlicht einschalten. Ich weiß nicht, warum mir einige Autofahrer den Finger entgegenstrekken oder warum einige Beifahrer das Seitenfenster herunterkurbeln, um mir ein: »*Fuck you!*« zuzurufen. Vielleicht, weil ich als Fußgänger wie ein Penner behandelt werde? Ich weiß es nicht. Ich bin zu müde, um mir darüber Gedanken zu machen. Verzweifelt kämpfe ich gegen die heranschleichende Müdigkeit an, doch es gelingt mir nicht. Ich lehne meinen Rücken gegen den eisernen Pfahl eines Straßenschildes, strecke meine Beine aus und nicke im Geräusch der vorbeirauschenden Autos ein.

»Mutter? Wie geht es dir?«
Sie schaut uns mit traurigen Augen an. Mein Vater steht neben mir. Er zittert. Er sieht sie nicht an. Sein Blick gleitet ins Leere. Mein Vater, ein erfolgreicher, furchtloser Rechtsanwalt, zittert. Nur ein beklemmendes Flüstern kommt hervor, als er zu sprechen beginnt. »Hast du noch Schmerzen, Anna?«
Sie schüttelt den Kopf.
»Sie haben noch in der gleichen Nacht drei Liter Wasser aus meiner Lunge gepumpt. Drei Liter! Ganz schön viel, was? Aber Schmerzen habe ich im Augenblick keine.«
Sie lächelt.
»Es wird schon nicht so schlimm werden. Es wird alles nicht so heiß gegessen, wie es gekocht wird. In ein paar Wochen bin ich wieder zu Hause.«
Sie ist tapfer, so unglaublich tapfer. Nicht ein Ton des Selbstmitleids und der Anklage über die Ungerechtigkeit des Lebens kommt aus ihr heraus. Statt dessen macht sie uns Mut. Uns, die doch ihr Mut und Zuspruch geben sollten. Ihr Haar ist noch so kräftig, ihr Gesicht ist noch so voll und rund. Wie lange noch?
»Der Doktor hat gesagt, er kann den Lungenflügel in den Griff bekommen. Die paar Metastasen.«
Sie ergreift die Hand meines Vaters. Ich schaue aus dem Fenster. Es hat zu schneien begonnen. Es ist dunkel geworden. Dicke Schneeflocken treiben am Fenster vorbei, doch sie bleiben nicht liegen und verwandeln sich auf dem Fenstersims zu kleinen Wasserpfützen. Ein grauer Tag im Januar.

»Hey you. Wake up.«
Etwas Hartes schlägt gegen meine Brust. Langsam öffne ich meine

Augen. Ich weiß nicht, wie lange ich hier gelegen habe. Nur diese dunkelblaue Gestalt drückt mir immer noch einen Schlagstock auf die Brust, bis ich endlich bemerke, daß ein Polizeiwagen neben mir am Straßenrand angehalten hat.

»Sie können nicht hier rumhängen. Landstreicher können wir nicht gebrauchen in Lancaster. Können Sie sich ausweisen?«

Der Polizist schaut mich böse an. Sein Gesicht ist ins blaurote Licht der Lampen des Streifenwagens getaucht. Der zweite Police Officer, der nun langsam auf uns zukommt, inspiziert mich skeptisch, als hätte er es mit irgendeiner Art von Ungeziefer zu tun. Er umrundet mich und bleibt vor mir stehen.

»Ja, können Sie sich ausweisen?«

Sein Schlagstock ist nicht auf meine Brust gerichtet, sondern pendelt nur bedrohlich in der Schlaufe am Handgelenk hin und her.

Ich will mich langsam hochrappeln, steif von der unbequemen Sitzposition auf dem Bordstein, doch schon drückt mir der erste Polizist seinen Schlagstock erneut, diesmal kräftiger, auf die Brust.

»Stay where you are. Don't move, boy.«

Beide haben die Sicherungsbügel ihrer Pistolenhalfter gelöst. Ich kann es nicht glauben. Was denken die beiden, wen sie vor sich haben? Einen Schwerkriminellen? Ungläubig schüttle ich den Kopf, während ich meine Hüfte leicht anhebe, um meinen bewährten Schülerausweis aus der Hüfttasche vorsichtig herauszufischen. Wut steigt in mir hoch, doch bevor ich ihnen meine Meinung sagen kann, hält ein Wagen neben der Polizeistreife.

»Police Officers! I know this man!«

Melissa rettet mich in letzter Sekunde vor einer unbedachten Aktion. Schon kommt sie auf die beiden Blauuniformierten zugerannt, die sich überrascht umgedreht haben. Nach der Überprüfung ihres Führerscheins und nach unzähligen Ermahnungen ziehen sie endlich Leine.

»Ich dachte schon, du kommst nicht mehr. Die Schweine hätten mich bestimmt eingelocht, so wie die aussahen.«

Erleichtert steige ich in Melissas Truck ein, die auch schon mit qualmenden Reifen davonbraust.

»Was machst du auch in Lancaster?«

Melissa schaut mich kritisch an. Sie sieht hübsch aus. Immer seltener trägt sie Make-up, als brauche sie sich nicht mehr hinter einer Fassade von Schminke zu verstecken. Sie trägt abgeschnittene Jeans, deren Ränder an den Oberschenkeln ausgefranst sind, als Hot pants. Ihre nackten Füße stecken in nagelneuen Nike-Tretern. Ich streichle ihre makellosen Beine, während ich ihr meinen Aufenthalt in Lancaster mit dem Besuch eines Freundes unserer Reisegruppe zu erklären versuche, was mir auch gelingt. Ihr kritischer Blick verflüchtigt sich, und ich lehne mich erleichtert zurück. Nur bloß keinen Zoff mit Melisssa. Ich erzähle ihr alles über den Wochenendtrip nach San Francisco, ohne Beate zu erwähnen.

»Du warst ein stage diver? Wow, da wäre ich gerne dabeigewesen.«

Ich schaue auf ihr T-Shirt, um endlich von diesem Thema loszukommen.

»Gefällt dir das T-Shirt.« Stolz streckt sie ihre Brust heraus und schaltet die Innenbeleuchtung ein, um mir das Lesen des Schriftzuges zu erleichtern. FUCK THE REST – I'M THE BEST.

»Cool, ist echt geil das T-Shirt. Will ich auch haben.«

»Ich werde dir eins kaufen, wenn wir auf dem Weg sind.«

Ich schaue sie verwundert an.

»Oh, es ist soweit. Ich hau ab. Ich kann nicht mehr. Als du weg warst, hat er wieder versucht, sein Spiel zu spielen. Hast du sein Gesicht gesehen? Mit mir nicht mehr. Er war so wütend, daß er sogar hinter mir hergefahren ist, um bei Julie ein Szene zu machen. Du hättest ihn sehen müssen, als Julie mit dem langen Brotmesser auf ihn zuging. Ich weiß nicht, ob es das Brotmesser war oder der Ausdruck brutaler Entschlossenheit in ihrem Gesicht, das ihn letztendlich zum Abhauen bewog. Aber sein dummes Gesicht, seine Verblüffung, das war schon megageil. Du bist doch dabei, oder?«

Sie schaut mich ängstlich an. Ich fühle mich unwohl in meiner Haut. Das Sprechen fällt mir schwer. »Ja, ich glaube schon. Aber, ich bin doch nur noch zwei Wochen hier. Wie kann ich dir in diesen zwei Wochen helfen? Und wo willst du hin? Einfach abhauen ... ist das die Lösung deiner Probleme?«

»Verdammt, du willst mir nicht mehr helfen, stimmt's? Auch egal, ich schaffe es auch alleine, meinen Vater zu finden. Er soll in San Jose oder irgendwo in der Bay Area leben. Ich werde ihn finden. Er wird mich nicht zurückstoßen. Das weiß ich. Das fühle ich.«

»Aber du hast ihn doch ... seit wie lange nicht mehr gesehen? Fünfzehn, sechzehn Jahre? Ist das nicht ein wenig unrealistisch.«

»*Oh, German boy*, du willst mir nicht helfen? Auch gut.«

Schweigend setzen wir unsere Fahrt fort. Das gleichmäßige Brummen des Motors wirkt einschläfernd auf meine Sinne. Wieder kämpfe ich gegen die Müdigkeit an. Meine Augenlider wirken wie zentnerschwere Kupferplatten. Ich öffne das Seitenfenster, in der Hoffnung, vom Fahrtwind erfrischt zu werden, doch nur eine lauwarme Brise dringt durch das Fenster hinein. Melissa gibt mir einen Stoß in die Rippen.

»*Hey, my hero*, aufwachen. Wir sind da.«

»Was!«

Erschreckt fahre ich hoch. Nichts hätte mich besser aus der Müdigkeit herausholen können als die Angst vor Melissas Mutter.

»Wir sind schon bei euch?«

»*Hey, relax*, wir sind bei Julie. Du hast doch sicherlich Hunger, oder? Wir werden etwas essen, und dann bringe ich dich gegen Mitternacht zurück zu uns. Ich muß noch einmal nach Hause, um mein Geld aus dem Versteck zu holen. Und dann bin ich weg.«

Gierig verschlinge ich die dampfende Lasagne und den frischen, knackigen Salat, den mir Julie freundlicherweise aufgetischt hat. Kritisch beobachtet Julie mich schweigend beim Essen. Ich fühle ihren Blick. Er drückt auf meine Seele wie der Schlagstock des Polizisten vor einer Stunde. Nur dieses Mal fühle ich mich wesentlich unwohler. Nach dem Verzehr des herrlich frischen Apfelkuchens, der verführerisch nach Zimt duftet, fühle ich mich bei einer starken Tasse Kaffee endlich gewappnet, um ihr Rede und Antwort zu stehen.

»Danke für dieses tolle Essen, Julie. Es war einfach super. Aber, ich glaube, es hätte mir besser geschmeckt, ohne deinen ständigen prüfenden Blicken ausgesetzt zu sein. Also, schieß los. Was hast du auf dem Herzen?«

»Wie nennt dich Melissa? Oh, jetzt weiß ich es wieder … *my German boy*. Weiß du, was das bedeutet, wenn sie dich *my German boy* nennt?«

»Du wirst es mir jetzt wohl sagen.«

»*My German boy* drückt Verehrung aus. Hochachtung. Es drückt etwas Besonderes aus. Es drückt Hoffnung aus. Hoffnung, daß jemand kommen wird, um sie zu retten.«

»Julie, ich bin kein Engel, der gesandt worden ist, um Menschen zu retten, um sie vor ihrem Schicksal zu bewahren. Ich heiße Michael Pichalski. Komme aus Dortmund. Dortmund? Weißt du wo das ist? Ein vergleichsweise kleines Kaff in Deutschland. So … und dieser Pichalski verbringt einen vierwöchigen Sprachurlaub in Kalifornien. Und warum

hat er diesen Urlaub gebucht? Weil er sich unter anderem erholen will. Und das heißt, er will sich beim Baden, beim Sonnenbaden oder in der Disco entspannen. Er will einfach Spaß haben. Und jetzt wird von mir verlangt, daß ich Melissa aus den Fängen ihrer absolut verkorksten Familie befreien soll. Ich … Pichalski. Wie soll das denn gehen, Julie? Erkläre mir das einmal? Der Rückflug ist in zwei Wochen gebucht.«
Melissa sitzt stumm am Tisch. Verlegen rührt sie mit dem Löffel in der Kaffeetasse herum.
Ich bin überrascht, in meiner Aufregung plötzlich so flüssig Englisch sprechen zu können, und denke für eine Sekunde an die Penisnase von einem Englischlehrer, der mir immer eine reinbuttern will. Ich wünschte mir, er wäre jetzt hier … das Arschgesicht. Ich wende mich Melissa zu. Sie tut mir leid. »Melissa, kannst du das verstehen?«
Sie schaut mich an, steht plötzlich auf, um aus der Küche zu verschwinden, um kurz darauf wieder zu erscheinen, den Wagenschlüssel in der Hand haltend.
»*Let's go.*«
»Julie, kannst du mich verstehen?«
»*Come on*, Pichalski, Melissa wartet auf dich.«
Julie steht vom Küchentisch auf und trägt das Geschirr, ohne mich anzuschauen, zur Spüle vor dem Fenster. Mir gelingt es nicht, einen Seufzer zu unterdrücken, verrät er doch meine emotionale Befindlichkeit.
»Okay, ihr wollt oder könnt es nicht verstehen.«
Plötzlich dreht sich Julie wild herum. Das Geschirr fällt klappernd in das mit heißem Spülwasser vorbereitete Becken.
»Du hast es ihr versprochen, Pichalski! Hast du das schon vergessen? Sie rechnet mit dir. Bist du blind? Siehst du nicht, daß sie sich verändert hat, seitdem du da bist?«
Melissa antwortet ihr. »Julie, laß sein. Es hat doch keinen Zweck. Ich schaffe es auch allein. Komm, Pichalski. Ich muß das Geld aus dem Versteck holen. Wenn das Geld nicht mehr da ist, bin ich eh im Arsch.«
Melissa ist entschlossen, ihr Ding durchzuziehen. Im Gefühl, nichts mehr sagen zu können, was zur Bereinigung der Situation hätte beitragen können, bedanke ich mich noch einmal artig für das gute Essen und folge Melissa zum Truck. Während der schweigsamen Fahrt zu den Buchanans denke ich über Julies Worte nach und wundere mich über die Heftigkeit ihres emotionalen Ausbruchs. Julie liebt Melissa. Das ist

mir bei dem ersten Besuch klargeworden. Und daß sie zusammen geschlafen haben, darüber gibt es keine Zweifel. Warum, so frage ich mich, will Julie, daß gerade ich Melissa helfen soll, gefährde ich doch durch meinen Besuch die Beziehung zwischen ihr und Melisssa? Wenn Julie in Melissa verliebt ist, warum hilft sie ihr dann nicht bei der Flucht? Ich fühle, wie ich scheinbar unaufhaltsam in einen Sog hineingerate. Fragen über Fragen, auf die ich keine Antwort finde. Im Radio läuft *Can't Fight This Feeling Anymore* von *REO Speedwagon*. Ich versuche in der Dunkelheit mit halb zugekniffenen Augen das Ziffernblatt der Uhr am Armaturenbrett auszumachen. Null Uhr fünfundzwanzig. Wir passieren das Werbeplakat für Heinz-Tomatenketchup, ein Zeichen, daß wir gleich in die Straße zum Haus der Buchanans einbiegen. Mein Magen krampft sich unwillkürlich zusammen. Wie sollte es nur bei der Familie weitergehen? Ich muß Tom morgen anrufen. Ich brauche eine neue Gastfamilie. Trotz dieses Hoffnungsschimmers gelingt es mir nicht, mich zu beruhigen. Mein Herz klopft, als der Truck bei ausgeschaltetem Motor und Abblendlicht leise vor der Einfahrt, in die sie nicht hineinfährt, ausrollt und zum Halten kommt.
»*Don't slam the door*«, zischt mir Melissa entgegen, bedacht, die Wagentür nicht laut ins Schloß fallen zu lassen. Leise steige ich aus und springe vorsichtig vom Trittbrett des Trucks auf den staubigen Boden, wo ich weich lande. Vor uns liegt die dunkle Silhouette des Hauses. Der Halbmond ist hinter einer dunklen, schweren Wolke verschwunden. Es herrscht Totenstille, als wir uns Schritt für Schritt langsam und vorsichtig – wie die Bergsteiger im Himalaia – dem Haus nähern. Ein Fehltritt, und die Hausbewohner wären alarmiert.
»*Are you fucking out of your mind?*«
Ich habe schon einen Fuß auf die Stufe der Verandatreppe gesetzt, als mir Melissas Warnung die Dummheit meiner Handlung bewußt macht. Leise folge ich ihr unter dem Küchenfenster entlang zum Hintereingang, der direkt in die Küche führt. Mein Herz pocht so heftig, daß ich glaube, Melissa müsse es hören. Ich bin so verdammt uncool, daß ich mich in dieser Sekunde hasse. Plötzlich schrecke ich zusammen. Siedendheiß durchläuft es meinen Körper. Ich unterdrücke einen Aufschrei, als ich für Sekundenbruchteile glaube, Mr. Buchanan vor mir stehen zu sehen, doch es sind nur die Verzweigungen eines Yoshua Trees, der mir vorher noch nicht aufgefallen ist. Erleichtert atme ich aus und bleibe dicht hinter Melissa, die den Hintereingang inzwischen erreicht hat. Vorsichtig

schiebt sie die Verriegelung der Schiebetür nach oben. Sie atmet erleichtert auf. Die Tür ist nicht verschlossen. Zentimeter für Zentimeter schiebt sie den linken Türflügel nach rechts. *Miaauu.* Die Katze! Schon wieder dieser Scheißkater! Bevor ich ihn ergreifen kann, ist er schon an meinen Beinen vorbei ins Freie gehuscht. Konzentriert lauschen wir in die Stille hinein. Nichts rührt sich. Glück gehabt. Vorsichtig tasten wir uns in die Küche hinein. Das Ticken der Küchenuhr wirkt wie schrille Hammerschläge auf meine angespannten Nerven. Die Küche ist erfüllt vom Geruch der Essensreste, der von dem Stapel ungespülter Teller am Spülbecken zu uns herüberdringt. Leere Bierflaschen stehen auf dem Fußboden herum. Ich komme mir vor, als ob ich ein Minenfeld überquere. Eine Berührung, und der Arsch ist ab. Im Flur angelangt, haucht mir Melissa ihre Abschiedsworte ins Ohr.

»*Okay, German boy*, ich hole jetzt mein Geld aus der Matratze in meinem Zimmer, und dann haue ich ab. Mach's gut.«

Und schon ist sie in ihrem Zimmer verschwunden. Behutsam drehe ich den runden Türknauf meiner Rumpelkammer langsam nach rechts und betrete auf leisen Sohlen mein Refugium. Ich verweile ein wenig an der Tür, doch kein Laut dringt aus Melissas Zimmer zu mir herüber. Unschlüssig, was zu tun ist, taste ich mich in Richtung meiner Koje vor, froh, endlich in die Federn fallen zu können. Eine plötzliche Panik überfällt mich. Was ist, wenn sie wieder in meinem Bett ist? So verrückt kann sie doch nicht sein? Warum habe ich denn keinen kurzen Blick in ihr Schlafzimmer geworfen? Am Bett angekommen, schaue ich in die Augen von Mrs. Buchanan. »Ich wußte, du würdest zurückkommen.«

Ich kann nicht mehr. Noch bevor ich mich aus ihrer Reichweite entfernen kann, hat sie ihre Beine um meine Hüften gschwungen und hält mich nun mit ihren nackten Schenkeln umklammert. »Komm her, mein Schatz. Jetzt gibt es kein Entrinnen.«

Sie zieht ihre Beinschraube fester an. Ihre Schenkel drücken hart gegen meine Hüften. Ich verliere die Balance und falle auf sie. Wie eine Greifzange umschließt ihr linker Arm meinen Rücken, während ihre rechte Hand meinen Hinterkopf ergreift, um meinen Mund immer näher an ihren heranzuführen. Ich wehre mich verzweifelt, winde mich in der Falle hin und her, aber ihre Bein- und Armschrauben geben nicht nach. Und schon drückt sie mir einen Kuß ins Gesicht. Ich ringe nach Luft, will Melissa um Hilfe rufen, doch sie preßt ihren fürchterlich feuchten

Mund auf meine Fischlippen und unterdrückt jegliche Möglichkeit eines Hilferufes. Sie gibt mir keine Chance. Ich spüre ihre Entschlossenheit. Noch immer auf ihr liegend, von ihren Beinen umklammert, fährt ihre rechte Hand nun langsam zwischen meine Beine. Mit flinken Fingern wie ein Taschendieb öffnet sie die Knöpfe meiner 501, und schon greift ihre rechte Hand, nachdem sie sich den Weg ins Innere meines Slips erkämpft hat, voll in meine Weichteile. Ich spüre die massierende Wirkung ihrer Hand, sehe die erigierten Nippel ihrer Riesenbrüste, auf denen ich liege. O nein!

»Ja, Baby, komm, laß dich doch endlich gehen«, stöhnt sie mir ins Gesicht, froh über die Wirkung ihrer Massage.

»Meliss ...« Mein Hilferuf erstickt in ihrem Mund, den sie wieder wie wild auf meinen gepreßt hat. Es ist soweit. Sie hat ihr Ziel erreicht. Ich kann mich nicht mehr wehren. Wenn es geschehen soll, so soll es eben geschehen. Mit einem Ruck, ihre Beinschraube immer noch fest um meine Hüfte festgeklammert, rollt sie mich auf die Seite, und ich liege plötzlich unter ihr. Begraben unter ihren Brüsten ringe ich wieder nach Luft. Für einen Sekunde denke ich an den Tod – ihre dicken Brüste als Mordwerkzeug, als Tatwaffe meines Erstickungstodes. Angeklagte, demonstrieren Sie noch einmal der Jury, wie Sie Mr. Pichalski umgebracht haben. Doch schon werde ich aus dem Gedanken herausgerissen, denn sie hat ihre Beinschraube gelockert, um meine Jeans von meiner Hüfte zu streifen. Befriedigt kommentiert sie das Ergebnis ihrer masturbatorischen Aktivitäten an meinem Ding, das nun aufrecht steht wie eine Kerze zur Weihnachtszeit.

»Na siehst du wohl, es macht dir doch Spaß, was?«

Sie richtet ihren Oberkörper plötzlich auf, ergreift mit ihren Händen meine Handgelenke, nicht ohne ihren Mund aus meinem Gesicht zu nehmen, und schiebt nun ihren Schoß an meinen Oberschenkeln hoch, in der freudigen Erwartung, von mir gänzlich passiv gepfählt zu werden. Schon ist ihr feuchter, glattrasierter Schoß über meinem Ding. Ich mache es ihr nicht leicht, versuche, mein Teil wie das Pendel einer Standuhr nach links und recht zu schwingen, so daß sie keine Möglichkeit hat, das Ding in ihren Schoß hineintreiben zu können. Versuche noch, einen letzten Hilfeschrei loszuwerden. Doch meine Kräfte schwinden. Jetzt! Jetzt hebt sie ihren triefenden Schoß, zielt auf mein Ding, will sich auf mich setzen ... als sie plötzlich – ich höre einen dumpfen Schlag – bewußtlos zusammensackt.

Melissa hat gnadenlos mit der schweren, eisernen Bratpfanne zugeschlagen. Nur ein Schlag genügte, um Mrs. Buchanan von einer gelungenen Vergewaltigung abzuhalten.
»Oh, Scheiße, du hast sie erschlagen.«
Ich schiebe mich unter ihrem erschlafften Körper hervor.
»Die erschlagen? Die muß du erschießen, wenn du sie beseitigen willst. Los, komm jetzt. Oder willst du hierbleiben, bis sie wieder aufwacht?«
Sie schaut auf mein Ding, das ich schnell in meinem Slip verpacke.
»Nimm dein Geld mit und alles, was du sonst so brauchst. Jetzt geht's nach San Francisco.«
Hastig packe ich noch ein paar Klamotten zum Wechseln und meinen Personalausweis in meine Reisetasche, nehme meinen Brustbeutel aus der Schublade, und renne hastig aus dem Zimmer, direkt in die Arme von Mr. Buchanan.
»*You fucking sonuvabitch, what'd you do to my wife? And now kidnapping my daughter, huh? I gonna kill you!*«
Er stürzt sich mit seinem behaarten Armen auf mich, doch ich bin flinker, tauche weg und renne ins Wohnzimmer, wo bereits Melissa mit Frank um den silbern glänzenden Revolver ringt, den er aus dem Waffenschrank geholt haben muß.
Ich fackele nicht lange. Ich nehme meine flache Hand und schiebe sie mit einer schnellen, heftigen Aufwärtsbewegung vor Franks Nase, der vor Schmerzen wie eine wildes Tier aufbrüllt. Blut spritzt auf mein Jeanshemd. Er läßt die Magnum fallen, die Melissa geistesgegenwärtig aufgreift.
»Los! Raus hier.«
Von irgendwoher höre ich Steves Weinen, doch mir bleibt keine Zeit, denn Mr. Buchanan naht mit wildem Fauchen heran, eine Schrotflinte in seinen Händen haltend. Ich renne zum Truck, den Melissa schon gestartet hat.
»*Come on, German boy. Get in!*« ruft sie mir entgegen. Ich springe auf das Trittbrett, und schon spritzen die Kieselsteine, die von den durchdrehenden Hinterreifen hochgeschleudert werden, in alle Richtungen, bevor ich neben Melisssa sitze, die Beifahrertür noch sperrangelweit offen. Plötzlich huscht etwas Schwarzes durch den Lichtkegel des Abblendlichtes. Doch zu spät.
»War es Tom?«
Ich schaue aus dem Rückfenster. Etwas Schwarzes, Blutigrotes kommt

hinter der Ladefläche zum Vorschein. Ich kann mir trotz der Anspannung ein Grinsen nicht verkneifen.

»Yeap, das war Tom. Tom ist platt!«

»O nein.«

Doch Buchanan gönnt uns keine Zeit zur Trauer.

»Wartet! Euch kriege ich noch!«

Aus dem Rückfenster des Trucks sehe ich, wie Buchanan zum Schießen ansetzt.

»Gib Gas, Melissa! Oder wir werden durchlöchert wie ein Sieb!«

In geduckter Haltung haut sie ihren rechten Fuß aufs Gaspedal. Der Knall ist ohrenbetäubend. Die Schrotkugeln zerfetzen die Ladefläche. Die hintere Glasscheibe geht zu Bruch. Doch wir sind der tödlichen Gefahr entkommen. Melissa jauchzt vor Glück.

»Endlich frei! Endlich bin ich frei!«

So tear me open but beware
there's things inside without a care
and the dirt still stains me
so wash me until I'm clean
it grips you
it stains you
it hates you
it holds you
so hold me until it sleeps.

Metallica erklingt auf dem Radiosender WZOZ und dringt in die stille Dunkelheit der Wüste hinaus.

Elftes Kapitel

Um ein Uhr nachts befinden wir uns wieder auf dem Highway 14 in Richtung L.A. Melissa hat das Fernlicht eingeschaltet, das einen hellen Lichtkegel vorauswirft und die Kakteen und Yoshua Trees entlang der Strecke für kurze Augenblicke im gleißenden Licht einfängt. Die mittleren Fahrbahnmarkierungen fliegen

unter unserem Truck vorbei. Ruhe ist eingekehrt. Der kühle Fahrtwind pfeift durch die zerschossene hintere Fensterscheibe, doch ist der Fensterrahmen befreit von herumfliegenden Glassplittern, die jetzt auf dem Fußboden liegen. Irgendwann müssen wir sie vom Fußboden entfernen. Es knirscht unbehaglich unter den Schuhsohlen, sobald wir uns im Innenraum des Trucks bewegen. Ab und zu gilt unser Blick den nachfolgenden Wagen, doch bisher sind wir um diese Uhrzeit die einzigen auf dem Highway. Melissa ist sich sicher, daß Buchanan die Verfolgung mit seiner Schrottkarre aufnehmen wird. Wir haben uns während der Fahrt entschlossen, nicht die idyllische Küstenstraße zu nehmen, die nach San Francisco führt, sondern wir ziehen den Highway 5 in Richtung Sacramento vor, um dann bei Tracy oder Livermore links nach Oakland abzubiegen. Dieser Weg wird uns ungefähr zwei Stunden ersparen. Was danach kommen wird, steht in den Sternen geschrieben. Beide sind wir müde und erschöpft. Ich habe seit sechzehn Stunden nicht mehr geschlafen. Ein Motel zu nehmen, ist zu gefährlich, da wir noch nicht weit genug von Palmdale entfernt sind. Vorsichtig tastend überprüfe ich meinen Verband, unter dem ein leichter Juckreiz den Heilungsprozeß meiner Schnittwunde ankündigt. In ein paar Tagen müssen die Fäden gezogen werden. Immer noch sendet WZOZ knalligen Hard Rock über den Äther. *One By One* von *Skintrades* hält uns wach, während wir gegen zwei Uhr bei Newhall auf den Highway 5 abbiegen und langsam den Sendebereich verlassen.
»Fuck. Kannst du nicht einen anderen Sender finden?« fragt Melissa.
Noch immer liegt die silbern glänzende .357 Magnum der Firma Smith & Wesson während der Fahrt in ihrem Schoß, als traue sie dem nächtlichen Frieden nicht. Vergeblich versuche ich einen guten Sender mittels des Suchlaufes zu finden. Entnervt gebe ich nach einigen Minuten auf und schallte das Radio aus.
»Ein Kassettenrecorder fehlt in dem Teil hier.«
Ich schaue Melissa von der Seite an, die angestrengt geradeaus in die Richtung der Fahrtstrecke schaut, und will gerade die Waffe in ihrem Schoß ergreifen, als sich ihre Hand auf meine legt.
»Laß das. Die Waffe bleibt, wo sie ist.«
»Melissa, du kannst die Waffe nicht die ganze Fahrt in deinem Schoß liegen lassen.«
Sie entspannt sich, und ich ergreife die Waffe, halte sie für Sekunden in meiner Hand, spüre wieder die Macht, die von der Waffe ausgeht, und

lege sie dann vorsichtig, geladen und schußbereit wie sie ist, ins Handschuhfach.

»Morgen müssen wir eine Packung Munition kaufen.«

Ich schaue sie verwundert an.

»Sie werden uns suchen. Und wenn sie uns gefunden haben … wer weiß, was dann passieren wird.«

Ihre Worte beunruhigen mich.

»Und wie soll es jetzt weitergehen, Melissa? Du weißt ja nicht einmal den genauen Wohnort deines Vaters. Kennst du überhaupt seinen Nachnamen?«

»Burt Anderson. Meine Mutter hat den Namen oft erwähnt. Und er wohnt in der Bay Area. Berkeley, Hayward, San Leandro, Richmond, San Mateo. Ich werde ihn finden. Darauf kannst du dich verlassen.«

»Aber was weißt du sonst über ihn? Spielt er noch Football? Wenn ja, in welchem Team? Ist er verheiratet? Meinst du denn, daß er dich wiedersehen will? Schließlich hast du verdammt lange nichts mehr von ihm gehört?«

Ohne zu antworten, holt sie ein zerknittertes Familienfoto aus der linken Brusttasche, die mit Geldscheinen vollgestopft ist.

»Hier. Das ist er. Mein Vater.«

Sie reicht mir das Bild, während sie einen Geldschein, der mit aus der Brusttasche herausgerutscht ist, wieder in die Tasche stopft. Das Bild ist ein typisches Familienbild. Der Vater, noch sehr jung, vielleicht nur zwei, drei Jahre älter als ich, blond, athletisch gebaut, wirklich attraktiv, überragt seine Frau um mindestens einen Kopf und hält stolz das neugeborene Kind in seinen Armen. Beide, Burt Anderson und die jetzige Mrs. Buchanan, strahlen vor Glück, ihre Aufmerksamkeit ist nicht auf die Kamera, sondern auf das Kind gerichtet. Ein Bild aus den glücklicheren Jahren, als die Zukunft noch rosig erschien. Kaum zu glauben, daß die attraktive, vollbusige Frau auf dem Bild die Liebe und das Vertrauen dieses Mannes riskiert, um mit dem haarigen, stinkenden, tabakkauenden Jack Buchanan eine ehebrecherische Beziehung einzugehen, den sie später auch noch heiratet. Das Leben geht seltsame Wege, denke ich so, als ich ihr das Bild wieder zurückgebe.

»Wir müssen mal über das Geld reden. Ich habe noch vierhundert Dollar in American-Express-Reiseschecks und meine Kreditkarte. Wenn du willst, kannst du das Geld haben, wenn es dir hilft, deinen Vater zu finden.«

»Das ist schon okay. Ich habe neunhundert Dollar gespart und heimlich weggelegt. Das muß ausreichen, um ihn zu finden. Ich meine, wozu brauchen wir viel Geld? In ein paar Tagen, werde ich ihn gefunden haben.«

»Bist du dir da so sicher?«

»*Yeap.*«

Ihr Blick strahlt Zuversicht aus. Beruhigt lehne ich mich zurück. Warum sollte es auch Schwierigkeiten geben? Ich bin einfach zu pessimistisch. Morgen, bei Tagesanbruch, nachdem wir ausgeschlafen haben, werden wir auf die Suche gehen, und vielleicht werden sie sich schon morgen in den Armen liegen, und ich kann pünktlich am 19. August meinen Rückflug antreten. Ich merke, wie die Geschwindigkeit des Trucks immer langsamer wird. Ein Blick auf die Tachonadel bestätigt meinen ersten Eindruck. Wir fahren nur noch dreißig Meilen auf einem Highway.

»Melissa, soll ich übernehmen?«

Sie lächelt mich an, und schon zieht sie den Truck auf die Standspur, wo er langsam zum Stehen kommt.

»Ich kann nicht mehr. Noch zehn Minuten oder so, und ich wäre eingepennt.«

Wir rennen beide vorne um den Truck herum, durch den Lichtkegel des Fernlichtes, der schon unzählige Nachtfalter und andere Insekten angelockt hat, die ich mit einer schwingenden Bewegung meiner Hand aus meinem Gesicht vertreibe. Zum ersten Mal in meinem Leben sitze ich auf dem Fahrersitz eines GM-Trucks und bin verwundert über die Power dieser schweren Karre. Ein leichtes Antippen des Gaspedals, und sie schießt nach vorne.

»*Whooa!*«

»*Easy, Mike!*«

Es dauert nicht lange, und ich habe mich an den Truck und dessen Eigenschaften gewöhnt. Die Servolenkung ist verdammt wabbelig. Je schneller ich fahre, desto mehr schwimmt der Wagen auf der Straße, und ich vermisse die Bodenhaftung. Dennoch bewahrt mich diese neue Erfahrung vor der totalen Ermüdung. Nach einer Stunde Fahrt merke ich jedoch, wie auch ich immer langsamer werde. Ich habe plötzlich Halluzinationen. Sehe Tiere über die Straßen rennen, die es nicht gibt. Es ist soweit. Wir müssen unbedingt ein Motel finden, wollen wir nicht im Straßengraben oder sonstwo landen. Ich schaue zu Melissa hinüber. Sie schläft. Ihr Kopf ist am Seitenfenster angelehnt und wippt ab und zu, bedingt durch Unebenheiten der Straße, hin und her. Sie ist hübsch, sie ist wirklich hübsch, denke ich so im Halbschlaf, als ich ein grünes Ortsschild entdecke: DEVILS DEN 5 MILES.

Ich knipse während der Fahrt die Innenbeleuchtung an, um auf der Karte nachsehen zu können, wie weit wir uns schon von den Buchanans entfernt haben. Devils Den. Devils Den. Hier. Hier ist es. Ein verdammt kleines Kaff, ungefähr hundertzwanzig Meilen von San Jose und weit genug von Palmdale entfernt. Melissa ist von dem Licht im Wagen wach geworden.

»*Why'd you turn the lights on?*«

Ich erkläre ihr, wo wir sind, und auch sie ist beruhigt, genügend Distanz aufgebaut zu haben.

»Endlich ein Bett. Ein herrlich weiches, kuscheliges Bett.«

Ich kann ihre Gefühle verstehen und gebe Gas.

Wir müssen nicht lange in Devils Den suchen. Das Sunshine Motel liegt direkt am äußeren Ende der Main Street und lockt mit knallrotem Neonlicht und einer riesigen Werbetafel, die auf die Annehmlichkeiten des Motels, wie zum Beispiel Swimmingpool und Cable-TV in allen Zimmern, hinweist. Es ist halb vier nachts, als wir uns in die Liste am Empfang eintragen. Der alte Mann stellt keine großen Fragen. Befriedigt, meine Unterschrift erhalten zu haben, gibt er mir den Zimmerschlüssel und erklärt mir kurz den Weg zum Zimmer 163, das direkt neben dem immer noch hell erleuchteten Swimmingpool liegt, wo leichter Wasserdampf in die dunkle Nacht aufsteigt. Das Zimmer hat die moteltypische Standardausstattung. Zwei voneinander getrennte Betten mit je einem Nachttisch, einen großen Spiegel vor der Kommode, auf der ein kleiner Fernseher steht, und einen Sessel neben der Tür, die zum Bad führt. Frische Handtücher und kleine, in Papier eingewickelte Seifenstücke liegen auf dem Waschbecken des Badezimmers. Wir sind total erschöpft. Melissa, nicht ohne vorher ihre Magnum griffbereit auf dem Nachttisch abgelegt zu haben, schläft, nachdem sie sich hastig entkleidet hat, sofort ein. Nach einer ausgiebigen Dusche krieche auch ich in das weiche Bett, höre von draußen noch das seltsam saugende Geräusch des Swimmingpools und falle sofort in einen Tiefschlaf.

Das Kitzeln der warmen Sonnenstrahlen am nächsten Morgen holt mich langsam wieder aus dem Tiefschlaf hervor. Ich suche tastend meine Armbanduhr auf dem Nachttisch und blinzle mit verkniffenen Augen auf das Ziffernblatt. Ich habe trotz meiner Erschöpfung nur acht Stunden geschlafen. Von draußen dringt ausgelassenes Kindergeschrei und das Geräusch von spritzendem Wasser zu mir herüber; Kinder springen draußen kreischend in den Pool. Ich rolle mich wieder, auf dem Bauch liegend, zur Seite und spüre Melissa neben mir, die mich keck anschaut. Sie ist nackt. Ihr Körper duftet frisch und verführerisch. Ihr Busen ist nicht sehr groß, dafür aber wohl gerundet. Sie hat einen schönen Busen.

»*Hey, German boy*, bist du endlich wach?« flüstert sie mir ins Ohr, dabei meine nackte Schuler zärtlich streichelnd.

»Ich habe so tief geschlafen. Ich dachte, ich wache nicht mehr auf.«

Sie küßt meine Schulter.

»Wenn du nicht mehr aufwachen würdest, was sollte ich dann ohne dich machen?«

Sie lächelt mich an und beugt sich vor, um meinen Mund zu küssen.

Ich springe aus dem Bett.

»Melissa, ich bin gleich zurück.«

Und schon bin ich im Badezimmer verschwunden.

Wir lieben uns bis in den frühen Nachmittag. Melissa hat ihre Scheu abgelegt und ist sehr empfänglich für meine zärtlichen Liebkosungen. Ihre Beine sind so makellos schön und lang, daß ich mich nicht sattsehen kann. Immer wieder streichle ich ihre herrlich warmen Schenkel, die leicht angewinkelt auf der Matrazen ruhen, bevor ich meinen Kopf in ihrem Schoß vergrabe. Ihr lustvolles Stöhnen vermischt sich mit dem Kindergeplärr, das vom Swimmingpool zu uns herüberdringt, doch es stört mich nicht. Langsam und sanft dringe ich in sie ein, während wir uns, heftig stöhnend, küssen. Ihre Hände wandern streichelnd über meinen Rücken. Immer wieder liebkose ich mit meiner Zunge ihre Brüste. Ihr Stöhnen wird lauter. Kurz schaue ich zum Fenster und vergewissere mich, daß die Vorhänge zugezogen sind. Langsam, langsam merke ich, wie der warme Körpersaft aus meinen Lenden nach oben wandert. Ein unbeschreibliches Glücksgefühl überkommt mich, als ich in ihrem Schoß explodiere. Ich habe Sex mit einer Kalifornierin. *My California Girl.* Erschöpft liegen wir nach dem fünften Mal engumschlungen, seitlich liegend, im Bett, mit ihren langen Beine umschließt sie spielerisch meine Hüfte. Wir schauen uns tief in die Augen, so nah wie wir sind. Sie lächelt verschmitzt.

»*My German boy*«, sie streichelt zärtlich meine Wange, »das war schön mit dir. Ich … ich … ich weiß nicht, wie ich es beschreiben soll. Ich … ich habe immer … immer gedacht, ich … ich könnte keinen normalen Sex mehr haben, verstehst du?«

Ich küsse ihren hübschen, vollrunden Mund. Für einen kurzen Augenblick denke ich an Maria.

Wie soll es mit uns weitergehen? Zwei Jahre sind eine lange Zeit. Für mich jedenfalls.

Eine Zeit, die ich nicht vergessen werde. Doch ich weiß nicht, wie es weitergehen wird. Der Gedanke, neben ihr im Unterricht zu sitzen und zu wissen, daß ihre Liebe einem anderen gehört, erfüllt mich mit einer tiefen Seelenqual. Wie konnte sie mich nur in einer schweren Zeit, als ich sie so sehr gebraucht hätte, verlassen? Ich schaue plötzlich in ein ernstes Gesicht, als ob Melissa meine düsteren Gedanken erraten hätte.

»Ich … ich habe immer gedacht, daß Buchanan nicht nur meinen Körper, sondern auch meine Gefühle geraubt hat. Immer … oh, es ist so schwer, darüber zu reden … immer, wenn er auf mich draufgestiegen ist, habe ich … habe ich es über mich ergehen lassen, als ob … als ob ich auf einem Operationsstuhl für Abtreibungen sitze. Weißt du, was ich meine? Und dann die Zärtlichkeiten mit Julie … ich habe es gemocht … doch habe ich auch immer Angst davor gehabt, lesbisch zu sein. Aber mit dir … jetzt … es war so schön. Ich bin so froh, solche Gefühle noch zu haben. Ich bin so erleichtert.«

Ich bin auch erleichtert, als sie mir tief in die Augen schaut. Die Ernsthaftigkeit ihres Gesichtsausdrucks löst sich wieder in ein verschmitztes Lächeln auf.

»Bist du eigentlich froh, daß ich dich vor meiner Mutter gerettet habe? Es war verdammt nah dran.«

»Ich schäme mich so sehr, weil … weil … weil … es ihr beinahe gelungen wäre. Und das gegen meinen Willen, und trotzdem hatte ich …«

»Komisch, nicht wahr?«

»Und … und du? Ich meine, es ist doch wohl total verrückt, die eigene Mutter beim … beim …«

»Ich weiß, was du sagen willst. Aber es war nicht das erste Mal. Als wir klein waren, hatten wir sie beide, von den seltsamen Geräuschen angelockt, dabei beobachtet. Es kam ihr nie in den Sinn, die Schlafzimmertür zu schließen. Meine Mutter habe ich seit meiner ersten Verge-

waltigung gefühlsmäßig aufgegeben. Als ich sie brauchte, war sie nicht da. Sie glaubte mir nicht. Sie ließ es zu, was mit mir geschah. Sie ist eine sexbesessene Schlampe. Ihr Gesichtsausdruck, als du angekommen bist, hat mir alles verraten. Ich wußte schon damals, daß so etwas geschehen würde. Wenn sie einmal Feuer gefangen hat, kann man sie kaum löschen. Und daß sie es bei dir versuchte, ja, daß ich sie nackt bei dir gesehen habe…«, sie zuckt gleichgültig mit den Achseln, »damit kann ich leben.«
»Da habe ich aber verdammtes Glück gehabt.«
Wieder küsse ich ihren Mund. Sie schaut hinunter auf meinen Schoß. Sie lächelt.
»Komm.«
Es ist verdächtig leise am Swimmingpool geworden. Das Geschrei tobender Kinder ist verstummt. Nachdem wir gesättigt sind, springe ich aus dem Bett, reiße den Vorhang mit einem heftigen Schwung auf, und sehe mich zehn oder zwölf Kindern gegenüber, die ihre Lauscher fest an die Fensterscheibe gedrückt haben. Erschreckt fahren sie plötzlich auf und rennen voller Panik in alle Richtungen davon. Jetzt haben sie etwas zu erzählen, denke ich grinsend vor mich hin, als wir uns zur Weiterfahrt vorbereiten. Wir haben mehr als einen halben Tag verloren, als wir gegen fünfzehn Uhr Devils Den verlassen und wieder auf den Highway 5 auffahren, der jetzt um diese Tageszeit sehr befahren ist.
»Ein komischer Name, Devils Den«, wundert sich Melissa und schaut in den Rückspiegel, als ob sie Buchanan aus seinem Versteck kommen sieht. Doch kein vergammelter Ford Pinto ist auf dem Highway zu sehen. Beruhigt schaut sie wieder nach vorne und gibt Gas. Je mehr wir uns der Bay Area nähern, desto optimistischer wird Melissa. Sie ist fest davon überzeugt, ein neues Leben beginnen zu können, wenn sie ihren Vater erst einmal gefunden hat. Ein neues Leben, das ihr die Chancen gibt, die ihr bisher versagt blieben. Sie verfällt in einen absoluten Laberflash, redet von einem Studium an der Universität von Berkeley und träumt von der Stanford University. Dies solle doch kein Problem sein, ist ihr leiblicher Vater doch ein Football-Profi, der Kohle haben muß ohne Ende. Sie gerät ins Schwärmen, das in mir ein mulmiges Gefühl freisetzt, doch ich sage nichts, gönne ihr ihre Träume vom Glück, die wir doch alle in uns hegen.
»Ich bin sicher, er hat eine supernette Frau und ein paar nette, liebe Kinder, die nicht so verkommen sind wie Frank und Steve. Frank, der mich

mit seiner Magnum erledigen wollte. Das Schwein. Wenn ich den noch einmal sehe, bringe ich ihn um. Bestimmt hat mein Vater ein tolles Haus mit Swimmingpool. Alle erfolgreichen Menschen haben ein Haus mit Swimmingpool. Was meinst du, wieviel er als Pro im Jahr bekommt? Zweihunderttausend Dollar oder gar fünfhunderttausend oder gar eine Million?! Vielleicht ist mein Vater ein Millionär?«

»Melissa, ich bin sicher, wir werden es bald wissen. Hoffentlich hast du recht.«

»Ich habe recht. Ich bin sicher. Mein Leben wird sich ab morgen total ändern.«

Ihre langes Haar flattert wild im Fahrtwind der heruntergekurbelten Fensterscheibe. Aus dem Radio ertönt *Mike & The Mechanics. All I need is a miracle. All I need is a miracle. All I need is you.*

Nach zweieinhalb Stunden Fahrt erreichen wir die Abzweigung, die uns auf den Highway 580 in Richtung Hayward bringt. Nach kurzer Beratung entschließen wir uns, anstatt der Oakland Bay Bridge die San Mateo Bridge zu nehmen, die uns von Süden her nach San Francisco bringt. Die Fahrt über die San Mateo Bridge, links und rechts das Wasser der San Francisco Bay, erinnert mich an Bilder der Autostraße, die entlang der Keys in Florida nach Key West führt. Pelikane sitzen auf den Betonpfählen der Brücke oder fliegen stolz und erhaben über unsere Köpfe hinweg. Nach einiger Zeit, nach Verlassen der Brücke, grüßt uns, jetzt auf dem fünfspurigen Freeway 280 fahrend, ein überdimensionaler weißer Schriftzug am Hang : WELCOME TO SAN FRANCISCO.

Wer hätte gedacht, daß ich innerhalb von vierundzwanzig Stunden wieder in meiner geliebten Stadt bin? Ein leichtes Kribbeln macht sich in mir breit, als wir gegen neunzehn Uhr vor der Golden Gate Bridge stehen. Nichts hat diese Brücke für mich an Faszination verloren. Auch Melissa, die zum ersten Mal in San Francisco ist, steht staunend vor diesem architektonischen Wunderwerk.

»*Wow*«, staunt sie, ihre Augen weit aufgerissen, als sie ihren Blick in die Ferne schweifen läßt. Es bedarf einiger Anstrengung, sie von dem Anblick loszureißen, doch wir müssen uns um eine Unterkunft kümmern. Mein Vorschlag, im Westmore Hotel in der Sutter Street einzukehren, wird von Melissa sofort akzeptiert, zumal jedes Zimmer über ein Telefon verfügt, das uns bei der Suche nach der Anschrift sehr nützlich sein wird. Wir parken den Truck auf dem hoteleigenen Parkplatz hinter der Straße. Der Typ an der Rezeption erkennt mich sofort

und begrüßt mich freundlich grinsend, aber auch ein wenig verwundert.
»Mr. Pichalski, you are back here again?«
Ich bin genauso verwundert wie der Rezeptionist, ihn so schnell wiederzusehen, und ich bekomme das gleiche Zimmer, das ich mir vor drei Tagen mit Beate geteilt habe. Das Leben geht seltsame Wege, denke ich, als wir das Zimmer betreten, wo ich mit Beate ein paar heiße Stunden verbracht habe. Melissa stürzt sofort auf das Telefon und will planlos mit der Suche nach ihrem Vater beginnen. Doch ich kann sie von der Überstürztheit ihrer Aktion überzeugen, zumal ich noch eine Überraschung für sie habe, die ich ihr aber erst nach dem Abendessen verraten will.
Beim Abendessen im Chichi's, einem mexikanischen Restaurant, überlegen wir uns eine Strategie, um die Anschrift von Burt Anderson zu erfahren. Das Restaurant ist gut besucht, und die Kellnerinnen und Kellner haben alle Hände voll zu tun. Gedämpfte mexikanische Musik erklingt im Hintergrund. Wir sitzen in einer kleinen Nische und können uns ungestört unterhalten. Selbstverständlich werden wir erst einmal alle Telefonbücher der Umgebung durchchecken. Und sollten nicht alle Telefonbücher der Bay Area, beim Main Post Office in San Francisco vorhanden sein, werden wir uns notwendigerweise aufteilen, um direkt vor Ort die Telefonlisten zu checken. Dann werde ich eben mit der BART, dem Schnellbahnnetz der Bay Area die Umgebung von San Francisco durchstreifen. Vielleicht hilft uns auch der Operator, die Telefonvermittlung. Ein Problem wird jedoch auftauchen, wenn die gesuchte Person vielleicht gar keine Eintragung im Telefonbuch hat und eine Geheimnummer besitzt. Und sollte ihr Vater wirklich ein erfolgreicher Football-Profi sein, dann wird er mit Sicherheit nicht in einem normalen Telefonbuch registriert sein. Während ich an einem der Nachos knabbere, die ich mir als Vorspeise bestellt habe, und sie immer wieder in eine scharfe Soße eintauche, beobachte ich Melissa und hoffe, daß der Plan funktionieren wird. Wenn nicht, dann können wir einpacken. Melissa ergreift grimmig ihre Dos Equis-Flasche und nimmt einen kräftigen Schluck des mexikanischen Biers.
»Wir werden sehen. Du wirst Glück haben. Ich fühle es.«
Ich hoffe, sie mit meinen Worten beruhigen zu können, als die Kellnerin schon mit den hühnchen-und rindfleischgefüllten Tacos und dem Wet Burrito herannaht. Beide Gerichte werden mit braunen Bohnen und Reis serviert. Es schmeckt köstlich. Ich merke, wie Melissas dunkle Gedanken langsam verfliegen.

»*Hey, German boy*, fährst du nachher den Truck? Ich habe Bock auf mindestens zwei Marguaritas, oder drei.«
Und schon bestellt Melissa sich, nachdem sie den letzten Schluck Bier getrunken hat, ihren ersten Marguarita. Sie tut mir leid. Wirklich. Aber ich wage nicht daran zu denken, was geschehen wird, wenn sie ihren Vater nicht finden kann. All ihre Hoffnungen richten sich auf die erfolgreiche Suche nach ihrem Vater. Was ist, wenn sie kein Glück hat? Was wird sie dann machen? Was werde ich dann machen? Mist. Verdammter Mist. Hätte ich nicht in eine ganz normale Familie kommen können, ohne Nymphomaninnen, Perverse, Asoziale und Gehirnamputierte? Ich werde ihn verklagen, ja, ich werde Liegner und seiner ganzen Schrottfirma bei Rückkehr in Deutschland den Prozeß machen, daß es sich gewaschen hat.
»Was ist, Mike, du schaust so bekümmert drein? *Cheer up*!«
Hat sie meine Gedanken erraten? Ich wende mich wieder dem Essen zu.
»Na, was ist? Sagst du es mir jetzt?«
Ich schaue sie für einen Augenblick verwundert an, doch dann weiß ich, worauf ihre Frage abzielt.
»Du willst das Geheimnis wissen, stimmt's?«
»Mhm.«
Mit großen Augen schaut Melissa mich so erwartungsfroh an. Sie ist süß. Keine Frage. So ganz das Gegenteil von dem ersten Eindruck, den ich von ihr bei meiner Ankunft gehabt hatte. Aber sollte ich tatsächlich beginnen, mich in sie zu verlieben? Das kann nicht sein. Das darf nicht sein. Ich schaue sie an. Sie schaut mich an. Ich ergreife ihre Hand. Sie ergreift meine.
»Mach es doch nicht so spannend, Mike.«
»Ach, Melissa, es ist nichts Besonderes. Ich will dir nur die schönste Stelle San Franciscos zeigen, von der du nachts einen wunderbaren Blick auf die Skyline haben wirst. *It's a place for lovers.*«
»*A place for lovers? Do you love me?*«
»Liebe? Mein Gott, es ist ein Wort mit einer so großen Bedeutung. Was ich bis jetzt sagen kann, ist, daß meine Gefühle für dich immer intensiver werden.«
»Was du jetzt gesagt hast, ist viel schöner als das Eingeständnis der Liebe. Wie oft wurde damit schon Betrug getrieben.«
Die erwachsene Ernsthaftigkeit ihrer Worte überrascht mich. Ich streichle ihre Wange und wische einen Salzkristall von ihrer Lippe, der

sich beim Trinken des Marguaritas dort in einer der kleinen Furchen verfangen hat.
Plötzlich wird es laut im Restaurant. Die versammelte Mannschaft des Restaurants steht um eine Person herum, die an einem großen, runden Tisch sitzt, der mit ungefähr zehn Personen besetzt ist, und singt ein Geburtstagsständchen, während sie dem peinlich gerührten Jubilar eine mit Wunderkerzen bestückte Geburtstagstorte entgegenreichen. Im Lärm des *Happy Birthday To You* steht Melissa vom Tisch auf. »Komm, Mike, laß uns dort hinfahren.«
Ich zahle die Rechnung, nicht ohne ein stattliches Trinkgeld zu geben, über das sich die Kellnerin, nachdem sie zusammen mit den anderen das fröhliche Ständchen gesungen hat, sehr freut. *»Thank you, sir, how generous!«*
Bevor wir uns auf den Weg machen, kaufe ich noch eine kalte Flasche Veuve Cliquot bei einem Liquor Store in der Nähe der Sutter Street, und schon geht es los. Nachdem wir in die Van Ness Avenue abgebogen sind, fahren wir endlich die Lombard Street, den Beginn des Highways 101, entlang, der direkt auf die Golden Gate-Brücke führt, vorbei am Palace of Fine Arts, dem riesigen Kunstmuseum. Und da liegt sie vor uns in der Abenddämmerung. Dreispurig geht es hinaus in den Norden. Doch schon kurz nach der Überquerung der Brücke verlassen wir die Straße in der Nähe von Sausalito, um einen kurvenreichen Weg zum Marin Headlands State Park hochzufahren, ein ehemaliges Militärgebiet, das besonders im Zweiten Weltkrieg von Bedeutung für die Früherkennung eventueller japanischer Angriffe war. Der schmale Weg führt zum Gipfel eines kleinen Hügels, wo schon mehrere Autos geparkt sind. Wir fahren bis kurz vor die Klippen. Von hier reicht der Blick, an der Golden Gate-Brücke vorbei, die unter uns liegt und wo die Autos mit ihren weißen und roten Lichterketten wie kleine Spielzeugautos die Brücke überqueren, bis hin zur Skyline von San Francisco, die jetzt bereits mit unzähligen kleinen Lichtpunkten der Hochhäuser übersät ist. Das letzte Touristenboot verläßt gerade Alcatraz. Das rote und grüne Licht der Backbord- und Steuerbordlampen leuchtet bis zu uns hinauf.
»Mein Gott! Für diesen Anblick danke ich dir, Mike. Wie herrlich! Weißt du eigentlich, daß ich nie aus Palmdale und Lancaster herausgekommen bin, abgesehen von ein paar Trips nach L.A.?«
Sie spricht zu mir, ohne den Blick von der romantischen Szenerie abzuwenden.

»Und die Menschen unter uns auf der Brücke, die mit ihren Autos bestimmte Ziele ansteuern ... sie alle werden wie ich getrieben von der Suche nach dem Glück auf Erden. Wußtest du eigentlich, daß das Streben nach Glück in unserer Verfassung steht? Welches Glück strebst du an, Mike?«

»Das ist eine schwere Frage, Melissa. Ich glaube, ich träume den Traum, den alle Menschen in ihren Herzen haben. Die High School abschließen, ein Studium erfolgreich zu Ende führen, eine hübsche, nette Frau heiraten, eine Familie gründen, die Kinder großziehen, Erfolg im Berufsleben. Na, so etwas eben.«

»Daß du mich hierhergeführt hast, ist der schönste Augenblick in meinem verkorksten Leben.«

Tränen rollen an ihren Wangen hinunter. Ich nehme sie in die Arme, küsse ihre salzigen Wangen, und ich fühle plötzlich, tief in meinem Herzen, daß sie mich wirklich braucht.

»Du bist so nett zu mir. Weißt du, als wir gestern bei Julie waren und du nicht mehr so richtig Interesse gezeigt hast, mir zu helfen ... da war ich total fertig.«

Sie schaut mich mit ihren tränenfeuchten Augen an. Ich küsse ihren hübschen Mund.

»Bitte halte mich fest. Laß mich nie wieder los.«

Ein leichtes Zittern durchzieht ihren Körper. Ich drücke sie fest an mich, während wir beide auf die Golden Gate-Brücke schauen.

»Willst du Radio hören?«

»Mhm, aber etwas Romantisches.«

Ich schalte das Radio ein, und zufällig erklingt Lionel Richies Stimme auf dem KFRC Radio Station San Francisco:

Girl, tell me only this that I have your heart for always and
you want me by your side whispering the words I'll
always love you.

»Uhhhh, what a love song. KFRC Radio Station San Francisco presents you with the hottest and the most romantic music in town. So, stay tuned to one more hour of sweet love songs.« Die rauchige Stimme des Radiosprechers beendet das Liebeslied, das sofort abgelöst wird von Kenny Gs *Waiting For You*, das nun unsere beiden Herzen erwärmt. Das Mondlicht wirft einen silbrigen Glanz auf das Meer unter uns, das sich weit bis zum Horizont erstreckt.

»Komm, Melissa, diesen Augenblick in unserem Leben müssen wir feiern.«

Ich hole die Champagnerflasche mit dem orangefarbigen Etikett aus der Tüte und ziehe vorsichtig an dem Korken, der plötzlich mit einem kurzen Plopp herausspringt, und der kostbare Inhalt quillt in einer weißen Schaumfontäne über den Flaschenhals und läuft an meiner Hand herunter. Melissa schaut mich belustigt an. Ich weiß, woran sie denkt, und ich lache herzlich über unsere schmutzige Assoziation.

»Oh, Mike, ich werde diesen Abend niemals vergessen.«

Sie nippt an ihrem Plastikbecher.

»Champagner. Ich trinke zum ersten Mal Champagner. Ihr Deutschen wißt, wie man gut leben kann, was?«

»Ach, Melissa, wenn man Geld hat, weiß jeder, wie man gut leben kann. Man sagt immer, die Franzosen hätten es drauf, gut zu leben, das Savoir-vivre.«

»Und wie ist Deutschland so? Kann man da gut leben?«

»Wie ist Deutschland? Eine schwere Frage, Melissa. Im Vergleich zu Kalifornien ist Deutschland bestimmt langweiliger, spießiger und kleinbürgerlicher. Ja, es ist ein Beamtenstaat, in dem Sicherheitsdenken mehr zählt als Mobilität, Kreativität und Risikoverhalten. Denn, schau, Melissa, alles, was zu uns nach Deutschland kommt, kommt aus den USA.«

Sie schaut mich verwundert an.

»McDonald's, Burger King, MTV, Skateboards, Rollerblades, Coke, Saturday Night Fever, Pop Musik, alles kommt zu uns herüber. Aber nichts kommt von uns zu euch rüber.«

»Woher kommt das?«

»Ich weiß es nicht. Vielleicht sind wir zu satt. Uns geht es zu gut, und deshalb müssen wir uns nichts Neues einfallen lassen. Ich habe wirklich keine plausible Erklärung. Vielleicht ist es auch sprachlich bedingt.«

Wieder schaut mich Melissa fragend an.

»In Deutschland spricht jeder mehr oder weniger gut Englisch. Es ist eine Modesprache, und es ist einfach cool, Englisch draufzuhaben.«

»Heißt das, wenn ich nach Deutschland käme, könnte ich, ohne Deutsch zu sprechen, mich dort verständigen?«

»Mit Leichtigkeit. Und die Deutschen sind froh, wenn sie ihr gelerntes Englisch anwenden können. Wir sind total von euch beeinflußt, besonders in der Filmindustrie. Wir haben alle eure Serien und Kinofilme in Deutschland.«

»Das ist komisch. Und wie sieht Deutschland aus? Ist es so wie hier?«

»O nein, total anders. Viel kleiner, ihr habt so viel Platz für breite Straßen und für die riesigen Hochhäuser. Es ist alles älter in Deutschland, was die Häuser betrifft. Wir haben viele Burgen und so.«

»Wow, die würde ich gerne einmal sehen. Eine richtige Ritterburg und nicht so ein blödes Micky-Mouse-Schloß in Disneyland.«

»Und dann die Entfernungen. Bei euch ist alles so riesig weit entfernt. Weißt du eigentlich, daß du innerhalb weniger Stunden viele Länder und Hauptstädte in Europa sehen kannst? Ich meine, hier fährts du acht Stunden in Richtung Norden, und du bist gerade mal zur Hälfte durch Kalifornien. Bei uns fährst du acht Stunden, und du bist durch Holland, Belgien, Frankreich und England gefahren. Zumindest, wenn du von dort aufbrichst, wo ich wohne und dann schnurgerade Richtung Westen fährst.

»Das klingt aufregend. Paris, Rom, London, Madrid … alles ist so nah, ja?«

»Für amerikanische Verhältnisse ist alles verdammt nah in Europa.«

»Kannst du Französich? Dein Englisch ist verdammt gut. Ich wünschte, ich könnte so gut Deutsch sprechen.«

»Ich habe es zwei Jahre in der Schule gehabt, dann habe ich es abgewählt. Es klingt irgendwie so schwul.«

»So schwul?«

Sie lacht, als ich Französich spreche.

»Das klingt überhaupt nicht schwul. Es klingt so weich, so romantisch.«

»Für mich klingt es irgendwie so … ach ich weiß nicht … am liebsten mag ich Englisch. Spanisch würde ich allerdings noch gerne lernen.«

»Und … und … ehm … du hast sicherlich eine Freundin, nicht wahr?«

Nervös rutscht Melissa auf ihrem Sitz herum, als fürchte sie die Antwort auf diese Frage.

»Ich hatte ein Freundin, doch sie hat mich verlassen.«

»Hieß sie Magdalena oder Hiltrud oder gar Gudrun?«

Ich schaue sie amüsiert an.

»Nein, weder Hildegard noch Sigrid. Die Namen sind so furchtbar alt, daß es eine Strafe wäre, so einen Namen zu erhalten. Nein, sie hieß ganz einfach … Maria.«

»Du hast sie geliebt, nicht wahr?«

»Ja, sehr.«

»War es deine erste richtige Liebe.«

»Hm.«

»Liebst du sie noch?«

»Ja, ich glaube noch ein wenig.«
»Wirst du sie wiedersehen, wenn du zurück bist in Deutschland?«
»Sie ist in meinem Englischkurs.«
»O, Mann. Hast du sie verlassen?«
»So viele Fragen, Melissa … nein … ich habe sie nicht verlassen.«
»Ich verstehe. Ein anderer kam in ihr Leben, stimmt's?«
»Ein richtiges Arschloch.«
»*Yeah, fuck him.* Haben deine Eltern viel Geld?«
Ich schaue aus dem Fenster hinaus auf die Bucht. Ein Containerschiff, vollbeladen mit riesigen Containern, die beinah bis zur Kommandobrücke hochragen, taucht unter der Golden Gate-Brücke auf und fährt mit halber Kraft auf die offene See hinaus.
»Alle guten Rechtsanwälte haben Geld ohne Ende. Ja, mein Vater hat genug Kohle.«
»Und deine Mutter? Arbeitet sie auch?«
»Aber Geld ist nicht alles, Melissa.«
Sie schaut mich an.
»Da hast du recht. Liebe, Zärtlichkeit, Geborgenheit sind viel wichtiger als das dumme Geld.«
Sie schaut mich an.
Ich schaue sie an.
Ich küsse sie.
Wir küssen uns.
Wie lange? Sehr lange. Sehr, sehr lange. Verdammt lange.

Zwölftes Kapitel

Die Suche nach Melissas Vater beginnt am nächsten Morgen. Nachdem wir ausgiebig gefrühstückt haben, studieren wir das Telefonbuch der Stadt San Francisco unten an der Rezeption, wo eine Menge dummer Touristen darauf wartet, eingecheckt zu werden. Während des Frühstücks im kleinen Saal neben der Lobby rutscht Melissa nervös hin und her. Ihre Anspannung nimmt merklich zu. Ich habe aufgehört, Melissas »Wir-müssen-ihn-finden«-Ausrufe zu zählen, und auch jetzt wiederholt sie beim Durchblättern der

Telefonbuchseiten ihre magischen Worte, als wolle sie das Telefonbuch verzaubern. »Wir müssen ihn finden. Wir müssen ihn finden.«
Es fällt schwer, sich nicht von ihrer nervösen Anpannung anstecken zu lassen, doch gerade deshalb versuche ich, einen kühlen Kopf zu bewahren. Schließlich bin ich es doch, der ihr helfen soll. Doch ihr begrenzter Wortschatz geht mir so langsam auf die Nerven.
»Wir müssen ihn finden. Wir müssen ihn finden.«
»Mensch, Melissa, du nervst ohne Ende. Wie soll ich mich denn dabei konzentrieren?«
Mein Zeigefinger rutscht langsam über die Namensliste.
»Adams ... Allovic ...Ames ...hier! Ich hab's! Anderson!«
»Laß mich sehen!«
Sie reißt mir das Telefonbuch aus der Hand, doch nach kurzem Studium der Namen verfinstert sich ihr Gesicht.
»Verdammt. Kein Burt Anderson.«
»Was hast du erwartet, Melissa. Hast du geglaubt, daß wir deinen Vater innerhalb von Sekunden am Telefon haben? *Hi dad, it's me, how are you?* Und auch wenn wir ihn finden, was willst du ihm sagen nach sechzehn Jahren?«
»Ich habe nicht gesagt, daß es einfach wird«, protestiert sie mit wütender Miene und zählt die Anzahl der Andersons im Telefonbuch, »aber ich werde alle Andersons anrufen. Das verspreche ich dir. Ich werde alle Andersons in der Welt anrufen, um ihn zu finden.«
»Was! Du willst alle ... warte einmal ... wieviel sind das hier? ... du willst alle sieben Andersons anrufen?«
»Ja, das werde ich, und zwar jetzt gleich.«
Entschlossen reißt sie, nicht ohne vorher links und rechts über meine Schulter zu schauen, die Seite mit den Andersons aus dem Telefonbuch und geht mit entschlossenen Schritten zum Aufzug, um von unserem Zimmer aus die Andersons mit ihren Anrufen zu beglücken.
Seit einer halben Stunde sitzt Melissa auf dem Bettrand und kontaktiert jede Telefonnummer, die sie mit einem Kugelschreiber umrandet hat. Ihre Entschlossenheit steigert sich in einen Rausch.
»Hi, sind Sie Cathy Anderson? Mein Name ist Melissa Buchanan. Haben Sie einen Burt Anderson in der Familie? ... Nein? ... Vielen Dank.«
Enttäuscht legt sie auf. Je näher sie sich auf den letzten Namen zubewegt, desto trostloser wird ihr Gesichtsausdruck. Doch sie gibt nicht auf. Immer wieder ergreift sie mit grimmiger Entschlossenheit den Hörer

und haut mit ihren Zeigefinger wütend auf die schwarzen Tasten des Telefons, als wolle sie es für ihre bisherige Erfolglosigkeit bestrafen. Doch alle Versuche, mit Burt Anderson Kontakt aufzunehmen, schlagen fehl. Entmutigt läßt sie sich aufs Bett fallen. Am Fenster stehend, beobachte ich sie. Ihre ganze Energie ist verbraucht. Stumm starrt sie die weiße Decke des Hotelzimmers an. Ihre Stimme ist gebrochen und leise, als sie nach einer langen Zeit der Ruhe zum Sprechen ansetzt.
»Und wenn er nicht im Telefonbuch registriert ist? Ich meine, wenn er wirklich ein Fußballprofi ist, dann hat er bestimmt eine Geheimnummer, oder?«
»Anzunehmen, ruf doch den Operator an.«
Bevor ich es ausgesprochen habe, hat sie schon die Nummer gewählt, doch logischerweise ohne Erfolg. Wozu eine Geheimnummer, wenn sie über die Telefonauskunft zu ermitteln ist. Das wäre ja voll der Schwachsinn. Melissa steht auf und läuft nervös hin und her, den Kopf gesenkt. Sie denkt nach. Ich denke nach. Mir fällt nichts ein. Mein Kopf ist leer.
»Okay, es gibt keinen Burt Anderson in San Francisco. Warum auch. Warum sollte er in der Bay Area ausgerechnet in San Francisco leben?«
»Melissa, dann schlage ich vor, wir gehen zur Phase B über und fahren zum Main Post Office und schauen, ob es Telefonbücher der Orte in der Bay Area gibt. Und wenn nicht, dann müssen wir eben vor Ort alle Telefonbücher checken.«
Und schon stürzt sie aus dem Zimmer, nicht ohne mir vorher einen Kuß zu geben.
»Ohne dich, Mike, wäre ich verloren. Also – worauf warten wir noch? Fahren wir los.«
Das Hauptpostamt ist ein weißes Gebäude, vor dem blaue Briefkästen mit dem Schriftzug der US Mail stehen, die gerade von einem Posttypen geleert werden, der die vielen großen und kleinen Umschläge in einen blauen US-Mail-Sack befördert. Hoch über dem Gebäude flattert stolz die amerikanische Nationalfahne mit den *Stars and Stripes* im Wind, der von der Küste herüberweht. Es ist angenehm kühl, als Melissa auf die Telefonbuchreihe im hinteren Teil der Schalterhalle zustürzt, doch zu ihrem Leidwesen sind alle Kästen, dort, wo die Telefonbücher eigentlich stecken sollen, leer. *Fuck!* Nachfragen an einem der Schalter ergeben, daß die Bücher für die Bay Area überarbeitet werden und erst in vier Wochen wieder verfügbar sind. Melissa ist am Rande eines Nervenzusammenbruchs. Bei einer Tasse Kaffee in der Nähe des Union Square planen wir

unsere Vorgehensweise für die nächsten Tage. Melissa wird alle Orte ansteuern, die nicht mit dem BART-System zu erreichen sind, und ich werde mich folglich in die U-Bahn setzen und alle mit der Schnellbahn erreichbaren Orte aufsuchen, um in den jeweiligen Städten eine Anderson-Telefonliste zu erstellen. So ist es geplant, und so wird es durchgeführt. Und los geht's. Um dreizehn Uhr sitze ich in der U-Bahn, die mich nach Berkeley bringen soll. Die Bahn ist überraschenderweise im Gegensatz zu der New Yorker U-Bahn echt supersauber. Nicht einmal Graffiti sind zu sehen. Ich fühle mich tatsächlich sicher. Die Menschen sitzen entspannt in ihren Sitzen, unterhalten sich angeregt und schauen nicht, wie es in der New Yorker Subway der Fall ist, verkrampft in ihre Zeitungen oder Bücher, um ja nicht irgendeinen Typen aus Versehen anzustarren, der dann, aus einem Gefühl der Provokation heraus, dich mit »*What are you fucking staring at, you fucking honky*« anmacht. Ich schaue durch die getönten Fensterscheiben in die sonnige kalifornische Landschaft hinaus, wo wir gerade die Skyline von San Francisco hinter uns lassen. Die Bay Area kommt voll gut rüber, und ich fühle mich gut drauf. Berkeley ist geil. Die Uni-Stadt ist vollgepackt mit Studenten. Und Studentinnen! Eine hübscher als die andere. O Mann. Ich kann nicht mehr. Vollbepackt mit Büchern, die sie unter den Armen mit sich schleppen, eilen sie zu ihren Vorlesungen und Seminaren. Oder auch nur zu ihren Autos, um die Bücher dort abzuladen. Überall sitzen die braungebrannten Studenten und Studentinnen in den Cafés, Restaurants und Bars entlang der Hauptstraße und unterhalten sich angeregt über ihre Wochenendpläne oder über bevorstehende Prüfungen. Für einen kurzen Augenblick gebe ich mich der Illusion hin, während ich in einer Bar, die eine Art kleinen Biergarten hat, eine Pause einlege, einer von ihnen zu sein – ein deutscher Student an einer kalifornischen Universität. Das wäre ja so geil. Und für einen kurzen Augenblick denke ich an Benjamin Braddock aus *Die Reifeprüfung*, der hinter Elaine her ist und ihr Herz in dieser Stadt neu erobern will, nachdem Elaine erfahren hat, daß Benjamin ihre Mutter gepoppt hat. O nein! Melissa! Ich darf meine Aufgabe nicht vergessen! Ich zahle die zwei Bud, die ich getrunken habe, und steuere das erste Postamt an. Obwohl keiner der Andersons den Vornamen Burt trägt, notiere ich mir die Telefonnummern und düse, nachdem ich auch noch Oakland abgecheckt habe, nach San Francisco zurück, wo Melissa im Hotel bereits auf mich wartet. Auch Melissa hat kein Glück gehabt. Sie hat mit ihrem Truck die nördliche Hälfte um San

Pablo Bay abgeklappert, nur um festzustellen, daß weder in San Rafael noch in Novato oder Vallejo ein Burt Anderson im Telefonbuch registriert ist. Melissa wirkt nun endgültig entmutigt. Erschöpft liegt sie auf dem Bett und starrt ins Leere, ihre Arme hinter dem Kopf verschränkt.
»Mike, haben wir eine Chance, ihn zu finden?« fragt Melissa mich, als ich aus dem Bad komme, meine nassen Haare mit einem hoteleigenen Handtuch trocknend. »Was meinst du?«
»Schwer zu sagen. Sechzehn Jahre sind eine lange Zeit, wer weiß, was alles inzwischen geschehen ist.«
Gegen halb acht sind alle Andersons angerufen worden. Doch vergeblich. Was kann ich tun? Ich weiß es wieder einmal nicht. Warum sollte ausgerechnet ich ihr helfen können? Verdammt. Das Wechselbad der Gefühle, ihre Hoffnungen und Enttäuschungen nach jedem Telefonat, hat sie nun in eine depressive Lähmung versetzt, aus der auch ich sie nicht mehr herausholen kann.
Ich fühle mich hilflos und überfordert. Sie verweigert eine Einladung zum Abendessen und ist nicht gewillt, nur einen Schritt aus ihrem Hotelzimmer zu setzen. Wie eine Mumie, wie ein Zombie starrt sie auf die weiße Decke oder auf den Teppich, wenn sie einmal nach zehn oder zwanzig Minuten – sie lebt! – ihre Position gewechselt hat, um auf dem Bauch zu liegen. Sie nimmt auch mich scheinbar nicht mehr wahr. Ich sitze in dem Sessel neben ihrem Bett, schaue mal wieder auf das pulsierende Leben unter uns auf der Straße, und auf meinen Vorschlag, mit dem Cable Car zu fahren, reagiert sie gar nicht. Dann eben nicht.
Enttäuscht lasse ich Melissa im Hotelzimmer zurück und mache mich auf den Weg zum Golden Gate Park, um dort ein wenig Ruhe und Entspannung zu finden. Auch nach meiner abendlichen Tour in San Francisco – hätte ich denn die ganze Zeit im Zimmer bleiben sollen? – finde ich Melissa unverändert auf dem Bauch liegend. Sie weint. Ihr Schluchzen nimmt zu, als ich mich ihr nähere.
»Melissa.«
Ich setze mich auf die Bettkannte und streichle ihre Schulter. Meine Gefühle laufen voll durcheinander. Für einen Augenblick fühle ich mich wie ein Vater, der sich um die Tochter kümmert. Aber ein Blick auf ihre herrlichen Beine … und ich bin ehrlich froh, nicht ihr Vater zu sein.
»Wenn ich nur wüßte, wie ich dir helfen kann.«
»Keiner kann mir helfen. Keiner. Wenn ich ihn nicht finde, wie soll's dann weitergehen?«

»Warten wir doch erst einmal den nächsten Tag ab. Noch haben wir eine Chance. Gib die Hoffnung nicht auf.«
Doch auch der nächste Tag und der übernächste Tag bringen keine neuen Erkenntnisse. Weder in Hayward, San Leandro noch in Concord gibt es einen Burt Anderson. Und auch Melissa hat kein Glück auf der Suche nach einem Telefoneintrag in Palo Alto und San Jose. Und je mehr sich herausstellt, daß die Mission zum Scheitern verurteilt ist, desto intensivere Züge nimmt Melissas Depression an, in eine Phase des Selbstmitleids und der Selbstvorwürfe verfallend, besonders abends, wenn die Hektik des Tages in abendliche Stille übergeht.
»I-ich hab n-n-nie Glück gehabt im Leben, weisss du dass? Man-manchen Menschen … ge-lingt … gelingt einfach al-les … die sinnn aufer Son-sonnenseite ge-geboren worden … u-u-und greifen im-immer in … in den … Glückstopf. Ich … ich grei-greife immer nur … nur in den … Scheißtopf.«
Irgendwo muß sie die Pulle Wodka gekauft haben. Ich habe langsam die Nase voll. Ich entreiße ihr die Flasche, als sie sie wieder zum Mund führt.
»Gib … gib mir … d-die Flasche d-du … du Arschgesicht.«
Im Sessel sitzend, ein Bein über die Lehne geschwungen, will sie nach der Flasche greifen, doch ihre Reaktionen sind schon zu fahrig, zu unkontrolliert, um zum Ziel zu führen. Ihre Hand greift ins Leere.
»Du Sausack … du … du hasss es g-gu …nächste Woche s-sitz du m-mit … dei-deinem Arsch im Flieger unnn bisss weg … und ich? … ich bin er-erledigt … im Arsch … *fucked up* …mich kannss dann inne Kis-kiste pa-packen … unn aufn Müll werfen.«
»Wenn du nicht gleich aufhörst, so eine Scheiße zu labern, werde ich dir gleich eine kalte Dusche verabreichen.«
»Oh, leck mich!«
Sie steht vom Sessel auf, für einen Moment denke ich, sie will sich im Suff auf mich stürzen, doch sie torkelt zum Bett, verliert die Balance und fällt auf die Matratze, wo sie regungslos liegenbleibt und nach einer Weile zu schnarchen beginnt. Ihre letzten Worte haben mich irritiert, denn ich habe keinen Plan, was aus ihr werden soll, falls sie nicht ihren Vater finden wird. Aus Frust setze ich mir die halbvolle Wodkaflasche an den Hals und schlafe nach einer Stunde betrunken neben Melissa ein.

»Habe ich viel Scheiße erzählt?« weckt mich Melissa am Freitag morgen, nachdem ich langsam meine Augen geöffnet habe. Sie muß mich seit geraumer Zeit beobachtet haben.
»Bestimmt habe ich viel Scheiße gelabert. Ich erzähle immer viel Scheiße, wenn ich betrunken bin. Dann komme ich immer schlecht drauf. Ist schon komisch, nicht wahr. Manche Menschen werden aggressiv, andere lustig und andere depressiv, wenn sie saufen. Wenn ich betrunken bin, habe ich manchmal echt einen Laberflash.«
»Melissa, hör auf zu labern. Ich habe Kopfschmerzen.«
Sie schaut auf die leere Wodkaflasche und springt aus dem Bett.
»Du hast die Wodkaflasche leergetrunken. Selber schuld, daß du jetzt einen *hangover* hast. Ich habe nie einen *hangover* nach Wodka. Ich weiß nicht wieso. Ich kann eine halbe Flasche Wodka killen, ohne am nächsten Morgen mit Kopfschmerzen aufzuwachen. Bei Bier ist das wieder ganz anders. Da wache ich jedesmal mit so einem Schädel auf ...«
»Verdammt. Hör endlich auf mit dem Gequatsche. Mein Schädel brummt, als ob eine Planierraupe über meine Birne walzt.«
»Da habe ich etwas für dich.«
Und schon ist sie im Bad verschwunden, um nach wenigen Sekunden mit einer Aspirin und einem Glas Wasser in der Hand zurückzukommen.
»Schluck das, und du fühlst dich gleich besser.«
»Was bist du so gut drauf, Melissa? Gestern warst du ja wohl voll daneben.
»Ganz einfach, Mike. Die Suche geht weiter. Los, steh auf. Ich habe einen Plan.«
Und während ich mich im Bad rasiere und mich mit einem Blick in den Spiegel bestrafe, teilt Melissa mir ihren Plan mit.
»Der Plan ist ganz einfach. Wenn wir eine Anschrift nicht über die Telefonbücher erhalten können, dann müssen wir eben woanders nachfragen. Wir gehen zur DMV!«
Sie schaut mich triumphierend an, während ich sie wie blöd anstarre.
»Wir gehen zum *Department of Motor Vehicles.* Dort sind alle Anschriften der Kraftfahrzeughalter in Kalifornien registriert und gespeichert.«
»Und die geben uns so einfach die Informationen, ja?«
»Oh, sei nicht immer so pessimistisch. Sie müssen uns einfach die Anschrift geben.«

Triumphierend klatscht sie in die Hände und treibt mich zur Eile an. Und schon sind wir wieder nach dem Frühstück auf dem Weg – dieses Mal zum Department of Motor Vehicles. Jede meiner Bemühungen, Melissas grenzenlosen Optimismus ein wenig zu dämpfen, um sie auf einen eventuellen Mißerfolg vorzubereiten, ist zum Scheitern verurteilt. Wieso sollte eine Behörde irgendwelchen Privatpersonen Datenmaterial aushändigen? Ich habe leichte Magenkrämpfe, als wir die Schalterhalle des Departments betreten. Sofort stürmt Melissa zum freien Schalter, wo eine junge Farbige in einem roten Kleid gelangweilt in einem Magazin herumblättert, das sie aber augenblicklich zur Seite legt, als sie der Anwesenheit Melissas gewahr wird.

»*Good morning. What can I do for you?*«

Melissas Stimme überschlägt sich, als sie zum Sprechen ansetzt und sofort ohne Umschweife zum Thema kommt. Ich ahne Fürchterliches.

»Guten Morgen, ich brauche Informationen über meinen leiblichen Vater, der hier in der Bay Area lebt. Ich habe bereits alle Telefonbücher gecheckt, aber leider ergebnislos. Können Sie mir die Anschrift von Burt Anderson geben. Er muß hier irgendwo wohnen.«

Ruhig und langsam setzt die Farbige zum Sprechen an, merkt sie doch, wie aufgeregt und nervös ihr Gegenüber ist. Ihre Stimme ist sehr tief und klingt trotz des traurigen Inhaltes paradoxerweise wohltuend und entspannend.

»Es tut mir sehr leid, aber ich kann und darf Ihnen keine Informationen über Privatpersonen geben. Es tut mir wirklich aufrichtig leid.«

Melissa steht nur da, verblüfft, irritiert, mit offenem Mund, unfähig zu jeglicher Artikulation. Sie steht da, schaut die Dame am Schalter an, schaut mich an, schüttelt den Kopf, als wolle sie das Gesagte nicht wahrhaben. Ich springe helfend ein. »Aber können Sie nicht einmal eine Ausnahme machen? Sie sehen doch, wie wichtig die Information für sie ist.«

»Es tut mir leid, aber wir geben prinzipiell keine Informationen aus.«

»Aber es muß doch einen Weg geben, ihr zu helfen, den Vater zu finden. Vielleicht hilft Ihnen das ein wenig weiter?«

Während ich mit ihr spreche, habe ich die Idee des Jahrhunderts. Diskret wandert ein Hundert-Dollar-Schein über den Schalter. Ein letzter Ausweg in einer verzweifelten Lage.

»Sir, Sie gehen jetzt besser, oder ich rufe die Ordnungskräfte, um Sie rauswerfen zu lassen.«

Entrüstet wendet sich die Dame von mir ab und fordert die nächste Person in der Warteschlange auf, vorzutreten. Unfähig, selber einen Schritt vor den anderen zu setzen, muß ich Melissa mit aller Kraft vom Schalter wegziehen.
»Das ist das Ende. Das ist das Ende«, stammelt Melissa monoton vor sich hin, als wir draußen auf der Straße wieder in die heißen Sonnenstrahlen eintauchen, die auf uns niederbrennen.
»Das ist das Ende. Feierabend. Schluß. Aus.«
Ich schaue sie mitleidsvoll an und ergreife ihre leblosen Hände, in der Hoffnung, neuen Mut in ihr freizusetzen.
»Du darfst nicht aufgeben. Wir werden ihn finden. Ganz bestimmt.«
»Ach ja? Wie denn. Nein, nein, nein, ich habe einfach kein Glück. Hoffnungen! Weg von meinem Stiefvater! Weg von meiner Mutter, die ich abgrundtief hasse! Ein neues Leben mit Dad! Lächerlich. Einfach lächerlich. Das ist das Ende. Definitiv.«
Wortlos fahren wir los. Wohin? Keine Ahnung. Irgendwohin. Market Street, Van Ness Street, wir fahren die Serpentinen der kleinen Lombard Street hinunter, wo wir den Touristen mit ihren Kameras ins Bild laufen. Wir fahren die steilen, hügeligen Straßen hinauf und wieder hinunter und wieder hinauf und wieder hinunter, und so ist die Fahrt sinnbildlich für Melissas emotionale Achterbahnfahrt der Hoffnungen und Enttäuschungen während der letzten Tage. Doch plötzlich schießt mir eine Idee durch den Kopf. Warum haben wir nicht schon vorher daran gedacht? Ja, das ist die letzte Möglichkeit. Wir haben nur noch eine kleine Chance, aber die müssen wir nutzen.
»Melissa! Hörst du?«
Sie sitzt immer noch zusammengesackt wie ein Häufchen Elend auf dem Beifahrersitz ihres Trucks und schaut, ihre Hände zwischen ihren Beinen eingeklemmt, teilnahmslos aus dem Fenster.
»Melissa! Jetzt hör mir einmal zu. Wir haben noch eine Chance.«
Langsam dreht sie ihren Kopf zu mir herüber, starrt mich mit ihren leeren Augen an, ein Blick voller Hoffnungslosigkeit.
»Für welches Team hat denn dein Vater gespielt?«
»Soviel ich weiß, hat er für die Collegemannschaft der UCLA gespielt. Aber dann ist er fort. Und für welche Mannschaft er dann gespielt hat, weiß ich nicht.«
»Aber vorausgesetzt, er ist in diese Gegend gezogen, dann muß er für eine Collegemannschaft gespielt haben. Und er hat bestimmt nicht für

die San Francisco 49ers gespielt, denn dann wäre sein Name ein Begriff in San Francisco.«

»Jetzt verstehe ich, was du meinst.«

Ihr hübsches Gesicht strahlt plötzlich wieder über beide Backen. Wie schnell sie doch von einem Tief in ein Hoch kommen kann.

»Du meinst«, fährt sie fort, »wir müssen bei allen Colleges nachfragen, ob vor sechzehn oder siebzehn Jahren ein Burt Anderson bei ihnen gespielt hat.«

»Genau. Und das machen wir jetzt.«

Der Motor brüllt auf, als ich mit Vollgas und quietschenden Reifen den Truck beschleunige, Melissa aus ihrer dumpfen Lethargie herausreißend, um so schnell wie möglich am Ziel zu sein. Und das Ziel ist klar definiert.

»Und eines ist doch auch klar«, brülle ich ihr entgegen, während ich verzweifelt gegen die Windgeräusche ankämpfe, die aus beiden geöffneten Fenstern zu uns hereindringen, »wenn dein Vater bei der UCLA war, dann wird er höchstens für Stanford oder Berkeley gespielt haben. Was meinst du?«

»Laß uns zuerst nach Stanford fahren.«

»Okay.«

Nach wenigen Minuten biegen wir auf den James-Lick-Freeway ein, der uns, am Flughafen von San Francisco vorbei, wo gerade ein Jumbo-Jet der Lufthansa beinahe bewegungslos in der Luft hängt, als schaffe er es nicht, an Höhe zu gewinnen, nach Palo Alto bringt. Der Verkehr ist am späten Vormittag recht fließend, und wir erreichen Stanford University, ohne größere Verkehrsstaus in Kauf nehmen zu müssen. Für einen Augenblick denke ich an das Konzert, das vor nur wenigen Tagen hier stattgefunden hat. Ich denke an Beate, doch ich schüttle diesen Gedanken ab, als wir uns dem Parkplatz des Verwaltungsgebäudes nähern. Wie auch im DMV-Gebäude arbeitet die Klimaanlage auf Hochtouren, als wir das Registration Office betreten. Ein leichtes Frösteln setzt ein – ist es etwa psychisch bedingt? –, als ich mich zum Schalter bewege, um diesmal die Fragen zu stellen.

»Sie suchen Burt Anderson, der bei uns entweder 1977 oder 1978 als Student immatrikukiert war, richtig?«

Entweder ist mein Englisch so schlecht oder die Frau, so um die Vierzig, nicht unattraktiv, mit einer silberfarbenen Lesebrille versehen, die an einer Kette vor ihrem Busen baumelt, ist furchtbar hohl im Kopf, den-

noch wiederhole ich freundlich meine Eingangsworte. Meine Nerven sind zum Zerreißen gespannt, als ginge es um mein eigenes Schicksal.
»Sie suchen also Burt Anderson, der bei uns entweder 1977 oder 1978 als Student eingeschrieben war, richtig?«
»Richtig.«
Ich lächle sie gequält freundlich an, doch bereue ich es, nicht die Magnum aus dem Handschuhfach mitgenommen zu haben.
»Also dann schauen wir mal … 1977, richtig?«
Meine Hände verkrampfen sich zu einem Würgegriff. Gleich ziehe ich die Alte über den Tisch und mache sie alle. Sie setzt ihre Lesebrille auf und studiert angestrengt die Daten auf dem Monitor.
»1977 … 1977 … Anderson … es war Burt mit ›u‹, richtig? Und nicht Bert mit ›er‹, richtig?«
»Ja, Burt mit ›u‹.«
»Ja … gleich hab ich's … gleich hab' ich's … nein. Nein, Sir, ein Burt Anderson wurde bei uns 1977 nicht registriert. Tut mir leid. Das andere Jahr war 1978, richtig?«
»Richig. Verdammt richtig. Gottverdammt richtig. *Fucking right.*«
»Ich kann Sie wegen gotteslästerlichem Fluchen rauswerfen lassen, wissen Sie das?«
»Sorry, Ma'm. Wird nicht wieder vorkommen.«
»Also, 1978, richtig? Und Burt mit ›u‹, richtig?«
»*Yes, ma'm*, richtig. Sehr wohl richtig. Hundertprozentig richtig.«
»Nun, dann wollen wir einmal sehen, was der Compter ausspuckt. … so … gleich hab' ich's … gleich hab' ich's … Moment. Da! Das ist er! Burt Anderson.«
Mein Herz schlägt wie wild. Ich schaue zu Melissa herüber und winke ihr zu.
»Burt Anderson wechselte von der University of California, Los Angeles, zur Stanford University, um Englisch und Sport zu studieren, aber hauptsächlich, um in der Fußballmannschaft zu spielen. Seine Noten waren nämlich nicht so berauschend. Zum Beispiel in Linguistik …«
»Ja, schön, aber haben Sie eine Anschrift dort im Computer verzeichnet?«
»Hier steht nur Nummer fünfundzwanzig Quintara Street, San Francisco, und eine Telefonnummer. Reicht Ihnen das?«
Sie setzt ihre Lesebrille ab und lächelt uns verlegen an, während ich die Anschrift kurz notiere. »Vielen Dank, haben Sie vielen Dank. Sie glauben gar nicht, wie sehr Sie uns geholfen haben.«

Melissa schüttelt so heftig die Hand der Frau, daß ich eingreifen muß, um Verletzungen zu verhindern.
»Endlich sind wir am Ziel!« jubelt Melissa überglücklich.
Ich hoffe es.
Ich hoffe es für sie.
Ich hoffe es für uns.

Dreizehntes Kapitel

Am Freitag nachmittag sind wir um sechzehn Uhr dreißig von unserer sehr erfolgreichen Mission ins Westmore Hotel zurückgekehrt. Melissa ist wie verwandelt. Aufgeregt rennt sie im Hotelzimmer wie ein gefangener Panther in einem Käfig auf und ab. Ihre Gedanken fliegen wild durcheinander. Es ist schwer, mit ihr ein klares Wort zu reden, sind doch ihre überschwenglichen Emotionen kaum zu bändigen.
»Komm, Mike, laß uns hinfahren, sofort. Komm schon! Worauf wartest du denn noch? Ich halte es hier im Zimmer nicht mehr aus. Es ist zum Verrücktwerden.«
»Melissa, jetzt beruhige dich doch erst einmal. Wie willst du in diesem Zustand mit den Leuten reden, die dort wohnen.«
»Von welchen Leuten redest du? Du redest von meinem Vater, Burt, der dort in der Straße …wie heißt sie noch einmal …ach ja … Quintara Street wohnt.«
»Melissa, ich will dich doch nur vor einer weiteren Enttäuschung bewahren, verstehst du das denn nicht? Vor sechzehn Jahren wohnte dort einmal dein Vater. Vor sechzehn Jahren! Das ist eine Ewigkeit. Weißt du, was in sechzehn Jahren alles passieren kann? Und wenn nun dein Vater dort nicht mehr wohnt, oder wenn er da noch wohnt, was willst du ihm sagen? Und wenn du ihn dort sehen solltest, bist du sicher, daß du ihm keine Vorwürfe machen wirst?«
»*Okay, smart ass,* was soll ich dann deiner Meinung nach machen?«
Sie schaut mich herausfordernd an.
»Melissa, ich weiß es nicht. Ich will nur, daß du nicht so unvorbereitet

wieder in eine Enttäuschung hineinrennst. Ruf doch erst einmal dort an. Wenn sich dort am anderen Ende der Leitung eine ganz andere Person meldet, dann … dann … dann kannst du die Sache vergessen!«
»Okay, ich rufe dort jetzt an, sofort. Gib mir die Nummer.«
Sie atmet tief durch, als sie die Nummer wählt, die ich ihr diktiere. Diesmal hält sie den Hörer etwas vom Ohr weg, damit ich mithören kann. Dicht neben ihr stehend, spüre ich ihre Anspannung. Verkrampft hält sie den Hörer in der Hand, als das *Tut tuut, Tut tuut* einsetzt. Nach einer Weile, die wie eine Ewigkeit erscheint, wird der Hörer abgenommen.
»*Hello?*« Es ist eine Männerstimme.
»Hi, mein Name ist Melissa Buchanan, kann ich bitte mit Burt Anderson sprechen.«
»Soll das ein Witz sein? Burt Anderson wohnt hier seit zehn Jahren nicht mehr. Mit wem spreche ich noch einmal?«
»Melissa Buchanan, ich bin die Tochter von Burt Anderson.«
»Er hat eine Tochter? Davon hat er mir nie etwas erzählt.«
»Aber Sie kennen Burt Anderson, nicht wahr?«
»Jetzt hören Sie einmal, was soll die ganze Fragerei? Ja, ich kenne ihn, oder besser gesagt, ich kannte ihn. Und jetzt Schluß mit der Fragerei, ich habe besseres zu tun, als dumme Fragen zu beantworten. Wer weiß, wer Sie wirklich sind.«
Klick.
»Verdammt, er hat aufgelegt. Er weiß mehr, er weiß viel mehr. Wir sind Burt Anderson ganz dicht auf der Spur! Komm, laß uns hinfahren!«
»Melissa, komm doch erst einmal zur Ruhe. Schlafe dich aus, und dann fahren wir morgen dorthin.«
»Dann fahr ich eben alleine. Ich muß wissen, was aus meinem Vater geworden ist. Dieser Typ weiß mehr, als er am Telefon zugeben wollte.«
Melissa ergreift die Autoschlüssel, die sie bei der Ankunft achtlos auf die Kommode geworfen hatte, und stürmt schon zur Tür hinaus.
»Jetzt warte doch, Melissa, gib mir wenigstens eine Chance, mein Hemd zu wechseln.«
Und wieder fahren wir quer durch San Francisco, dieses Mal auf dem Lincoln Way am Golden Gate Park vorbei, um dann irgendwann in die La Playa Avenue einzubiegen, die sich irgendwo mit der Quintara Street kreuzt. Sofort beim Einbiegen in die ruhige Straße fallen die schönen gepflegten Häuser in der Quintara Street auf, wo riesige Pappeln, die

leise im Wind friedlich rauschen, Schatten spenden. Langsam fahren wir die Straße entlang, um die Hausnummer 25 zu finden.
»Da! Stopp! Halt an!«
Melissa hat das Haus auf der rechten Straßenseite entdeckt, wo ein schief hängendes Schild mit der Hausnummer das Ziel unserer Fahrt ankündigt. Was ich sehe, stimmt mich nachdenklich, erinnert mich das Zerfallene, das Heruntergekommene des Hauses doch sehr stark an meinen ersten Eindruck des Hauses meiner Gastfamilie. Auch hier ist der Zaun halb eingefallen und benötigt dringend einen Anstrich. Der Vorgarten ist mit Unkraut überwuchert, der Rasen ist seit Monaten nicht mehr gemäht worden, und die ehemals weiße Farbe der Hausfassade ist abgeblättert und rissig. Überall am Haus klebt weißer, ätzender Taubenkot, der mir echt Übelkeit bereitet. Als wir uns dem verrosteten Gartentor nähern, weiß ich plötzlich, daß dieser Besuch nicht Gutes mit sich bringen wird, zeugt doch die Verwahrlosung des Gartens und des Gebäudes auch von der Verwahrlosung der Menschen, die hier wohnen, und ich frage mich, als das Gartentor durch sein schrilles Quietschen unseren Besuch ankündigt, welches Schicksal dieses Mal die Menschen zu resignierender Hoffnungslosigkeit getrieben hat. Auch Melissa schaut skeptisch drein, als wir die verrotteten Treppenstufen der Veranda hochsteigen, die unter unseren Füßen beängstigend zu knarren beginnen. Melissa schreckt plötzlich zusammen, als sie den langhaarigen Mann mit einem bis zur Brust reichenden Vollbart in verdreckter Jeanslatzhose in der Eingangstür wahrnimmt, der eine doppelläufige Flinte in seinen Armen hält.
»Keinen Schritt weiter, oder ihr bekommt eine verdammte Ladung Schrot verpaßt, die euch zum verdammten Mond befördert. Also, verpißt euch!«
Drohend hält er nun sein Gewehr zur Unterstützung seiner Worte auf uns gerichtet, doch Melissa ist erstaunlich cool.
»Sie können mich nicht beeindrucken mit ihrer Scheißflinte. Ich muß mit Ihnen reden! Ich habe nichts zu verlieren.«
Melissa bleibt starr und unbeweglich vor der Mündung des Gewehrlaufs stehen. Der Einsiedler überlegt eine lange Zeit, dann senkt er den Lauf zu Boden und beginnt zu sprechen. »Ihr habt vorhin angerufen, stimmt's?«
»Stimmt.«
»Und dann sind Sie, so nehme ich an, die angebliche Tochter von Burt Anderson, stimmt's?«
»Stimmt. Und deshalb muß ich mit Ihnen reden!«

»Worüber?«
»Ich muß ihn finden. Vielleicht können Sie mir sagen, wo ich ihn finden kann.«
»Hören Sie, Sie verschwenden Ihre Zeit. Burt lebt schon seit Jahren hier nicht mehr. Und das ist besser für ihn, denn sollte ich ihm noch einmal begegnen, bringe ich ihn eigenhändig um.«
Verwundert schaut Melissa mich an, als ob ich die Antwort auf die Frage geben kann, warum dieser verbitterte Mann Burt Anderson so haßt, und ich zucke, meine Unwissenheit kundtuend, mit den Achseln als Signal für Melissa, sich wieder dem Mann zuzuwenden.
»Warum hassen Sie meinen Vater so sehr?«
»Ihr Vater? Hören Sie, ich weiß nicht, wer Sie sind. Burt hat niemals eine Tochter erwähnt. Und wenn Sie tatsächlich seine Tochter sind, dann ist es typisch für dieses gemeine Schwein, daß er die Verantwortung abgelehnt hat.«
»Hören Sie, ich weiß nicht einmal, wie Sie heißen, aber können wir nicht einen Augenblick hineinkommen, um über das zu sprechen, was Sie über meinen Vater wissen?«
Wieder vergeht eine lange Zeit des Überlegens, bevor eine kurze, einladende Bewegung mit seiner Flinte uns zur Einkehr in seinen Palast auffordert.
Was ich bei Eintritt in sein Haus sehe, haut mich beinah aus den Socken. Katzen! Ich kann nicht mehr. Und nicht nur eine, sondern, wie mir scheint, Hunderte von Katzen huschen leise in der Wohnung herum, kriechen zwischen meinen Beinen hindurch, doch ich unterdrücke mit aller Kraft den geradezu übermächtigen Impuls, den Viechern sofort den Garaus zu machen, aber nur weil hier ein Gewehr in Reichweite auf dem Küchentisch liegt und weil ich auf Melissa Rücksicht nehme, für die die ersehnten Informationen so zum Greifen nahe erscheinen. Es stinkt penetrant nach Katzenkot in dem verwahrlosten Haus, wo an einigen Ecken Spinnweben herunterhängen. Mir wird übel. Nur ungern setze ich mich auf den Küchenstuhl, den der Katzennarr mir anbietet, springen doch die Katzen unkontroliert überall herum, wobei der Küchentisch das Lieblingsobjekt ihrer Begierde ist.
»Also, was wollen Sie wissen. Ich heiße übrigens Ray Chandler.«
»Okay, ich heiße, wie ich bereits am Telefon gesagt habe, Melissa Buchanan. Meine Mutter Sharon war mit Burt Anderson zwei Jahre lang verheiratet, als er kurz nach meiner Geburt Los Angeles verließ. Meine

Mutter hat draufhin meinen jetzigen Stiefvater geheiratet. Ich suche nun meinen Vater, weil ich ihn kennenlernen will. Und deshalb benötige ich alle Informationen, die ich bekommen kann.«

»Nun gut. Obwohl Ich ihren Vater abgrundtief hasse, werde ich alles sagen, was ich weiß.« Der Typ hat tatsächlich eine der tausend Katzen in die Arme genommen und streichelt zärtlich ihren Rücken, so daß sie zu schnurren beginnt. Gott, gib mir Kraft, dieses Gespräch durchzuhalten. Leise und langsam kommen seine Worte aus ihm heraus, als wolle er mich quälen.

»Burt kam 1978 nach San Francisco. Ich hatte ihn in einem der Seminare an der Uni kennengelernt. Er war ein echter *hot shot*, der glaubte, irgendwann ein großer Fußballstar werden zu können. Er spielte in der Collegemannschaft und glaubte an den großen Durchbruch. Alle bewunderten ihn, ja beneideten ihn, und das nicht nur, weil er gut aussah oder weil er gut gebaut war, ein Typ, dem Frauen nachliefen, nein, sie bewunderten ihn wegen seiner Rücksichtslosigkeit. Burt war ein Gewinnertyp, der anscheinend alles bekam, was er wollte. Und jeder sehnte sich danach, ein Freund von Burt zu sein, um mit ihm im Rampenlicht zu stehen. So war auch ich ein Freund von Burt. Die Freundschaft ging so weit, daß wir uns entschlossen hatten, zusammen ein Haus zu kaufen, das wir gemeinsam finanzieren wollten. Burt war zwei Jahre älter als ich. Ein Jahr später, nachdem wir das Haus gekauft hatten, heiratete ich Susanne. Sie war für mich die schönste Frau, die ich je gehabt hatte. Langes, schwarzes Haar, ein hübsches Lächeln, ihre blauen Augen, ihre Stimme war so sanft und zärtlich, ihre Figur war traumhaft schön. Sie war so schön, daß ich sie gar nicht verdient hatte. So ab diesem Zeitpunkt, als Susanne nach der Heirat zu uns zog, begannen die Probleme. Burt, das Schwein, versuchte, sich an meine Frau heranzumachen. Freundschaft zählte für ihn nicht. Er konnte, so wie er aussah, alle Frauen der Welt haben, aber nein, er mußte das haben, was ihm rechtlich nicht zustand. Immer öfter machte er ihr Avancen, und irgendwann, es war am Ende des zweiten Jahres, geschah es dann. Als ich von einer Vorlesung nach Hause kam, erwischte ich beide auf der Couch im Wohnzimmer. Es gab einen fürchterliche Szene. Wir prügelten uns. Aber es war nicht so sehr Burt, den ich mit meinen Schlägen treffen wollte, es war Susanne, die mich so sehr enttäuscht hatte. Danach war das Leben in dem Haus die reinste Hölle. Obwohl ich meine Frau liebte, haßte ich sie von diesem Zeitpunkt an. Hätte sie es mit einem anderen getrieben, gut, ich wäre darüber hinweggekommen, aber ausgerechnet mit Burt, diesem *hot shot*, dem alle Frauen hinterherliefen. Verdammt! Ausgerechnet mit ihm trieb sie es!«

Im hohen Bogen fliegt die Katze, die er vorher so liebevoll gestreichelt hat und nun aufgrund der schmerzhaften Erinnerung an die Vergangenheit vor Wut hochschleudert, durch die Luft und landet recht unsanft, wie ich erfreut feststellen muß, auf dem Boden. In den Erinnerungen schwelgend, fährt er fort, Melissas Vater zu charakterisieren.

»Unsere Freundschaft war damit natürlich eigentlich beendet, doch allein finanzielle Erwägungen – wir wollten das Haus nicht verlieren – veranlaßten uns, es noch einmal gemeinsam zu versuchen, doch es war die Hölle. Die versteckten Anspielungen, die Ungewißheit, ob sie es nicht miteinander trieben, während ich außer Haus war, die Nächte mit Susanne, wenn ich wußte, daß Burt nebenan im Zimmer war, all dies führte zu unbeschreiblichen psychischen Spannungen, bis ... ja ... bis etwas geschah, daß Burts Glauben an die Zukunft und an seine Unbesiegbarkeit in seinen Grundmauern erschütterte. Bei einem Zusammenprall mit einem Gegenspieler brach er sich ein Bein. Ein furchtbares Geräusch. Es war so laut, daß man es bis auf die Tribüne hören konnte. Damals wußte ich, daß seine Karriere vorbei war. Und so kam es denn auch. Der Beinbruch war so kompliziert, daß er niemals wieder hundertprozentig fit sein würde, für eine Profimannschaft zu spielen. *Tough.* Das Leben ist brutal. Burt Anderson, der Held der Frauen, der zukünftige Superstar, war im Arsch. Aus. Vorbei. *Fucked up.* Von da an ging's den Berg runter. Er verfiel mehr und mehr dem Alkohol, kam lange Zeit nicht mehr hoch, doch Siegertypen gewinnen im Leben, auch wenn sie ganz unten sind. Je tiefer er sank, desto intensiver wurden Susannes Gefühle für ihn. Sie kümmerte sich um ihn, redete ihm zu, das Studium zu beenden, um wenigstens als Sportlehrer das Leben bestreiten zu können. Nicht gerade vielversprechende Aussichten für jemanden, der von Millionen träumte. Doch eines Tages, ich glaube, es war 1982, war es dann soweit. Burt Anderson zog in Richtung Lake Tahoe, um nach dem Abschluß seines Studiums dort einen Lehrerposten in irgendeinem trostlosen Kaff anzunehmen. Und er nahm Susanne mit. Das einzig Kostbare, das ich jemals besaß.«

Ray Chandler sitzt stumm am Tisch, seinen Blick auf den Fußboden gerichtet, ein lebloser Körper, zusammengesackt, dem jegliche Vitalität verlorengegangen ist. Es ist unheimlich still im Haus.

Melissa schaut den Mann lange an, bevor sie zu flüstern beginnt.

»Wissen Sie vielleicht genau, in welche Stadt oder in welches Dorf mein Vater gezogen ist?«
Langsam blickt er vom Fußboden auf.
»Hören Sie, ich bin müde. Bitte gehen Sie jetzt.«
»Aber ich muß es wissen! Können Sie das nicht verstehen?«
»Ich glaube, sie zogen nach Carson City, in ein gottverdammtes Wüstenkaff. Und jetzt gehen Sie bitte.«
»Und er hat mich nie erwähnt?«
»Hören Sie, Burt war ein Mensch, der nicht zurückblickte. Für ihn gab es nur die Gegenwart und die Zukunft. Vielleicht machte ihn das so stark. Aber er hat nie etwas über Sie erzählt oder über seine Zeit vor seiner Ankunft in San Francisco. Und jetzt bitte ich Sie zum letzten Mal zu gehen.«
Ein wohliger Schauer durchzieht meinen Körper, als wir das dunkle, unheilvolle Haus verlassen und uns die warmen Sonnenstrahlen empfangen, die mich fröhlich, ja beinah ausgelassen stimmen. Nur weg von diesem Haus! Weg von diesem Zombie!
»*This was fucking scary, man!*« ruft Melissa aus, ebenso froh wie ich, das Haus verlassen zu können. »Habe ich einen Hunger! Laß uns etwas essen gehen, Mike. Und gib Gas. Der Typ deprimiert mich. Wie alt ist er wohl? Achtundreißig oder vierzig? Und lebt schon wie ein Zombie. Und das wegen einer Frau! Als gäbe es nur die eine Frau im Leben! Der Typ ist doch total beknackt.«
»Vielleicht ist das wahre Liebe, Melissa?«
»Und wenn man dabei draufgeht? Ist das wahre Liebe? Scheiße.«
»Na ja, immerhin haben wir jetzt einen neuen Anhaltspunkt.«
»Carson City. Das ist schon Nevada. Aber was er über meinen Vater gesagt hat, das ist schon hammerhart. Er hat mich nie erwähnt.«
»Und das sollte dir zu denken geben.«
Sie schaut mich an, als ich den Truck in Gang setze.
Ich schaue sie an.
»Na, ist doch wohl klar.«
»Okay, okay, ich versuche, die ganze Sache jetzt realistisch anzugehen. Trotzdem, ich muß ihn finden. Ohne ihn bin ich am Ende.«
Ich schaue Melissa an, schüttle verständnislos den Kopf und gebe Gas, nicht ohne vorher noch einmal einen Blick auf das verwahrloste Haus zu werfen, in dem ein verlorener Geist haust, der Opfer einer selbstzerstörerischen Idealisierung geworden ist.

Während der Rückfahrt zum Hotel haben wir uns entschlossen, am nächsten Morgen so früh wie möglich nach Carson City zu fahren, das, so schätzen wir, nur zweihundert Meilen von San Francisco entfernt ist. Trotzdem, so glauben wir, wird das Unterfangen einen ganzen Tag in Anspruch nehmen, und ich wage nicht daran zu denken, was geschehen wird, wenn die letzte Hoffnung wie eine Seifenblase zerplatzen sollte.
»Da … da … o nein … da ist Frank!«
Melissa ist plötzlich zu Tode erschrocken, als wir kurz vor neunzehn Uhr langsam die Market Street auf der Höhe von Powell Street entlangfahren. Angestrengt schaut sie aus dem Seitenfenster auf den Bürgersteig in Richtung der Drehscheibe, wo eine größere Ansammlung von Touristen auf ein Cable Car wartet, die aber noch nicht zu sehen ist.
»Das war Frank! Da bin ich ganz sicher!«
»Du meinst deinen Bruder, der sich in meinem Zimmer immer einen runterholt? Was soll denn dein Bruder hier in San Francisco?«
»Er sucht mich! Denkst du etwa, er ist allein hier? Bestimmt ist Jack dabei.«
»Melissa, bist du sicher, daß du Frank wirklich gesehen hast? Ich meine, da laufen Hunderte von Touristen herum. Und du willst Frank unter all den Menschen gesehen haben?«
»Wenn du mir nicht glaubst, dann laß es eben! Aber ich weiß, er will mich zurückhaben.« Sie öffnet das Handschuhfach und nimmt den schweren, schußbereiten Revolver in die Hand. »Bevor das passiert, erschieße ich ihn.«
»Melissa, jetzt leg die Waffe weg. Das Ding macht mich nervös. Außerdem, wieso sollten die beiden uns ausgerechnet hier suchen?«
»Was weiß ich? Vielleicht weiß meine Mutter mehr über Burt, als sie mir gesagt hat? Vielleicht hat sie ihr Leben lang Informationen zurückgehalten, um mich an so einem Schritt zu hindern? Vielleicht weiß sie sogar, wo er wohnt.«
»Verdammt, verdammte Scheiße …o nein … ich kann nicht mehr …weißt du, was das bedeutet?«
»Das bedeutet, daß wir morgen Frank und Jack in Carson City sehen werden. Komm, fahr los!«
»Wohin?«
»Munition kaufen! Was denn sonst? Meinst du, ich komme mit sechs Schuß aus?«
»O, Scheiße.«

Sollte Melissa recht haben? Sollten Frank und Jack wirklich wissen, wo Burt Anderson wohnt? Aber warum wollen sie Melissa zurückholen, wenn ihnen doch eh nichts an ihr liegt. Vielleicht ist es die Angst vor einer Anzeige, die sie zu der Suche veranlaßt? Und wo ist dann Mrs. Buchanan?
Mir kommt in den Sinn, daß ich unbedingt mal Tom anrufen sollte, um ihn zu beruhigen. Er wird sich Gedanken machen. Ich habe eine Woche blau gemacht. Nicht schlecht! Eine Woche ohne diese schwachsinnigen Aufsätze von Mrs. Jones, die eh nichts bringen. Vielleicht sollte ich einen Erlebnisaufsatz über die Suche nach Melissas verlorenem Vater schreiben? Niemand würde mir die Story abkaufen, so bizarr und unglaubwürdig, wie sie ist, und doch sitze ich hier neben einer Kalifornierin, die eine schwere Magnum aus blankem, rostfreien, kalten Stahl in ihrem Schoß hält, grimmig entschlossen, diese fürchterliche Waffe mit einer Reichweite von zweitausend Metern zu benutzen, um ihrem Stiefvater die Eier abzuschießen und ihren Bruder gleich dazu. Verrückt! Total verrückt! Ob Tom wohl schon meinen Vater angerufen hat? Seit meinem letzten Anruf bei der Ankunft in Palmdale habe ich mit meinem Vater nicht mehr gesprochen, noch habe ich ihm eine Ansichtskarte geschrieben. Er wird sich Gedanken machen, oder etwa nicht? Egal. Ich werde ihn heute abend um elf Uhr anrufen, so daß er nicht zu früh aus dem Bett geworfen wird. Ich habe niemandem eine Ansichtskarte geschrieben. Nicht einmal Maria. Aber ist das ein Wunder? Von Urlaubserholung kann keine Rede sein. Ich kratze an meiner Wunde und weiß, daß ich dringend einen Arzt aufsuchen muß, der mir diese gottverdammten Fäden zieht. Was ist, wenn Melissa tatsächlich morgen auf die Buchanans trifft? Ich habe den totalen Schiß, doch ich versuche mich mit dem Gedanken zu beruhigen, daß es nicht Frank war, den Melissa vor wenigen Minuten gesehen hat. Ich werde brutal aus meinen Gedanken herausgerissen.
»Halt an! Da ist ein Waffengeschäft!«
Melissa geht alleine in den Laden und kommt mit zwei Packungen großkalibriger Munition zurück.
»Hundert Schuß dürften wohl ausreichen, um meine Schrottfamilie auf den Müllplatz zu schicken, wo sie hingehören. Und falls Jack morgen in Carson City ist, schieße ich ihm die Eier ab. Mit jedem Schuß ein Ei. Und dann jage ich ihm eine Kugel in seinen fetten Wanst, und dann kommen die Kniescheiben dran, und dann … wenn er mich anfleht …wenn er

mich anfleht, ihn zu erschießen, lasse ich das Schwein in der Wüset verrecken, daß die Geier ihre Freude an ihm haben werden, wenn sie ihm bei noch lebendigem Leibe die Augen aushacken, die am besten schmecken, und wenn die Klapperschlangen in seinen offenen Wanst kriechen, wo seine Gedärme heraushängen, um dort ihre Eier abzulegen. Dieses Schwein, diese Sau! Mit mir nicht mehr. *Don't fuck with me anymore*!«

Der blanke Haß steht in ihren Augen.

»Und dann kommt Frank dran, Jacks Lieblingssohn, dieser mißratene Wichser. Und ganz zum Schluß kommt meine Mutter dran. Was heißt hier Mutter? Sie ist nie eine Mutter gewesen. Sie ist ein verdammte Hure. Ich mache sie ganz zum Schluß kalt.«

»Bist du jetzt fertig?«

Melissa atmet tief aus.

»Ja, ich bin fertig.«

»Okay, ich habe echten Kohldampf. Wie wär's denn mit einem saftigen Steak beim Sizzler?«

Auch im Bett zeigt sich abends ihre entschlossene Aggressivität, als wolle sie sich mental auf den nächsten Tag einstimmen. Was Mrs. Buchanan nicht gelungen ist, gelingt Melissa. Ich werde von ihr vergewaltigt. Auch nach dem vierten Mal – oder ist es etwa schon das sechste Mal? – schafft sie es, mein Ding brutal aufzurichten und pflanzt sich – woher sie nur das Beispiel hat? – mit grimmiger Entschlossenheit auf mein Teil, während ich auf dem Rücken liege und von ihr festgehalten werde. *Basic Instinct* läßt grüßen, denke ich so, doch ich liebe sie, wehre mich nicht und trage so meinen Teil zu der gelungenen Vergewaltigung bei. War es der *fuck of the century*? Egal. Auch sie hat aber irgendwann zum Glück genug und landet sanft in meinen Armen, um glücklich erschöpft neben mir einzuschlafen.

Sollte ich gedacht haben, nun für ein paar Stunden vor ihr Ruhe zu haben, so werde ich am frühen Samstag morgen eines Besseren belehrt. Es ist der 13. August, und nur ein abergläubischer Vollidiot würde dem Datum eine Bedeutung beimessen.

»Komm, steh auf, Mike. Es wird Zeit.«

Frisch geduscht sitzt Melissa im Sessel und überprüft noch einmal ihren Revolver und poliert ihn schließlich liebevoll mit einem Stofftuch.

»Komm, steh auf, du Schlafmütze«, wiederholt sie ihren Befehl, als sie merkt, daß ich keine Reaktion zeige. Unsicher taste ich nach meiner Armbanduhr auf dem Nachttisch.

»*Fuck!* Melissa, was soll das? Es ist erst sieben Uhr.«
»Wir wollten doch so früh wie möglich losfahren. Hast du das vergessen?«
»Okay, okay.«
Mühsam kämpfe ich mich aus dem Bett und trotte schlaftrunken ins Bad. Der Versuch, Melissa einen Guten-Morgen-Kuß zu geben, schlägt kläglich fehl. Mit einer kurzen Seitwärtsbewegung weicht sie flink aus, und meine Vorwärtsbewegung geht ins Leere.
»Heute kein Sex, keine Zärtlichkeit, keine Liebe. Ich bin der Racheengel, und wahrlich, ich sage euch, tut Buße, denn meine Rache wird fürchterlich sein.«
Sie hat definitiv zu oft *Pulp Fiction* gesehen, aber ich lasse sie in Ruhe die Waffe polieren, in der Überzeugung, daß das wirkliche Leben nicht wie in einem Film abläuft. Einer plötzlichen Eingebung folgend rufe ich Tom an, der über mein Verschwinden, so denke ich mir mal, ein wenig besorgt sein dürfte.
»Hi, Tom, wie geht's?«
»Pichalski, willse mich verarschen?« brüllt Tom so laut ins Telefon, daß ich den Hörer vom Ohr nehmen muß. »Gezz paß ma genau auf. Ich hab schonn son Hals. Ich bin hier am Herumrennen wie son Bekloppten und such dich überall. Ich weiß nich wode biss, aba gezz schibse dein Arsch sofort wieder hierher, sonst bin ich sofort anne Strippe und ruf deinen Vadder und Liegner an, verstehse mich. Und dann sitzte im nächsten Flieger ab nach Dschörmäni, is das klaro? Wo bisse überhaupt?«
»In San Francisco.«
»Wat?« Wenn ich jetzt den Hörer am Ohr gehabt hätte, wäre mir das Trommelfell geplatzt. Dann hat es Tom für einen Augenblick die Stimme verschlagen, und ich ergreife die Gelegenheit und erkläre meinem *leader* die Situation.
»Meine Fresse. Da hasse aber ganz schön wat am Hals. Wenne wills, komm ich hoch und helfe dir.«
»Nix. Das laß mal schön sein. Ich bin in wenigen Tagen wieder bei euch. Tschüs.«
Ohne auf eine Antwort zu warten lege ich auf.
Nach dem Anruf bei Tom war der Anruf bei meinem Vater ein Gespräch mit einer anderen Welt, die so gänzlich unschuldig und unberührt ist von der bizarren Welt, in der ich gerade lebe. Mein Vater ist sofort am Telefon. Für einen kurzen Augenblick, als ich seine Stimme Tausende von Kilometern entfernt höre, treibt es mir die Tränen in die Augen.

»Wie geht es dir, Junge? Ist alles in Ordnung? Ich habe ständig auf einen Anruf gewartet.«

Was hätte ich ihm in diesem Augenblick sagen sollen? Hätte ich ihm sagen sollen, daß ich einer Vergewaltigung durch meine Gastmutter knapp entkommen bin? Hätte ich ihm in diesem Augenblick sagen sollen, daß ich kurz vor einem möglichen Showdown mit den Buchanans in Carson City stehe? Ich kann nicht mehr.

»Papa! Hier … hier ist alles … alles in Ordnung. Alles ist vom … vom …Feinsten, ehrlich, ohne Scheiß.« Hört er, wie zittrig meine Stimme klingt?

»Dann bin ich aber beruhigt. Ich hatte bei euch vor drei Tagen mal angerufen, aber Mrs. Buchanan sagte am Telefon, ihr wärt gerade mit der Gruppe in San Francisco. Und ich dachte, es war vorige Woche.«

»Nee, Papa, wir sind … wir sind gerade von dem Trip zurückgekehrt. San Francisco ist voll geil. Ehrlich. Auch die Buchanans sind … sind … ehm…voll in Ordnung. Eine liebe, nette, total sympathische Familie.«

»Na, das freut mich zu hören, daß du so einen Spaß in Kalifornien hast. Schließlich habe ich ja auch einen schönen Batzen Geld hingeblättert für die Reise. Wie spät ist es denn bei euch in Palmdale gerade? Bei uns ist es acht Uhr abends.«

»Bei uns ist es elf Uhr vormittags. Papa?«

»Ja?«

»Wie … wie … wie kommst du zurecht? Ich meine … ich …«

»Mache dir keine Gedanken, mein Sohn. Es geht schon. Die Arbeit hält einen in Trab. Verstehst du? Sie vertreibt die Gedanken.«

»Hätte ich nicht vielleicht doch besser zu Hause bleiben sollen, ich meine …«

»Unsinn. Wer weiß, ob du jemals wieder dorthin kommst. Mach dir keine Vorwürfe.«

»Ja, ich weiß, aber manchmal …. also, macht dir keine Sorgen. Holst du mich nächste Woche in Frankfurt ab?«

»Aber selbstverständlich. Ich vermisse dich. Also bis nächste Woche, mach's gut Michael.«

»Bis dann.«

»Ach, Michael?«

»Ja?«

»Maria hat gestern aus der Türkei bei uns angerufen. Sie dachte, du wärst schon wieder zurück aus den USA. Also, bis nächste Woche.«

So ein Telefongespräch bringt einen total aus der Fassung. Ehrlich. Doch es hatte auch etwas Positives. Es stärkte meinen Glauben an einen guten Ausgang der Melissa-Burt Anderson-Affäre. Sie wird ihren Vater finden, bei ihm bleiben, und die Person, die Melissa für Frank hielt, wird sich nur als ein Spuk erweisen. Ich würde auf jeden Fall meinen Flieger in acht Tagen erwischen, der mich hier herausholt. Und Maria? Was hat ihr Anruf zu bedeuten?

Es können doch nur quälende, nagende, ja beklemmende Schuldgefühle gewesen sein, die sie an das Telefon getrieben haben, um mich um Verzeihung zu bitten. Oder sind gar ernsthafte, unüberwindbare, irreparable zwischenmenschliche Probleme Anlaß ihres Anrufes? Wurde sie vielleicht getreten, geschlagen, blau geprügelt oder in irgendeiner anderen Weise brutal malträtiert, so daß sie nun wie ein reuiger Hund mit eingeklemmtem Schwanz zu mir zurückkommen will? Nun gut, ich werde ihr vergeben. Schließlich ist auch die wahre Größe eines Herrschers, Gnade walten zu lassen. Oder … oder hat sie … etwa nur aus Langeweile angerufen? Lassen wir das.

Und schon wieder sind wir auf der Straße – *back on the road again.* Um Viertel vor acht an einem Samstag morgen sind die Highways noch relativ leer. Nachdem wir die Oakland Bay Bridge überquert haben, sind wir nach einer guten dreiviertel Stunde auf dem Highway 80, der uns direkt nach Sacramento, in die kalifornische Hauptstadt, führt. Aus dem Radio erklingen Rock Classics. Zuerst *Led Zeppelins Kashmir,* ein Sound, der echt nicht schlecht ist, faselt jetzt Jim Morrison von *The Doors* etwas von *»this is the end«,* und ich schaue Melissa an, und ich weiß, ich sollte den Sender wechseln. Sie kommt schlecht drauf. Schon jetzt während der Fahrt merke ich, daß von ihrer Aggressivität, von ihrem »Get-Up-And-Go-Spirit« nicht mehr viel übrig geblieben ist. Ich fummle hastig am Suchlauf herum. Dieser depressive *Doors*-Shit ist zum Kotzen. Dann lieber Madonna, die nach verzweifeltem Suchen in irgendeinem Sender erklingt.

»He, Melissa, dieses Lied ist für uns.«

Whether it's heaven or hell I'm gonna be living to tell … a little bit up and down and all around it's all about survival.

Doch Melissa reagiert nicht.

»Melissa, darf ich erfahren, falls du noch mit mir sprichst, was dich jetzt schlecht draufkommen läßt. Ich meine, vor ein paar Stunden warst du noch der Racheengel und jetzt … jetzt … sitzt du hier herum wie

McMurphy, der Typ aus *Einer flog über das Kuckucksnest,* nach seiner letzten Gehirnoperation in der Psychiatrie.«

Sie lächelt.

Na endlich.

»Oh, Mike, was ist, wenn er dort wirklich lebt und mich nicht bei sich haben will?«

»Melissa, langsam geht mir das Ganze auf den Zeiger. Wir fahren da jetzt hin, und wenn dein Vater auf dich scheißt, dann …dann … dann kommst du eben mit nach Deutschland.«

»Meinst du das wirklich? Ich könnte nie mehr zurück nach Palmdale. Aber, was du gesagt hast, meinst du nicht ernst, stimmt's?«

Ich schaue sie an. Ihre großen Augen sind erwartungsvoll weit aufgerissen. Ich kann sie jetzt nicht enttäuschen. Die Worte sind wie das Urteil eines Richters unwiderruflich gefallen und geben Melissa eine neue Hoffnung, die mit einer neuen Zukunft verbunden ist. Doch ist es wirklich eine Zukunft?

»Melissa, warten wir den heutigen Tag ab, okay?«

»Mhm.«

In Sacramento angekommen, bleiben wir auf der rechten Spur der Fahrbahn, die uns auf den Highway 50 in Richtung Placerville bringen wird, wie es das grüne Hinweisschild über unseren Köpfen, als wir darunter wegfahren, ankündigt. Nach einer guten Stunde Fahrt haben wir das herrlich bewaldete, auf zweitausend Metern Höhe liegende Skigebiet erreicht. Und vor uns glitzert in tiefem Blau, zwischen den hohen Tannen hindurch, der Lake Tahoe. Doch Melissa hat kein Auge für die Schönheit der Natur. Sie will weiter. Und so setzen wir unsere Fahrt fort, am Lake Tahoe vorbei, wo kleine weiße Segelboote das herrliche Tiefblau des Sees durchkreuzen, in Richtung der Staatsgrenze zu Nevada. Und es ist schon verdammt eigenartig, ja beinah unglaublich, wie sich das Landschaftsbild innerhalb von wenigen Minuten ändert. Von der Landstraße aus, hoch oben, die nun aber wieder, nachdem wir die bewaldeten Höhenlagen des Lake Tahoe verlassen haben, steil hinunterführt, erblicken wir unter uns, nur einige Meilen entfernt, ein Wüstenpanorama mit Carson City am fernen Horizont. Und tatsächlich, sobald wir die Landstraße hinuntergefahren sind, unterscheidet sich nichts von der kargen Wüstenlandschaft in Palmdale. Klasse. Ich komme beim Anblick der Wüste mal wieder schlecht drauf.

»Ab jetzt müssen wir Ausschau halten. Wenn du einen alten, verrosteten Ford Pinto siehst, sagst du mir Bescheid, okay?«
Und wie zur Betonung ihrer Worte legt sie den Revolver griffbereit auf ihren Schoß, nicht mehr gewillt, ihren rechten Zeigefinger vom Abzug der Waffe rutschen zu lassen. Noch zehn Meilen, und wir haben Carson City gegen Mittag erreicht. High Noon ist angesagt. Samstag mittag in Carson City ist wie ein Besuch auf einem Friedhof. Die unglaubliche Mittagshitze vertreibt die Menschen von den Straßen, macht sie zu Gefangenen ihrer Wohnungen und Häuser. Ein leichter Wind treibt trockenes Gestrüpp über die leergefegten Straßen, das sich da und dort an den Telefonmasten verheddert. Kein Laut ist zu hören. Es herrscht eine Totenstille, als wir langsam in die Hauptstraße einbiegen, um eine Telefonzelle zu finden. Ich spüre, wie der Schweiß an meinem Rücken langsam hinunterläuft. Einige der Inhaber der noch geöffneten Geschäfte fegen aus Langeweile den Bürgersteig vor ihren Ladeneingängen, doch kämpfen sie vergeblich gegen den Wüstenstaub an, der vom Norden in die Stadt hineinweht. Interessiert schauen sie zu uns hinüber, als unser Truck vor einer Telefonzelle hält, wo ein Telefonbuch vorhanden ist, das noch nicht halb zerissen ist. Melissa gibt mir ihren Revolver, den ich in mein schweißnasses Jeanshemd stecke, damit sie ihre Hände zum Telefonieren frei hat. Mit zittrigen Händen ergreift sie das an einer Kette hängende Telefonbuch und beginnt zu suchen.
»Verdammt ... verdammt ... ich kann ihn nicht finden.«
Ihr Zeigefinger fährt hastig über die Liste der Namen, doch kein Burt Anderson ist in dem Telefonbuch eingetragen.
»Scheiße. Scheiße. Gottverdammte Scheiße. Alles umsonst.«
»Gib mal her!«
Ich kann es nicht glauben. Hat Ray Chandler uns vielleicht doch auf eine falsche Fährte gelockt? Ich gebe Melissa den Revolver, den sie unter ihrer Achselhöhle versteckt, so gut es geht. Immer wieder schaut sie nervös aus der Telefonzelle hinaus. Die Hitze staut sich in der Kabine, daß ich für einen Augenblick glaube, ersticken zu müssen. Noch einmal gehe ich die Liste der Namen durch.
»S. Anderson! Das ist es doch! Mensch, Melissa, das muß es sein ... Susanne Anderson! Verstehst du?«
»Du hast recht ...du hast recht ....ja, ja, ja ja, du hast recht ...das ist sie! Verdammt noch mal, das muß sie sein! Oh lieber Gott, bitte! Laß es sie sein!«

»Jetzt komm! Ruf an!«
Wieder übergibt sie mir den Revolver. Mit zittrigen Händen läßt sie die fünfundzwanzig Cent in den Schlitz des Münzfernsprechers fallen. Und wieder diese furchtbare Anspannung! *Tut tuut. Tut tuut. Tut tuut.*
»Verdammt, geh doch dran! Geh doch dran ... ja!...hallo! ... sind Sie Susanne Anderson?! ...mein Name ist Melissa Buchanan... ich bin Burt Andersons Tochter .... kann ... *Klick* ... verdammt ... gottverdammte Scheiße ...sie hat aufgelegt!«
»Ruhig...ganz ruhig...Melissa. Das ist ein verdammt gutes Zeichen!«
Sie schaut mich in ihrer Verzweiflung fragend an.
»Ja, verstehst du's denn nicht? Wäre sie nicht Susanne Anderson, Burts Frau, hätte sie bestimmt mit dir gesprochen. Überleg doch einmal, du wirst angerufen, hast noch nie von einer Tochter deines Ehemanns gehört, und dann ruft jemand an und stellt sich als Tochter des Ehemanns vor. Nun?«
»O Scheiße, daran habe ich noch gar nicht gedacht!«
Wieder reißt sie die Seite aus dem Telefonbuch und rennt mit ihr zum Truck.
»Los! Fahr endlich!«
»Wenn ich wüßte wohin!«
»Elder Creek Road. Nummer zehn, Elder Creek Road. Juhhuhhh, wir sind verdammt nah dran. Los! Fahr doch endlich!«
An der nächsten Tankstelle haben wir die benötigte Information. Vier Blocks geradeaus, dann an der Ampel rechts, und es wäre das hellgrüne Haus auf der linken Seite.
»Und ab jetzt müssen wir höllisch aufpassen. Wenn die wissen, wo sie wohnt, dann wette ich mit dir, daß sie auf uns warten werden. Das wette ich mit dir. Aber meine Rache wird süß sein.«
Zum wiederholten Male streichelt sie ihren Revolver wie ein kleines, süßes Baby.
»Ja, meine Rache wird süß sein.«
Je näher wir uns der Elder Creek Road nähern, desto häufiger schauen wir unruhig aus dem Fenster unseres Trucks, jedes vorbeifahrende oder parkende Auto genau inspizierend.
»Noch ein Block und dann rechts. Da hinten! Da hinten ist schon die Verkehrsampel!«
»Jetzt bleib cool, Melissa. Du machst mich ja ganz nervös.«
»Jetzt rechts! Du mußt rechts fahren!«

»Ja! Ist ja schon gut, Mann. Paß du lieber auf, daß uns das Affengesicht nicht in den Weg läuft.«
Wir sind in die Elder Creek Road eingebogen. Vereinzelte, recht weit verstreut liegende, eingeschossige Häuser sind links und rechts zu erkennen, doch es ist schwierig, die Hausnummern auszumachen. Mit zugekniffenen Augen suchen wir jede Häuserfront nach den Schildern mit den Nummern ab.
»Wir sind da! Mein Gott! Wir sind am Ende unserer Reise! Da ist es! Nummer zehn Elder Creek Road!«
Melissa hat das Haus zuerst erkannt. Es ist in der Tat ein hellgrünes Haus, klein zwar, aber auf den ersten Blick macht es einen gepflegten Eindruck. Auf der Veranda stehen zwei Schaukelstühle, die im Wind leicht auf und ab wippen. Eine große Schüssel mit Pflanzen, die weit über die Schale hinausgewachsen sind, hängt an einer Kette, die an einem Dachbalken der Veranda befestigt ist. Oberhalb des Garagentors neben dem Küchenfenster ist ein Basketballkorb befestigt und deutet unmißverständlich darauf hin, daß Susanne Anderson Kinder haben muß, doch von Kindern ist weder etwas zu hören noch zu sehen. Vorsichtig biegen wir in den betonierten Vorhof ein und halten vor dem Garagentor. Leise lassen wir die Türen ins Schloß fallen. Unsere Ankunft soll niemanden in der absoluten Stille dieses heißen Frühnachmittags erschrecken. Vorsichtig und schweigsam nähern wir uns der Eingangstür. Nur das leise Flattern der amerikanischen Flagge im Wüstenwind, verbunden mit dem leisen metallischen *Kling-Kling* der dünnen Seile, die gegen die eiserne Fahnenstange vor dem Haus schlagen, ist zu vernehmen, als unser Läuten an der Haustür die friedliche Stille durchbricht.

Vierzehntes Kapitel

Ich verstehe nun, als die beinahe durchsichtige Glastür am Eingang vorsichtig geöffnet wird, warum Ray Chandler, Burt Andersons ehemaliger Mitbewohner, dieser Frau verfallen ist. Nach seiner Beschreibung muß dies Susanne Anderson sein. Sie ist wirklich traumhaft schön. Kaum vorzustellen, daß Ray Chandler, der

Geist in der Quintara Street, diese Frau einmal besessen hat. Ihr pechschwarzes schulterlanges Haar kontrastiert auffallend zu den tiefblauen Augen, aus denen sie uns scheu mustert. Erst jetzt bemerke ich eine kleine Narbe unterhalb ihres linken Auges, die aber in keinster Weise die ebenen Gesichtszüge beeinträchtigt, sondern sie eher noch hervorhebt. Sie hat eine makellose Jeansfigur trotz ihres Alters, das ich aufgrund der ersten Falten in ihrem Gesicht um die fünfundvierzig schätze. »Mrs. Anderson? Mrs. Susanne Anderson?« frage ich vorsichtig, bedacht, um die Frau vor der Impulsivität Melissas zu schützen.

»Ich nehme an, ich habe mit Ihnen vor ein paar Minuten am Telefon gesprochen?«

»Dürfen wir für einen Augenblick reinkommen?«

»Ich wüßte nicht wozu?«

»Sehen Sie, wir sind den ganzen weiten Weg aus Los Angeles gekommen, in der Hoffnung, einige Informationen bezüglich Ihres Ehemanns, Burt Anderson, zu erhalten.«

Sie schaut Melissa prüfend an.

»Und Sie wollen die Tochter von Burt Anderson sein?«

»Hören Sie, ich bin die Tochter von Burt Anderson.«

Mit einer abwertenden Geste schaut Elisabeth Taylor Melissa herausfordernd an.

»Burt hat mir nie etwas von einer Tochter erzählt.«

Ich schalte mich vermittelnd wieder in das Gespräch ein. »Können Sie sich nicht vorstellen, wie wichtig es für meine Freundin ist, ihren Vater zu finden, den sie sechzehn Jahre lang nicht gesehen hat?«

»Ist er im Haus? O mein Gott, was sage ich ihm bloß?« Melissa hat sich ein wenig über meine Schulter gebeugt, um ins Haus schauen zu können, doch bleibt ihr ein Blick auf ihren Vater versagt. Hin- und hergerissen, ob Susanne Anderson uns Einlaß gewähren oder die Polizei informieren soll, gibt sie schließlich ihrem ersten Impuls nach, tritt einen Schritt zurück, und öffnet uns einladend die Tür.

»Meinetwegen, kommen Sie rein.«

Der äußere Eindruck von Ordnung und Sauberkeit wird beim Betreten des Hauses bestätigt. Zum ersten Mal seit meiner Ankunft in den USA betrete ich ein sauberes, aufgeräumtes Wohnzimmer, das sofort eine behagliche Atmosphäre ausstrahlt. Farblich dominiert ein blauer Grundton. Die Wohnzimmergarnitur, ein Zweier- und ein Dreier-Sofa in Dunkelblau, ist im rechten Winkel um den Kamin herum aufgestellt, der das Zentrum des Raumes bildet. Stapel mit gehackten Holzscheiten sind links und rechts vom Kamin gelagert und verleihen dem vornehmen Blauton etwas Rustikales, wozu auch ein Schürhaken beiträgt, der vom Kaminsims herunterhängt. Erst relativ spät entdecke ich rechts an der Wand, die nicht vom Tageslicht erhellt wird, im Halbdunkel eine Galerie mit Edward-Hopper-Gemälden, über denen kleine Lampen hängen, die abends bestimmt ein freundliches Licht auf die Gemäldesammlung werfen. Der schwere, blaugemusterte Perserteppich bedeckt beinah zwei Drittel der Wohnzimmerfläche und endet kurz vor den Bücherregalen hinter dem Dreiersofa.

»Möchten Sie etwas trinken?«

Überrascht von ihrer plötzlichen Gastfreundlichkeit, nehmen wir die Einladung gerne an, nachdem wir Platz genommen haben. Melissa ist nicht länger in der Lage, die innere Anspannung zu ertragen, und beginnt stockend das Gespräch, während Mrs. Anderson ein paar Dosen kaltes Budweiser hinüberreicht, die wir, nach dem, was wir in der Hitze der vergangenen Stunden durchgemacht haben, gierig hinunterspülen.

»Ich...ich...weiß ...daß Sie nicht glauben, daß ich ...daß ich Burt Andersons Tochter bin ...aber ...aber auch Ray Chandler...«

»Ray Chandler! Sie haben Ray in San Francisco besucht? Wie geht's ihm?«

»Nicht so gut ... aber ...auch Mr. Chandler wußte nichts von mir ... aber ich habe ein Bild dabei, das beweisen wird, daß ich die Tochter bin.«

Melissa steht auf, um das zerknitterte Familienfoto aus der Hosentasche hervorzuholen, doch Mrs. Anderson gebietet ihr mit einer Handbewegung Einhalt. »Bitte setzen Sie sich. Ich glaube Ihnen auch so. Burt hat mir nicht immer alles erzählt. Ich wußte, daß ich vieles über ihn nicht weiß. Über seine Vergangenheit hat er sich nie richtig ausgesprochen.«

»Wo ist mein Vater? Ist er hier?«

Besorgt schaut Mrs. Anderson Melissa an, bevor sie im ruhigen Ton langsam zu sprechen beginnt. »Melissa, ich glaube, so haben Sie sich am Telefon zu erkennen gegeben ... Melissa, was ich Ihnen zu sagen habe, wird sehr weh tun ... Burt Anderson, Ihr Vater, ist vor zwei Jahren im besten Alter gestorben.«

»Nein! Sie lügen! Das kann nicht sein! Das glaube ich nicht.«

Melissa ist von dem Sofa aufgesprungen. Ungläubig starrt sie Mrs. Anderson an, die weiterhin ruhig im Sessel sitzt und Melissas wütenden Blick standhaft erwidert. Unbeeindruckt von Melissas Wutausbruch fährt sie im gleichen ruhigen Tonfall fort. »Ich kann Sie verstehen. Ich habe genauso reagiert. Es dauert ein Weile, bis der erste Schock überwunden ist. Aber das, was ich Ihnen sage, ist die Wahrheit. Wenn Sie möchten, zeige ich Ihnen die Sterbeurkunde. Burt Anderson, ein kraftvoller Athlet, wenn auch nicht mehr so beweglich nach seinem tragischen Beinbruch im Spiel gegen das Columbus Team 1982, ist an Knochenkrebs gestorben.«

Melissa, ihr Gesicht in ihren Händen vergraben, weint leise vor sich hin, während Mrs. Anderson mit ihrer traurigen Geschichte fortfährt.

»Der Kampf dauerte über drei Jahre. Es waren drei Jahre der bangen Hoffnungen und Enttäuschungen, denn sehen Sie, solange Burt immer wieder aus dem Krankenhaus für eine unbestimmte Zeit nach einer Chemotherapie nach Hause kam, gab es Hoffnung. Nicht einmal die schreckliche Chemotherapie konnte seinen Optimismus zerstören. Trotz des Haarausfalls, trotz des nächtelangen Erbrechens, das seinen einst kräftigen Körper fürchterlich schwächte, und trotz der fürchterlichen Schmerzen, die ihn zum Wahnsinn trieben, hat er nie aufgegeben. In seinem entscheidenen Kampf war er ein wahrer Kämpfer. Seine Liebe zu mir und zu unserem Sohn gab ihm Kraft. Er wollte leben! Doch eines Tages kam die vernichtende Diagnose des Chefarztes ...«

»Hören Sie auf! Hören Sie bitte auf! Ich kann es nicht mehr hören!«

Melissa schaut mich erschrocken an, aber ich kann es auch nicht mehr ertragen. Ich fliehe aus der Enge des Wohnzimmers und renne hinaus auf die Terrasse.

»Doktor Schneider! Zur Rezeption bitte. Dr. Schneider, zur Rezeption!«

Noch immer hallt die sonore Stimme durch den Gang der onkologischen Abteilung des Krankenhauses.

»Sicherlich ist er schon auf dem Weg«, versucht die Krankenschwester mich zu beruhigen. Wie oft muß sie schon in so einer Situation gewesen sein. Schwerfällig setze ich mich auf einen der vier Stühle, die vor dem Büro des Stationsarztes aufgestellt sind. Ich schaue den Gang hinunter. Ab und zu schlurfen kahlköpfige Patienten dort weiter unten auf und ab. Die Blässe in ihren Gesichtern, die eingefallenen Wangen und der leblose Blick lassen sie wie Geister erscheinen. Ich komme total megaschlecht drauf, spüre, wie mich der Anblick der Patienten, der merkwürdige Geruch im Flur und die ganze triste Atmosphäre schrecklich runterziehen.

»Sehen Sie, da kommt er schon«, ruft mir die Krankenschwester zu, und es

scheint mir, als ob ein Hauch der Erleichterung in ihrer Stimme liegt, als ob sie froh darüber ist, nicht selbst Hiobsbotschaften überbringen zu müssen. Daß es keine supergeile Nachricht sein wird, so nach dem Motto »Lobet den Herrn, es ist ein Wunder geschehen«, kann ich mir schon denken. Ich meine, wenn der Stationsarzt zu Hause anruft und mit einem Familienangehörigen sprechen will, kann es doch wohl nicht um die wundersame Heilung einer Patientin gehen. Nicht auf der Krebsstation. Ich meine, wer hier eingeliefert wird, den kann man wohl abhaken. Ich weiß selber, daß das brutal und verächtlich klingt. Mit kaltem Zynismus versuche ich der Sache Herr zu werden, die da in Gestalt von Dr. Schneider auf mich zukommt, der in seinem weißen Kittel mit schrecklich forschem Schritt herannaht, um mich mit festem Händedruck zu begrüßen.
»Ihr Vater hat es nicht geschafft vorbeizukommen?«
»Mein Vater ist bei einem Prozeß in Hamburg und kommt erst spät zurück.«
»Nun gut, Herr Pichalski, Sie sind alt genug, damit ich Sie auch so über den Zustand Ihrer Frau Mutter ins Bild setzen kann.«
Seine besorgte Miene verdunkelt sich, bevor er mit dem Befund herausrückt. »Herr Pichalski«, beginnt Dr. Schneider, »heute kam der neue Befund. Die Metastasen haben sich nun auch auf den zweiten Lungenflügel ausgebreitet. Die Chemotherapie hat dies in den letzten sechs Monaten nicht verhindern können. Die Medizin hat ihre Grenzen gefunden.«
Obwohl ich mich innerlich auf die schreckliche Nachricht vorbereitet habe, trifft sie mich wie ein Keulenschlag. Es ist etwas anderes, sich so etwas vorzustellen, als es dann wirklich gesagt zu bekommen.
»Wird … wird sie … sterben?«
Ein Nicken des Arztes bestätigt meine Befürchtung. »Es steht nicht gut um Ihre Mutter. Ich will offen zu Ihnen sein. Es kann heute, aber auch erst in einer Woche passieren. Das gesamte Krankheitsbild hat sich so dramatisch verschlechtert, daß es keine Hoffnung mehr gibt.«
»O Mann, warum sie? Warum muß sie dran glauben?«
»Eine Frage, die wir immer zu hören bekommen, und auf die es keine Antwort gibt.«
»Kann … kann ich sie sehen?«
»Selbstverständlich.«
»Weiß sie Bescheid?«
»Wir haben es ihr bereits gesagt.«
Helle, freundliche Sonnenstrahlen durchfluten das Krankenzimmer, als ich es mit klopfendem Herzen betrete. Ich höre das sanfte Flüstern der Bäume, das durch das geöffnete Fenster zu mir dringt. Langsam trotte ich an der anderen

Patientin vorbei zu dem Bett meiner Mutter. Zusammengekauert liegt sie auf der Seite, so daß ich für einen Moment glaube, daß sie schläft, doch meine Nähe spürend, öffnet sie die Augen und dreht sich langsam in meine Richtung.
»Michael!«
»Na, Mutter, wie … wie … wie geht es dir?«
»Blendend, mein Sohn, einfach phantastisch.« Sie lächelt mich an. »Komm, setz dich und erzähl mir, was es Neues gibt.«
»Mutter …«
»Wie geht es Maria?«
»Maria? Maria geht es gut. Ihr geht es sogar sehr gut.«
»Hör ich da nicht eine gewisse Ironie?«
»Mutter …«
»Sie hat doch wohl nicht einen andern?«
»Da ist so 'n Arschgesicht aufgetaucht. So 'n blöder Sack von der Uni.«
»Habt ihr etwa Schluß gemacht?«
»Nein, noch nicht so richtig. Mutter …«
»Und wie geht es Vater?«
»Er ist heute in Hamburg und kommt erst so gegen sieben zurück. Hör mal Mutter …«
»Michael …«
»Mutter, ich … ich weiß …«
»… ich muß dir etwas sagen.«
»Ich weiß es schon.«
»Von Dr. Schneider?«
»Mhm.«
»Michael, ich habe wirklich gehofft, ich könnte den Krebs besiegen, aber als die Ärzte mir heute morgen den Befund mitteilten, wußte ich, daß ich verloren habe …«
»Mutter, ich …«
»Hör mir bitte zu. Ich … ich habe mich damit abgefunden, aber ich mach mir um deinen Vater Gedanken. Kümmere dich um ihn. Versprich mir das. Du mußt jetzt erwachsen werden und Verantwortung übernehmen.«
»Mhm.«
»Und mach dir über Maria keine Gedanken, hörst du? Ich weiß, es ist deine erste große Liebe, aber du wirst noch, so wie du aussiehst, eine Menge Frauen kennenlernen.«
»Meinst du?«
»Aber sicher.«

»Ja, wenn du es sagst.«
Mühsam, mit einem Stöhnen richtet sie sich auf, um mir näher zu sein.
»Du mußt jetzt tapfer sein, hörst du?«
»Mhm.« Unfähig, ein Wort zu erwidern, nicke ich nur. Ich kämpfe gegen meine Tränen an, will ihr nicht zeigen, daß ich uncool bin.
»Kommst du heute abend noch einmal vorbei?«
»Mhm.«
Entkräftet sinkt sie zurück auf ihr Kissen, schaut mich noch einmal an und schließt die Augen.
»Mutter?«
Auf leisen Sohlen verlasse ich da Krankenzimmer.
Ich bin nicht mehr in das Krankenhaus gegangen. Wie hätte ich denn ahnen sollen, daß meine Mutter noch in dieser Nacht stirbt. Mein Vater hat vergeblich versucht, mich bei Freunden zu erreichen. Sie hat im Todeskampf nach mir gerufen, hat er gesagt. Doch ich war in der Disco, als meine Mutter in der Nacht um ein Uhr zwanzig, als ich die Szene mit Maria in der Disco hatte, in den Armen meines Vaters starb.

»Mike, was ist mit dir?«
Melissa ist mir nach draußen gefolgt. Sie sucht meine Nähe. Tröstend umfaßt sie mit ihren Armen meine Hüfte. Ihre Nähe suchend, erwidere ich ihre Geste und vergrabe meinen Kopf in ihrer warmen Schulter. Nur schwer finde ich die Worte, um mein Verhalten zu erklären.
»Ich … ich konnte es nicht … nicht mehr hören. Die Leiden … wie bei meiner Mutter. Sie ist an Lymphdrüsenkrebs gestorben. Es hat so lang gedauert. Und dann, vor einem Monat erst, war es plötzlich vorbei. Und ich? Wo war ich? Anstatt bei ihr zu sein, war ich in der Disco. Und wozu? Nur um Maria umzustimmen. Sie war mit ihrem neuen Typ da, und …und …und ich dachte … ich schau einfach mal vorbei und …Ach, ich weiß nicht, warum ich da war. Ich hätte bei meiner Mutter und bei meinem Vater sein sollen. Als der Anruf kam, daß sie im Sterben liegt, habe ich nur an Maria gedacht. Verstehst du? Ich war nicht bei ihr, als sie starb.«
»Ssch. Ganz ruhig. Entspann dich. Das ist nicht deine Schuld. Du darfst dir keine Vorwürfe machen.«
»Aber …«
»Ssch. Es ist wirklich nicht deine Schuld. Deine Mutter war schwer krank. Sie mußte irgendwann sterben. Verstehst du?«

»Ja, aber …«
»Kein ›aber‹. Du darfst dir das nicht einreden.«
»Ich habe immer nur an mich gedacht. Die ganze Zeit.«
»Wir sind alle Egoisten, mehr oder weniger. Jeder Mensch strebt nach seinem Vorteil. Das ist das Gesetz des Lebens.«
»Ja, aber …«
»Hast du deine Mutter im Krankenhaus besucht?«
»Jeden Tag.«
»Siehst du. Und deine Mutter hat, das weiß ich ganz bestimmt, gemerkt, daß du für sie da warst. Deine Mutter würde es nicht wollen, daß du dich jetzt selber fertigmachst.«
»Aber ich hätte die Fahrt nach Kalifornien absagen sollen. Meine Mutter ist gerade unter der Erde, und ich mache *high life* in Kalifornien. Ich hätte mich auch um meinen Vater kümmern müssen. Sie hat mich extra darum gebeten.«
»Ist er nicht alt genug? Dein Vater wird sich in seine Arbeit stürzen. Dabei kannst du ihm im Moment nicht helfen. Später vielleicht mal … wenn der erste Schock überwunden ist.«
»Ja, aber…«
»Ssch, und was ist mit uns? Wir hätten uns nie kennengelernt, wenn du nicht, wie geplant, hierher gefahren wärst. Verstehst du? Gottes Wege sind unergründlich. Man weiß nie, wozu etwas gut ist.«
»Du glaubst an Gott? Nach all dem, was dir widerfahren ist?«
»Jetzt um so mehr. Komm, wir gehen wieder ins Haus.«
In ihre Erinnerungen versunken, nimmt Mrs. Anderson unsere Rückkehr nicht gleich wahr und erschrickt, als wir uns wieder neben ihr niederlassen. Feucht glänzen ihre Augen, als sie die verborgenen Erinnerungen an ihren Ehemann wieder hervorholt.
»Und Burts Sohn? Wo ist er?« fragt Melissa leise.
»Richard? Wie es so ist im Leben, kommt ein Unglück selten allein. Der Tod seines Vater traf Richard schwer. Für ihn war sein Vater, Sportlehrer und Footballtrainer einer High-School-Mannschaft, ein großes Vorbild. Und manchmal, ich muß es gestehen, war ich eifersüchtig auf Burt, weil er so sehr von Richard verehrt wurde. Wochenlang sprach er nach dem Tod mit niemanden. Nur sein Sport half ihm, über den Schock langsam hinwegzukommen, denn sein Training gab er, obwohl er in der Zeit nach dem Tod sehr in sich gekehrt war, nicht auf. Er träumte davon, ein erfolgreicher Profi zu werden, am liebsten bei den Toronto Blue Jays.

Und dann geschah das Unfaßbare. Es war an einem Freitag nachmittag. Richard wurde beim Überqueren der Straße, nachdem er den Bus der Schulmannschaft verlassen hatte – er kam gerade vom Training seiner Mannschaft –, von einem siebzehnjährigen Autofahrer erfaßt und noch hundert Meter unter dem Wagen mitgeschleift. Er starb im Rettungswagen. Unfallursache: überhöhte Geschwindigkeit.«

Melissa sitzt zusammengesunken im Sessel und starrt auf den Teppich, ihr Gesicht in ihren Händen verbergend. Niemand spricht für eine lange Zeit. Sie nimmt einen Schluck Budweiser aus ihrer zweiten Dose.

»Wie alt war er, als er starb?«

»Neun. Ganze neun Jahre alt war er, als das Schwein ihn erwischte. Wie Sie ja sehen konnten, befindet sich das Haus in einem recht gepflegten Zustand. Burt hat sich immer gern darum gekümmert. Ich werde es in naher Zukunft verkaufen, da ich zurück nach Ohio gehe, um in der Nähe meiner Eltern zu leben. Ich habe hier nichts mehr, was mich hält. Mich erinnert das Haus zu sehr an Burt und an meinen Sohn.«

»Kann … kann ich ein … ein Bild von meinem Vater haben?«

»Sicherlich.«

Susanne Anderson steht auf, um einen Karton, der auf einem Stapel Bücher steht, von einem der Bücherregale zu nehmen. Sie öffnet den Deckel und bietet Melissa an, ein Bild ihrer Wahl unter all den Erinnerungsfotos herauszusuchen. Es sind Bilder glücklicher Zeiten. Immer wieder sind Burt und Richard auf den Bildern zu erkennen, sei es beim Baseballspielen oder beim Angeln am Lake Tahoe. Auffallend ist sofort die Ähnlichkeit zwischen Burt Anderson und Melissa. Aus der Vielzahl der Fotos ist es letztendlich ein Bild, das Melissas Interesse besonders erregt. Es zeigt ihren lachenden, triumphierenden Vater als Trainer einer High-School-Mannschaft in Siegerpose nach einem gewonnenen Turnier.

»Dieses Bild würde ich gerne mitnehmen.«

Mrs. Anderson lächelt kurz auf, als sie sich ein wenig vorbeugt, um das Bild zu betrachten.

»Ich kann verstehen, warum Sie dieses Bild behalten möchten. Bitte nehmen Sie es. Es gehört Ihnen.«

Mit Tränen in den Augen legt Melissa die übrigen Fotos wieder in den Karton, als sie aufsteht, um Mrs. Anderson den geschlossenen Karton zu überreichen. Dabei fällt ihr Blick zufällig aus dem Fenster. Sie hält mitten in der Bewegung inne und dann läßt sie Karton auf den Boden fallen. Mit einem *Plopp* verteilen sich alle Fotos auf dem Teppich. Ich springe auf und schaue in die Richtung von Melissas Blick. Jenseits der gläsernen Eingangstür ist unverkennbar Jack Buchanans klobige Nase zu sehen, die sich platt gegen die Scheibe drückt, bevor das behaarte Affengesicht den Klingelknopf betätigt.

»Nein!« Melissa ist vor Schreck rückwärts gestolpert und starrt Mrs. Anderson vorwurfsvoll an, während ich aus dem Wohnzimmer stolpere, um instinktiv einen zweiten Ausgang als Notausgang zu suchen. Doch schon erscheint Frank, das Streuselkuchengesicht, hämisch grinsend aus der Küche und drängt mich mit seiner Pump Gun ins Wohnzimmer zurück, als der Gorilla zur gleichen Zeit unaufgefordert das Haus betritt. Mrs. Anderson scheint nicht weniger erschrocken zu sein als Melissa.

»Na, du Biest! Jetzt haben wir dich endlich!«

Jack Buchanan nähert sich grinsend Melissa, mich bewußt ignorierend, und streichelt bedrohlich ihre Wange.

»Alles umsonst. Alles umsonst, Baby. Du kannst mir nicht entkommen. Du gehörst mir. Ich habe dich vermißt. Wir haben dich vermißt, stimmt's Frank?«

»Du gottverdammte Schlampe! Haust mit dem erstbesten Typen ab – mit einem gottverdammten Nazi!« schreit Frank ihr entgegen, das Gewehr vor Wut fester anpackend. Mrs. Anderson erhebt sich aus ihrem Sessel.

»Lassen Sie die Frau in Ruhe! Was geht hier eigentlich vor?«

»*Shut the fuck up.*«

Ich bewundere Mrs. Andersons Mut, doch wird ihr Aufbegehren nicht gerade belohnt. Frank rammt ihr den Gewehrkolben in den Unterleib. Sich vor Schmerz zusammenkrümmend, fällt sie wieder in den Sessel. Ich will ihr helfen, doch Franks weit aufgerissene Augen verdeutlichen mir seine Breitschaft, von der Waffe in seinen Händen rücksichtslos Gebrauch zu machen.

»*What do you want, asshole? Yeah come on, come on! Do you wanna fight, you fucking German asshole?*«

»*Leave him alone, Frank.*«

Melissa hat sich von dem ersten Schock erholt und versucht, mich vor unbedachten Aktionen Franks zu beschützen, indem sie von mir abzulenken versucht.

»Wie … wie … hast du uns gefunden, Jack? Ich wußte, es war Frank, den ich in Frisco gesehen habe.«
»O Melissa, wie ich dich gefunden habe? Ganz einfach. Durch deine Mutter.«
Melissa schaut Jack Buchanan verwirrt an.
»Ja, ja, ja, ja, du hast vollkommen richtig gehört. Durch deine Mutter. Sie hat Burt, diesen Modellathleten, diesen *Wanna-be-Football-Pro* nie vergessen. Immer hat sie mir vorgehalten, wie toll doch dieser Burt war. O ja, toll war er. Er war so toll, daß du, Melissa, ihm scheißegal warst. Deine Mutter hatte immer ihre Fühler ausgestreckt, um zu wissen, wo er war und was er tat. Sie hat sogar einen kleinen, billigen Privatdetektiv engagiert. Sie ist nie ganz von ihm losgekommen.«
»Das ist nicht wahr!«
»Ehrlich, es tut mit verdammt leid, ehrlich. Aber du mußt den Tatsachen ins Auge sehen. Burt hat sich einen Scheiß um dich gekümmert, weil ihm die Karriere als großer Footballstar wichtiger war, als sich um sein uneheliches Kind zu kümmern. Ich betone – uneheliches Kind! Oder hat er jemals versucht, dich zu besuchen? Hat er jemals versucht herauszufinden, wie es dir geht? Er ist dein Vater! Und er hat niemals den Wunsch verspürt, dich zu suchen. Mann, wach auf, Melissa! *Face the facts!* Dein Vater ist doch nur Müll!«
»Das stimmt nicht!«
»Ach ja? Das stimmt nicht? Dann frag doch deine Mutter! Sie war nie, nie mit ihm verheiratet. Hörst du? Ich habe dich letztendlich aufgenommen. Und weißt du warum? Weißt du, warum ich dich adoptiert habe, ein Kind aus einer unehelichen Beziehung? Weil ich wußte, daß du irgendwann mir gehörst. Weil ich wußte, daß du ein verdammt hübsches Ding werden würdest. Und das wollte ich mir nicht entgehen lassen. Burt! Der angehende Superstar! Der über allem schwebte. Wann immer ich nach Hause kam, wann immer ich etwas tat, was deiner Mutter nicht gefiel, nicht paßte, immer war Burt im Spiel. ›Hätte ich Burt geheiratet … wäre Burt jetzt hier‹ … *well fuck him! He is fucking dead and I fucked yoouu.*«
Alle Vorsicht mißachtend, ist Melissa auf ihn gesprungen und trommelt mit Faustschlägen auf Buchanan ein, der Mühe hat, sich ihres Angriffes zu erwehren. Die Gunst des Augenblick nutzend, stürze ich mich auf Frank, will ihn mit einem Schlag niederstrecken, doch dies gelingt mir nicht. *Shit.* Zu ungestüm nach vorne schnellend, treffe ich Frank nicht

voll, der nun versucht, sein Gewehr hochzureißen. Wild an der Waffe zerrend, fallen wir gegen die Bücherwand, die unter unserem Aufprall erzittert. Mit dem Rücken zum Bücherregal kann er nicht sehen, wie über mir ein dickes, schweres Buch, so schwer wie ein Betonziegel, langsam vornüberkippt. Ich springe zur Seite und erlebe zum ersten Mal die verheerende Wirkung, die ein tausendzweihundertseitiger Enzyklopädieband haben kann. Frank, der sicherlich noch nie in seinem Leben ein Buch gelesen hat, wird brutal und ohne Vorwarnung niedergestreckt und bleibt bewußtlos auf dem Boden liegen. Ich schaue mich um und sehe, wie Melissa immer noch wütend auf Buchanan einschlägt. Mit einem Satz bin ich bei ihm und ramme Buchanan meinen Ellenbogen brutal ins Gesicht. Vor Schmerz schreit er wütend auf, sein blutendes Schimpansengesicht in seinen behaarten Bärenpranken haltend. Ich ergreife Melissas Arme, die immer noch wie in Trance unentwegt auf Buchanan losprügelt.
»Du Schwein! Du Schwein! Du dreckiges Schwein! Du Sau … du …«
»Komm, Melissa, laß uns abhauen.«
Ich ziehe sie von Buchanan weg. Erst jetzt nimmt sie mich wahr, schaut mich an, küßt mich hart auf den Mund und rennt aus dem Haus zum Truck.
»Juuuhu, Pichalski, denen haben wir es gegeben!« ruft sie erschöpft, aber triumphierend in die heiße Nachmittagsstille hinein, »komm, Pichalski!«
Als ich den Truck erreicht habe, sehe ich Buchanan mit blutendem Gesicht, die Pump Gun in seiner Hand, aus dem Haus stürzen.
»Ich mach' euch kalt, ihr Schweine!« ruft er hinter uns her, als Melissa den Truck in Bewegung setzt. Ich sehe noch, wie das stinkende Affengesicht die Waffe auf uns richtet. Ich fange an, hysterisch zu lachen. Ich kann nicht mehr.
»Nicht schon wieder!«
Boom. Einige der Schrotkugeln schlagen wieder im Heck des Trucks ein, andere pfeifen an uns vorbei, zerfetzen die Blumen in Mrs. Andersons Vorgarten. Für einen Augenblick denke ich, Melissa hat die Gewalt über das Fahrzeug verloren, doch … doch … sie … sie…
»Was machst du denn da, Melissa?«
»Ich wende!«
»Bist du bescheuert?«
»Ich mache ihn fertig, die Sau!«

»Melissa, los, dreh wieder um!«
»Nimm die Kanone aus dem Handschuhfach!«
»Willst du etwa deinen Stiefvater umlegen, oder was? Okay, er war nicht ganz fair zu dir, aber …«
»Nimm endlich die Kanone aus dem Handschuhfach!« fährt sie mir ins Wort.
»Okay, okay.«
Der Truck fährt mit unverminderter Geschwindigkeit auf Mrs. Andersons schönes Haus zu, was Buchanan bereits bemerkt hat. Ich kann nicht mehr! Er scheint zu grinsen. Der Typ scheint tatsächlich zu grinsen, während er zum zweiten Mal die Pump Gun auf uns richtet.
»Los! Schieß!«
»Ihr seid doch alle bescheuert. Die ganze Familie! Ihr seid doch alle fertig. Total fertig, Mann.«
»Schieß endlich!«
»Auf deinen Stiefvater?! Das kann ich nicht! Ich kann es nicht! Scheiße!«
Ich sehe, wie wir uns mit rasender Geschwindigkeit Buchanan nähern, der uns jetzt im Visier haben muß. Je näher wir kommen, desto geringer wird die Streuung der Schrotkugeln sein und desto größer ist die Ladung, die unseren Truck zerfetzen wird. Er braucht gar nicht mehr zu zielen, wir sind schon tot. Gleich wird es geschehen. Gleich werden wir von tausend kleinen Kugeln durchlöchert. Ich füge mich dem Schicksal. Wenn ich hier abkratzen soll, hier in der Wüste von Nevada, dann soll es eben geschehen. Ob sie mich im Body-Bag nach Hause schicken oder vielleicht doch hier in den USA begraben? Schöne Ferien.
Doch Buchanan macht einen Ausfallschritt, um dem herannahenden Truck zu entgehen, wobei er nach hinten stolpert, auf den Rücken fällt und unwillkürlich die Arme hochreißt. Sein Schuß verpufft wirkungslos im blauen, wolkenlosen Himmel. Melissa steigt auf die Bremsen. Ich werde nach vorne geschleudert, schlage mir den Kopf am Handschuhfach auf und merke, vom Aufprall noch leicht benommen, wie Melissa mir die Magnum aus der Hand reißt.
»Melissa, was hast du vor?«
Sie ist schon aus dem Truck gesprungen und steht breitbeinig über dem am Boden liegenden, jämmerlich um Gnade winselnden Buchanan, die schwere Magnum auf seinen Kopf gerichtet. Er zittert am ganzen Körper und stottert: »T-tu's t-tu's ni-nicht Melissa. B-b-bitte, t-tu's ni-nicht.«
Melissa hat den Hahn des Revolvers mit ihrem rechten Daumen

gespannt. Ich muß sie von ihrem Vorhaben abhalten. Mühsam klettere ich aus dem Truck.

»T-tu's n-nicht, b-b-itte tu tu's nicht.«

»Nenn mir einen Grund, warum ich dir nicht dein Scheißgehirn wegblasen soll. »

»I-i-ich b-bin do-doch d-dein Stiefva-vater. I-ich habe d-dich auf-aufgenommen.«

»Kein guter Grund! Ich zähle bis drei!«

Buchanan zeigt keine Reaktion. Er schaut mich an. Hofft er, ich würde ihm helfen können, und das, obwohl er uns vor einer Minute mit einem Lächeln auf den Lippen durchsiebt hätte? Melissa drückt den Revolver fest an seine Stirn. Sie zittert vor Anspannung. Ihr Atem geht kurz und gepreßt. Ich starre gebannt auf die Szene, unfähig zu handeln.

»Du hast mich jahrelang mißbraucht und gequält. Jetzt rechne ich mit dir ab. Los, du sollst bis drei zählen, du Schwein, du dreckiges Schwein!«

»E-e-ins …zwei … tu's nicht, Melissa, bitte tu's nicht … drei.«

»You motherfucker.«

Der Schuß ist ohrenbetäubend. Der Pulverdampf brennt in meiner Nase, als die Kugel neben Buchanans Kopf tief in den Lehmboden des Rasens eindringt, der sich vor uns neben der Garageneinfahrt ausbreitet. Die Augen geschlossen, Schweiß auf seiner Stirn, liegt Buchanan verkrampft, die Beine angezogen, heftig zitternd auf dem Boden, von Weinkrämpfen erfaßt. Er ist fertig. Ich auch. Und Melissa? Zusammengekrümmt liegt sie ebenfalls entkräftet, ihre Waffe im Schoß haltend, auf dem Boden. Sie atmet schwer.

»Ich konnte es … ich konnte nicht. Ich konnte es einfach nicht«, stöhnt sie schwer atmend, während sie sich nach Frank umschaut. Wo ist Frank? Mit weichen Knien folge ich Melissa, nachdem sie mit viel Mühe aufgestanden ist, zurück zum Haus, nicht ohne vorher Buchanans Gewehr an mich zu nehmen, der noch immer wie tot auf dem Boden liegt. Mrs. Anderson liegt auf der Couch, ihr Kopf in einem Kopfkissen tief vergraben, als wolle sie nicht wahrhaben, was geschehen ist.

»Mrs. Anderson?«

Sie hebt ängstlich ihren Kopf und beginnt mit zittriger Stimme zu sprechen.

»Haben Sie den Mann erschossen? Ich habe sein Flehen gehört. Haben Sie ihn wirklich erschossen?«

»Wo ist der Junge?«

Melissa schaut sich im Wohnzimmer um, den Revolver immer noch schußbereit in der Hand.
»Er ist hinten raus.«
Mrs. Andersons Kopfbewegung weist auf den Hintereingang in der Küche.
»Ich kriege ihn. Der kann was erleben.«
Sie rennt los in den Garten, hinter dem die Wüstenlandschaft beginnt.
»Melissa, warte doch.«
Ich habe Schwierigkeiten, ihr zu folgen, doch nach einiger Zeit habe ich sie eingeholt. Sie ist in ein Schrittempo übergegangen, um dann endlich stehenzubleiben. Heiß brennt die Sonne auf uns herab. Melissa beschattet ihre Augen mit der Hand und schaut konzentriert in alle Himmelsrichtungen, doch Frank ist nirgendwo zu sehen. Die Augen beginnen in dem grellen Licht der Sonne zu schmerzen.
»Verdammt. Verdammt.«
»Melissa, laß ihn doch laufen. Es hat doch keinen Zweck.«
Aus der Ferne erklingen Polizeisirenen.
»Komm, Melissa, laß uns abhauen.«
»Soll er doch verrecken in der Wüste.«
Nur ungern gibt Melissa die Suche auf, doch hat sie ein Einsehen, als die heulenden Polizeisirenen immer näher kommen. Noch immer liegt Buchanan regungslos auf dem Boden, als wir langsam die Einfahrt zum Haus der Andersons verlassen und in die Straße einbiegen, die zurück nach San Francisco führt.

Fünfzehntes Kapitel

Ich weiß nicht, ob die Polizeisirenen für uns bestimmt waren. Ich weiß nicht, ob Mrs. Anderson die Polizei gerufen hat. Und ich weiß ebenfalls nicht, was nun aus Melissa werden soll. Ich sehe sie an, wie sie verkrampft das Lenkrad hält und stumm geradeaus schaut, in Gedanken versunken. Aber eins weiß ich ganz genau. Den nächsten Urlaub werde ich auf einem gemütlichen, ruhigen bayrischen Bauernhof verbringen, wo allenfalls das Spielen an den war-

men Eutern der Kühe, ein wildgewordener Eber oder ein gemeiner, hinterhältiger Eierdiebstahl aus dem Hühnerhof für Aufregung sorgen.
Das schreckliche und unvergeßliche Gefühl, Zeuge einer mißglückten Hinrichtung gewesen zu sein, die Erkenntnis, beim Ansetzen der Magnum auf Buchanans Stirn tatenlos zugeschaut zu haben, kommentarlos, ohne Protest, ohne jegliches Aufbegehren – war es nicht schon Faszination? –, hat mich irritiert. Ja, ich gebe es zu, ich hätte, ohne einzugreifen, bei der kaltblütigen Ermordung tatenlos zugeschaut. Wie die Gehirnschale aufgeplatzt und das Blut herausgeschossen wäre. Ich habe mich in einem Spiegel gesehen und bin erschrocken, was ich sehe.
Doch was wird aus Melissa? Burt Anderson ist tot. Seine Frau, von dem Verlust der wichtigsten Menschen in ihrem Leben psychisch ausgepowert, verläßt Kalifornien und hat sicherlich kein Bedürfnis, Melissa bei sich aufzunehmen. Und zu Hause in Palmdale kann sie auch nicht mehr leben. Und ich weiß, je näher der Tag der Abreise herannaht, daß ich ohne sie nicht zurückfahren kann. Zu viel ist geschehen, das einfach nicht ohne Folgen bleiben kann. Zu viel an gemeinsamer Wellenlänge, an Aufeinander-Zugehen, an gemeinsamen Erlebnissen in extremen Situationen. Sie sind in meinem Gedächtnis unauslöschlich verankert. Melissa braucht mich, und ich brauche sie, weil sie ein Teil von mir geworden ist, wie es andere Menschen, vielleicht mit Ausnahme meiner Eltern, nie waren. Ein nicht vorhersehbarer, völlig wahnwitziger Zufall – oder war es doch Schicksal? – hat uns zusammengebracht, und ich bin bereit, alles zu tun – habe ich nicht bereits alles getan? –, um Melissa aus dem Chaos ihres Zuhauses herauszuholen. Was für ein Zuhause! Ich bin plötzlich froh und erleichtert, in geordneten Verhältnissen aufgewachsen zu sein, auch wenn meine Eltern nicht immer die Zeit für mich gehabt haben, die ich mir vielleicht gewünscht hätte. Und auch wenn ich nicht immer für meine Eltern so da war, wie es vielleicht hätte sein sollen. Verglichen mit den Buchanans aber, sind sie wahre Engel auf Erden.
Und Burt Anderson? Irgendwie hat Buchanan sogar recht. Melissas leiblicher Vater hat in den ganzen sechzehn Jahren nicht einmal versucht, mit seiner Tochter Kontakt aufzunehmen. Er hat Mrs. Buchanan und das Kind sitzenlassen, weil sie ihm bei seiner Karriere als Footballstar im Wege waren. Er hat nicht nur Melissas Zukunft zerstört. Irgendwie hat er auch Ray Chandler ruiniert, der jetzt total abgedreht ist. Burt Anderson scheint Menschen nur benutzt zu haben, um sie dann auf den Müll zu werfen. Und dennoch hat er mit Susanne Anderson das Glück auf Erden

gefunden. Aber kann ich mir ein Urteil erlauben über jemanden, den ich nie kennengelernt habe?
Ich schaue schweigend aus dem Fenster und sehe die herrliche kalifornische Landschaft unter dem blauen Himmel an mir vorbeiziehen. Ich sehe den großen Amischlitten nach, die an uns vorübergleiten, beobachte die im Wind flatternde amerikanische Fahne über dem Dach einer Tankstelle und bin ziemlich sicher, daß ich hierher zurückkommen werde, aber im Augenblick habe ich nur einen Wunsch – ich will einfach nur heim.
Im Hotel in San Francisco läßt Melissa sich mit ihrem ganzen Gewicht aufs Bett fallen. Ihr Kopf ist tief in das weiche Kissen vergraben. Dort liegt sie beinahe bewegungslos, würde nicht das leichte Heben und Senken ihres Oberkörpers ihr flaches Atmen verraten. Ich schaue – zum wievielten Male? – hilflos zu ihr hinüber.
»Melissa.«
Sie antwortet nicht.
»Melissa ... sollen wir nicht darüber reden?«
Ihr Schweigen gibt mir zu erkennen, daß sie nicht mit mir reden will. Was soll ich tun?
»Melissa, wir werden schon eine Lösung finden.«
Ich gehe zu ihr hinüber, streichle ihre Schulter, aber sie rollt sich wütend auf ihren Rücken und brüllt mich an: »Laß mich in Ruhe. Laß mich endlich in Ruhe.«
Ich fahre vor Schreck zurück. Ihre Reaktion überrascht und irritiert mich zugleich. Habe ich etwas falsch gemacht?
»Melissa?«
»Bist du taub? Laß mich endlich in Ruhe. Ich will allein sein. *Fuck off!*«
Ich sage nichts, schaue sie nur an und lasse sie in Ruhe. Ich bin auch zu erschöpft, um mich über ihren barschen Ton aufzuregen.
»Willst du alleine sein für eine Weile?«
»Hau einfach ab, okay?«
Ich weiß nicht, was in sie gefahren ist, und in der Erkenntnis, mit ihr kein normales Wort reden zu können, verlasse ich kurz vor neunzehn Uhr, ohne mich frisch geduscht und rasiert zu haben, das Hotel, um irgend-wo in Sausalito zu Abend zu essen, um mich von den schrecklichen Ereignissen zu erholen.
Doch schon beim Abendessen in einem kleinen, sehr romantisch gelegenen Restaurant direkt am Meer in der Nähe des Yachthafens kommt

bei mir keine innere Ruhe auf. Habe ich nicht überreagiert? War es nicht dumm von mir, Melissa nach all dem alleine im Hotel zurückzulassen? Schon jetzt spüre ich, wie sehr mir Melissa fehlt. Ihre direkte, unverstellte, offene Art. Sie sagt, was sie denkt, tut, was sie fühlt, das getan werden muß. Sie ist absolut spontan, total *get up and go.* Irgendwann, wenn du echt die Schnauze von allem voll hast, wenn dich alles ankotzt, brichst du auf. Einfach so. Das ist cool. *No risk, no fun.* Einmal habe ich zu Maria in der Schule gesagt: »He, hast du Bock auf London?« Sie hat gefragt: »Wann?« und ich habe geantwortet: »Jetzt, nach der sechsten Stunde. Wir fahren heute am Freitag los, nehmen nur ein paar Sachen mit und kommen am Sonntag abend zurück.« Sie sagte: »Du bist verrückt. Ohne ein Hotel und eine Fähre gebucht zu haben und so?« Und das war's. Ich hab dann zwei andere Typen aus meiner Klasse gefragt, und es wurde ein absolut geiler Trip. Aufgetankt, ein paar Pfund gewechselt, Musik in die Anlage geschoben und los ging's. Bier in den Pubs ohne Ende, Disco im *Hippodrome* bis zum Abwinken und ein Zimmer in einer guten Pension. Du brauchst eben gute Leute dazu. Du brauchst jemanden, mit dem du es kannst im Leben. Melissa!
Ich muß zurück ins Hotel. Nachdem ich die Rechnung bezahlt habe und die Kellnerin erfolgreich überzeugen konnte, daß nicht das Essen schuld an meinem spontanen Aufbruch ist, bin ich schon wieder um halb neun auf der Golden Gate-Brücke, kurz vor den *Toll Booths*, und suche verzweifelt mein Kleingeld zusammen, um die Gebühr für die Brückenbenutzung zu zahlen, die bei Stadteinfahrt fällig wird. Und weiter geht's. Die Schranke, die sich wieder senkt, hinter mir lassend, gebe ich Vollgas. Doch plötzlich schießt mir ein fürchterlicher Gedanke durch den Kopf. Die Waffe! Wo ist die gottverdammte Magnum? Franks Pump-Gun liegt immer noch unter der Sitzbank. Ich beuge mich während der Fahrt zum Handschuhfach hinüber, reiße es nach mehrmaligem Zerren und Rucken endlich auf und ... *shit!* Die Waffe ist nicht im Handschuhfach. Sie wird doch nicht...? Mir bricht der Schweiß aus. Ich fahre schon mit über sechzig Meilen auf der Richardson Avenue entlang, doch beschleunige ich den Truck noch weiter auf Höchstgeschwindigkeit, sehe, wie die Nadel immer weiter nach rechts ausschwingt, merke, wie der verfluchte Truck mit seiner wabbeligen Servolenkung hin und her schwenkt, doch ich gebe weiter Gas. Wenn sie mir das antut ... wenn sie mir das antut, dann ...! Ich komme vor dem Hotel mit quietschenden Reifen zum Stehen. Der Nachtportier schaut mich verwundert an, als

ich mit panischem Blick zum Fahrstuhl renne, der sich ausgerechnet jetzt im zweiundzwanzigsten Stockwerk befindet. Nervös haue ich mit den Fingern auf die Taste. *Down. Down.* Komm endlich runter! Komm endlich! Jetzt komm doch endlich! Endlich. Die Tür öffnet sich, ich springe hinein, dränge die verblüfften Touristen, die ebenfalls einsteigen wollen, zurück – *fuck off!* – und fahre ohne Stop zur achten Etage. Hastig in meiner Hose kramend, suche ich verzweifelt meinen Zimmerschlüssel. Erst jetzt fällt mir in meiner Panik ein, daß ich ihn gar nicht mitgenommen habe. Ich versuche den Knauf zu drehen. Die Tür bleibt zu. Ich klopfe an die Tür. »Melissa!«

Keine Reaktion. Mein Klopfen wird heftiger.

»Melissa!«

Verflucht. Ich rucke verzweifelt an der Tür.

»Melissa. Mach die Tür auf!«

Durch den Lärm angelockt, treten die ersten neugierig gaffenden Hotelgäste aus ihren Zimmern heraus, um die Ursache des Lärms zu ergründen.

»Kann ich Ihnen helfen?«

Ich drehe mich überrascht um und sehe mich plötzlich einem Kellner gegenüber, der aus irgendeinem der Zimmer auf dieser Etage gekommen sein muß.

»Ja, ich wohne hier. Aber meine Feundin macht nicht auf. Wir haben Zoff, sie verstehen?«

Mit einem verständnisvollen Blick öffnet er mir ohne Umschweife mit seinem Passepartout die Tür. Ohne ihm eine Chance zu geben, seine Neugierde zu stillen, wie denn wohl die für den Ärger verantwortliche Dame aussieht, schlüpfe ich durch die halb geöffnete Tür und bedanke mich noch einmal, freundlich grinsend, bei dem Kellner, nicht ohne ihm ein sattes Trinkgeld zu geben. Enttäuscht zieht er ab.

Im Zimmer ist es dunkel. Doch ich spüre einen deutlichen Windhauch vom Fenster her. Deutlich dringt der Lärm der Straße zu mir hoch. Vorsichtig taste ich mich mit meiner Hand in der Dunkelheit an der Wand entlang, um den Lichtschalter zu finden, der doch hier irgendwo sein muß. Wieder verspüre ich einen Luftzug.

Da ist er! Es wird hell im Zimmer, und was ich sehe, verschlägt mir den Atem. Das Fenster ist weit geöffnet. Wie zwei Spinnacker wirbeln die aufgeblähten Vorhänge vor dem Fenster wild hin und her. Melissa! Ich stürze zum Fenster. Und da steht sie. Nicht unweit vom Fenster entfernt, steht sie auf dem Mauersims, ganz in der Nähe der Feuerleiter, mit beiden Händen eng an die Wand gedrückt, und schaut auf die Straße hinunter, unbemerkt von den Menschen, die zwanzig Meter unter ihr vorbeiströmen.

»Melissa, bist du bescheuert!«

»Pichalski-Baby, halt die Fresse oder ich springe.«

Doch sie weicht nicht einen Zentimeter von der Mauer. Ihr Blick wandert zu mir herüber.

»Hau endlich ab, Pichalski. Du kannst gehen. Du kannst nach Hause fahren. *Bye-bye.*«

»Melissa. Jetzt komm bitte rein. Wir können doch über alles in Ruhe reden.«

»Über was sollen wir noch reden? Sag es mir, Pichalski. Was gibt es hier noch zu reden? Ich bin im Arsch, verstehst du? Ich habe keine Zukunft. Ich kann nicht mehr. Ich bin am Ende, Baby.«

»Wieso bist du am Ende?«

»Wieso? Das fragst du noch?«

»Okay, Melissa, ich gebe ja zu, du hast eine kleine Pechsträhne gehabt, aber …«

»Pechsträhne nennst du das! Jetzt reicht's, ich springe.«

»N-n-nein, wa-warte, warte, bitte! Spring nicht. Spring bitte nicht. Ich gebe zu, du bist verzweifelt, siehst keinen Ausweg, aber es stimmt nicht, was du gesagt hast.«

Sie schaut mich verwundert an.

»Es stimmt nicht, daß du keine Zukunft hast. Das … das …das stimmt so nicht, weil … weil …du mich hast.«

Sie schaut auf die Straße hinunter.

»Spring nicht, Melissa. Das Leben geht doch weiter.«

Sie schaut mich an.

»Stimmt es wirklich, was du gesagt hast?«

»Was habe ich denn gesagt?«

»Daß du mich mitnehmen würdest nach Deutschland.«

»Ja.«

»Mike, nimmst du mich mit nach Deutschland?«

»Ja, ja, ja doch, das mache ich, nur komm bitte endlich rein.«

»Versprichst du mir das?«

»Ja, ja doch, ja, ich … ich verspreche dir das.«

»Das reicht mir nicht. Du mußt es schwören.«

»Ja, ich schwöre, ich nehme dich mit nach Deutschland. Melissa, ich brauche dich. Komm doch bitte endlich rein.«
Langsam, mit dem Rücken an der Wand entlangtastend, Schritt für Schritt, klettert sie endlich durch das Fenster, meine Hand haltend, und wir fallen uns in die Arme.
»Wirst du mich nie mehr verlassen, Mike? »
»Ich verspreche es dir, Melissa. Großes Ehrenwort.«
In der Nacht schlafe ich unruhig und rolle mich alle paar Minuten von einer Seite auf die andere oder wechsle meine Position von der Bauchlage in die Rückenlage. Ich träume von Buchanan, wie er winselnd auf dem Boden liegt. Ich sehe Mrs. Andersons natürliche Schönheit in meinem Traum, und ich sehe Maria, die auf mich und Melissa, die ihren Arm um meine Hüfte gelegt hat, zukommt.

»Michael, ich liebe dich doch so sehr. Wie kannst du mir das antun?«
»Wo warst du, als ich dich brauchte? Wo warst du, als meine Mutter starb? Sie hat nach dir gefragt!«
»Verzeih mir, Mike, ich … ich war verwirrt. Kannst du das nicht verstehen?«
»Nein.«
»Komm zurück zu mir, bitte.«
»No way!«
Sie schaut mich an und weint. Ich spüre eine tiefe Genugtuung und ein Verlangen, ihr weh zu tun.
Je weiter ich mich mit Melissa von Maria entferne, desto lauter wird das Weinen. Nur noch ein kleiner Punkt am Ende des Horizonts, dringt ihr Schmerz unvermindert zu mir herüber. Sie winkt mir zu. Was soll ich tun? Ich reiße mich plötzlich aus Melissas Umklammerung, renne auf Maria zu und höre Melissas klagende Stimme, die mich an mein Versprechen erinnert, in Einklang mit Marias hoffnungsvollem Jubel, die sich als Siegerin sieht. Doch ich bleibe zwischen den beiden stehen und sehe plötzlich meine in Leichentücher eingewickelte, totenbleiche Mutter, mit rotem Kopftuch und fürchterlich hervorstehenden Augen, wie sie mich mit ausgestrecktem Zeigefinger drohend zu sich winkt.
»Wo warst du, als ich von euch gehen mußte. Ich habe gerufen und gerufen – Ist Michael da? Wo ist Michael? Aber du warst nicht da!«
»Mutter ich … ich …
Ich wache schweißgebadet auf, und ich bin froh, nur einem Traum erlegen zu sein. Immer wieder werde ich aus dem Schlaf gerissen und schaue

zu Melissa hinüber. Mein Versprechen, sie mit nach Deutschland zu nehmen, hat ihr anscheinend die innere Ruhe gegeben, die sie nötig hatte, um so friedlich dahinzuschlummern. Ich beneide sie um die Abgebrühtheit, daß sie nach all dem, was geschehen ist, so ruhig schlafen kann. Mein Versprechen! Es gibt keine Ausreden mehr. Aus diesem Versprechen werde ich wohl nicht mehr herauskommen. Aber kann ich sie wirklich mitnehmen? Okay, ich mag sie sehr. Ich gebe es ja zu. Sie ist süß. Sie ist eine Kalifornierin, für Dortmunder Verhältnisse beinahe etwas Exotisches. Aber sie ist doch nur eine Urlaubsbekanntschaft. Und was macht man mit Urlaubsbekanntschaften? Sie werden gepoppt, und dann heißt es *Bye bye, honey. Back to the beaten track.* Sie vergißt mich. Ich vergesse sie. Ganz einfach. Urlaubsbeziehungen sind einfache, problemlose, zeitlich befristete Beziehungen ohne Streß. So, und was habe ich hier? Streß ohne Ende, Probleme, die für mich beinahe nicht mehr zu bewältigen sind, und vom zeitlichen Befristetsein kann nun keine Rede mehr sein. Und mein Vater! *Shit.* Wie wird er wohl reagieren, wenn ich ihm bei der Ankunft in Frankfurt Melissa vorstelle? Auf der anderen Seite aber ist die Vorstellung, meinen Vater mit vor Schreck und Überraschung weit aufgerissenem Mund vor mir zu sehen, gar nicht mal so uncool. Er wird sich wundern. Doch wenn ich Melissas ruhiges Atmen sehe, wie sie so süß dahinschlummert, so verfliegen meine spontanen Zweifel im Nu. Mit der Beruhigung, daß eventuelle technisch-organisatorische Hindernisse, die eine Ausreise Melissas verhindern könnten, notfalls mit Toms Hilfe sicherlich behoben werden könnten, schlafe ich endlich ein.

Rrrrr ... Klick. Rrrr...Klick Irgend etwas, ein seltsames Geräusch, weckt mich am nächsten Morgen aus meinem Schlaf. *Rrrr ...Klick. Rrrr ...* Verdammt. Ich fühle mich gerädert nach der unruhigen Nacht und wünschte mir, ich könnte noch länger ungestört schlafen, doch dieses Geräusch vereitelt jegliche Bemühung, meinen Kopf tief ins Kopfkissen zu vergraben, um noch einmal einzuschlafen. Ich schaue zu Melissa hinüber, doch das Bett ist leer. Mühsam richte ich mich gähnend auf, fahre mit der Rechten durch mein strähniges Haar und ... Nein! Nicht schon wieder. Ich habe die Waffe ganz vergessen! Verdammt, Melissa gibt mir keine Chance. Sie sitzt im Sessel, wie üblich ein Bein über die Armlehne geschwungen, und hält die schwere Waffe an ihre Stirn. Sie schaut mich an. Sie schaut mir tief in die Augen. Sie drückt ab. *Klick.* Mit dem linken Mittelfinger setzt sie die Revolvertrommel mit Schwung in Bewegung – *Rrrr* – die nach kurzer Zeit ausrollt. Wieder setzt sie die Waffe an ihre Stirn.

»Melissa, jetzt laß den Scheiß. Da ist sowieso keine Patrone drin.«

»Meinst du?«

Sie setzt den Revolver von der Stirn ab, öffnet das Trommellager, und zeigt mir stolz die goldfarbene Patrone, um sie danach wieder einzusetzen. *Rrrrr.* Wieder setzt sie sich die Waffe an die Stirn.

»Melissa. Was willst du? Sag es mir.«

Klick. Ihre Augen zucken bei jedem *Klick* zusammen.

»Du bist ein Lügner.«

Ich schaue sie verwundert an.

»Ich glaube nicht, daß du mich nach Deutschland mitnehmen wirst. Ich wäre nur ein Hindernis für dich. Bestimmt hast du eine Freundin, die auf dich am Flughafen wartet. Du würdest sie nicht wegen mir aufgeben. Das weiß ich.«

Rrrrr.

»Jetzt wa-warte einmal. Ich dachte … ich dachte … wir … wir … hä-hätten das alles gestern besprochen. Au-außerdem habe … habe ich … keine … keine Freundin.« O Scheiße.

»Du lügst.«

»Ach ja? Ich muß es ja wohl wissen oder?«

Langsam hebt sie den Arm, um den Revolver erneut an ihre Stirn zu setzen. Darauf habe ich gewartet. Ich reiße die Bettdecke hoch, springe aus dem Bett und stürze mich auf Melissa, um ihr die Waffe aus der Hand zu reißen, die sie aber nicht freiwillig hergibt. Verdammt.

»Hau ab! Laß mich in Ruhe!«

»Gib die Waffe her!«

Ein Handgemenge beginnt. Ich habe Angst, ein Schuß könnte sich lösen. Doch ich bin in der besseren Position. Über ihr stehend, Melissa im Sessel, kann ich meine ganze Kraft einsetzen, um ihr endlich die Waffe mit einem brutalen Ruck aus der Hand zu reißen.

»Fuck you!« schreit sie mir ins Gesicht und beginnt zu weinen.

»Fuck you too, Melissa.«

Heftig atmend, setze ich mich auf mein Bett, entschlossen, die Waffe nicht mehr herzugeben. Melissa sitzt weinend und zusammengekauert in ihrem Sessel. Ich schaue sie mitleidsvoll an.

»Melissa.«

Ein Weinkrampf erschüttert ihren Körper. Tränen tropfen auf ihre Jeans. Ich stehe auf und gehe zu ihr.

»Melissa.«

Sie hebt ihren Kopf, schaut mich mit ihren tränenfeuchten Augen an und öffnet einladend ihre Arme, meine Nähe suchend. Das ist das Zeichen. Ich beuge mich zu ihr hinunter und nehme sie in meine Arme, um sie aus dem Sessel hochzuziehen und festzuhalten.

»Ja, halt … halt … mich fest. Halte mich fest und … und … laß mich nie wieder los«, schluchzt Melissa, ihren Kopf an meine Schulter lehnend.

»Melissa, was machst du nur immer für ein Scheiß.«

»Ich habe Angst, daß du … daß du … mich hier allein läßt. Ich … ich habe doch jetzt niemanden mehr hier … seit … seit du da bist … weiß ich … weiß ich …daß sich mein Leben ändern kann …bitte nimm mich mit nach Deutschland … ich … ich werde auch Deutsch lernen … ganz bestimmt.«

Silbrig glänzen ihre tränennassen Augen, als sie mich verlegen anlächelt.

»Ich nehme dich mit. Aber versprich mir, niemals mehr so ein Unsinn zu machen.«

»Versprochen.«

Ich küsse ihren süßen Mund, während ihr warmer, zitternder Körper in meinen Armen wieder Ruhe findet.

Sechzehntes Kapitel

»Mensch, Pichalski, wat bin ich froh, dasse wieder unter uuns bis. Ehrlich«, begrüßt uns Tom am Haupteingang der *Palmdale Shopping Mall*, als wir am Montag gegen vierzehn Uhr am vereinbarten Treffpunkt angekommen sind. Bei einem Zwischenstop in Newhall, während unserer ruhigen und zum Glück ereignislosen Rückfahrt von San Francisco, habe ich Tom angerufen, um ihn zu bitten, mir bei der Suche nach einer passenden Unterkunft für die letzten Tage in Kalifornien zu helfen. Keinen Schritt werde ich mehr in das Haus der Buchanans setzen. Und Melissa? Trotz meiner Bedenken will sie unbedingt bei Julie die letzten Tage verbringen, um sie auf den großen Abschied vorzubereiten.

Und es werden tatsächlich ihre vorerst letzten Tage in Kalifornien sein. Ein Abstecher zum Flughafen in Los Angeles hat es voll gebracht. Aufgrund der nicht voll ausgeschöpften Kapazitäten – es grenzt an ein Wunder! – hat sie tatsächlich ein Flugticket auf meiner Maschine der *American Airlines* erhalten, und es ist für mich ein weiteres Zeichen der Unabänderlichkeit des menschlichen Schicksals. Was geschehen soll, wird geschehen. Und so ist es entschieden. Ich nehme Melissa nach Deutschland mit. Und ihr Paß? Den hat sie clevererweise schon von Anfang an dabeigehabt. Ob nun ihre Selbstmordszene im Hotel eine hollywoodreife Erpressung oder ein tatsächlicher Akt der Verzweiflung war … *who cares*? Sie fährt mit. Feierabend. Seit dem Erhalt des Tickets, das sie unzählige Male wie ein Chemielaborant mikroskopisch exakt studiert hat, schließlich ist es ihr erstes Flugticket, ist sie auf Deutschland voll abgefahren. Während der ganzen Rückfahrt vom Flughafen nach Palmdale hat sie mir Löcher in den Bauch gebohrt und tausend Fragen über Deutschland gestellt, von denen ich maximal die Hälfte nur beantworten konnte. Peinlich, peinlich.Wofür stehen die drei Farben unserer Nationalflagge? Keine Ahnung. Wer ist die augenblickliche Nummer eins in den Musikcharts? Keine Ahnung. Woher hat sie überhaupt diese Frage? Ist die Scheidungsrate bei euch genauso hoch wie bei uns? Woher soll ich das wissen? Was ist ein typisch deutsches Nationalgericht? Die Antwort weiß ich. Schweinshaxe mit Sauerkraut. Ich hasse Sauerkraut und Schweinshaxe. Was ist Schweinshaxe? Langsam, aber sicher bewegte sich meine Frustrationstoleranz auf den Nullpunkt zu.

»Sorry, Mike, ich konnte ja nicht ahnen, daß du so wenig über Deutschland weißt«, hat sie gesagt, mich dabei schelmisch angrinsend.

»O ja? Was weißt du denn über die USA? Frage Nr. 1: Was symbolisieren die roten und weißen Streifen der amerikanischen Staatsflagge?« habe ich cool gekonntert, stolz, endlich mein riesiges Wissensrepertoire bezüglich der USA anwenden zu können.

»Die roten und weißen Streifen der amerikanischen Staatsflagge symbolisieren die dreizehn Gründerstaaten der USA«, ist ihre coole, beinah gelangweilte Antwort.

»Und die Sterne? Wieviel sind das überhaupt?« habe ich gefragt, um sie endlich zu erwischen.

»He, Mike, das ist langweilig. Die fünfzig Sterne stehen für die fünfzig Bundesstaaten der USA.«

Okay, sie hat gewonnen. Ich habe schnell aufgegeben.

»Wie isset dir denn so ergangen in den letzten Tagen? Erzähl doch mal.« Tom ist verständlicherweise sehr neugierig, will er doch den Grund meiner fehlenden Bereitschaft, zu den Buchanans zurückzukehren, wissen. Ich erzähle ihm die Story, und immer wieder schaut er Melissa dabei interessiert an, die verlegen seinem prüfenden Blick ausweicht. Toms »Dat-kann-ich-gar-nicht-glauben«-Kommentare begleiten meine unglaubliche Geschichte, und er versteht nun, als ich mit meinen Ausführungen zum Ende komme, unsere mißliche Lage.
»Mensch, dat iss echt 'ne geile Story. Und gez nimmse Melissa mit nach Deutschland. Nicht schlecht, der Specht. Wenner wollt, könnter bei uns pennen. Meine Gastfamilie wird nichts dagegen einzuwenden haben. Ich meine … bei der Geschichte.«
Tom gibt mir die Anschrift und die Telefonnummer seiner Gastfamilie, die er während seiner Ausführungen auf einen Zettel geschrieben hat. Ich bin über seinen Vorschlag echt froh, schaue Melissa an, doch sie schüttelt den Kopf.
»Ich kann nicht. Ich muß Julie irgendwie auf meine Abreise vorbereiten. Sie wird enttäuscht sein. Ich weiß es«, kommentiert sie unsere fragenden Blicke. Und so ist es eben entschieden. Bevor ich Melissa zu Julie bringe, die nur ein paar Meilen vom Palmdale Shopping Mall entfernt wohnt, fahren wir bei Melissas Hausarzt vorbei, um endlich die Fäden der genähten Wunde in meinem Gesicht zu ziehen.
Ich habe ein ungutes Gefühl, als wir gegen sechzehn Uhr dreißig vor Julies Haus parken und Melissa beinah schwerfällig die Verandatreppe hochsteigt. Julie hat uns schon vom Küchenfenster aus gesehen, winkt uns zu und öffnet uns freudestrahlend die Haustür, bevor wir die letzte Stufe der Veranda erreicht haben.
»Melissa! Melissa! Oh, wie habe ich dich vermißt!« ruft sie aus und umarmt Melissa innig und küßt ihren Mund. Ich sage nichts, bleibe cool, sehe, daß Melissa Schwierigkeiten hat, ein Lächeln hervorzubringen, und ich weiß nun, daß es für sie verdammt hart wird, Julie auf ihren Abschied vorzubereiten.
»Pichalski, wie geht es dir?«
Nachdem Julie Melissa ausgiebig abgeknutscht hat, erkennt sie die Notwendigkeit, auch mich, das störende Element in ihrer überschäumenden Freude, zu begrüßen, und reicht mir ihre Hand, wobei sie Melissa immer noch besitzergreifend in ihrem linken Arm hält, ihre linke Hand dabei fest um Melissas Taille geklammert.

»Kommt doch ins Haus. Oh, ihr müßt mir erzählen, wie es euch ergangen ist.«
Nachdem sie uns ins Haus geführt und uns etwas zu trinken angeboten hat, setzt Julie sich bequem in ihren Sessel und schaut Melissa erwartungsvoll an.
»Sag mir, Melisssa, hast du deinen Vater gefunden? Lebt er noch?«
Melissa schaut mich an, und ich merke, daß die Frage sie quält. Sie schaut auf den Boden, gegen ihre Tränen ankämpfend.
»Mein Vater ist tot.«
»Was? Sag das noch einmal.«
Julie scheint es nicht verstanden zu haben. Ich springe helfend ein.
»Melissas Vater ist tot. An Krebs gestorben.«
Bei der Wiederholung der Worte ist der Damm gebrochen. Melissa bricht in Tränen aus.
»Alles«, schluchzt sie, »alles ist aus. Der Traum von einem ... von einem neuen Leben, zusammen ... zusammen mit meinem ... meinem Vater, ist ... ist ausgeträumt.«
»O nein! Melissa! Das tut mir so leid!«
Julie ist von ihrem Sessel aufgesprungen und zu Melissa hinübergelaufen und streichelt, vor ihr niederkniend, zärtlich tröstend Melissas tränenfeuchte Wange. Ihre Linke wandert streichelnd über Melissas Schenkel.
»O Melissa, das tut mir so leid. Und alle deine Hoffnungen, die damit verbunden waren.«
»Aber das ist noch nicht alles. Leider kann sie auch nicht zurück zu ihrem Stiefvater.«
Julie schaut mich fragend an, und ich erzähle auch ihr die ganze Story, auf die sie mit Kopfschütteln reagiert.
»Mein Gott! Das ist ja schrecklich!« kommentiert Julie entrüstet die Begegnung mit den Buchanans in Carson City. »Nein! Da kannst du nicht mehr zurück. Das ist doch klar.« Julie schaut Melissa verliebt in die Augen.
»Dann bleibst du eben bei mir. Bei mir bist du vor Buchanan sicher«, flüstert sie zärtlich in Melissas Richtung, die Julie verlegen anschaut. Wird sie es ihr jetzt sagen? Ich schaue Melissa an, sie schaut mich an. Langsam beginnt sie stockend zu sprechen, ihre Tränen mit einem Taschentuch aus ihren Augen wischend.
»Ich ... ich ... danke dir für das ... für das Angebot, Julie. Ich ... ich weiß nicht, was ... was die nächsten Tage bringen ... bringen werden, aber ...

daß ich vorerst bei dir bleiben darf, das … das finde ich sehr … sehr nett von dir.«
»Du kannst solange bleiben, wie du willst, Melissa. Das weißt du doch. Alles wird wieder so wie früher.«
Melissa weicht Julies Kuß aus, woraufhin Julie sich mir wieder zuwendet.
»Und wann geht es zurück nach Deutschland? Es ist doch bald soweit, oder?«
Hoffnung steht in ihrem Gesicht geschrieben.
»Ja, Samstag fahren wir zurück nach Deutschland.«
»Und ich wette, du bist froh darüber, was?«
Sie grinst mich frech an. Ich bin nahe dran, sehr nahe dran, ihr die kleine Neuigkeit zu erzählen, doch Melissas beschwörender Blick hält mich davon ab. Okay, soll sie es Julie erzählen.
»Yeap, ich kann es kaum noch erwarten, nach Hause zu kommen.«
Julie hat es plötzlich eilig, mich loszuwerden. Sie erhebt sich plötzlich aus ihrer kauernden Stellung neben Melissas Sessel, um mich zur Haustür zu begleiten. Ich folge ihr, nicht ohne jedoch Melissa die Telefonnummer meiner neuen Gastfamilie zu geben.
»Na ja, dann möchte ich mich bei dir für deine Hilfe bedanken, Melissas Vater zu finden. Tschüs, Pichalski.«
»Nimm den Truck!« höre ich noch Melissa rufen, als ich Julies Haus verlasse.
»Und bringe ihn mir morgen wieder zurück!« ruft sie mir nach, bevor sich die Tür hinter mir schließt. Ihr letzter Satz kommt mir wie ein Hilferuf vor.
Irgend etwas stimmt hier nicht, denke ich so, als ich den Truck in Bewegung setze, nicht ohne einen letzten Blick auf das Haus zu werfen, als ich Julies grimmigen Blick einfange, die vom Küchenfenster aus die Abfahrt des Trucks beobachtet.
Nach einigem Suchen habe ich das Haus der Kaminskys gefunden. Es liegt in einer Neubausiedlung, ungefähr fünfzehn Meilen von Julies Haus entfernt. In dieser Gegend sehen die Häuser alle gleich oder zumindest ähnlich aus, es gibt keine Bäume oder grüne Grasflächen neben den Bürgersteigen, die dem Eindruck der Kargheit entgegenwirken könnten. Tom ist bereits nach draußen gelaufen und zeigt mir die Stelle, wo ich den Truck parken kann, ohne die Einfahrt zum Haus der Kaminskys zu blockieren.
»Du kommst gerade richtig zum Abendessen«, begrüßt er mich und

stellt mich der Familie vor, die auf mich einen sympathischen Eindruck macht. Das Ehepaar ist nicht nur relativ jung, so um die Fünfunddreißig, auch die beiden kleinen Kinder, Robert und Carrie, sie sind wohl so um die zehn Jahre alt, begrüßen mich freundlich lächelnd, und ich bereue in diesem Augenblick, keine kleinen Gastgeschenke übergeben zu können, doch schwöre ich mir, dies vor meiner Abfahrt nachzuholen. Mr. Kaminsky, Nachfahre polnischer Einwanderer, die 1912 den großen Teich überquert hatten, arbeitet für eine große Versicherung in Los Angeles und nimmt jeden Tag eine zweistündige Hin- und Rückfahrt in Kauf, die sich aber lohne, wie er sagt, da er das Haus und das dazugehörige Grundstück mit Swimmingpool sehr preiswert erstanden hat. Mrs. Kaminsky ist Grundschullehrerin in Palmdale, wie sie mir beim Abendessen stolz zu verstehen gibt, und sie könne sich keinen interessanteren Job vorstellen. Da sie erst vor einem halben Jahr eingezogen sind, ist alles noch recht provisorisch eingerichtet, doch mein Zimmer, das mir für die noch verbleibenden Tage zur Verfügung gestellt wird, ist ein Zimmer. Ich meine, es ist keine Garage, keine Rumpelkammer, wie ich es bei den Buchanans vorgefunden habe. Und es ist tatsächlich sauber und aufgeräumt. Hätte Tom nicht bei den Buchanans wohnen können? Auch die Kaminskys staunen ungläubig, als ich ihnen meine Geschichte erzähle, und sie sind froh, mir helfen zu können. Nach einem guten Essen und einer hervorragenden Flasche Wein, ein Cabernet Sauvignon, ziehe ich mich, nachdem ich mich mit der netten Familie über zwei Stunden unterhalten habe, in mein Zimmer zurück und schlafe erschöpft ein.

Am nächsten Morgen habe ich das ganze Haus für mich allein. Ein herrliches Gefühl! Es ist elf Uhr, als ich die helle, vom Sonnenlicht durchflutete Küche betrete, wo ich einen Zettel auf dem Küchentisch vorfinde, der für mich bestimmt ist:

Hi Mike,
sorry, we're all gone to work.
So help yourself. Everything is in the fridge.

Hallo Pichalski,
heute hast du schulfrei, okay? Also relax.
Steig in den Pool oder mach sonst was.
Tom

Cool. Dieser Tag ist zum Faulenzen wie geschaffen. Heute mache ich wirklich mal nichts. Einfach gar nichts. Nachdem ich mir den Bauch mit Cornflakes, Schinken und Spiegeleiern und danach noch mit drei Erdnußbutter-Erdbeergelee-Toasts vollgeschlagen habe, wird es Zeit, mich auf die Gartenterrasse zu begeben, um einmal wieder richtig sonnenzubaden, so wie es sich in einem normalen Urlaub gehört. Alle Sorgen sind verschwunden, als ich mich auf der Luftmatratze im Swimmingpool treiben lasse, ab und zu an einem Glas Sekt nippend, das ich am Beckenrand stehen habe. So muß Urlaub sein. Nur so und nicht anders. Auf dem Rücken liegend, in den blauen Himmel schauend, wo kleine Wölkchen hoch oben luftig vorüberziehen, steuere ich meine auf dem Wasser treibende Matratze mit leichten Bewegungen der Arme, die wie Ruder ab und zu tief ins Wasser getaucht sind, während leichte Musik des Duos *Hall & Oates* vom transportablen Kassettenrecorder leise zu mir herüberrieselt. Entspannung total. Einfach herrlich. Einfach supergenial. Und ich liege so auf der Matratze, träume im Halbschlaf vor mich hin, als ich gegen halb drei das Telefon im Wohnzimmer der Kaminskys klingeln höre, doch zu faul, aus dem kühlen Wasser des Swimmingpools zu steigen, ignoriere ich das Klingeln, das auch schon nach kurzer Zeit verklungen ist. Mein Herzschlag hat sich beschleunigt, doch ich versuche, mich wieder zu beruhigen. Sicherlich war es nichts Besonderes, und mit diesem Gedanken zwinge ich mich wieder in einen Halbschlaf, mich dem sanften Rhythmus der kleinen Wellen hingebend, die die Matratze leicht auf und ab bewegen. Und gerade, als es mir zu gelingen scheint, in einen sanften Schlaf überzugehen, ertönt das verfluchte Telefon zum zweiten Mal. *Rinnng!* Ich versuche, relaxed zu bleiben, versuche, mich nicht von dem Klingeln ablenken zu lassen. *Rinnng!* Ich denke plötzlich an *Macbeth*. Wieso? Keine Ahnung. Ich denke an *Macbeth* und weiß mit einemmal, daß der Anruf nichts Gutes bedeutet. *Hear it not, Duncan; for it is a knell that summons thee to Heaven, or to Hell.* »Hör' sie nicht, Duncan. 'S ist ein Grabgeläut, das dich zu Himmel oder Höll' entbeut.« *Rinnng!* Sie hat es geschafft. Ich rutsche von der Matratze in den Pool, schwimme zum Beckenrand, hebe meinen Körper wie die Schwimmer bei einer Olympiade locker mit beiden Armen aus dem Pool heraus und renne, mich mit dem Badehandtuch hastig abtrocknend, ins Wohnzimmer. Das Klingeln schmerzt in meinen Ohren, als ich, mein Herz schlägt fürchterlich, den Hörer abhebe.
»Mike! Bist du's? Hol mich raus hier, hol mich …!« *Klick. Tuuuuut.*

»Melissa!«

Fuck. Sie hat es geschafft. Die ganze Entspannung ist futsch. *Fuck.* Es war Melissa. Warum hat sie nicht zu Ende gesprochen? Warum mußte sie auflegen? Hat sie aufgelegt, oder war es Julie, die aufgelegt hat? Julie? Warum Julie, ihre beste Freundin? Verdammt! Ich wußte es. Irgend etwas stimmt doch nicht mit ihr. In weniger als fünf Minuten sitze ich im Truck, und während ich Vollgas gebe, verfluche ich mich dafür, Tom keinen Hinweis hinterlassen zu haben, wohin ich fahre. Zu dumm. Wirklich. Zu dumm. Da! Schon ist Julies Haus zu sehen. Nur cool bleiben. Keine Panik. Langsam fahre ich vor dem Haus vor. Ich fühle, daß ich beobachtet werde, doch zwinge ich mich, nicht zum Küchenfenster zu blicken. Langsam steige ich die Treppe zur Veranda hoch. Ich klopfe an der Haustür. Keine Reaktion. *Shit.* Ich schaue mich um und sehe Julies Wagen vor der Einfahrt stehen. Ich klopfe noch einmal, diesmal etwas lauter, und erst nach einem wiederholten Klopfen öffnet sich die Tür und die spitze Nase des Mausgesichts zeigt sich im Türspalt.

»Melissa ist nicht da.«

Ich bleibe vor dem Türspalt stehen, den Julie nicht weiter zu öffnen gewillt ist.

»Was soll das heißen, Melissa ist nicht da.«

»Das soll heißen, sie ist nicht da. Ganz einfach. Sie ist einkaufen.«

»Ohne Auto?«

»Sie hat ein Taxi genommen.«

»Warum hat sie nicht dein Auto genommen?«

»He, was soll die Scheißfragerei?«

»Willst du mich nicht mal kurz reinlassen?«

»Geht nicht. Hab Besuch.«

»So, jetzt reicht's«

Sie will die Tür schließen, doch ich stemme mich geistesgegenwärtig dagegen. Wenn das graue Mausgesicht denkt, Pichalski verarschen zu können, hat sie falsch gedacht. Mit mir nicht. Mit einem Ruck ist die Tür aufgestoßen, und ich schiebe das Mausgesicht locker vor mir her, die immer noch versucht, mir den Eintritt zu verwehren. Sie hämmert wie wild mit ihren dünnen Ärmchen auf meinen Brustkorb ein. »Ich hole die Polizei!« droht sie mir mit ihrer piepsigen Stimme, doch ich ignoriere sie. Noch immer Julie vor mir herschiebend, betrete ich ihr Haus, sofort nach Melissa Ausschau haltend.

»Melissa! Wo bist du?«

»Sie ist nicht hier. Das habe ich doch gesagt.«

»Shut the fuck up.«

Das habe ich von Frank gelernt. Es macht ungeheuren Eindruck, denn die Fistelstimme ist plötzlich verstummt. Meine Geduld ist erschöpft. Mit einem kräftigen Ruck schleudere ich die verstummte Maus zur Seite, die fällt ungewollt in einen Wohnzimmersessel hinein, der unter der Wucht des Aufpralls nach hinten rollt und eine Yuccapalme umnietet.

»Du chauvinistisches Arschloch.«

Sie hat ihre Stimme wiedergefunden, doch ich habe keine Zeit, meine neuen Lieblingsworte zu wiederholen, und beginne mit der Durchsuchung des Hauses, denn irgendwo, da bin ich mir sicher, muß Melissa sein.

»Melissa! Wo bist du?«

Ich renne die Treppe hoch, schaue unter den Betten der beiden Schlafzimmer nach, inspiziere die Schränke, schaue hinter den Badevorhang der Dusche im Badezimmer, renne wieder die Treppe hinunter, durchstöbere die Besenkammer in der Küche, renne zurück ins Wohnzimmer, doch ich finde sie nicht.

»Melissa! Wo bist du?«

Sie muß doch irgendwo sein. Mein Herz rast wie wild. Schweißperlen laufen seitlich an meiner Stirn herunter. Doch halt! War da nicht etwas? Ich stelle meine Lauscher auf Empfang. Da! Da ist es wieder! Es ist ein leichtes Klopfen. Ich folge dem Klopfzeichen. Es wird immer deutlicher hörbar. Ja! Jetzt höre ich es ganz deutlich. Eine Stimme! Ich höre eine Stimme. Gedämpft zwar, aber immer deutlicher hörbar, je mehr ich mich dem Flur nähere. Als ob es aus der Tiefe käme. Natürlich! Ein Keller. Bei weitem nicht jedes Haus in Amerika hat einen Keller. Buchanans haben keinen. Aber wenn dieses Haus einen Keller hat, dann muß doch irgendwo ... dann muß doch ... hier ist er, der Eingang! Mein Gott! Eine in die Holztäfelung der Wand geschickt eingefügte Tür im Flur, mit dem bloßen Auge kaum wahrnehmbar, ohne Türgriff, nur mit einer Art magnetischem Klappverschluß versehen, ist jetzt erkennbar, nachdem ich die Wand mit meinen Händen abgetastet habe. Nur ein kleiner Vorsprung ist angebracht, um sie mit den Fingern öffnen zu können, und schon – *Klack* – öffnet sich die Tür. Ich schaue in ein dunkles Nichts. Wieder tasten meine Hände an der Innenwand entlang, um den Lichtschalter zu finden. Endlich. Ich habe den Schalter gefunden. Im Lichtschein der Lampe sehe ich Melissa unten im Keller, auf einem Stuhl sitzend, die Arme und Beine festgebunden, sehe noch das Klebeband um ihren Mund gewickelt, als … *Ruumms* …

Ich weiß nicht, wann ich wieder aufgewacht bin. Das erste, was ich fühle, ist der klebrige Druck auf meinen Mund. Ich will meinen Mund öffnen, doch es gelingt mir nicht. Durch die Nase atmend, spüre ich, wie irgend etwas meine Handgelenke zerschneidet. Ich kann die Hände, die hinter meinen Rücken gebunden sind, nicht öffnen, wie ich auch meine Beine nicht spreizen kann. Ich fühle die kalten Steine einer Mauer, an der ich mit dem Rücken angelehnt bin, die Beine sind von mir gestreckt. Irgend etwas Warmes läuft an meiner Stirn herunter. Ist es Blut? Und trotz der Dunkelheit spüre ich die Anwesenheit einer anderen Person. Seltsam. Das regelmäßige, aber leise Atmen der Person gibt mir Zuversicht. Es muß Melissa sein. Wie bin ich nur hierhergekommen?

Als ich den Lichtschalter betätigte, verspürte ich einen Stoß wie von einem Besenstiel in meinem Rücken, verlor das Gleichgewicht und schlug beim Hinunterstürzen der kurzen Treppe auf etwas fürchterlich Hartes auf. Mehr weiß ich nicht.

Es muß Melissa sein, die sich neben mir befindet. Ist sie wach? Spürt sie ebenso die Anwesenheit einer anderen Person? Oder schläft sie etwa? Ich entscheide mich, mit ihr Kontakt aufzunehmen. Wenn es nur nicht so dunkel wäre! Nur mit Schmerzen kann ich meine an den Knöcheln verbundenen Beine bewegen. Ich schwenke meine Beine vorsichtig nach links und nach rechts. Kontakt. Ich muß den Stuhl berührt haben, auf dem sie sitzt. Doch noch immer höre ich das gleichmäßige Atmen. Sie schläft. Ich bin mir nun sicher. Dennoch bewege ich mich etwas von der Wand weg, um etwas heftiger mit den Füßen gegen den Stuhl treten zu können. Jetzt! Ja. Sie muß es gehört haben, denn das gleichmäßige Atmen hat ausgesetzt. Sie scheint den Atem anzuhalten. Noch einmal trete ich, dieses Mal etwas leichter, um sie nicht zu erschrecken, gegen den Stuhl. Natürlich muß sie wissen, daß nur ich es sein kann, der mit ihr Kontakt aufnehmen will, war sie doch Zeuge meines Treppensturzes.

Was ist denn jetzt los? Ich höre ein scharrendes Geräusch, als ob sie den Stuhl beiseite schieben will … und schon fällt der Stuhl mit einem lauten Poltern um, und etwas fürchterlich Schweres, wie ein unglaublich schwerer Sack Kartoffeln, nur viel weicher, landet auf meinem Körper. Es ist Melissa. Erst nach einiger Zeit des Hin- und Herrutschens schafft sie es, auf meinem Bauch liegend, auf Kopfhöhe aufzuschließen, und

nun erkenne ich trotz der der Dunkelheit ihre Gesichtsform, spüre ihr weiches Haar an meiner Nase, fühle ihren warmen Atmen auf meiner Wange, und ich weiß, wir werden es schaffen, aus dieser Scheißsituation herauszukommen.
»Mmmhh.«
Verdammt. Was will sie mir sagen? Es muß wichtig sein.
»Mmmhh.«
Und plötzlich fange ich unkontrolliert an zu lachen, wie immer, wenn ich den totalen Schiß habe; wenn ich merke, das die Anspannung nicht mehr zu ertragen ist, fange ich an, wie blöd zu lachen. Ich setze zum Sprechen an, doch mehr als ein »Mmmhh« kommt ebenfalls nicht heraus. Ich lache. Sie lacht. Wir lachen beide, als plötzlich das Licht im dunklen Keller eingeschaltet wird. Die Augen schmerzen im grellen Licht, und jetzt erkenne ich Melissa, auf mir liegend, die Hände ebenfalls hinter den Rücken gebunden, und sehe die graue Ratte die Treppe hinuntersteigen, die nun vor uns stehenbleibt und von oben herab zu uns spricht.
»Ihr scheint euch ja gut zu amüsieren. Wenn ich euch so sehe, glaube ich beinahe, daß ihr euch wirklich gefunden habt.«
»Mmmhh.«
»Was willst du mir sagen, Pichalski?«
Ich sehe ihren Fuß rasend schnell auf mich zukommen, versuche noch auszuweichen, doch zu spät. Ihr Fuß landet an meiner Hüfte, doch der Schmerz ist auszuhalten. Keinen Laut gebe ich von mir. Melissa liegt nun neben mir auf dem Rücken. Sie zittert. Ihre Augen sind weit aufgerissen. Seitlich zusammengekrümmt, die Beine angezogen, fühle ich den steinernen kalten Boden unter mir.
»Was wolltest du mir sagen, Pichalski?«
Diesmal landet ihr Fuß in meinem Unterleib. Ich schreie auf vor Schmerz. Ein schreckliches Gefühl von Übelkeit steigt in mir hoch. Ich habe Angst, mich übergeben zu müssen und an dem Erbrochenen zu ersticken. Ich atme tief, sehr tief durch. Ich zwinge mich zur Ruhe und versuche, die aufsteigende Angst zu kontrollieren. Ich beobachte Julie, wie sie sich langsam zu Melissa hinunterbeugt.
»Was hast du mich enttäuscht, Melissa. Weißt du eigentlich, daß ich dich wirklich geliebt habe?«
In die Hocke gegangen, fährt ihre Hand langsam über Melissas Brüste.
»Ich hätte alles für dich getan.«

Sie streichelt verträumt Melissas Haar.
»Aber nun ist alles kaputt. Aus. Vorbei. Seit er da ist!«
Sie schaut zu mir herüber. Ich bereite mich auf den nächsten Fußtritt vor, doch sie wendet sich wieder Melissa zu, die Julie immer noch mit angstverzerrtem Gesicht anschaut. Schweißperlen sind auf ihrer Stirn. Julie steht auf und läuft um Melissa herum, nun wieder von oben auf sie herabschauend.
»Daß dein Vater tot ist, habe ich schon lange gewußt.«
»Mmmhh.«
»Das erstaunt dich? Deine Mutter hat es mir erzählt.«
»Mmmhh.«
»Warum? Ich glaube, deine Mutter war froh, daß ich für dich da war. Sie hatte nicht die Kraft, sich gegen Jack durchzusetzen. Und so sagte sie es mir, damit ich mir keine Sorgen zu machen brauchte, dich zu verlieren. Und ich wußte, daß dein Traum von einem neuen Leben mit deinem Vater niemals in Erfüllung gehen würde. Ja, du solltest ruhig deinen Vater suchen. Ja, suche nur. Suche ihn. Und dein neuer Freund sollte dir dabei helfen, weil ich Angst hatte, daß du es allein nicht schaffen würdest, die Wahrheit herauszufinden. Und ich wußte, daß du nach der Suche und nach der Enttäuschung zu mir zurückkommen würdest. Ich hätte dich dann für immer gehabt. Denn es ist wahre Liebe, die ich für dich empfunden habe. Wahre Liebe. Hörst du?«
Wieder läuft sie wie eine Domina bedrohlich um Melissa herum, nur ohne Peitsche und ohne Strapse. Melissa verfolgt sie mit ihren Augen.
»Oh, schau mich nicht so an! Ich liebe dich. Aber meine Liebe, die zärtlichen Stunden zu zweit haben dir nie etwas bedeutet. Ich hätte alles für dich getan, um dich glücklich zu machen. Und was ist der Dank? Du kommst zu mir zurück, nur um mir zu sagen, daß du nach Deutschland willst … mit dem da?«
»Ahhh.«
Ihr Fußtritt landet an meinem Oberschenkel, den ich noch rechtzeitig ein wenig hochreißen konnte, um eine Verletzung meiner Weichteile abzuwehren.
»Mmmhh.«
»Was soll ich jetzt mit euch beiden Turteltauben machen?«
Der große Auftritt der kleinen Maus ist vorbei. Langsam steigt sie die Treppe hoch. Oben angelangt, schaut sie noch einmal zu uns hinunter. Das Licht geht aus. Dunkelheit.

Rumliegen. Zerren an den Fesseln. Warten, was als nächstes passiert. Allmählich kommt mir das Zeitgefühl abhanden. Ich weiß nicht, wie lange wir uns nun schon hier unten im Keller befinden. Immer wieder falle ich in einen Dämmerzustand. Nach dem Knurren meines Magens zu urteilen, muß es Abend sein, wenn nicht gar schon Nacht. Melissa liegt direkt neben mir. Ab und zu ändern wir unsere Position, um die Schmerzen zu lindern, die die unbequeme Lage mit sich bringt. Doch wir suchen immer wieder die körperliche Nähe des anderen. Beide liegen wir nun auf der Seite, Kopf an Kopf. Ich spüre ihren Atem, ihre Wärme, die mir Hoffnung gibt, hier wieder rauszukommen. Seit einiger Zeit bereitet mir ein menschliches Bedürfnis trivialster Art leichtes Kopfzerbrechen. Lange würde ich es nicht mehr aushalten. Ich presse meine Oberschenkel zusammen. Doch Melissa hebt plötzlich ihren Kopf.

»Mmmhh.«

»Mmmmhh?«

Hat sie etwas gehört? Auch ich hebe meinen Kopf, um angestrengt in die Dunkelheit hineinzulauschen. Da sind doch Stimmen über uns! Oder leide ich schon an Halluzinationen?

Nein. Das sind einwandfrei Stimmen. Julie hat Besuch bekommen. Tom! Es muß Tom sein, der uns sucht! Auch ohne daß ich eine Nachricht hinterlassen habe, wird er doch sicherlich bei Julie nach uns suchen. Klare Sache.

Hoffnung keimt auf. Ich muß mich irgendwie bemerkbar machen. Aber wie nur? Plötzlich ändert Melissa ihre Position. Was hat sie vor? Auf dem Rücken liegend, rutscht sie unter Zuhilfenahme ihrer Beine mühsam zur Treppe, wo sie keuchend liegenbleibt, um nach einer kleinen Weile des Verschnaufens ihre Füße auf die erste Holzstufe zu legen. Und jetzt schnalle ich, was sie vorhat. Und schon beginnt sie, mit ihren verbundenen Füßen auf die Holzstufe zu klopfen. Ich folge ihrem Beispiel, rutsche neben Melissa, und hämmere mit meinen Cowboystiefeln verzweifelt auf die Holzstufe ein.

Poch … Poch … Poch.

Und tatsächlich. Die Tür geht auf. Melissa schaut erwartungsvoll zu mir herüber. Es muß Tom sein! Das Licht wird eingeschaltet. Und ich sehe, meine Augen zusammengekniffen, wie die graue Maus mit ernstem Gesicht langsam die Treppe hinunterkommt, gefolgt von … gefolgt von … o nein … gefolgt von Buchanan. Vor Schreck fühle ich plötzlich etwas Warmes an den Innenseiten meiner Beine hinunterlaufen. Es ist passiert. Uns mit den Füßen von der Holzstufe abstoßend, robben wir, auf dem Bauch liegend, wie zwei aufgescheuchte See-Elefanten in panischer Angst zurück zur Wand.

»Wen haben wir denn hier in Eintracht nebeneinander aufgereiht? Melissa und Pichalski. So sehen wir uns wieder.«

Er stößt Julie vor sich her, als er langsam die Treppe herabsteigt, gefolgt von Frank, der die Pump-Gun in seiner Hand hält, die ich im Truck, was ein dummer Fehler war, zurückgelassen habe. Schon stürzt Frank auf mich zu. Mit der Linken schiebt er die Ladevorrichtung am Lauf seiner Pump-Gun nach hinten, um sie dann – *Ritsch-ratsch* – nach vorne schnellen zu lassen. Der metallische Klang der Ladevorrichtung wirkt beflügelnd auf Frank.

»He, Pop, soll ich ihn gleich hier erledigen, das Schwein.«

»Noch nicht. Langsam, immer langsam, Frank.«

Das Paviangesicht wendet sich Julie zu und stößt sie in Richtung Melissa. »Mach sie los!«

Er gibt ihr ein Messer. Mit versteinertem Gesicht, Franks Lieblingsspielzeug auf Julies Körper gerichtet, zerschneidet sie Melissas Fesseln. Mühsam steht Melissa auf, ihre Handgelenke reibend, und schaut Buchanan haßerfüllt an, der sie genüßlich angrinst. »Du dachtest, ich sei fertig, richtig?«

»Ich hätte dich abknallen sollen. Das verzeihe ich mir nie.«

»Du weißt doch, Melissa-Baby, Unkraut vergeht nicht.«

»Was hast du mit uns vor?«

»Eine gute Frage. Eine wirklich gute Frage. Deinen Kraut und deine liebe Freundin, oder soll ich sagen Ex-Freundin, die Lesbe, schicke ich auf den Müll. Und du kommst zurück zu uns, da wo du hingehörst.«

»No way.«

Bevor Jack reagieren kann, ist Melissa auf Julie zugesprungen, und hat ihr das Messer aus der Hand gerissen, das sie nun drohend in Richtung Buchanan hält.

»Ehe das geschieht, ramme ich dir das Messer in deinen fetten Wanst und schneide dir deine Eier ab!«

»Ach, Melissa, du langweilst mich. Ich dachte, du magst Pichalski.«

»Soll ich? Soll ich ’n kaputtmachen? Jetzt hier? Sofort?« meldet sich Frank zu Wort, seine Augen vor freudiger Erregung weit aufgerissen, den Lauf der Pump-Gun auf meinen Kopf gerichtet. »Ich knall’n ab, das Schwein. Das Nazi-Schwein. Jetzt. Hier. Sofort. Ich mach’s.«

»Okay, okay, ihr habt gewonnen.«
Melissa läßt das Messer fallen. Enttäuscht und erschöpft rutscht sie an der Wand, mit dem Rücken angelehnt, hinunter und bleibt neben mir auf dem Boden regungslos sitzen.
»Na also, endlich wirst du vernünftig. Aber wir verlieren Zeit. Los, Frank, nimm das Messer und schneide Pichalskis Fußfesseln auf und reiß ihm das Klebeband vom Mund, und dann hauen wir von hier ab.«
»Aber Pop, warum nicht hier?«
»Willst du die ganze Nachbarschaft auf uns lenken, oder was?«
»Okay. Pop, ist schon gut, Pop. Ich knall' n in der Wüste ab.«
Nur ungern zerschneidet Frank mir die Fuß- und Handfesseln, mich stets beobachtend, als erwarte er einen plötzlichen Angriff von mir, doch ich bin zu erschöpft, um auch nur daran zu denken. Mit Genuß, dabei teuflich grinsend, reißt er mir brutal das Klebeband vom Mund. Es schmerzt höllisch, doch ich bin froh, endlich wieder sprechen zu können.
»Melissa, alles in Ordnung?«
»Es tut mir leid, Mike, daß ich dich in diesen ganzen Schlamassel mit hineingezogen habe.«
»*Shut the fuck up.*«
Natürlich. Es ist Frank, der mir seinen Lieblingssatz in mein Ohr brüllt und mir den Lauf seines Gewehrs in die Rippen drückt.
»Ihr geht vor!« brüllt Frank uns an, doch er wird barsch von seinem Vater zurechtgewiesen. »Seit wann gibst du die Kommandos, Frank? Ich bin hier der Boß!«
»Sorry, Pop, war nicht so gemeint, Pop.« Unterwürfig kriecht Frank davon.
»Okay, ihr geht vor!« brüllt Buchanan, »und macht keinen Unsinn, sonst bekommt ihr von Frank eine Ladung Schrot verpaßt. Ist das klar?«
Erwartet er eine Antwort? Ich weiß nur eins, jetzt gleich muß es geschehen, oben im Haus oder auf dem Weg zum Wagen, denn sonst sind wir eher *dead meat,* als uns recht ist. Ich steige als erster die Treppe hoch und reiße meine Hand zum Schutz vor die Augen, als uns helles Tageslicht empfängt. Es muß schon Mittwoch sein. Im Flur angelangt, werfe ich einen kurzen Blick auf die Küchenuhr. Zehn Uhr dreiundzwanzig. Es muß Mittwoch vormittag sein, denke ich so, als ich mich langsam zur Tür bewege, gefolgt von Melissa und Julie, die den Lauf von Franks Pump-Gun in ihrem Rücken zu spüren bekommt. Gleich muß etwas geschehen. Ich denke fieberhaft nach, als ich die Haustür öffne, die

fürchterlich in den Angeln knarrt. Gleich muß es geschehen. Nur noch wenige Schritte bis zu Buchanans neu bereiftem Schrotthaufen.

»*Freeze.*«

Ich drehe mich um und sehe, wie ein Polizist seine Waffe an Franks Schläfe hält. Ich kann es nicht glauben. Rundherum tauchen plötzlich Polizisten auf, hinter dem Truck, hinter dem Ford, hinter dem Haus oder wo auch immer sie sich versteckt gehalten haben, um uns zu befreien. Ich kann es nicht glauben. Ein Polizist stürzt auf mich zu und löst meine Fesseln, die immer noch um meine Handgelenke gebunden sind. Es ist wie ein Wunder. Ich sehe Melissa. Sie kommt auf mich zugerannt.

»Mike!«

»Melissa!«

Wir liegen uns in den Armen und lassen uns erschöpft auf den Rasen fallen. Ich sehe Frank mit hochgerissenen Armen und weit ausgebreiteten Beinen schräg vor der Hauswand stehen. Zwei Polizisten, der erste Franks Pump-Gun in der Hand haltend, durchsuchen Franks Taschen nach weiteren Waffen. Ich sehe Buchanan auf dem Boden liegen, höre ihn fürchterlich fluchen, dann werden ihm Handschellen angelegt. Und auch Julie liegt auf dem Boden, die Hände hinter ihrem Rücken mit Handschellen gefesselt. Und dann sehe ich Mrs. Buchanan und Tom auf uns zukommen. Ich kann nicht mehr. Träume ich? Doch schon sitzen sie neben uns. Mrs. Buchanan. Was macht sie hier?

»He, Mike, wat bisse am gucken? Dat hättste wohl nicht gedacht, woll?«

Ich schüttle nur den Kopf. Das ist zuviel für mich. Ich glaube, das halte ich nicht mehr aus.

»Wat iss? Bisse in Ordnung?«

»Ja, ja, ja, ja, ich bin in Ordnung. Alles ist in Ordnung, alles, wirklich alles, ehrlich, alles, aber auch wirklich alles ist in Ordnung. Null Problemo, ehrlich, wirklich, absolut null Problemo.«

Tom schaut verwundert zu Melissa hinüber.

»Der Schock«, gibt sie Tom kurz zu verstehen, der verständnisvoll mit dem Kopf nickt.

»Und wißt ihr, wem ihr das alles zu verdanken habt?«

Er schaut zu Mrs Buchanan herüber.

»Der!«

Ich kann nicht mehr.

»Ja. Ich … ich … hätte viel früher … viel früher eingreifen müssen. Was … was ich gemacht habe ist … ist nicht zu entschuldigen. Als Jack und

Frank aus Carson City zurückkamen, dachte … dachte ich … es wäre vorbei. Melissa würde bei Julie bleiben, und … aber Jack gab keine Ruhe; er wollte dich unbedingt zurückholen. Und dann kam Toms Anruf. Er erzählte mir alles über dich, Melissa, und … und deinen Wunsch, mit Mike nach Deutschland zu gehen …und … ich dachte an Julie und … und ich wußte, es würde ein Unglück geschehen. Also habe ich endlich die Polizei informiert.«
Was soll man davon halten? Mrs. Buchanan schaut Melissa an.
»Ich … ich erwarte kein … kein Verständnis von dir, denn ich weiß, daß als du mich gebraucht hast, da … da war ich nicht für dich da.«
»Du hast es geschehen lassen! Du hast es geschehen lassen, die ganzen Jahre! Hau ab! Verschwinde aus meinem Leben. Ich brauche dich nicht mehr!«
Melissa ist plötzlich aufgestanden und rennt weinend davon. Ihre Mutter schaut ihr betrübt nach. »Vielleicht wird sie es nie überwinden.« Noch einmal schaut sie Melissa nach, die zum Truck gelaufen ist. »Paß auf sie auf in Deutschland. Versprichst du mir das?« Mrs. Buchanan schaut mich an.
Ich nicke zustimmend.
Sie schaut mich immer noch an.
»Ach ja, wann kommst du denn, deine Sachen abholen?«
Ich schaue sie an.
Sie schaut mich lüstern an.
Verdammt.

Siebzehntes Kapitel

Endlich hebt die Boing 747 der *American Airlines* pünktlich um zweiundzwanzig Uhr vom Runway des Flughafens in Los Angeles ab und nähert sich, steil nach oben steigend, den verheißungsvoll funkelnden Sternen am Abendhimmel. Nach all dem, was geschehen ist, kann ich es beinahe nicht glauben.Wir fliegen nach Hause. *Homeward bound.* Und obwohl es Abend ist, fliegen wir in den Tag hinein, denn in nur wenigen Stunden wird es hell werden.

Melissa sitzt neben mir und hört über Kopfhörer *Nothing Else Matters* von *Metallica.* Solange sich der schwere Jumbo noch im Steigflug befindet, um die erforderliche Reisehöhe von dreißigtausend Fuß zu erreichen, hält sie meine linke Hand fest. Es ist ihr erster Flug, und der Druck ihrer Hand wird fester, als die Maschine für den Bruchteil einer Sekunde leicht durchsackt. Sie schaut mich ängstlich an, und nur ab und zu schaut sie aus dem Fenster, wo nur noch kleine Lichterketten in der Dunkelheit zu sehen sind. Ich schaue in ihr ängstliches Gesicht und bin froh, sie bei mir zu haben. Die Dame, mit der Melissa den Sitzplatz getauscht hat, sitzt fünf Reihen vor uns in der Nähe der Leinwand, wo in wenigen Stunden ein Film gezeigt werden wird, und liest entspannt im *Time Magazine.* Sie scheint eine Menge Flugerfahrung zu haben. Nur zu gerne hat sie den Fensterplatz mit Melissa getauscht, hat sie doch nun einen Sitzplatz am Gang, der ihr ermöglicht, während des elfstündigen Fluges ihre Beine auszustrecken.

Und wieder schaue ich mich, nachdem wir die Reisehöhe erreicht und das Zeichen zum Lösen der Sicherheitsgurte signalisiert bekommen haben, in der Maschine um, um zu sehen, wo denn so meine Freunde sitzen. Und ich bin überrascht, Steifkopf neben Adlernase drei Reihen hinter uns beim Händchenhalten zu entdecken. Über was sie sich wohl unterhalten? Vielleicht über Steifkopfs neue Schiffbaukästen? Vielleicht ist Adlernase ja jetzt schwanger? Und wo sitzt Robert, vielleicht der zukünftige Vater des armen, unschuldigen Kindes, das mit einer Hakennase geboren und somit ein Leben lang verunstaltet sein wird? Ah, da sitzt er ja. Mindestens acht Reihen hinter Adlernase. Er schaut nicht lustig drein. Nein, wirklich nicht. Er ist schlecht drauf, das merke ich. Ist schon verdammtes Pech. Einmal poppen in San Francisco und möglicherweise steht schon ein Kind ins Haus. Und kein Kind von Pamela Anderson oder Melissa – ich schaue Melissa an –, sondern von einem echten Mülleimer. Ich würde es abtreiben. Nein, falsch, ich wäre erst gar nicht draufgestiegen. Na ja, Hauptsache, sie haben Spaß gehabt.

Es scheint sich eine Menge getan zu haben während meiner zweiwöchigen Abwesenheit von der Lerngruppe, doch ich werde abgelenkt, als ich Susannes Stimme höre. Ich schaue mich um, und da sitzt sie neben einem Typen aus unserer Gruppe, den sie sich irgendwie geangelt haben muß. Ich habe den Typen nicht näher kennengelernt, aber er tut mir ja so leid, denn bei näherem Hinhören wird mir klar, daß das Gespräch mal wieder Kiki-fixiert ist. Nichts hat sich in den zwei Wochen meiner Abwesenheit geändert. Was hat die Torfnase für ihren schwachsinnigen Köter gekauft? Ich höre nicht recht. Einen Trainingsanzug für den Winter. O Mann. Na ja, egal.

Und da sitzt Tom! Ist ja interessant. Das ist ja sehr interessant. Natürlich sitzt er wieder neben Beate. Ob er sie in Deutschland besuchen wird? Schließlich hat er ja eine Alte, wie er immer sagt, zu Hause sitzen. Natürlich trägt Beate eine Bluse, die mal wieder etwas zu weit offen steht. Sie hat wirklich tolle Dinger. Da gibt es nichts dran auszusetzen. Immer wieder schaut mich Beate an, während sie mit Tom am Quatschen ist, der mich noch nicht gesehen hat. *No chance, baby.*

Ich rutsche wieder in meinen Sitz hinein und merke, daß die anderen mich genauso beobachten. Alle haben Bauklötze gestaunt, als ich mit Melissa zur Farewell-Party gekommen bin, die in irgendeinem beknackten Park in Palmdale stattgefunden hat. Alle Eltern sind gekommen, außer Mrs. Buchanan. Als ob ich noch Bock auf eine Farewell-Party gehabt hätte, aber ich habe dennoch den Grill bedient. *Flipping burgers is fun.* Doch je mehr Budweiser ich getrunken habe, desto schwärzer sind die Burger geworden. Na ja, ich habe sie ja nicht gegessen. Dafür haben Melissa und ich eine Menge getrunken, einfach so zur Entspannung. Das Bier ist gut rübergekommen. Es gab sogar Abschiedstränen. Manche aus unserer Gruppe scheinen eine verdammt gute Zeit gehabt zu haben. Sogar einige der Gastmütter haben geweint. Ich konnte es kaum glauben. Ob Mrs. Buchanan zu Hause leise geweint hat? *Fuck her.* Tom hat uns dann zu den Kaminskys zurückgefahren, wo auch Melissa die letzten Tage verbracht hat. Sie wollte nicht zurück zu ihrer Mutter. Kann man es ihr verübeln? Natürlich habe ich meine Sachen und meinen Koffer in Begleitung von Tom und Melissa bei Mrs. Buchanan abgeholt. *No chance for a fucking screw.* Ich habe eine Menge neuer Wörter gelernt. Und Melissa? Wortlos hat sie ihre Sachen gepackt, die sie für die Reise nach Deutschland benötigt, während ihre Mutter unter Tränen erneut ihre Schuld eingestanden hat, doch die Tränen zeigten keine Wirkung bei Melissa. Und ich? Während Melissa ihren Koffer packte – sie besitzt keine Winterkleidung! –, dachte ich an die trüben, neblig kalten Herbst- und Wintermonate in Deutschland. Melissa weiß nicht, worauf sie sich eingelassen hat.

Und ich weiß nicht, was aus dem Paviangesicht geworden ist. Vermutlich, wenn Mrs. Buchanan tatsächlich Wort hält, wird Mr. Buchanan wegen Vergewaltigung angeklagt werden, natürlich unter der Voraussetzung, daß Melissa als Zeugin vor Gericht auftreten wird. Und ob sie das wirklich will, na ja, das steht noch in den Sternen geschrieben. Und Julie? Sie wollte Melissa bis zu meiner Abreise gefangenhalten und hoffte, daß Melissa mich nach meiner Abreise schnell vergessen würde, um Melissa ganz für sich zu haben. Verrückt. Total verrückt. Und was wird aus dem Streuselkuchengesicht? Keine Ahnung. Aber ich muß gestehen, Franks Zukunft tangiert mich nicht einmal peripher. Eine Lieblingsphrase in der Schule. Ach ja, die Schule. Die gute alte Schule. Wenn ich daran denke, bekomme ich plötzlich Magenschmerzen. Zum Glück habe ich noch eine Woche Ferien. Wenn ich mir vorstelle, nach all dem, was geschehen ist, erschöpft und ausgepowert, wie ich bin, ich müßte nach der Landung am übernächsten Tag sofort zur Schule, ich glaube, ich würde mir einen Krankenschein für die nächsten vier Wochen holen. So habe ich noch ein wenig Zeit, mich mental auf das letzte Jahr vorzubereiten. Aber ich werde nichts mehr in der Schule machen. Das habe ich mir geschworen. Die paar Punkte, die mir noch fehlen, hole ich locker rein. Und dann … nur noch Party! Party ohne Ende. Ohne Maria, aber mit Melissa. Die werden gucken, die Freunde, wenn ich denen Melissa vorstelle. Bauklötze werden sie gucken. Melissa und Mike. Mike und Melissa. Cool. Je mehr ich darüber nachdenke, desto mehr gefällt mir die Sache. Und ich schaue aus dem Fenster und nehme, während die kleinen Lichterpunkte unter uns langsam vorüberziehen, mit großer Erleichterung zur Kenntnis, daß wir uns mit jeder Minute gute fünfzehn Kilometer von dem Ort des Schreckens und Grauens entfernen. Mit dieser wohltuenden Erkenntnis lehne ich mich entspannt zurück und schaue Melissa an, die ihre Augen geschlossen hat und von einem neuen Leben in Deutschland träumt.